2023·全国青年作家文学大赛小说组一等奖作品

出 门 在 外

柳剑祥　著

陕西新华出版

太白文艺出版社·西安

图书在版编目（CIP）数据

出门在外 / 柳剑祥著. -- 西安 ： 太白文艺出版社，
2024. 8. -- ISBN 978-7-5513-2661-2

Ⅰ. I247.5

中国国家版本馆 CIP 数据核字第 2024XB2657 号

出门在外
CHUMEN ZAIWAI

作　　者　柳剑祥
责任编辑　张　曦
装帧设计　青年作家网
出版发行　太白文艺出版社
经　　销　新华书店
印　　刷　三河市华东印刷有限公司
开　　本　787mm×1092mm　1/16
字　　数　330 千
印　　张　22.75
版　　次　2024 年 8 月第 1 版
印　　次　2024 年 8 月第 1 次印刷
书　　号　ISBN 978-7-5513-2661-2
定　　价　68.00 元

联系电话：029-81206800

出版社地址：西安市曲江新区登高路 1388 号（邮编：710061）

营销中心电话：029-87277748　029-87217872

主要人物表（以出场先后为序）

麻 炳 华　农民工，三建公司施工队队长

项 经 理　三建公司经理

胖　　嫂　三建公司炊事员（前任）

皮 乐 江　农民工，三建公司员工

小　　翠　麻炳华妻子

李 二 毛　麻炳华妹夫，三建公司员工

麻　　花　麻炳华妹妹，三建公司炊事员

假 睫 毛　劳务市场工作人员

瞎　　子　农民工，三建公司员工

张 海 山　农民工，三建公司员工

张 定 高　农民工，三建公司员工

喜 妹 仔　快餐店打工妹

查 老 板　舒宜旅馆店主

吴　　姐　派出所民警

赵　　总　中外合资企业副总经理

东 门 冠　鹰潭电大教师

猛　　仔　麻山坞村民

九 叔 公　麻山坞村委会主任

漂亮姑娘　区文广新旅局工作人员

资深美女　区文广新旅局工作人员

孟　　老　文物专家

胡　主　任　九尺门街道办事处主任

关　科　长　银桥镇工商局某科科长

屠　夫　女　农贸市场猪肉贩

牛　神　医　江湖庸医

总统夫人　张海山妻子

高　经　理　五建公司经理

目 录

第一章　好事来得太突然

一

好事来得太突然！

一听到消息，五十多人的集体宿舍立马沸腾了！

麻炳华从来都没有奢望过能有这样的好事，有点不相信自己的耳朵，甚至怀疑是在做梦。

事情是这样的——

这天吃过晚饭，大家照例挤在食堂的饭厅里看电视。三建公司没有别的娱乐活动，晚饭后收看电视连续剧便成了每天不可或缺的例行要务。难得今天要开播一部农村题材的爱情片，并且是四集连播，着实把这些长年远离老婆的汉子们高兴坏了，有些人连饭盒也顾不上送回宿舍，把它夹在胳肢窝里，提前在饭厅里占了居中的位置，坐等好戏开播。

近些年来，荧屏的黄金时段似乎被抗战题材的连续剧承包了，没完没了地"狂轰滥炸"。开始看着倒还觉得热闹，可时间一长，大家难免觉得索然无味。除此之外，都市言情剧也是大家不待见的，总觉得剧情与自己的生活相距太远，难以产生认同感，人虽然一直坐在电视机前，可就是看得寡淡无味。这些来自农村的打工仔，最对他们胃口的还是农村题材的爱情片，他们觉得剧中的故事似乎就在自己家乡曾经发生过或者正在发生，特别是出现男欢女爱的场面时，便会眼珠子放光，有人还会联想起家乡如水的月色、松软的稻草垛……甚至幻想着自己就是剧中的角色，明知徒劳却仍然忍不住浑身燥热起来，恨不得钻进荧屏里去。

电视打开，新闻照旧不紧不慢、按部就班，广告依然重三叠四令人厌烦。

好在大家都习惯了，早有思想准备，耐得住性子。没料到的是，电视剧好不容易来了，但剧情却太过拖沓，男主角第一集只露了个面，到第二集才正式登场。一个牛高马大的青皮后生，性格绵软温吞不说，还迟钝得近乎愚笨，水灵灵的女主角对他那么有意思他都浑然不觉，硬生生地把电视机前的汉子们急得抓耳挠腮。直到第四集男主角才算开了窍，准备去蔬菜大棚和女主角约会，可就在这时，片尾曲又扫兴地响了起来。

就是再不甘心，也奈何不了电视机。在散场回宿舍的路上，大家意犹未尽，叽叽喳喳地议论着刚才的剧情，对接下来故事朝哪个方向发展展开了激烈的争论。有人甚至沉浸在剧情里出不来，一路骂骂咧咧，说男主角真是一个炊不烂的猪头……直到进了宿舍上了床，争论才渐渐消停下来。

这栋被称为宿舍的屋子，其实和食堂一样，也只不过是一间工棚。普天之下工棚的简陋程度应该都差不多，因为属于临时性建筑，工程完工后是要拆掉的，到了新的工地再重新搭建，所以完全没有必要搞得坚固耐用。为了便于拆建，这栋用作宿舍的工棚也是采用常见的板块拼装式，框架为轻钢结构，屋顶和墙体都是轻便的"三明治"（即两层铁皮夹一层泡沫塑料）。这种屋子，下雨时屋顶会随着雨势的大小及风力的强弱，发出不同风格的声响，有时像悍妇毫无顾忌地撒泼，有时像轻清柔美的吴侬软语。这种效果倒是传统的瓦屋不可能拥有的，于是便陡然有了几分别样的情趣，常常使人生出一种莫名的兴奋来。由于经过多次拆建，"三明治"板块的边角难免有些破损，密封性已经不是很好了，间或会有细长尾巴的小型哺乳动物溜进来串门。已属多朝元老的塑钢门窗也经不住每天频繁的推来拉去，有些松垮，甚至有的已经很难启闭自如。好在大家都很知足，一些老资格的工友说，这同早年那种用毛竹搭建的工棚相比较，算得上鸟枪换炮了！

宿舍的占地面积倒是不小，不然住不下五十多号人。全公司只有极少数人不在这里住，那是行政和财务人员，他们是当地人，就像学校的走读生一样早来晚归。但凡生产一线的员工，基本上都是来自江西、安徽、湖南、贵州、四川等地农村的农民工，由于远离故土，这里自然成了大家临时的家。

屋里挤挤挨挨摆着几十张双层架子床，占据了大部分的空间。几乎每个床头都杂乱无章地散落着工作服、挎包、毛巾、安全帽和充当水壶的大号可乐瓶等物件。架子床之间的几条过道长短宽窄不一，但都因地制宜地拉着晾衣绳，是由废旧电线拧成的那种，上面永远晾着洗过了但不一定干净的衣物。大部分晾衣绳由于负荷过大垂向地面，中间挂着的衣物几乎要挨着地。

宿舍条件虽然不咋的，但基本功能却是毫不含糊，有人一上床就打起了呼噜便是极好的证明。

麻炳华也迷迷糊糊正要入睡，门"嘎吱"一声被推开，有人进来了。

来人是公司经理，姓项。

项经理的家就在郊区，离这里的直线距离不到十公里，所以他也就用不着在这里睡架子床，每天开着一辆皮卡车上下班，三餐饭只有中午一餐是在公司食堂吃。一般来说，晚上是很难见到他人影的，而今晚他却来了，这说明应该有特殊情况。果然，他一进屋就给大家宣布了一个天大的好消息。

"三建公司"是这家公司的简称，全称是"上海广厦建筑工程有限责任公司第三分公司"。所有的分公司都属子公司，工程投标等一揽子重要事务都由总公司负责，没有分公司什么事。分公司只管从总公司手里接施工任务，把活干好。总公司的大本营设在浦江西岸的老城区，旗下辖有五个分公司，全都散落在以大本营为圆心、以一百公里左右为半径的范围之内。每个分公司都有着自己相对固定的业务地盘，当然这也是由总公司统一安排的。如果光看分公司的名称排序，可能会有人认为三建公司的实力在分公司中排位老三，其实这仅仅是一个称呼，要论业务能力，三建公司应该雄居老大。在浦东这块土地上，不论是业内还是业外，几乎没有谁不知道有个叫三建公司的建筑企业。"三建公司在此施工，若给您带来不便敬请谅解！"——这种既霸气又谦卑的巨型条幅，曾经在不少巍峨的脚手架上出现过。

项经理很兴奋，先是清了清嗓子，然后一手叉腰，一手配合声调语气比画着各种手势，大声地向大家宣布好消息。项经理每次面对众人讲话时都喜欢拿腔拿调，不断冒出一些"官腔"来。不了解他的人还以为他爱摆官架子，

3

其实，谁都知道他是公司最没架子的领导，讲话的姿态只不过是一种习惯而已。他说："同志们哪，这个这个，啊，大家都听好了，我们三建公司所有的员工，啊，当然也包括我们这些农民工在内，这个，啊，马上就可以把老婆接到身边来了！啊，这个这个，以后哇，大家再也不用像牛郎织女那样，天各一方，分居两地了。啊，并且呢，住房和工作，这个，啊，也都一道解决！"

麻炳华和大家一样，都以为自己听错了，一时间谁也没反应过来，整个宿舍出现了短暂的寂静。项经理便提高嗓门，逐字逐句把说过的话又重复了一遍。

这下就像一瓢水泼到了油锅里，屋里一下沸腾起来了。有人尖叫着把枕头抛向空中，打呼噜的工友很快就被吵醒了。

这些汉子与留守家中的老婆长期分居，一年到头难得团聚几次，过的基本上都是虽然结了婚但却仍然打单身的日子。如果窝在公司不出去，就连看一眼异性的机会都少得可怜。曾经有员工自我调侃："我们屋里连老鼠都是公的！"老婆不在身边，工余生活自然单调得很，除了打牌、逛街和晚饭后看电视以外，似乎再也找不到其他的娱乐方式。于是便有人想出了一个丰富工余生活的新办法——去公园里偷看城里谈恋爱的青年男女搂抱亲嘴，过一过眼珠子瘾。响应者有好些个，他们一窝蜂地去，又一窝蜂地回来，回来后还免不了要对所看到的内容相互交流一番。交流的过程其实也是添油加醋的再创作过程，每当这时工棚里经常是一片嘻嘻哈哈，气氛活跃而热烈。但也有人去了几次就不再去了，说不看还好，一看就来气，心里窝着火，巴不得马上就回家去……

全公司唯一的异性，是食堂的炊事员胖嫂。她是去年初夏才来的，她的到来打破了整个三建公司全是纯老爷们的性别格局。她之所以来这里烧饭，是因为原来的炊事员辞工回家去了。那本是个五十来岁的鳏夫，去年油菜花开的时候，老家的几个远房亲戚热心地为他物色了邻村的一个寡妇，说是还算年轻，尚能生育，于是他便请了假回去当新郎。由于工地上不能长时间没人烧饭，刚结束鳏夫历史的新郎只得在婚后不到一个星期就又回来上班。新婚妻子耐不住独守空房的寂寞，三天两头给他打电话，催他辞工回家，甚至不惜以"你再不回来夜里我就开着门睡觉"相威胁。新郎官一下就像被点中了哑穴，只得遵命照办。他一走，公司这么多张嘴要吃饭，自然需要有人来补这个缺。胖嫂的老公在公司当泥工，专司粉刷，同项经理的一个外甥沾着一丝过了五服的亲戚关系。既然这里需要炊事员，用谁都是用，于是项经理就动用了一次手中的权力，照顾了一下自己的远房亲戚。

胖嫂就这样来了。

胖嫂来的当天，她的泥工老公就把铺盖从集体宿舍搬了出来，住进了炊事员专属的小屋子，惹得其他人羡慕得不行。于是，这两口子便成了大家取笑逗乐的首选目标。特别是皮乐江，就是那个头发有点卷的四川小伙子，总要变着法子占点嘴巴上的便宜。那天早上他去食堂吃饭，敲着饭盒拖长音调嚷道："来两个肉包子噻——"

胖嫂三十挨边，长得颇具职业特点，很像发酵充分的大包子。她说："你也不看看今天星期几，哪有肉包子？"

皮乐江狡黠地盯着她胀鼓鼓的胸脯，油腔滑调："有倒是有，只怕你舍不得拿出来分给大家吃，要让某些同志吃独食噻。"

等候打饭的工友们虽说普遍文化程度有限，但对荤笑话的理解能力却一点不差，人群里马上爆发出哄笑。

胖嫂是个爽朗人，一点也不见怪，只是红着脸笑骂一句："回家找你妈要吃去！"

被皮乐江称为"某些同志"的胖嫂老公，站在一旁不无得意，一脸的幸福和满足，笑眯眯道："你个死乐江，哪里像没有老婆的人，说起这方面的事情来比老司机还内行，鬼才会相信你是童男！"

一些人跟着起哄，要皮乐江坦白交代。

皮乐江倒不急于辩白，嘻嘻笑着，一点也不怕被误解，反而一副很享受的样子。

有人说："乐江哎，公司这么多人就你一个人还是光棍，还是赶快讨个老婆吧，省得眼红别人。"

皮乐江回应道："讨婆娘做啥子？像你们这样，名义上有婆娘，实际上还不是和打光棍差不多？我做啥子要去凑这份儿热闹嚓？"

胖嫂老公说："人家好歹有个盼头哇，一年总有一两次团聚的机会，而你哩，只有眼馋的份儿。"

皮乐江一时找不到合适的话来回击，只好说："你小里小气，舍不得分给大家吃就直说嚓，转移目标做啥子？"

……

胖嫂两口子度过了大半年让工友们羡慕不已的时光。

后来有一天早上，胖嫂老公起床时，发现一条胳膊硬邦邦得发僵，一动就痛。前前后后医院跑了几家，七七八八的化验检查做了不少，各种各样的药也吃过了，却始终没见半点效果。医生皱起了眉头，嘴巴里吐出来一大串只有他自己才懂的医学术语之后，建议改用理疗试试。可是理疗做了半个多月，仍然没有好转，医生彻底没辙了。

胖嫂老公记得以前老家也有人患过类似疾病，忘记他们是怎么治好的。打电话回去问，家乡的一伙老头老太十分热情地为他进行远程会诊。会诊结果：一致认为大上海的医生简直没见过世面，怎么连这个也看不出来？这分明是被"阴箭"射着了呀。阴箭，据说是来自另外一个世界的隐形武器，看不见摸不着，神秘得很。而现代医学对这种武器造成的伤害似乎是无能为力的，再治下去浪费人民币不说，还会延误病情。老头老太们都劝他尽快回去，改用当地的土法诊治。马上回老家的决定倒是很容易就做出来了，但在要不要一道回去的问题上胖嫂却很纠结：不回去吧，老公生病没人照顾；回去吧，等日后老公病好了回来上班时，就只能他一个人回来了，因为炊事员的岗位不可能一直空着，她走后应该很快就会有人上岗了。权衡再三，夫妻俩一致认为应该放眼长远，还是胖嫂老公一个人回去，毕竟出毛病的只是一条胳膊，仅占人体四肢的四分之一，生活自理应该不成问题，用不着专人伺候。就这样，胖嫂一个人留了下来。

胖嫂的老公一走，麻炳华就警告身边那伙雄性激素分泌旺盛的后生仔："你们都给我听好了，胖嫂现在是一个人在这里，她老公跟大家都是兄弟一样的朋友。俗话说，朋友妻不可欺。人家老公不在，今后要是有哪个敢动歪心思，可不要怪我翻脸不认人哈！"

麻炳华虽然只是公司下面一个施工队的队长，但是在公司里的威信却不低，在自己的施工队里更是说一不二。大家公认他为人正直，办事公道，石匠技术棒（南方部分地区称建筑行业中从事铺砖砌墙工作的工匠为石匠，也就是通常所说泥水匠），干活又不惜力气，并且还是公司里为数不多的文化人，懂得的事情忒多，连项经理有事都爱找他商量，因而都服他。要不然他也不可能在来到公司的第二年，就由一名普通石匠升职为施工队队长，而且是人数最多的那个队。

他话音一落，大家齐说，那是必须的，兔子还不吃窝边草哩。

皮乐江不放过任何要贫嘴的机会，嘻嘻笑道："那就是说，要吃就吃离窝远一点的草噻？"

麻炳华是皮乐江的队长，也是他的师傅。自己的人自己了解，麻炳华知道这小子是四两重的鸟儿八两重的嘴，仅仅是喜欢说些荤腥的俏皮话而已，人品还是不错的。

"别人我倒不担心，"麻炳华故意这样说他，"而你就难说了，是重点防范对象哩！"

玩笑归玩笑，大家还真是说到做到，胖嫂老公不在的日子，一直都没发现哪个有任何出格的迹象。

胖嫂的老公是去年中秋节以后回家的，今年春节后胖嫂回来上工，告诉大家说她老公在家乡经过土办法治疗，症状还真的减轻了不少。不过，说是这样说，今年都已经过去了大半年，却还是不见人回来。

这会儿，麻炳华听了项经理带来的好消息，心想：这种事情是连做梦都不敢想的，怎么突然就平白无故地天上掉馅儿饼了？但是项经理红口白牙说得这样肯定，又似乎不会有假。

项经理继续说："现在大家就可以来我这里拿申请表去填，各人想把自己的老婆安排到什么岗位都可以填，保证百分之九十九满足。"

有人不解地问："那剩下百分之一是什么意思？"

项经理耐心解释道："同志们哪，这个还得请大家理解，啊。这个这个，啊，我们毕竟是在人家的地盘上讨生活，俗话说，强龙不压地头蛇，所以嘛，啊，这个这个，有些岗位还是不大好填的。比如说，啊，区上领导的岗位，大家最好还是不要填，啊，因为这个申请表最后是要经过人家审批的。大家想想看，啊，你们把老婆弄来抢了人家的饭碗，这个这个，啊，人家还乐意签这个字吗？"

项经理话音一落，大家连忙表示没有那么高的要求，只要老婆能到身边来，随便干什么都行！

人们蜂拥而上，都到项经理手上去抢申请表。项经理急得把表举得老高，顾不得再拿腔拿调，慌忙大喊：

"莫抢莫抢，要抢烂了的！人人都有，一个一个来，莫抢！"

霎时间，兴奋、忙乱与嘈杂充斥了整个屋子。

二

麻炳华也去拿表，拿到了就立马弯腰弓背伏在床上填。

麻炳华的老家在江西鹰潭的贵溪，是信江河畔一个叫麻家坞的小山村。他读书时学习成绩一直都是排在全年级的前一二名，后来却因为一个特殊原因没上成大学，阴差阳错成了一名石匠。

这原因可不是一般的特殊，可以说非常特殊。

那年他高中毕业参加高考，前几门都发挥出色，形势非常乐观，完全可以预料，只要最后一门不出意外，考个一本应该不会有问题。可是怕什么就来什么，还偏偏就是最后一门出了意外！

那天天蒙蒙亮，他和前两天一样，骑着自行车从家里出发，赶往县一中的考场。刚拐弯上了村前田畈的机耕路，突然看到路边地上坐着一个被蛇咬伤的人。这人与麻炳华同乡不同村，是个石匠师傅，约莫五十来岁，脸膛黑红，络腮胡子，整张脸就像失火的灌木丛。这人的手艺在周围十里八村都有点名气，这天早起去邻村做活，没想到被路旁草丛中的竹节蛇咬了脚踝，顿时就肿了起来，无法行走。那时天还早，四下静悄悄的，见不到一个人影。石匠正在焦急之中，恰好麻炳华路过。两人说熟不熟，说不熟又相互认得，都知道对方是哪个村子的，只是没有直接打过交道。麻炳华跳下自行车一看，知道这事非同小可，是万万拖延不得的。便按照书本上说的，麻利解下自己的鞋带，在石匠师傅紧挨伤口上方的小腿处扎了两圈。然后把人扶上自行车横梁，握车把的双手同时箍住人，往县医院飞驰而去。石匠师傅十分感激，问他这么早是去哪里，他埋头蹬车，只说了两个字："顺路。"其实并不完全顺路，进了县城以后，县一中考场和县人民医院是一南一北两个方向。到了医院急诊室，把人交给了医生，麻炳华就急忙转身奔考场去了。可是，当他满头大汗赶到考场门口时，考试已经开始了二十分钟，他被考场警卫人员拦在了警戒线外……

事后，石匠师傅得知麻炳华因此耽误了高考，很是过意不去，觉得是自己毁了人家的前程。并且这种事情还不比别的，要赔偿都是没法赔的。他问麻炳华："你今后有什么打算？"

摆在麻炳华面前的有两个选择，一个是复读一年来年再考，一个是放弃高考另谋生计。他冷静地分析了自己的具体情况：家里经济条件不是很好，又有一个读小学的妹妹麻花需要负担。这些年父母为供兄妹两个读书，已经是竭尽全力了。若是自己再复读一年，考上了还有四年的大学要读。想到父亲那干瘦的身子，衣服穿在身上就像挂在衣架上那样晃来荡去，实在不忍心再给家里增添负担。再说，就是大学毕业了，也还有个就业的问题，村里有个已经毕业三年的大学生，一直没找到合适的工作，至今还在亲戚办的饲料加工厂帮忙记账，学费贷款还欠着一多半。思来想去，他决定不去复读，去实实在在学一门手艺，尽早出来赚钱。

决定倒是做出来了，不过他内心深处还是有一个看似朦胧却又十分固执的读书梦。他想，学业之路就这样止步于高中，实在不大甘心，待日后条件允许了，一定还要再去读几年书。再说，现在大学招生已经没有了年龄限制，只要自己心中的梦想不灭，上大学的机会应该还是会有的。

父母都是本分人，当时看到儿子误了考试，急得不行，随后得知是为了救人，便没有再说半句埋怨的话。父亲还说："误了就误了吧，那可是一条人命哩，哪头重哪头轻，我们要拎得清。"但是听说儿子不肯复读，他又立马反对，说："你只管去回炉，不要管我。莫看我瘦，我是属于铁瘦，这种瘦是经得起折腾的，再供你五年八年绝不会有问题!"

麻炳华听了禁不住鼻子一阵发酸，越发坚定了不再复读的决心。

石匠师傅得知麻炳华的打算后，对他说："如果你决定了要学手艺，等我脚好了，就跟我学手艺吧。"

石匠，在当地手艺行当中算得上是老大。说它是老大，不光是指这行的工钱报酬要高于其他手艺人，更重要的是指民间公认从事这个行当的工匠是最风光的，最有面子的。为何石匠最有面子？木匠、铁匠、篾匠、缝纫匠等等的怎么就排不上号？据说，手艺行当的排座次，是以各行当在人们心目中的重要程度来决定的。人们普遍认为盖房子是人生的头等大事，无疑最为重要，于是盖房子的工匠自然也就最有面子了。但问题又来了，盖房子的除了石匠还有人家木匠啊，怎么就没有木匠的事了？名额只有一个，人家木匠不服哇！于是又有说法，之所以把石匠奉为第一，是因为盖房子的第一道工序是打墙脚，高楼万丈平地起，没有墙脚起不了，墙脚可是整个工程至关重要的基础，而打下这个基础的毫无疑问是石匠师傅，木匠师傅的本事都是在墙脚以上的部分施展。凡事都有个先来后到，手艺行当的老大便非石匠莫属了。作为老大的石匠，自然格外受人敬重，上门做手艺时，东家每天除了正餐，还要"三茶两点"（三道茶、两道点心）地侍候，灶里不断火，路上不脱人，这是别的工匠无缘享受的。在工程完工典礼的酒筵上，东边首席的上座约定俗成是石匠师傅的专座。

至于具体学什么手艺,麻炳华一开始并没有考虑好,只是有个大致的想法:干哪行并不重要,辛苦一些也不怕,只求以后赚钱能多一些,好为家里减轻负担。多赚钱是他当时的真实想法,目标切合实际且心态端正,绝对无可厚非。现在石匠师傅主动提出收他为徒,正好合了他的心意,当即高兴地应承了。

石匠师傅这样做,不可否认有感恩的因素,但也有外人不知道的另外一层原因,这是后话。

就这样,麻炳华成了石匠师傅的徒弟。

石匠师傅收过不少徒弟,但最喜欢的还是麻炳华。原因是这个徒弟有着其他徒弟没有的一个好习惯——喜欢看书。说起来,石匠师傅成天都是跟硬邦邦的石头打交道,似乎很难与书本结缘,而麻炳华却不管到哪里做活,工具包里总会装着一两本书,有空就拿出来翻一翻。石匠师傅自己没多少文化,却喜欢读书人,尤其是喜欢手艺人中的读书人。他多次在公众场合宣扬他的观点:书,笃定是不会白读的!他希望他的徒弟能够比他强,并且认为麻炳华这个徒弟一定能够超过他这个师傅。这并非毫无根据的一厢情愿,而有着实打实的依据。因为他注意到了,凡是向徒弟们口传心授的点点滴滴,麻炳华这个徒弟都有本事将它们一一上升到理论层面,用以指导自己的实践。比如铺设地砖,需要先在地面拉上两条互相垂直的尼龙细线,分别作为横向与纵向地砖的铺设依据。这道工序看似简单,但要求却十分苛刻,两条线的夹角必须为标准的九十度,不可失之毫厘,否则铺到后面就会谬以千里:大于九十度,会留下"剪刀口"的空缺;小于九十度,则会因为越来越窄而铺不下去。对此,石匠行业专门有一个被称为"三四五"的操作秘诀,即:先分别量出三米和四米的两个直角边,再核对斜边是不是五米,若正好则没问题,若长了或是短了便要对夹角进行修正。石匠师傅要徒弟铺地砖时牢牢记住"三四五"这组数字,说按此行事就错不了。可是,一旦场地过大,用此诀窍就不容易操作了,常常免不了要把尼龙细线移来移去,反复修正夹角,甚至有时候还发生返工的情况。而麻炳华很快就发现，"三四五"其实就是数学中的"勾股定理"——在直角三角形中，两个直角边的平方和等于斜边的平方。于是他不再拘泥于"三四五"，而是根据场地大小灵活设定合适的直角边长，这样既简单又实用，用不着像其他徒弟一样去死背硬记这组数字。石匠师傅收了一个这样的徒弟，心里当然乐滋滋的。

<h1 style="text-align:center">三</h1>

三年过去，麻炳华出师了。刚出师的他，在技术上竟然就可以同师傅平起平坐了。

出师的这天，师傅对他说，自己这里人手不够，问他能不能暂时不要分开单做，再帮师傅做两年。他说，这有什么不能的。于是他又以伙计的身份跟了师傅两年，按伙计的规矩拿工钱。有人挑唆他，说："都已经出师了，手艺又不差，完全可以出来单做，按出师师傅的工资标准赚钱，何必还在别人名下当伙计？"他说："我是师傅教出来的，人不能没了良心。"

两年过后，麻炳华才另立门户，以自己的名义向外承接活路。

就在这年冬天，石匠师傅把自己的独生女儿小翠许给了他，师傅一下成了丈人。外人当然不知道，当初收麻炳华为徒时，石匠师傅心里就已经有了这个打算，只是没有声张。经过五年的相处，他更是觉得可以放心把女儿托付给麻炳华了。

其实，麻炳华和小翠早就相识，他俩在中学是学兄学妹。麻炳华高小翠两届，一个高中毕业了一个刚读完高一。由于不在一个年级，又碍于男女有别，双方平时交往不多，对彼此的了解几乎都局限于表面。麻炳华是校足球队的主力前锋，小翠不时能在足球场上看到他奔跑的身影，还听说他的学习成绩和球技一样好，便有了那么一丝单纯而又懵懂的崇拜。

小翠是全校女学生中最漂亮的，麻炳华不论在哪里碰到她，都会偷偷地多瞄她两眼。直到成为石匠师傅的徒弟以后，他才知道这个校花学妹原来就是自己师傅的宝贝女儿。

在麻炳华学徒的第二年，小翠高中毕业了。她知道自己的学习成绩不算拔尖，在年级里只能算中等稍稍偏上，高考填报志愿时为了求稳，填了一个"服从调剂"。就是这个"服从调剂"，就把她调剂到鹰潭师专的学前教育专业去了。同学们都视这个专业为"小儿科"，因为它培养的是幼儿园老师，以后面对的都是刚撒掉尿不湿的小屁孩，所以都不怎么看好它的前景。这次高考，那些平时成绩与小翠不相上下的同学，凡是录到师专的都是新闻传播、经济管理、信息技术等专业，他们都认为这些专业要比学前教育强。但小翠自己却不这么认为，她说："合适的才是最好的，我一贯喜欢小孩，又正好这个专业录取了我，不是正遂了我的心愿吗？"还说笑道："等以后你们结了婚有了孩子，说不定还要来找我开后门哩！"

专科学前教育专业的学制只有两年，她和麻炳华成亲的时候，都已经在乡办幼儿园上班一年多了。

说起麻炳华和小翠的亲事，可有点意思。当石匠师傅把有意将徒弟变成女婿的想法告诉女儿时，女儿却噘起了嘴巴："现在都什么年代了，还搞父母之命、媒妁之言这一套！"要知道，这个家庭的情况可是有点特殊，妻子在女儿八岁那年就因病去世了，为了不让女儿受委屈，正当壮年的石匠师傅不肯续弦，一直与女儿相依为命，既当爸又当妈。

随着女儿长大成人，她的终身大事便成了父亲无法释怀的心事，总想在合适的时候为她寻一个如意郎君。他觉得，身边这个徒弟应该是最佳的选择。更何况根据平时的观察，女儿应该不是对麻炳华没有感觉。她在师专读书时，虽说只有在节假日回家时两个年轻人才能碰面，但女儿一举一动透露出来的心思，当爸爸的不会看不出来。他本以为这是一件水到渠成的事，女儿一定会愉快应允，却没想到她居然会是这样一种态度，不免有些愕然。石匠师傅的性格就像石头那样坚硬而干脆，他想了想，说："既然你觉得不合适，那爸爸就不勉强你。但我也不能白瞎了这个好后生，一定要为他另寻一个好姑娘，

13

替他保媒！"没料到女儿听后慌了神，连忙说："爸爸你这么急干什么？"爸爸一听就乐了，笑道："好好好，爸爸不急，好后生我还是自己留着，留着做女婿！"小翠又羞又恼，扭身跑开了。

父亲哪里知道，女儿原本是打算好好享受一下恋爱的过程，她设想的恋爱过程不应该是这么简单、短促，里面应该有耳热心跳的憧憬，有牵肠挂肚的思念，需要慢慢地细细地品味和享受。可是没想到，她向往的缠缠绵绵的爱情，却被父亲的开门见山压缩得如此简单，过程被大肆简化和省略，序幕一拉开就到了高潮，很快就进入了谈婚论嫁的环节。

婚后小两口各人一辆电动车，清早男式这辆驮着主人出门做手艺，女式这辆驮着主人去五里外的乡办幼儿园上班，到了黄昏又一前一后回到家里。这种日子过了半年，女式这辆不再出去了，原因是小翠妊娠反应大得不同常人，无法坚持工作。小翠向园方请病假，那个雀斑脸的园长说妊娠反应本来是不能算病的，但考虑到她是教学骨干，决定给以照顾，给两周的假，再要超过就万万不行了。可是小翠的妊娠反应实在太大了，过了一个月还是不见丝毫减轻，人都瘦了一圈。无奈，只好辞职在家养胎。

儿子东东出生以后，又面临哺乳的问题，小翠就更是无法离家。等到东东周岁断了奶，小翠可以出去找工作了，麻炳华这边却又出现了情况。

农村的建筑市场，自古以来都是以师傅带徒弟的形式向外揽活，并且每个师傅基本上都有着自己相对固定的业务区域，也就是经济学理论所说的市场份额。由于近年来农村城镇化建设的推进，城里成建制的建筑企业开始向农村渗透，致使传统农村石匠的生存空间受到了很大的挤压，只能揽接建筑企业不屑一顾的零星小活。面对这种情况，麻炳华有了一个大胆的想法：联合十里八村的十多个石匠，也成立一个建筑公司，与其他建筑公司一起分当地的农村建筑市场这块蛋糕。一些熟悉的石匠积极响应，一个起名"信江魂"的建筑公司便产生了，麻炳华被推举担任经理。

可是，麻炳华很快就发现成立这个公司是个错误。致命的问题在于先天不足，全公司只有自己和少数几个人有专业技术职称，并且还都是初级的，像他这样非科班出身人员的职称等级晋升简直比登天还难。虽然按照实际专业水平，他一点不逊于一些拥有中高级职称的技术人员，但建筑市场的游戏规则却是铁打般死板，像信江魂这样缺乏中高级职称人员撑门面的建筑企业，就连标的区区两百万元的工程都没有投标的资格。公司自成立以来，一直处于找米下锅的窘境。此外，由于员工们在进入公司之前都是不折不扣的农村手艺人，平时散漫惯了，致使管理工作难以规范。麻炳华终于明白，对一个企业的管理，光凭师徒、亲戚、乡亲的关系是远远不够的。自己充其量只是在建筑施工方面有一定的优势，在乡间和业内被公认为是一个"好师傅"而已，而要真正经营好一个企业，看来尚缺火候。

公司成立不到一年就难以为继，无奈只得宣告破产倒闭。

公司没了，麻炳华觉得再在家乡揽接零星活计已经没有多大的奔头，便决定到外面的世界去闯荡一番。主意定了，便把自己在家乡建筑市场的份额让给了曾经是师傅的老丈人。

临行前收拾行李，各种各样的书籍装满了拉杆箱。小翠说："怎么课本也带，你就不嫌重啊？"

麻炳华说："重就重吧，书隔时间长了不看，我怕生疏了。"

小翠知道在丈夫的心里，还埋藏着一个无法释怀的大学梦，但她还是劝道："你也不要心思太重，还是顺其自然吧。"

"总觉得不甘心哩，"麻炳华说，"我现在其他的都不想，就想能够有机会到大学去学一下企业管理。信江魂垮了，若是能够从中总结一些教训，也是一种收获。"

带着这样的想法，他来到了上海浦东。

浦东新区与繁华的老城区隔江相望，早年间这里的经济建设和社会发展各方面都无法同老城区相提并论，当地一直有"宁要浦西一张床，不要浦东一间房"的说法。麻炳华来的时候，浦东已经开始大变样了，到处都是高高的脚手架和建筑塔吊，混凝土搅拌机一天到晚轰隆隆地响个不停。

他第一个也是唯一一个求职单位，就是这家三建公司。经岗前考核，他被顺利录用。建筑施工可是他的特长，一上岗就干得顺风顺水，第二年就被委任为施工队队长，手下管着近二十号人。同样是领导这么多人，他却觉得要比在信江魂轻松得多。人们都说"宁当鸡头，不做凤尾"，可是有谁知道，当鸡头要比做凤尾难得多呀！由此他想到，自己今后的路还很长，如果不寻找机会继续充电深造，这辈子很可能就只有这样做凤尾，不会有什么大的发展了。

自从麻炳华去了浦东，家里少了一个人，小翠就更是出不去了。小两口经过商量决定，小翠索性还是先在家待着，等东东大一些再说。

哪想到，这一待东东都七岁了，小翠那本咖啡色封面的学前教育专业毕业证书，还一直静静地在箱底压着。

麻炳华虽然对继续求学一直没死心，但鉴于摆在面前的实际情况，肩上压着一家大小的生活担子，也就不可能脱产几年跑去上大学，所以至今还是在建筑公司当他的施工队队长。至于心中的大学梦何时能够实现，他心里还真的没有底。

夫妻分居了这么多年，每年除了春节，平时麻炳华回家的次数十分有限。让小翠到自己身边来，找一份合适的工作来做，这个念头他不是没有动过，公司里五十多个男人，谁不想秤不离砣公不离婆？然而谈何容易！人贵有自知之明，他知道自己只是一个普通的建筑工人而已，而小翠又只是一个农村媳妇，虽然在家乡是公认的能干，又有大专文凭，文也文得，武也武得，但在藏龙卧虎的浦东就显得太一般了，凭什么能够把她接到这里来，还有合适的工作可做？

真是没想到，这个天大的难题，竟然马上就要解决了！

麻炳华寻思，东东下半年就要发蒙读书，小家伙很懂事很听话，暂时把他交给爷爷奶奶应该不会有问题，小翠还是出得来的。他填写小翠的工作意向时不敢有太高的奢望，所以没有像有的工友那样去填什么"公司董事长""街道办主任"之类的，只是填了一个含糊其词的"服从安排"。

他把申请表填好交上去之后，第一件事就是给小翠打电话，叫她赶快动身前来。

小翠异常高兴，接到电话的第二天就坐火车来了。

麻炳华赶去接站，老远就看到小翠打扮得漂漂亮亮从车站出站口出来。他赶紧跑上前去，可是双脚突然无法迈动，像是被绳子捆住了一样。低头去看，却什么也没有。急得他拼命地挣扎，双脚乱蹬一气……

"哗啦"一声响，他被惊醒了！

撑起身子抬起头，借着窗外路灯射进来的亮光，看到靠床摆放的饮水机已经倒在了地上，水桶脱离了机身，正横着身子"咕咚咕咚"往外淌水。

——原来，刚才的好事竟然是一场梦，他又回到了现实！

第二章　一个萝卜一个坑

一

项经理宣布的好消息随着麻炳华的醒来宣告作废。

麻炳华赶紧起身去扶饮水机。

此时刚到后半夜，离天亮还早。工友们都睡得很死，饮水机倒地的声音没能惊醒他们，鼾声和磨牙声依然此起彼伏，睡在麻炳华上铺的皮乐江在嘟哝着鬼都听不清楚的梦话。

麻炳华躺回到床上，脑子里还在一幕幕地回放着刚才梦中的情景。没有比这更令人遗憾的事了，要是真的像梦里项经理宣布的那样该有多好，但这分明是不可能的，自己在梦中就已经怀疑过事情的真实性了，果不其然！

梦做就做了，好歹还是个美梦。美中不足的是醒的不是时候，早了那么一点点，自己还没跑到小翠身边，连话都没说上一句，更不要说其他的了。于是他想接着再睡，看能不能把刚才的梦续上。可是越是想睡就越睡不着，也不知翻来覆去地翻了多少次身，才迷迷糊糊地重新入睡。

还真的又做起了梦。虽说这个梦也属美梦，但却不是刚才梦的续集，而是另起炉灶的姊妹篇。他梦见现在的集体宿舍已经变成了二层楼房，钢筋混凝土结构，楼上楼下的房间一间连着一间，多得数都数不过来，却几乎没有一间是空的，因为员工们都把老婆带来了，每家住一间。房间虽然面积不算大，但厅室厨卫一样不缺，水电宽带应有尽有，惬意得要死！……

麻炳华再次从梦境中穿越出来时天已经大亮，其他人都已经不在床上了。屋外一片叮叮咣咣调羹敲击饭盒的声音，一路往食堂方向响过去。

他叫了一句："要死，睡过头了！"赶忙翻身起床，三下五除二刷好牙洗罢脸，摸起饭盒也往食堂跑去。

离食堂还有老远，就看到大门口人进人出，闹哄哄、乱糟糟，气氛与往日大不一样。进了厨房，只见冷锅冷灶，往日摆放稀饭小菜馒头的案板上空荡荡的，也没看到胖嫂的人影。麻炳华和工友们都好生奇怪，不知出了什么事情。

马上有消息灵通人士发布口头新闻，说胖嫂很有可能是回老家去了。听说昨天晚饭后她从探家回来的老乡那里听到消息，老公在老家和一个小寡妇好上了。这可不得了，她当即火冒三丈，大声叫道："怪不得赖在家里不肯回来！"一阵叫喊过后，就再也没人见到过她。她极有可能是情急之中顾不了许多，忙着赶火车回老家去了。

有人发牢骚说："她拍拍屁股走了，那这里怎么办？烧饭的事情也没有交代下来吗？"

麻炳华连连摇头："这不是乱搞吗？纯粹是乱搞！"也不知道他这话是说胖嫂还是说她老公，或是二者兼而有之。

说罢，麻炳华掏出手机要给项经理打电话。项经理是他们的最高领导，眼下吃饭的问题如何解决必须由他定夺。

电话还没拨出去，项经理的皮卡车就到了食堂门口。项经理今天到得比往日早，并且是直奔食堂而来。他的到来，证实了关于胖嫂去向的传闻并非空穴来风。

他说，胖嫂昨天后半夜就到家了，可到今天早上才记起来给他打电话。他接到电话急得不行，慌忙往公司赶，一边开车一边考虑如何来救这个急。快到公司时，路边的一家快餐店突然启发了他。他立即靠边停车，进去跟店老板商量，说："等下会有五十多人来吃早餐，并且从今天开始要在这里吃好几天的快餐，你的店做不做得下来？"小个子老板一听有这么大的生意，自然喜出望外，忙不迭地连连答应，说："怎么会做不下来？不要看我店不大，但家什置办齐全，原料供应充足，不就是五十多个人嘛，半点问题也没有，保准误不了事。"

听说要去快餐店吃饭，有人先问有没有补贴。得到了满意的答复后，人群就闹哄哄地开始转移，敲着饭盒往快餐店去了。

麻炳华看到吃饭的事情暂时有了着落，也就放了心。在去快餐店的路上他突然想起来，胖嫂这一走，什么时候能回来很难说，这么多人长期吃快餐肯定是不现实的，一个萝卜一个坑，炊事员这个坑不可能空在那里，得有人来填。看来，这倒是一个结束夫妻分居生活的绝好机会，可以让小翠先来这里烧饭，然后骑着驴找马，慢慢寻找更合适的去处。既然有了主意，他决定马上去跟项经理说，免得夜长梦多。他寻思，凭着自己和项经理平日的交情，应该问题不大，于是转着脑袋四处寻项经理。他发现项经理领着工友们走在人群前面，便加快脚步赶上前去。

这时，李二毛从后面追了上来。

李二毛是麻炳华的妹夫，家在离麻家坞不到五里地的李家墩，去年年底和麻花成的亲。今年正月初一小两口来麻家坞拜年，妹妹向哥哥央求，希望元宵节以后哥哥回浦东时，把李二毛也带去，帮他在公司谋份差事。其实李二毛也是有手艺的，正经拜师学过建筑工程中一项重要的技术——扎钢筋。出师已经三年，技术不错，加上干活勤快、手脚麻利，在当地还有点小名气。他一直以村子周围十来里的范围为活动区域，与当地多个石匠师傅结成了还算稳定的合作关系，利用各工地施工周期的时间差，频繁"走穴"。这种做法的最大好处，就是可以最大限度地使自己不闲着，以增加收入。

麻花人很聪明，眼珠子一转就是个主意，就是不大会读书，初中毕业连高中也没考上，但这并没有妨碍她像同龄人一样谈恋爱。她一次去乡里墟场卖大蒜，认识了李二毛，一来二去两人就好上了。一场轰轰烈烈的恋爱谈了两年，李二毛一直屁颠屁颠地围着她转了两年。婚后，她发现李二毛尽管总是忙忙碌碌，但钞票还是没有哥哥赚得多，哥哥每年拿多少钱回家她是一清二楚的。她想，哥哥在建筑公司当施工队队长，带个把亲戚去应该不是难事。

麻炳华跟妹妹的感情一直很好，现在又是她出嫁后第一次有求于自己，没有理由不答应，但却再三申明："要去当然可以，但我把丑话说在前头，这一去山高水远，不是什么时候想回来马上就能回来的，这个你们夫妻两个要想清楚哈。"

当时李二毛也在旁边，他没言语，表情有些发讪。麻炳华一看就知道他不是很情愿撇下新婚的老婆远走他乡。麻花却替老公做了主，说："我俩早就商量好了，一年半载不回来又会怎么样？再说，他跟哥哥你在一起我也放心。"李二毛似乎有些惧内，赶忙顺着麻花的话说："是的哩，不能经常回来就不回来好了，这没什么要紧的，我们都已经商量好了的。"

就这样，李二毛还没度完蜜月，元宵节的第二天就跟着大舅哥来了浦东，在三建公司当钢筋工，仿佛回到了单身汉的生活。

这会儿李二毛过来把大舅哥拉到一旁，笑嘻嘻地轻声道："大舅哥，我有个事要请你帮忙哩。"

麻炳华把眼光从项经理的身上移开，问什么事。

"胖嫂不是走了嘛，她这一走，什么时候能回来、能不能回得来还不晓得哩。公司这么多人，不可能长期吃快餐。你看……"李二毛吞吞吐吐没有把话说完，但觉得自己的意思已经表达出来了，便停下来等着大舅哥的回应。

麻炳华一听就知道李二毛要他帮什么忙了，妹夫和大舅哥原来拨的是同一颗算盘珠子，这倒是他没想到的。事情明摆在这里，公司食堂只需要一个炊事员，这是一个单项选择题。但麻炳华还存有一丝侥幸心理，希望李二毛不是这个意思，是他表达错误或者是自己理解错误。

"你是想把麻花弄到这里来当炊事员？"麻炳华其实是明知故问。

"是哩，"李二毛连忙点头，"麻花炒的菜可好吃哩，手艺一点也不比胖嫂差。铁打的营盘流水的兵，胖嫂走了，肯定要另外寻一个人来烧饭，这是个机会哩……"

大舅哥的原计划妹夫自然无从知晓，这使麻炳华有些为难。但是，考虑到李二毛是自己的妹夫，帮他就是帮麻花，于是思索片刻以后，麻炳华决定还是先把自己的事情放一放，说："那就去向项经理要求一下吧。"

李二毛忙说："我去要求有什么用？这事还得你去帮我说，项经理肯定不会驳你的面子。"

公司里的人都知道项经理很信任麻炳华，平时工作中遇到什么难题总爱找他商量。李二毛虽然才来几个月，但也注意到了这点。

麻炳华笑笑说："自然是我去说。"

这下李二毛别提有多高兴了，催促说："那得抓紧哩，凡事都有个先来后到，要是有人抢在前面我们就被动了。"

乌泱乌泱的人群到了快餐店。

早餐还在准备之中，店里几个伙计忙得一塌糊涂。小个子老板也亲自上阵，忙得不可开交，还时不时地对伙计们吆五喝六，对当前工作进行临时调度。

伙计中有个年轻姑娘，蹲在店门口水泥地上洗碗。由于食客突然大量增加，原来室内的洗碗池已经满足不了需要，便临时在门口的空地上摆上一只大盆，拉了一根塑料水管，权当应急之策。洗好的碗已经在水泥地上摞得两尺来高，姑娘还在一边洗一边逐个往上摞，没注意到这个"高层建筑"悄然出现了重心偏离。偏离的程度随着高度的上升越来越厉害，终于，这一摞碗先是不易觉察地摇晃了两下，随之便发生了倾斜，眼看就要倒塌！

这时皮乐江正好站在不远处，小伙子眼明手快，一个箭步过去把这摞碗扶住了。正因为他的出手，这些碗才避免了粉身碎骨的厄运。也就是这一出手，他把姑娘的手抓在了手中。

姑娘庆幸碗保住了，却发现自己的手被一个陌生男人抓住了，便慌忙抽出，但没忘记感谢人家，结结巴巴道："多、多谢你了……"

一贯油腔滑调的皮乐江这会儿却出人意料地红了脸，一时不知说什么好，张着嘴傻傻地望着姑娘。

工友们见状一起起哄：

"你个死乐江，哪个不晓得你扶碗是假，要摸人家姑娘的手是真？"

"摸都摸到了，还装个什么正经？"

"姑娘哎，你可要提高革命警惕，这个家伙最不怀好意了，小心被他祸害了哈!"

小个子老板正在屋里忙活,听见动静还以为出了什么事,出来看时发现大部队已到,赶忙招呼:"稍候片刻,马上就好!"

趁此空隙,麻炳华把项经理悄声叫到一旁,说了李二毛的要求。

李二毛和麻炳华的亲戚关系项经理是知道的,年初李二毛来公司时,麻炳华就已经告诉过他了。他听罢麻炳华的话,没有马上答应,而是说:"你再认真想一下,想好了再告诉我。"

麻炳华一时没有领会他的意思,问:"这还有什么好想的?"

项经理提醒道:"老麻哎,这里只需要一个炊事员哩。"

麻炳华说:"现在也只是要你安排一个呀。"

项经理仍然说:"你还是先想想吧。"

麻炳华还是说:"这没有什么好想的。"

项经理这才说:"你就不想把自己的老婆弄过来?"

麻炳华这才明白了他的意思,便把两人想法撞车的事情说了,无奈地笑笑:"自己的亲妹夫哩,有什么办法?"又说:"我来找你,就已经想好了的。"

项经理不再说什么,在麻炳华肩膀上拍了拍,算是应承了。

麻炳华又说:"你就不要告诉二毛了。"

项经理没听懂:"不要告诉他什么?"

麻炳华说:"就是我也想把老婆安排过来的事。"

项经理不禁一阵感慨:"你呀,你呀!"说着又再次拍了一下麻炳华的肩膀,认真地说道:"老麻,你这个朋友,我没有交错!"

长话短说,三天之后麻花来到了公司,接替了胖嫂的工作,成了食堂的新任炊事员。

毫无悬念,就像当时胖嫂老公一样,李二毛也欢天喜地把自己的铺盖从集体宿舍搬了出来,住进了炊事员专属的小屋子。

同样毫无悬念,现在轮到李二毛和麻花小两口成为工友们羡慕和打趣的对象了。就在麻花上班的第二天早上开饭时,皮乐江大声嚷叫:"走了包子,来了麻花，这两样东西我都喜欢吃嗫!"

麻花初来乍到，不明情况，一时间还不知道这话里有什么玄机，只是听到了自己的名字，隐约觉得跟自己有关。

李二毛心中当然一清二楚，便也和当时胖嫂老公那样，一脸的得意，明显带着几分炫耀，表面是向皮乐江一人而实际上是朝整个饭厅的人广而告之："光喜欢吃有什么用? 也要有得吃才行啊!"

二

过了大约半月，有一天麻花似乎想起了什么，问麻炳华："哥哥，你告诉我，是不是你把嫂嫂的名额让给我了?"

麻炳华假装糊涂："什么名额?"

麻花说："还会是什么名额，就是我现在做的这个事呗。"

麻炳华轻描淡写道："不就是一个煮饭炒菜的差事嘛，还要讲究什么名额，谁碰上了就是谁的。"

麻花肯定道："你不说我也晓得，事情明摆着的，瞒不了我。"

麻炳华知道妹妹虽然读书不怎么样，人却古灵精怪，这事要瞒住她不大可能，但也懒得多说，一句话砸过去："瞎琢磨个什么? 你现在只管把你该做的事情做好就行了!"

麻花不吭声了。过了没一会儿她又说："哥哥，我们把嫂嫂也接过来吧?"

"你说什么?"麻炳华一下没听清。

麻花又重复了一遍。

麻炳华说："你太高看哥哥我了，一个打工仔，还能养得了全职太太呀?"

麻花说："你怕她来这里吃闲饭是不是? 你就放一百二十个心，嫂嫂那么能干，在这里还愁找不到事做?"

麻炳华说："你倒说得像吃了灯草灰一样，轻飘飘的。"

麻花眼珠子骨碌碌转了几圈,不再吱声。

从第二天开始一连三天,麻花中午也不休息,抓紧时间把晚饭煮好菜炒好就出去了,直到要开晚饭了才回来。这天她还差点把开饭时间耽误了,工友们都已经在饭厅里等了一会儿,她才气喘吁吁地赶到。麻炳华骂她:"你死到哪里去了?"

麻花嘻嘻笑道:"人家有事出去了一下,本来算好了时间的,哪里晓得公交也会堵车呀?"又说:"等吃过饭你不要走,我有事要跟你说哩。"

饭后麻花告诉哥哥,她这几天是为嫂嫂找工作去了。她先是跑了几家幼儿园,但人家现在都不缺老师,要招人也要到新学年开始的时候。

"后来我一想,为什么非要在幼儿园这一棵树上吊死?反正都是干活拿钱,哪里不行啊!先找份事情做着,边做边看,有好的再跳槽呗。果真,换了一个思路,马上就有了出路。今天下午我去了一家台湾老板开的鞋厂,是生产保健按摩鞋的,因为新上了一条生产线,需要招收一批女工。我去看了一下,认为这个厂子还是去得的。"麻花显得很兴奋,脸上泛着红光,"人家是正规企业,条件不错,员工待遇也行,社保什么的都给买。如果不在集体宿舍住自己在外面租房,还发给租房补贴。房子也好找,就离厂子不远,我都去看过了,一室一厅,还带卫生间,你和嫂子住足够了。离这里也不远,公交车三站路,就在出门往东那个站台上车,方便得很。要不,明天你自己再去看看?"

麻炳华一听,不禁有些心动,道:"那……我就抽个空去看一下。"

麻花催促道:"你得抓紧哩,就是这几天的事。厂里的人事处我去过了,去咨询的人不少,你一拖,说不定黄花菜都凉了!"

第二天,麻炳华请了一上午假去了鞋厂,看到情况果真如麻花所说,便立即替小翠报了名。报名处的人听说现在人还在江西,就叮嘱说要抓紧时间,第四天上午就要报到,过时将视为自动放弃,并且还特意说明四天时间是包括今天在内。

麻炳华不敢拖拉,一出鞋厂大门就给小翠打电话,告诉了她这里的情况,并解释说："本来是想找幼师工作，可一时没找着，只好先找份事情暂时做着，你看行不？"

听得出，电话那头的小翠非常意外，也非常高兴："怎么突然想起来叫我到你那里去？……你都觉得行，那肯定是行！"

麻炳华说："那你抓紧收拾一下，第四天上午就要报到的，是连今天在内哈。"

小翠为难了："今天已经只剩半天了，第四天上午就要报到，掐头去尾只剩两天半，这也太紧了吧！"

麻炳华说："有两天半还来不及呀？"

小翠说："你是当甩手老板当惯了，家里的事情从来不操心！家里大事小情一大摊，不是说走就能走的。"

麻炳华说："早就让你不要种那几亩责任田，最多侍弄几畦自己吃的菜就是了，可你就是不听。这样吧，你对爸爸妈妈说，除了平时的田间管理，其余的活都让他们请人做好了，也花不了几个钱。你快点把事情交代好，这里时间卡得紧，拖不得！"

小翠说："花不了几个钱？听你口气好像百万富翁似的！本来种子、农药、化肥的开支就不小，现在又要请人，种田哪里还有钱赚哪？"

麻炳华说："不请人怎么办，总不能把所有的农活都丢给爸爸妈妈吧？"

小翠说："这还用你说？两个老人都快六十了，爸爸的腰椎间盘又有毛病；再说，我走了，光是东东就够他们忙活的了，若是还要他们包下所有的农活，那不是要了他们的老命吗？看来今年这几亩田算是白种了。早晓得能够去你那里，还种它做什么？自找不自在哩。"

麻炳华说："白种就白种吧，好歹也就是今年，明年说什么也要把那几亩田流转出去。"

小翠说："那是肯定的了。"

田里的事情算是说清楚了，小翠又说起了儿子东东发蒙读书的事。说马上就秋季开学了，乡里小学离得太远，看来还是把他放到村里小学去，路近，接送方便。

说到东东，麻炳华有一个担心。以前家里有一个学前教育专业的妈妈，一对一地照顾东东，当然可以放心；小翠一旦离开了，两个老人能不能既照料东东的生活又监督他的学习，会不会没原则地娇惯孙子？他把自己的担心说了，小翠听罢说："这个我平时就已经跟爸爸妈妈说过多次，他们也都明白严是爱松是害的道理。走前我还会再跟两个老人好好谈一下，问题应该不大。我担心的是东东从来没离开过我，我突然走了，他会不会不适应？你不要看他人小，却有个倔脾气，这点随你。"

"怎么就随我？"麻炳华突然心血来潮，开了句玩笑，"我不也离开了你吗，怎么就适应了？"

小翠笑了一下，说："你不要贫嘴，跟你说正经的。"

麻炳华只好也说正经的："你就好好地对东东说，说爸爸妈妈要外出赚钱，不然以后没钱供他上学，把他留在家里是没办法的事，在家里要听爷爷奶奶的话，上学要听老师的话，不要淘气。"

小翠说："这个不用你教，哄孩子我比你在行。"

麻炳华说："那就行了，你收拾一下赶紧来。"

小翠说："我还要去学校找一下老师，把情况告诉他们，让老师也多费点心。"

麻炳华连夸老婆想得周到。

小翠说："你少给我戴高帽子。我就是担心有这么多事情要做，第四天上午可能到不了。你看看能不能宽限几天？"

麻炳华说："你当工厂是你老公开的呀？"

小翠说："我当然晓得你没这个本事，但你可以去跟老板求个情，就算不行又没折掉什么。"

麻炳华又说："你要晓得，这是在上海浦东，不是在我们老家，你以为随便找个人就能搭上关系？"

"好了好了，你不就是在外面打了几年工嘛，谁还没有出去过呀！你以为我不想快点哪？这么多的事情，总得一件一件来吧？说起来没事，仔细想想硬是有不少杂七杂八的事哩。不跟你多说了，反正我尽量抓紧就是。"

三

离报到截止还剩一天，麻炳华给小翠去电话，问她什么时候赶得过来，电话那头回答："我买的是明天上午的票，要下午三点才能下车哩！"

麻炳华急了："那怎么行！"

"我已经尽了最大努力了。其实也就迟到半天时间，一下车就立即赶过去报到。你替我去跟那边请半天假，只是半天，应该问题不大吧？"

麻炳华无可奈何道："那我试试看吧……"

晚上去食堂吃饭时，麻炳华把情况对麻花说了，问她明天上午能不能去帮小翠请假，因为明天一整天工地上的活都比较紧，他离不开。麻花一口应承。

第二天上午，麻炳华正在工地上忙碌，接到了麻花的电话。麻花说她刚从鞋厂的人事处出来，请假没批准。麻炳华连忙说："你要好好跟人家说，态度尽量谦和一些！"

麻花说："有事求人家，态度不可能不好的呀！我还去找了他们处长，也没有用。那处长死板得很，说报到截止时间雷打不动，下午新员工就要开始岗前培训，我再怎么央求都不行。"

麻炳华听罢，沉默了一下，无奈道："既然这样，那就只好算了，就当什么也没发生过。我这就打电话回去，叫她把票退掉，不用来了。"

"别别别，"麻花连忙阻止，"你先不要打这个电话，千万不要打哈！"

麻炳华奇怪了："为什么？"

"电话里一下讲不清楚，等我回来再跟你说——好了好了，不说了，公交车来了。"

麻炳华等得焦急,几次掏出手机看时间,心想再不给小翠打电话她就要上车了,但又不知道麻花葫芦里卖的什么药,怎么在电话里就讲不清楚。

忍不住抽了个空跑去食堂,见麻花已经回来了,正在炒菜,他劈头就问:"怎么就不让我打电话回去?"

麻花诡诈一笑,说:"我就是要让嫂嫂来,反正她来的准备都已经做好了,一门心思要过来,现在你突然告诉她不用来了,人家心里肯定一下拔凉拔凉的,多没劲哪?我们先把没请到假的事情瞒下来,等她人来了再说。"

麻炳华连连跺脚:"这样的馊主意亏你想得出来!你这不是骗人吗?"

"这不叫骗,只不过是暂时瞒一下。"麻花道,"等嫂嫂下车以后再告诉她,就说我去请假的时候当时厂里的态度不明朗,说要经过研究才能决定,可等到研究好了通知我们的时候,她都已经上了车,来不及通知她了。"

麻花的说法在麻炳华看来简直是在狡辩,他越发哭笑不得:"这还不是骗?好了,我不跟你争这个,我只问你一句话,她来了以后怎么办?"

麻花说:"你放心,嫂嫂不会要你供着养着,她有手有脚,又聪明能干,这么大的浦东,还愁找不到她能做的工作?"

麻炳华说:"那等找好了再让她来也不迟呀!"

麻花说:"这次不是已经找好了吗?本来都是板上钉钉的事了,谁知道还会黄了呢?"

麻炳华一愣,道:"反正你的主意就是不靠谱,不说别的,来了连个住的地方也没有。浦东的宾馆酒店倒是不少,可那里是我们住的地方吗?"

麻花说:"这个好办得很,让嫂嫂跟我睡,叫二毛滚回集体宿舍去。人住下来了,有了落脚的地方,工作可以慢慢找,你还担心个什么?"

说实话,麻炳华之所以主张小翠暂时别来,主要还是担心住的问题不好解决,这会儿见麻花拿出了还算可行的解决办法,也就有些犹豫了,没表示赞同但也没再反对,等于默认了。

麻花想了一下,又说:"哥哥吔,你出来这么多年了,总是把嫂嫂一个人丢在家里。以前我没出嫁,有我做伴,也有我保护着。现在我不在家了,你怎么就放心？偏偏嫂嫂又长得那样好看！"

麻炳华一听，觉得她明显话中有话，不禁心里抖了一下，说："你说什么？我好像听不明白哩。"

"你哪里会明白，我是怕你在外面担心，有些事就没跟你说。现在我跟你说，就是那个沙和尚，白披了一张人皮哩……"

麻花说的沙和尚，就是老家村委会的民兵营长。那人因为头顶有一块小时候生瘌痢留下的烧饼大的疤瘌，以至成年后的发型不得不"抄袭"《西游记》里的沙僧，所以村民们便给他起了这个绰号。这家伙本来形象就不好，偏偏口碑又差，方圆一二十里没哪个姑娘肯嫁他，年过三十还是光棍一条。在他们老家，到了这个年纪还没有讨到老婆，一般来说就得打一辈子光棍了。由于看不到前途，沙和尚索性破罐子破摔，好吃懒做，偷鸡摸狗，还几次爬墙头偷看女厕所，村里凡是不光彩的事情几乎都能与他沾上边。也该是他的命好，他有个本家舅舅，几年前从外乡调来当副书记。舅舅见他这般模样，哀其不幸怒其不争之余，终究鼻子臭割不掉，决定还是帮他一把。舅舅帮外甥可谓尽心尽力，多次找他谈心，推心置腹，连骂带哄，把大小道理掰开又揉碎向他灌输，说要振作起来，不要自暴自弃，道路虽然曲折，但前途依然光明。皇天不负苦心人，都快成二流子的沙和尚居然开了窍，开始有了变化，不但能和其他村民一样耕种责任田，而且还能主动帮助寡妇挑水锄地。村民们看到浪子回了头，惊奇过后，对他的看法也就渐渐有了些许改变。后来，由沙和尚的一个本家老太太出面保媒，把一个外乡女人说给了他，使他的光棍历史得以终结。他的年龄比女方不多不少正好小了三岁，这就等于抱上了一块金砖，运气真是好得不得了！更令人没想到的是，讨老婆还能和买促销商品一样，买一送一，老婆过门才五个月就给他生了一个大胖小子。更大的好事还在后头，大前年村委会换届，经过以他舅舅为首的几个乡干部"精心运作"，他入选了村委会班子，担任了民兵营长，成了一名原来连想都不敢想的村干部，简直是祖坟冒了青烟！唯一美中不足的是，他老婆的脾气有那么一点与众不同，在夫妻进行日常沟通时，往往喜欢上演全武行，并且对"武器"的选择从不挑剔，能摸到什么就是什么。他右边太阳穴上那个魏碑体"乙"字形的伤疤，就和灶台上的铁锅铲十分契合。其实这并没有什么大不了的，只要不打光棍，其余的沙和尚都能忍受，甚至可以忽略不计。

遗憾的是，沙和尚这人吃不得三天饱饭，当上村干部没多久，身上的臭毛病又冒了出来。这回不再是偷鸡摸狗，也不是爬墙偷看女厕所，而是对村里那些老公在外打工的留守媳妇动手动脚，据说有几个都已经被他那个过了。

麻炳华禁不住打了个激灵，声音有点沙哑："你说，沙和尚他怎么了？"

麻花接着说："去年上半年，记不得是四月末还是五月初，有一次他竟然想打嫂嫂的主意，被嫂嫂骂走了。当天嫂嫂就告诉了我，我气得不行，欺负到咱家人头上来了，还能轻饶了他？我二话不说，当即就跑到他家里去了。沙和尚怕老婆在村里是出了名的，别看他在外头人五人六，可回到家里连大气也不敢出。我进屋去，见他们夫妻俩都在，便先不说话，板着脸往堂前正中的椅子上一坐。沙和尚没想到我竟然会找上门去，一时不知说什么好，呆在那里。我对他说：'我今天不找你，是来找你老婆的，来和她好好聊一下天。'沙和尚生怕我会把他做的好事在他老婆面前抖出来，急得脸色都变了，拼命朝我使眼色。其实我也就是去警告他一下，并不想把事情闹大，因为把嫂嫂牵扯进来也不好，所以坐了一阵聊了几句别的就走了。哪里晓得他这个人是煮熟的鸭子嘴巴硬，第二天在村巷里碰到我还牛皮哄哄，说就是他老婆知道了他也不怕。我一听就火了，转身就又要往他家去。他态度立马就软了，慌忙上来拖住我，还说是和我开玩笑哩。我哪里肯就这样算了，非得让他长点记性不可，所以就索性大叫大嚷，骂他是个老流氓，大白天拖我，引得村里不少人都围过来看。接着我一不做二不休，硬是跑去他家，对他老婆说：'我本来昨天就要告诉你的，但为了照顾他的面子就没说。谁知道你家这个沙和尚越来越不是东西，刚才竟然在巷子里对我动手动脚，这是好多人都看到的，不是我冤枉他！'那女人没等我说完，从门后抄起棒槌就去找沙和尚了。我还不解气，又跑去李家墩找二毛，对二毛说：'我既然和你订了婚，就是你李家的人了，现在被沙和尚强行拖了，我受不了这个侮辱！你要是个男人，就揍他去!'二毛也真听话,放下手上的活就跑到麻家坞来,几个耳光就让沙和尚的腮帮子胖了一圈。要论打架,他哪里是二毛的对手,二毛那扎钢筋的手跟铁钳一样,不是有人拦着,他早就躺下了……"

这事情麻炳华以前一点也不知道,没想到自己在外面打工,家里却发生过这样的事情。他说:"我过年回去的时候,小翠怎么没提起过呢?"

"还不是怕你担心哪,"麻花说道,"嫂嫂特地交代让我不要告诉你,说你在浦东盖大楼,好几十层高,胆小的人站在上面腿肚子都会打战,要是你晓得了肯定会分心,一分心就要出大事的,所以我才没有说。今天是话赶话,要不我还不会说的。"

麻炳华又问爸爸妈妈晓得不。

麻花说:"晓得个大概,但一直不晓得起因跟嫂嫂有关,还以为是因为我哩。说起来都好笑,我们的老爸老妈呀,竟然本分到这种程度。二老认为沙和尚只是拖了我一下,又没怎么的,二毛就去把人家打伤了,过分了一点,心里过意不去,硬是提了几十个鸡蛋去看他哩。我晓得后气坏了,真想去他家把鸡蛋砸了!"

麻炳华想想还是不放心,问:"后来呢?再没有怎么样吧?"

麻花嘻嘻笑起来,道"沙和尚是贱骨头,从那以后老实了不少,再也不敢了。但是我知道他是恨死了我的,可我不怕他。我警告他说:'如果你还不老实,下次就不是这样轻飘飘地放过你了,说不定我家二毛一下没掌握好分寸,你就该享年某某岁了!'"

麻炳华刚放下的心马上又提了起来,说:"你可不要乱来哈,教训一下就可以了,不要把本来有理的事情做得无理。"

麻花说:"哥哥吧,你这么多年不在家,村里有些事情你不晓得,沙和尚这个人是善的欺恶的怕。那几个被他欺负过的媳妇,就是胆子太小了,看到他有个舅舅在乡里当副书记,怕胳膊拗不过大腿,弄得不好还要被他反咬一口,坏了自己的名声,要不他哪里敢?我是不怕他的,我想,他舅舅能够当官,就不会是猪脑子,不可能会公开站出来护着这个现世的外甥。要真是那样，那我就要把他沙和尚拖到大街上去，叫大家来评评理！"

麻炳华喝道："你胡来哩！现在是法治社会，我们自己千万不能做出违法的事情来，不然反而要吃亏的。"

麻花一笑说："这我知道，你还以为真的会把沙和尚揍得去见阎王啊？犯法的事我可不干。"

麻炳华说："你知道个鬼，轻伤就可以追究刑事责任！"

麻花以为哥哥吓她，嘴巴一撇，说："你哄哪个？我只是个初中生，不是厦大（吓大）的。轻伤就要负刑事责任？天下哪里有这样的王法？真那样，那次二毛把沙和尚揍成那样，怎么没把他抓去坐班房？"

真是秀才碰到兵，麻炳华耐着性子说："那只是属于轻微伤，不是轻伤，相差一个字，性质就大不相同了……这些跟你说不清楚。"

麻花这才觉得自己有可能真的是弄错了，吐了吐舌头说："干吗要规定得这么复杂，谁记得清楚？"又连忙岔开话题："下午你只管上你的班去，到时我去接站好了，我正好有空。"说完又记起了什么，连忙压低声音说："等接到了嫂嫂，我就按刚才讲的那样，把没请到假的情况告诉她。哥哥你可要注意呀，一定要跟我说的一样，不要穿帮了！"

第三章　没想到会有这么难

一

　　幸好麻花担心堵车提前出了门，果然在第一个红绿灯路口就等了近半个小时，因为前面路段发生了交通事故。她赶到火车站没来得及喘口气，小翠就背着背包拖着拉杆箱出站了。

　　麻花飞跑过去迎接，大呼小叫："嫂嫂——我漂亮的嫂嫂哎！"

　　由于嗓门大，引得身边走过的人都回头看她俩。

　　小翠不好意思起来，轻声说："看你说的，都老了，还谈什么漂亮不漂亮的……"

　　麻花可不怕别人看，只管认认真真地说自己的："如果你这个年纪就算老了，那世界上还剩多少年轻人哪？"

　　麻花见她左顾右盼，知道她在找什么，说："哥哥没来，工地上忙，就由我全权代表了。嫂嫂你不要急，很快就能见到郎君了！"

　　小翠笑着推了她一把："取笑我做什么？"

　　麻花抢着要帮小翠拿行李。小翠拗她不过，只好把背包箱子全给了她，自己落个空手。姑嫂两人往地铁站走去，边走边说话。麻花寻思应该把事情摊开了，便说道："嫂嫂，有个情况哩。"

　　小翠随口应道："哦，还有情况？"

　　麻花说："本来中午就要打电话告诉你的，可那时你已经上了车，反正已经晚了，索性电话就不打了，等你人到了再说。"

　　小翠似乎意识到了什么，警觉地问道："到底什么情况？"

　　"你不是赶不上上午报到嘛，"麻花尽量说得轻描淡写，"我替你去厂里请假，人家当时没答复我，说还要研究。哪里晓得到中午才来电话通知我，说这个假批不了，不按时报到就算自动放弃了。我一看时间，你都已经在车上了……"

小翠不觉心中一凉，立住了脚，说："怎么会这样？请半天假都不行吗？"

"就是嘛，"麻花似乎在为嫂嫂打抱不平，"人事处的那个家伙好像有多么了不起一样，哼哼哈哈地跟我打官腔。我当时就说：'我嫂嫂还不一定看得上你们这个厂呢！'其实像他们那样的厂子浦东多得要死，东方不亮西方亮……"

麻花后面的话小翠没仔细听，因为这已经不重要了。

情况太出人意料了！

小翠本来计划得好好的，下了车放下行李就去厂里报到，心想请半天假应该不会有多大问题。然后再在附近租个房子，夫妻俩再也不用天各一方了。她每天下班，到菜市场买点菜，回到屋里给老公烧点可口的，该是多么惬意的事情！可是，这一切竟然成了泡影，心中一幅美妙的图画霎时被撕得粉碎。她顿时感到嗓子有些发涩，说："那我不是白来了吗？"

麻花连忙说道："看你说的，怎么会白来呢？就是没有鞋厂招工这档子事，你也应该来，早就应该来！这么多年守活寡的日子，难道你还没过够吗？"

小翠看到有人转过脸朝这边看，慌忙捅了麻花一下，悄声说："看你都说些什么呀，那么大嗓门！"

"怕什么？本来就是嘛，这又不是什么见不得人的事！"麻花见嫂嫂脸都红了，便压低声音说，"叫我说呀，既来之，则安之，人既然来了，就安下心来。浦东这么大的地方，别人找不到工作我信，我嫂嫂找不到工作打死我也不信！"

事已至此，小翠无奈道："那好吧，反正来都来了，总不能马上就回去呀！"

麻花说："就是，不用着急，先住下来，工作再慢慢找，让哥哥陪你一块儿去找。要我说，条件差点的单位我们还不去哩，一定要找有单人宿舍的，这点才是关键！——你说是不？"

这话小翠有点不好回答，催促说："走吧，走吧。"

上了地铁下地铁，上了公交下公交，穿来拐去，到了三建公司，进了食堂边上的小屋子。

麻花说："你先跟我住这儿，眼下就是这样的条件，暂时还没法让你和我哥哥真正团聚，只能眼睛互相看一看，过一下眼珠子瘾哈。"

屋子不仅小，光线也不好，大白天还亮着一个小功率的节能灯。小翠全方位扫视了一遍小屋，没看到男人生活的痕迹，床上也只有一个枕头，便问："二毛呢？他不是住这里吗？"

麻花一挥手，说："他呀，哪里来回哪里去，滚回集体宿舍去了。这不，一早就把铺盖搬走了。"

小翠有点过意不去，说："我一来倒把你们两个分开了。"

"我来都快二十天了，都有点腻了，"麻花嘻嘻笑道，"在家的时候早死了，这段日子又涝死了，他走了也好!"

小翠明白麻花说的是什么，忍不住举起拳头要捶她："你呀，怎么一结婚脸皮就变得这么厚!"

麻花闪躲开，说："我不跟你说了，要去炒菜了。公司那些人一个个好像都是从饿牢里放出来的，一下班就呼啦啦地往食堂跑，要是饭还没好，是要被他们吵死了的。嫂嫂你就休息一下，坐车也是很累的。"

小翠这几天忙忙碌碌，昨天夜里又忙着收拾行装，到好晚才睡，这会儿确实有点困了。她刚想上床眯一会儿，有点内急，便去厨房问麻花厕所在什么地方。

"出门往左二十来步就到，"麻花停住手里的锅铲，转过脸来说，"是男女共用的，进去记得要翻牌哈。那牌子一面写着'有人'，一面写着'无人'。"

小翠进了厕所，一眼看到正面石灰墙上用木炭写着什么，白底黑字分外醒目。书写者似乎得了怀素同志的真传，通篇狂草，快要赶上游方道士画的斩鬼符了。仔细一看，原来是一首打油诗：

清早起来洗裤头，

儿女一群水中游。

不是爸爸心肠狠，

只因山高路又遥。

上完厕所出来，小翠脸上带着红晕，去厨房问麻花："那是什么人写的呀？乌七八糟的！"

麻花先是一愣，马上反应过来是指厕所文学，便咯咯大笑起来："天晓得是哪个短命鬼做的好事！公司那几十条光棍，还有什么话说不出来？"又接着说："这毕竟还是写出来的，形成了文字，比嘴巴里直接讲出来的不知要文明多少哩！"

"几十条光棍？"小翠觉得奇怪，"怎么会有这么多没结婚的？"

麻花说："什么没结婚，除了一个叫皮乐江的四川人，全部有老婆。但大家的老婆都在老家，一年到头见面的次数少得可怜，这不是和打光棍差不多？你还别说，那写的倒也是实情，话糙理不糙哩。"

小翠打趣说："看样子你还是蛮理解他们的。"

麻花没有在意嫂子的取笑，说："也真是难为他们了，个个都是打得死老虎的汉子，老婆不在身边，只好这样变着法子找乐子。"顿了一下，又认真说道："时间久了，保不齐会出肮脏事哩！"

小翠没听懂，说："什么肮脏事？"

麻花悄声说："去找小姐，就是专门做那种事情的坏女人，嫖娼哩！"

"你怎么晓得？"

"二毛告诉我的。我没来的时候有人邀过二毛，二毛没去。"

城里这种事情小翠早就听说过，但没有想到在老公上班的工地里居然也有这种情况。她心里一紧，忙说："他们会……去找小姐？"

麻花听得出嫂嫂心里在担心什么，笑起来："你放心，我哥哥可不是那样的人！听二毛说，他还劝过别人，说那种地方千万去不得。"

小翠仍然担心，说："近墨者黑，人就怕跟错了伴，时间久了，说不定什么时候脑子一热——"

麻花赶紧插话："谁说不是哩，所以我才说你应该来呀。好好地守着自己的男人，只让他吃碗里的，不许他想锅里的！"

小翠这回倒没有说她脸皮厚。

麻花又说："我家二毛，我是警告过他的。我说你如果胆敢去那种地方，那我可要亲手骟了你！"

小翠忍不住笑了："你就这么厉害？"

"不厉害点不行！"麻花又说，"其实，这也不光是说男人怎么样，我们女人也一样哩，老公不在身边终归也是不好的。时间短倒没什么，忍一忍就过去了，日子长了真不是滋味哩！"

小翠赶快往门口看了一眼，生怕被人听了去，说道："那是你们年轻人的事。俗话说'后生夫妻老来伴'，像我，小孩都要上学读书了，老夫老妻的，还有多少心思去想那些名堂啊！"

麻花手里的锅铲把铁锅敲得叮当作响，她头都没抬，道："嫂嫂哎，得了吧，你才多大年纪？我听人说过，女人在这方面是'三十如狼，四十如虎，站着吸风，坐着吸土'，你还正当年哩……"

小翠立刻满脸绯红，嗔道："你从哪里学来的？越说越离谱，没羞没臊的！"
……

因为一早李二毛就把铺盖搬回集体宿舍去了，所以大家都知道麻炳华的老婆今天要来。这在生活单调的建筑公司来说，无疑又能引发一阵闹腾。工友们似乎比自己的老婆要来还兴奋，傍晚收工后连脸也顾不得抹一把，灰头土脸的就往食堂里拥，嘴上说是肚子饿了，其实是急着想看一下麻队长的老婆是不是真的那么漂亮。麻炳华手机里的桌面壁纸，就是小翠搂着东东的照片，公司里不少人看过，都说他老婆长得漂亮。但那毕竟是照片，而照片往往会蒙人。现在大活人来了，大家当然想亲眼验证一下。

倒是麻炳华自己不大好意思表现得过于急切，故意磨磨蹭蹭，等他迈着方步走到食堂门口，这里的群体性会见已基本结束。

这会儿大家围坐在用模子板钉成的条桌前，一边吃饭一边嘻嘻哈哈地逗着乐子，内容当然不会是别的。

饭厅和厨房之间隔着一堵墙，墙上开着一个老大的长方形窗口，这窗口除了打饭打菜，还是厨房与饭厅之间沟通的要道。透过它能看见厨房里麻花在忙着收拾饭甑菜盆，小翠在一旁帮忙。饭厅里时而还有工友在窗前探着脑袋敲着饭盒，说饭不够，要求再加点，于是麻花又过来应付。

麻炳华径直进了厨房，与小翠的目光立刻碰在了一起。分开已经半年多了，两人心里都有点发热，但碍于公开场合，只是无声地笑了一下。双方的第一句话都是不折不扣的废话：

"到了？"

"到了。"

麻炳华又问："你走的时候，东东没哭吧？"

小翠答："反正不高兴就是了。"又说："我们儿子很懂事的。"

窗口边，麻花突然高声叫起来："你个死乐江，你不是已经加过一次饭了吗？你的鬼主意当我不晓得？什么肚子没吃饱，我看你是眼睛还没吃饱吧？"

皮乐江嘿嘿笑着："又不是看你，你喊啥子嚓？"

麻炳华不愿意让工友们笑话他黏老婆，和小翠闲聊了几句，就出厨房过饭厅来了。

"麻队长哎，你来得正好，"皮乐江叫道，"我正要问你一个问题哩！"

麻炳华太了解皮乐江了，知道他后面又要说浑话了，便笑骂道："你呀，没有这张嘴，要饿得你眼见鬼！"

皮乐江只管说自己的："嫂夫人既然千里迢迢来到浦东，可你又把人家安排跟麻花一起住，那不是白来了嚓？"

话没说完，饭厅里已经是笑声一片。

终于，人渐渐少了，食堂里清静下来，这才轮到炊事员吃饭。麻炳华和李二毛今天有意拖时间，当然是为了陪小翠一块儿用餐。四个人围着案板坐下，边吃边聊天。

小翠对刚才的场面显然不大适应，说道："你们公司的人怎么是这个样子？"

麻花一口饭刚扒进嘴里，鼓着腮帮子说："你是刚来，一下不习惯这个环境，久了就好了。你不要理会他们，把他们的话当作放屁就是了。其实，他们也只是粗鲁一点，心眼不坏的。"

几人边吃边聊，话题转到了小翠找工作上。麻炳华说："我请几天假，陪你一块儿去找。"

麻花表示赞同："对，让哥哥陪着。"

李二毛也插话："嫂嫂第一次来浦东，人生地不熟，还是陪着好。"

小翠却说："用不着陪，我一个人能行。他去了，招工单位见我找个工作都要家人陪着，说不定会怀疑我的能力，哪里还会考虑录用我？再说，哪天能找到工作还不晓得，他总不能天天不上班陪着我吧？只要告诉我这里有几家劳务市场，都在什么路上，我按照地图去找就是，你们完全用不着担心我。"

三个人听她这么一说，都觉得有理，也就不再坚持了。

小翠说，她打算从明天就开始出去跑，为了不把工夫耽误在路上，中饭就不回来吃了，现在外面随处都有饭吃，很方便的。

吃好饭收拾完碗筷，麻花说："我要去大润发超市买双拖鞋，二毛随我去帮着挑一下式样和颜色。哥哥你就在这里陪嫂嫂说说话吧，你们这么久没见面了，肯定有不少悄悄话哩。"接着又加上一句："我俩要在大润发好好逛一下，怎么也得个把钟头。"然后对李二毛道："二毛，我们走吧。"

李二毛没多想，傻傻地说道："昨天不是买过拖鞋了吗，怎么又买？"

麻花暗暗给了他一个白眼，道："你是什么审美水平？那样的颜色也叫我买？回来越看越难看，我真是不喜欢哩！"

李二毛仍然不得要领，眨巴着眼睛说："当时是你自己坚持要买那种颜色的，怎么又来怪我？"

麻花简直有点不讲道理了，提高嗓门道："我现在不喜欢了，要重新买过，不行吗？"

李二毛点头犹如鸡啄米："行行行，怎么会不行呢？"

麻炳华在一旁看了，心想麻花从小就一直被惯着，养成了任性的毛病，现在出嫁了，不但没有收敛，反而变本加厉，变得蛮横霸道起来了。好在李二毛脾气好，什么事都顺着她，不然两口子会有拌不完的嘴。

一对夫妻出门去了，另一对留在了小屋里。

麻炳华不禁燥热起来，涎着脸对着老婆笑，正要说什么，小翠抢先道："你现在不要想其他的，眼下你要做的，就是赶快去追上他们两个，陪他们逛超市去。"

麻炳华一时脑子没拐过弯来，说："他们买拖鞋，我跟去干什么？"

小翠说："你还真的以为他们是去买拖鞋吗？"

麻炳华不解了："不是买拖鞋还能是干什么？"话一出口马上就领悟过来了，不觉笑了："这个麻花，鬼主意还蛮多的！我说呢，昨天刚买的拖鞋怎么今天就嫌不好了，还硬是要把二毛也一块儿拖走，并且还特意声明他俩要过一个钟头回来。"

小翠说："你既然晓得了还不赶快走？你不去，他们还认为我们真的在这里……好像我这么远跑来没有别的事情，就是专门奔着这个目的来的！"

麻炳华嬉笑道："他们怎么认为是他们的事，人家脑子里想什么我们怎么管得了？"

小翠忙说："你说得倒好，可这是多难为情的事！"

麻炳华说："这有什么好难为情的？"

小翠说："那你说还有什么事情比这更难为情的？"

麻炳华退了一步："我们只是说说话。"

小翠说："那也是跳到黄河里都洗不清的！"

麻炳华力图说服老婆："洗不清就不要洗好了，我们是两口子，就是真的有什么事情也是光明正大的哩。"

小翠带着点撒娇的口气说："求求你了，你还是快去追上他们吧，谁叫我脸皮没你厚呢？我还真有点困了，要早一点休息哩。"

麻炳华就是再不情愿，也只有出门去追赶麻花夫妻俩了。

二

第二天，小翠出门前按照"伸手要钱"（身份证、手机、钥匙、钱包的谐音）的四字口诀，依次检查了一遍该带的东西有无遗漏。这种方法是她偶然从网上看到的，当时就觉得它简单实用，便于记忆，因此便把它作为每次临出门时的必要程序。今天除了没钥匙可带，身份证、手机、钱包三样东西都在随身小包里装着，另外还有那本咖啡色封面的学前教育专业的毕业证书。

她先查看了市区地图，对今天的行程做了初步安排。打算由近及远，跑几家劳务市场。

第一个去的劳务市场是街道上办的，接待区的牌子上写着"办事大厅"，其实场地一点也不大，面积甚至不及家乡幼儿园的一间教室。

推开玻璃门，正好碰上三个年轻人出来。在他们随身携带的行囊中，几个鼓鼓囊囊的编织袋特别显眼，袋子上面什么化肥、饲料之类的字样赫然在目。显然他们和自己一样也是来自农村，到这里找工作的。从他们沮丧的表情看，此行未能如愿。

进了所谓的大厅，里面冷冷清清，窗口前只有一个求职者。两个工作人员都是女性，四十岁左右的那个正在解答求职者的询问；三十来岁的这个捧着手机在专心致志地翻看，不知看到了什么有趣的内容，"哧哧"发笑。

小翠来到这个看手机的女人面前。

这女人嘴唇上的口红当属整个大厅最鲜艳的颜色，不过更引人注目的还是那对假睫毛，就像两把小扇子，扑闪扑闪的。其实她的敬业精神还是不错的，一看有人上前咨询，立马放下手机，抬起头来开始履行工作职责，角色转换非常迅速。她先问小翠来自哪里，听了回答却有点不相信，眨巴着装有小扇子的眼睛，说："农村来的？这怎么可能啊？"后面还嘀咕了一句话，声音极小，只有她自己才能听见："农村女人竟然还有比我更漂亮的？"再次核实了眼前这个求职者的身份后，假睫毛明显有些嫉妒了。她本能地表现出心理上的不平衡，说话口气带着教训人的味道，拖腔拖调，"呀"的使用频率颇高："你和刚才出去的那三个人一样，还以为来城里找工作是和你们农村走亲戚一样，想什么时候来就什么时候来呀？你们还以为，企业招人是一年三百六十五天每天都招呀？告诉你呀，要招工的企业，一般都在年初开工时就招得差不多了，以后要招也只是零零星星的呀。这个道理是很浅显的呀，就像你们农村种田，什么时候播种什么时候收获，都是有规矩的呀。你们这个时候跑来，哪里会有工作岗位等在这里呀？"

小翠对假睫毛的话虽然有些反感，但是又觉得自己确实是来自农村的乡下人，所以只是不置可否地笑了笑。

假睫毛的优越感越发膨胀起来，扑闪着小扇子说："从我爷爷辈开始，一出生就是城里人了，这是没办法的事，天生成的呀！"

接着从自己的太爷爷讲起，说了一段辉煌家史，见小翠不感兴趣，才回归正题道："哎，你是想找个什么样的工作？有具体的意向没有？"

小翠顺着对方将话题绕回到自己求职上来："我有学前教育专业的大专文凭，不知道有没有幼儿园需要老师？"说着从包里拿出了那本咖啡色封面的毕业证书。

假睫毛翻开来看，心里暗暗叫道：巧了，居然和我一模一样的专业！当年她从师专学前教育专业毕业后，没有按部就班去当"孩子王"，找了关系改了行，来到劳务市场当了工作人员，同面前这位求职者相比，她要幸运多了。假睫毛直直地望着小翠，由于相同的学历相同的专业，顿时心里不由得有了一丝莫名的亲近感，并滋生几分同情来，态度开始变得热情起来，解释道："学校和幼儿园招聘老师，都不归我们劳务市场管，要到教育部门去投档，材料通过审核后，再参加笔试，还有面试，最后还要经过现场教学这一关。

但现在不是招聘时间，你就是现在投了档，也要等到秋季新学年快开始的时候才能走程序。我对你实话实说，这里公办的幼儿园你很难进去，原因是相关部门有规定，在同等条件下，要优先招收本地户籍的。"

听到这样的答复，小翠倒也没表现出有多么的意外，因为这种内外有别的地方性政策具有很大的普遍性，对这点她有一定的心理准备。她之所以提出这个意向，不过是顺便打听一下情况而已，本来就没有抱多大的希望。

假睫毛又说："民办的倒是不受这个规定的限制，招聘老师的时间也不一定非要在新学年开始的时候，可是，正因为民办幼儿园办事的随意性较大，所以他们的管理就难以规范，这就有可能会给应聘者带来一定的风险隐患。你得先把有关情况了解清楚才行，不能光让人家挑你，你也要挑人家，双向选择嘛。可你一个外地人，两眼一抹黑，不大好弄哩。要不这样吧，你先填个表，留下联系电话，我抽空帮你去摸一下情况，不管结果怎么样，我都会把情况反馈给你的，好不好？"

对假睫毛的热心，小翠没有理由不乐意，便一再表示感谢，把求职意向登记表填了，然后又说："除了幼儿园，工厂流水线上的操作工也是可以的，请你帮我留意一下。但是我有一个要求，就是最好能够解决住宿问题。我说的住宿问题，是指如果我在外面自己租房，能有租房补贴。"

假睫毛觉得奇怪，说："住集体宿舍不行吗？"

小翠不打算透露自己的丈夫也在浦东，只好编了个理由："说出来不怕你见笑，我这个人从小就有个坏毛病，睡觉爱打呼噜，还特别响，有我在，同宿舍的人就别想睡好觉。吵了人家，很不好的。"

假睫毛颇感意外，眼前这个美人竟然会有这样粗鲁的习惯？她微微点头道："这倒也是……"

小翠离开前，假睫毛又说："我们还是双管齐下，我这里帮你留意着，你自己也可以出去跑一跑。企业虽然目前不大可能大规模招人，但零星招聘也还是会有的。由于招聘的人少，他们一般都不会联系我们劳务市场，所以你还是有必要自己上门去跑一跑，碰碰运气。"

三

小翠出了劳务市场，站在路边打开地图，选择去下一个劳务市场的最佳路线。

按图索骥来到最近的一个公交站台，居然在这里遇上了刚才在劳务市场门口碰到的那三个年轻人。时间已经过去了这么久，他们竟然还在这里，不免让人觉得奇怪。

这三个人一个壮实，一个高挑，还有一个是鼻梁上架着眼镜的近视眼。这副眼镜可有点不大一般，小翠还从来没见过这么厚的镜片，一圈套着一圈，简直就是啤酒瓶底。如果眼镜的度数与主人学问渊博的程度成正比，那这位绝对够得上教授级别。

壮实汉子和高挑个子正在讨论下一步该往哪里去，戴眼镜的后生则似乎不屑加入这种讨论，只带耳朵，不带嘴巴。两个讨论者仗着这里没人听得懂他们的家乡话，毫无顾忌地大声喧哗。从口音听得出，他们与自己是江西同乡，老家应该就是与贵溪相邻的上饶。他们的方言小翠虽然说不好，但几乎都能听懂。从他们的交谈中，小翠得知他们当前正面临窘境：如果三五天内还是找不到活干，连肚子问题也将无法解决了，因为从家里带来的钱已经所剩无几。

壮实汉子叹了口气，说："唉，在家千日好，出门一时难，没想到找个活做都这么不容易！"

高挑个子接嘴说："问题是现在在家也不好了呀，我们不是被逼得没办法了，谁愿意跑到人生地不熟的地方来受这份洋罪？"

壮实汉子又说："再找不到活，就是赖在这里也没有用，只有打道回府，回家吃老米去。"

戴眼镜的后生坐在编织袋上，取下眼镜对着镜片哈了一口气，撩起衣襟缓缓地擦拭，还是不打算搭话。

高挑个子翻了一个白眼，道："现在就是要回都没法回哩，买车票的钱都不够了！"

壮实汉子焦躁起来，说："那怎么办？回不去，那我们不是和社会上打流的一样，要流落街头了？"

戴眼镜的后生这才开口说话，拖长音调道："窃以为，出师不利乃小事一桩。古人云，胜败乃兵家常事，吾等不必灰心丧气，一蹶不振。更何况，眼下还未到山穷水尽、走投无路之境地，应该锲而不舍，坚持不懈，说不定突然之间峰回路转、柳暗花明，也绝非异想天开也！"他一开口便显得与同伴大不一样，半文不白，成语迭出，酸文假醋的气息扑面而来。

两位同伴茫然地望着他。

"更何况，"他又接着说，"倘若真要返乡回家，任何时候都将轻而易举，完全不必杞人忧天。"

壮实汉子不耐烦道："瞎子，你不要扯那些文辞，我听得费劲！"

小翠听到戴眼镜的后生被同伴称为"瞎子"，不由得又打量了一下那啤酒瓶底，想来这个外号绝非浪得虚名。

瞎子只好将刚才的话翻译成大白话又重复了一遍。

壮实汉子显然对"峰回路转、柳暗花明"已经不抱什么希望，只关心如何回得了家："你个瞎子说得倒轻飘，买不了车票怎么回？就算混上了车，车上也是要查票的。"

"混票乃下下策也！吾等只要去找当地民政部门之救助站，告知诉求，人家不仅会负责解决膳食问题，还将提供返程车票，绝无流落他乡之虞。"

其实，瞎子的话虽然有些另类，但大致的意思同伴们还是不难听懂的。两人都不相信天下会有这等好事，瞎子便把蹭吃、蹭车票的可行性详细讲解了一番。两人听后立即表现出几天来少有的开心，都说有这个兜底就不怕，倘若过几天身上的钞票耗尽还没找到活干，就去救助站好了。

壮实汉子夸赞道："瞎子，还是你有办法！"

小翠心想，这人的眼镜片真的没有白厚。

然而瞎子却说："去救助站实乃无奈之举，那样回去将无颜见江东父老，不到万不得已切不可为之。"

高挑个子赞同道："是哩，是哩。"

瞎子又说："既然已无后顾之忧，吾等尽可放手一搏，切勿轻言放弃。"

壮实汉子说："可事情明摆在这里，我们是有劲没处使呀！怪来怪去，只怪我们自己没本事，什么技术也没有，卖劳动力都找不到地方。我们在这里已经待了个把钟头了，连下一步该往哪边走都定不下来。"

高挑个子说："谁说不是。"

壮实汉子出了个主意，说："要不我们抛钢镚吧，正面往东，反面往西，怎么样？"

瞎子不耐烦了，道："听天由命之举，实不可取！"

壮实汉子说："瞎子，那你拿主意好了，我们两个听你的。"

看样子瞎子也拿不出什么主意来，一时没接话。

这时，小翠等的公交车到了。她却没有上车，似乎忘记了自己是来做什么的。她思索片刻，上前一步，朝那三个人问道："几位师傅，请问，你们是不是来浦东找活的？"

三个人没想到在人生地不熟的浦东竟然有人主动过来搭话，而且还是一个漂亮女人。瞎子正要回答，壮实汉子抢先朝他发出警告："瞎子哎，出门在外还是谨慎一些好，小心上当受骗，陌生人不要随便搭理。"他自然不知道他们的家乡话小翠完全听得懂。

"而今眼目下，吾等还有什么值得人家可骗？——骗财？"小翠正要解释，瞎子对壮实汉子拍拍口袋道，"囊中羞涩，身无长物。——骗色？"他打量了小翠一眼，"只怕人家不感兴趣，吾等不要自作多情！"他自然也是认为外人听不懂他们的家乡话。

高挑个子倒是赞同瞎子的看法，说："是哩，赤脚不怕穿鞋的，我们没啥好怕的!"

瞎子用带有浓厚方言味的普通话回答小翠:"你问吾等?说起来真乃始料未及,情何以堪……"

小翠的判断没错,这三个小伙子还真的是江西老乡,上饶市弋阳县人,他们村子离贵溪麻山坞抄近路还不到六十里。因为村里的田地被开发区的工业废水污染,前不久被一次性征收了。虽然家家户户都拿到了一笔数量可观的赔偿款,但祖祖辈辈传承下来赖以生存的土地却永远失去了。农民没了田地,若不另谋生计,赔偿款终究会坐吃山空。于是村民们便八仙过海——各显神通,摸索着寻找五花八门的新营生。这三人年龄相仿,相互间又牵扯着曲里拐弯的亲戚关系,平时就走得较近,关系又铁,碰巧又都是大前年腊月成的亲,至今也都还没有升级当爸爸,这次相邀结伴来到浦东,也就是顺理成章的事了。

三个人里面就数瞎子书读得最多,高中毕业后还一连"回炉"了三年,只不过最后还是没能考上大学。没考上大学的原因不是别的,是因为严重偏科,除了语文,其他功课能够勉强及格就谢天谢地了。其实这不能怪他,因为他从小的志向是要成为世界闻名的大文豪,所以认为除语文以外其他的功课都是无关紧要的。比如数学,只要会计算稿费和版税就行,学得再多实在没有必要。三年复读过后,他终于发现上大学彻底没了指望。但这绝不等于当作家也没指望,经过深思熟虑,他及时修正了人生规划,决定再不考虑上大学的事,还是先出几本砖头一样厚的小说再说。于是他从第四年开始不再复读,也不下地干活,而是两耳不闻窗外事,一心只顾爬格子。父母的规劝他不理会,村人的讥讽他当没听见,总幻想着自己一定会有"一举成名天下知"的那一天。然而,理想虽然丰满,现实却很骨感:两年时间过去了,写过的稿纸已经有了满满一箩筐,但却连一个标点符号也没发表过。投出去的稿件不是石沉大海,就是赚得一页格式化的退稿信。最后,他终于发现当作家也和上大学一样没了指望。无奈之下,他只好面对现实,在老爸老妈的安排下娶妻成家,老老实实地过庄户人的小日子。

大学没能上得了，作家没能当得了，但并不等于书白读了。多年的寒窗苦读，使得他现如今只要一开口，便能显示出一种与众不同的语言风格，着实令人刮目相看，这倒也似乎给了他一种补偿性的安慰。

今天是三人到浦东的第九天。其实出来时原班人马不止他们三人，而是六人，大家都把各自的老婆带在身边。携夫人出行是高挑个子提议的，他说："我们是不是把老婆也带去，到浦东去做双职工？"至于什么理由没有明说，但另外两人都心有灵犀，表示十分赞同。当时大家都认为找得到男人干的活，也就能找得到女人的，只要不怕吃苦，找工作应该问题不大。他们各自回家同老婆商量，老婆们一个个欢呼雀跃，坚决拥护夫唱妇随的英明决策。

然而没想到来到浦东以后，找起活来却这么困难。起初三个男人打算先把自己的工作落实好，然后再以自己落脚处为圆心，在半径不超过三里的范围内为老婆找活路。可是，本来全都是一等一棒劳力的三个男人，竟然连卖劳动力也找不到地方。有几个单位倒是要招人，但是眼下不招，让他们明年春节以后再来。瞎转了三天之后，男人们决定应该及时修正求职方案，认为还是先解决老婆的问题，只要女人安顿好了，男人多奔波一下也没有什么大不了的。哪里会想到，女人的活路也同样不好找。先后到了几家工厂，但都在年初就已经完成了招聘工作，眼下不再招人。

最后来到一家服装厂，这家厂子倒是急着要招女工，不过要求是能够操作缝纫机的熟练工。三个女人只有高挑个子的老婆因为家里有缝纫机，偶尔会车一下鞋垫或补一下裤衩，另外两人连缝纫机摸都没有摸过。

高挑个子的老婆满以为自己算得上熟练工了，要求接受岗前测试。当她在缝纫机前坐下来以后，才发现这里的缝纫机跟家里的完全不同，是电动的，不但不用脚踩，而且转速非常不好控制。电门一开，机器"呼"的一声就转了起来。她立马慌了神，手忙脚乱……只听到"啊"的一声尖叫，左手食指已经像穿肉串一样被缝纫机针扎穿了！——录用自然无望。

她先是到服装厂的医务室进行伤口处理，打了破伤风疫苗，再到财务室领了一笔虽然数额有限但却纯属意外之财的伤害赔偿金，然后又随大部队重新开始前途未卜的艰难跋涉。

又是三天过去，毫无进展。六天来除了服装厂的那笔赔偿金，没有一分钱进账。六个人不得不召开紧急会议，经过充分讨论，咬牙通过了一个精兵简政的决议——让三个女人打道回府。理由是明摆着的，人员少了一半，开支可以大幅度缩减。再说现在气温还高，女人不在，三个汉子完全用不着再住旅馆，立交桥底下既避雨又通风，是极好的下榻之所。于是，女人们在当天傍晚就上火车撤离了这座城市，尽管心有不甘，尽管依依不舍。

今天是老婆们离去后的第三天。前两天都是零收获，今天来这家劳务市场又是白跑。从劳务市场出来后，三个人站在公交站台，彻底迷失了前进方向，拿不定主意下一步该往哪里去。

小翠得知他们的遭遇之后，说道："其实你们的谈话我都听到了。你们肯定没有想到，我们还是江西老乡，我是鹰潭贵溪人。我们喝的是同一条河的水，信江河先从你们那里经过，再流到我们那里。你们的话我都听得懂。"

三个男人不禁满脸惊喜。壮实汉子觉得刚才自己还怀疑人家是骗子，有些不好意思。瞎子也为自己的"骗色"之谈有点难为情起来。

小翠倒没计较这些，问他们："不晓得你们要找什么样的活？"

壮实汉子说："还讲究什么样的活，我们是捏着手指头等刀伤药，有事做就行！"

瞎子也说："所言极是，吾等眼下可谓饥不择食，由不得挑肥拣瘦。"

小翠问："如果是建筑工地的小工呢？那活可是比较辛苦的。"

三个人都抢着说，他们都没有什么技术，就是做小工的命，还怕什么辛苦唯！

小翠告诉他们说："我也是来找活的，也还没找到，不过你们的活我倒有可能帮得上忙。"

三个人就像遇上了救星，连忙问哪里有活可干。

小翠说："我也只是说有可能，可以帮你们问问看，行不行还不一定哩。"

说着拿出手机来，拨通了麻炳华的电话，说："喂，是我。你那边好吵，听不大清……好了好了，现在可以了。你说什么？……还没有哩，哪里有这样顺利的事呀？劳务市场刚才是去过一家，但是几乎等于白跑。先不说我的事了，我现在问你一件事。我记得以前听你说起过，你们工地上一直缺人手，不晓得现在怎么样？因为现在我这里有三个人，是我们江西老乡，上饶市弋阳县人……什么？不缺？……这我晓得呀，大工不缺这我怎么会不晓得？大工就是技术工种嘛，怎么会搞错？现在这几个人都不是大工，是小工，我记得你说过缺小工的。你还告诉过我工地上一定数量的大工，都要匹配相应数量的小工。以前你们小工都是就地招聘，但现在当地人嫌做小工辛苦，都不大愿意做。你还说过因为小工不够，你们有时还把大工当小工用，浪费很大……三个，对，三个，现在人就在我身边。好的，那你马上去跟项经理汇报一下……项经理就在你旁边？那真是太巧了！……唔，唔，唔，可以是吧？那好，我现在就让他们过去！"

通话时三个人都围在小翠身边，全神贯注地听着，没等挂电话就已经从小翠的话里知道事情的大概结果了，禁不住十分开心。

小翠自然也很高兴，仔细交代他们坐哪路公交，下了公交怎么走，到了工地以后找谁，然后才接着去办自己的事情。

傍晚小翠回去，食堂正在开饭。三个江西老乡已经上了半天的工，这会儿正在捧着饭碗狼吞虎咽，见小翠进来，一齐鼓着腮帮子报以感激的眼神和微笑。

吃过晚饭，两对夫妻在小屋子里聊天，话题自然又是围绕着小翠找工作的事。先是小翠通报了今天的求职经过，接着麻炳华说："是哩，企业招聘都是有季节性的，一般都是在年初，这个时候找工作是会困难一些。不过也不用急，事情并不是一成不变的，说不定什么时候机会突然就来了。"

麻花坚决赞同哥哥的观点："就是，事情往往就是这样！"

李二毛又一次无条件地支持麻花："对，要有信心，机会肯定会有！"

小翠说："今天跑的几家劳务市场情况都差不多，想来再跑也是这回事。我打算从明天起直接跑厂子。不管成不成，既然已经来了，就是瞎猫碰死老鼠也要去碰一下。"

麻炳华默数了一下日子，说："这样吧，明天你还是一个人去跑，后天我轮休，陪你一块儿去。"

小翠说："我要你陪做什么？我不是说过了嘛，人家看到我找工作还要人陪着，本来想用我都不会用了。"

麻炳华说："休息天顺便的，又不是特意请假来陪你，有什么要紧？"

小翠说："人家哪里晓得你是顺便的？总不能见人就解释吧？一解释就成了此地无银三百两。"

麻炳华又说："那我后天留在屋里做什么？睡大觉？"

小翠坚持自己的主意："睡大觉就睡大觉，累了这么多天，也该好好休息一下。"

麻炳华退让一步："那我就只在路上陪你总可以吧？到了厂子你就一个人进去，我在外面等。"又说："我就后天一天休息，只陪你一天，多了没有，还不行？"

小翠拗不过他，只好答应。

第二天跑了一天，仍然是做无用功。有的单位虽然要招人，但报酬偏低，除去租房和日常开销，几乎白忙活。

第三天按照事先说好的，由麻炳华陪着小翠出门。

吃过早饭，两人先来到一家智能玩具厂。麻炳华兑现了自己的承诺，止步在大门口，让小翠一个人进去。半个钟头后，小翠出来了。麻炳华看到她一脸的沮丧，也就没有问她结果了。

第二家是羊毛衫厂。这家厂子一看大门就觉得非同一般——门楼高大气派，锃亮的不锈钢伸缩门反射着太阳光，直晃眼睛。年轻的保安精神抖擞，制服笔挺，站岗的姿势近乎立正。不像有些单位的保安，站没站相，坐没坐相的。

保安伸手拦住了他俩，客气地问找谁，有无预约。麻炳华赶紧申明："我不进去，只是这位女同志一人进去。"小翠说："我是临时找厂人事部门有要

紧的事，来不及预约。"保安示意她到门卫室登记。麻炳华刚要跟着进门卫室，
又被拦住了，被告知不仅门卫室不能进，而且最好不要在大门口等，到稍远
一点的地方，"哎，可以到马路对面去等"。

麻炳华真想和这个保安好好理论一番，但是一想今天是来办正事的，千
万不能因一时之气坏了事，便忍住了。他不大情愿地踱到马路对面的人行道
边，在一个花岗岩隔离球上坐下来，耐心等候。

尽管等候的时间似乎要比平时过得慢，但麻炳华始终全神贯注盯着羊毛
衫厂的大门，不敢有丝毫的懈怠，生怕一不留神没有看到小翠出来。由于精
力太过集中，连洒水车那高分贝的音乐声一路响过来都充耳不闻，等发现要
躲避为时已晚，结果半边身子被喷得透湿。他只好调整坐姿和方向，让湿衣
服最大限度地"展示"在阳光下，但目光所盯的方向是不能变的，只好委屈
一下脖子了。

终于，就在衣服差不多晒干，脖子开始发酸的时候，麻炳华透过羊毛衫
厂不锈钢伸缩门的间隙，看到小翠从里面急匆匆地往外走。他刚要起身迎过
去，却看到不止小翠一人，还有一个人快步跟在她后面。在出大门口时，那
人上前一步拦住小翠，满脸堆笑地说着什么。那是个中年人，挺着圆滚滚
的啤酒肚。

看这情景，麻炳华禁不住高兴起来，心想看来事情有了眉目。本想过去
加入他们的谈话，但又怕像小翠说的那样产生副作用，便忍住了。

马路那边的谈话很快结束，小翠上了旁边的人行道。啤酒肚还站在原地
向小翠行了好一阵的注目礼，然后自顾自摇摇头，转身回厂里去了。

麻炳华这才挥着手臂大声呼喊小翠，边喊边跑过去。

小翠说："躲得那么远，我说怎么没看到你哩。"

麻炳华急着问求职的事怎么样，小翠却满脸的不高兴："莫提莫提！今天
起早了，碰到了鬼！"

麻炳华觉得奇怪，忍不住要问个明白。小翠只好说："城里有的人还没有
我们农村人来得直白，明明想做肮脏事，却还要遮遮掩掩，恶心死了！"

原来刚才小翠进了办公楼，先到一楼办公室打听人事处在几楼。办公室的一个小姑娘告诉她说，这里什么处室都有，还就是没有人事处，因为人事工作由马总直接掌管，问小翠有什么事。小翠便把求职的事情说了。小姑娘说厂里所有的岗位都已经满员，近期不会再招人了。正说着话，碰巧马总有事到办公室来。那个马总见办公室来了个陌生女性，正打量着，小姑娘向他报告说："这位大姐是来找工作的，我已经告诉她了，现在厂里不招人。"马总却似乎没有听见小姑娘的话，看了小翠几眼之后，说岗位倒是还有一个，就是不知道她是不是适合。小翠一听，忙问什么岗位。马总说："你到我办公室来一下，我详细给你说吧。"小翠跟着他到了三楼办公室。

　　麻炳华急切地插话道："马总是不是刚才跟在你后面，挺着大肚子的那个人？"

　　小翠说："不是他还会有谁！"

　　麻炳华忙问："后来呢？后来怎么样？"

　　小翠"呸"了一口，说："这家伙，根本不谈岗位的事，到了他办公室，给我让座泡茶以后，一直和我东拉西扯，聊了很久，又说起了他们夫妻如何没有感情，已经分居多年，他迟早是要和那个又丑又蠢的女人离婚的，还说什么没有爱情的婚姻是不道德的。我心想：你们两口子的事与我何干？你把这些话说给我听，肚子里憋着什么鬼主意还不是明摆的？亏你还好意思谈什么道德！我说如果没有合适的岗位就算了，起身就要走。他连连说：'岗位有呀，怎么会没有呢？我不是还缺一个私人秘书吗？'我说你这里的工作我胜任不了，我还有事，我老公就在外面等我哩。我都已经把话说到这个份儿上了，他还说要我再考虑一下。我不理他，只顾自己下楼。谁知他还不死心，一路追出来，说做了他的私人秘书，马上就安排我去考驾照，驾照一出来就给我买小车。我拉下脸来说：'我说的又不是外国话，你怎么就听不懂呢？……'你说，我今天是不是起得太早，碰上鬼了？"

第四章　舒宜旅馆 208

一

一连几天白跑，夫妻俩的心情本来就不大好，这会儿更是被那个马总彻底搅坏了，很是憋屈。两个人好一阵都没说话，只顾走路。

到了计划中下一个要去的厂子，两人竟然不约而同地在大门口犹豫起来，拿不定主意要不要进去。夫妻俩似乎都觉得有必要先整理一下情绪，有了好的心情和精神状态才好开始下一步的工作。

麻炳华说："要不，上午就到此为止吧？我们都放松放松，换换脑子，找个地方休息一下，聊聊天。"

小翠已经来浦东几天了，夫妻俩却很少有机会单独相处。麻炳华的提议立即得到了赞同，小翠说："好吧，反正也不在乎这一天半天的，急事从缓哩。"

两个人开始商量去哪个地方合适。

小翠想了想，说："公园离这里远不远？不远就去公园。"

还别说，两人从谈恋爱开始，到如今做了这么多年夫妻，眼看东东都要上学了，竟然还没有一起逛过一次公园。没逛过不等于不想逛，小翠每每在电视里看到青年男女在公园里相依相偎的镜头时，心里不是没有动过这个念头。不过，想也是白想，农村基础性硬件欠缺，没有公园。现在到了浦东，硬件总算有了。她完全有理由相信，老公一定会同意她的提议——在一张床上睡觉的人，没这点把握还行？

果然，麻炳华说："前面不远就有个公园，拐个弯就到。我们就到那里去，好好享受一下二人世界！"可是马上却又说："不过你得做好思想准备哦。"

小翠奇怪了："去个公园还有什么思想准备好做的？"说罢一想，嗔道：

"你不要尽想好事，公园可是公共场所，再幽静的地方也不能动手动脚，不然人都要被你羞死了！"

麻炳华发现小翠误会了，忍不住笑起来："你把我当成什么人了？"

小翠反而有些不好意思了，笑道："那谁讲得清楚哇？我们这次隔了半年多时光，一下到了僻静的地方，我就怕你猴急猴急的！"又说："既然不是，还有什么思想准备好做的？"

麻炳华说："你不晓得，公司今天轮休的除了我，还有好几个人哩。"

小翠不解地问："关他们什么事？"

麻炳华便把有几个工友经常会去公园过眼瘾的事说了。小翠一听慌忙说道："那还是不去公园了。你们公司那些人的嘴巴呀，啧啧啧，如果我俩被他们看到了，回去还不添油加醋说得面目全非呀？其他人听了，还真以为我们怎么样了哩。"

麻炳华却说："嘴巴长在人家身上，要说随他们说去，不理他们就是了。我们是夫妻，有什么好说的？再说，他们也就是寻个开心，你不要当回事就是了。"

小翠还是说："我晓得他们是寻开心，但是也太难为情了，我脸皮可没你的厚。"

麻炳华继续为小翠打气壮胆："我们就是到公园里去坐一下，既合理合法，又文明健康，有什么好怕的？再说，也不一定就会碰上哩。"

小翠说："就没有别的地方好去吗？"

麻炳华说："那你说去什么地方？听你的。"

小翠说："我哪里晓得，我才来几天哪，两眼一抹黑。"

麻炳华说："其他的地方全是人，闹哄哄的，有什么去头？"

小翠终于让了步，轻声道："那……去就去吧，希望不要碰见你们公司那些缺德鬼。"

看来这个公园建成的时间不是很长，所有的游乐设施都还是新的，在阳光下闪着多彩的亮光，好些景观树也刚移植过来，这从那用于固定树木的支架还未拆除便可看出。只有那些高大的乔木是原地土生土长的，但起初栽下它们的时候，这里肯定还不是公园。公园的整体设计颇具苏州园林的韵味，供游人徜徉的石板小路在树木、草地、假山、小湖、凉亭间巧妙迂回穿插，曲径通幽。

今天不是节假日，但游人却有不少。两个人转来转去，最后转到了一条石凳前。这石凳背靠假山，面向小湖，左边几丛摇曳的凤尾竹，右边一排茂密的夹竹桃，使得这块地方颇具私密性，简直就是令人神往的世外桃源。夫妻俩相视一笑，心里都在暗暗夸赞公园的设计者真是善解人意。

自小翠来了浦东，麻炳华总想找个合适的时间和地点，和她单独待在一起，只是好好说说话也行。现在时间有了，地点也不错，但不知怎么搞的，两人在石凳上坐下来后却一时找不到话说。还是小翠先打破僵局，但也属没话找话："那几个人怎么样，表现还可以吗？"

麻炳华一下没摸着头脑，问："哪几个人？"

"还有谁，就是那天我介绍过来的三个江西老乡啊！"

麻炳华说："因为来的时间不长，很难说怎么样，但总体来说好像都还不错，干活都不惜力气。张海山，哝，就是那个身材壮实的，性子比较直，遇上看不惯的事情就要说，也不怕得罪人。高个子叫张定高，不大吱声，只顾埋头做事。最有意思的要数那个戴眼镜的，就是大家喊他'瞎子'的。"

说到瞎子，小翠插话道："那天在公交站台我就已经见识过了，那人的确有趣得很！"

麻炳华说："你听我说一件非常好玩的事哈。"

公司的员工虽然大都没读多少书，但对文化人却很敬重，当他们得知瞎子比麻炳华还多上过三年学，简直就把他当成了文曲星。有一次工间休息时，大伙儿围着他，听他讲古代文人的奇闻逸事。

瞎子故作持重，慢悠悠地说道："我们大可不必迷信古人的诗词歌赋，即使是被世人奉为经典的《唐诗三百首》，有些也是写得不怎么样的。今天，在下就以杜牧的《清明》为例说道说道。依在下看来，该诗就写得拖泥带水，废话连篇。不信且听我道来——头一句'清明时节雨纷纷'，既然点明了清明，何必还要再说时节？清明就是时节，此处的时节指的也就是清明，这不是叠床架屋、画蛇添足又是什么？再看第二句，'路上行人欲断魂'，路上的人自然当属行人，既然是行人，也就必定是在路上，再次犯下了同样的错误。第三句的后面五个字'酒家何处有'，分明就是在借问，那个杜姓诗人却生怕读者不懂，还要特意冠以'借问'二字，又是多此一举。最后一句'牧童遥指杏花村'，在下不禁要问：为何一定要由牧童来指？若是恰巧路上无有牧童，就不许向其他人打听吗？岂有这般道理！总而言之，统而言之，概而言之，一言以蔽之，该诗实在过于啰唆。于是乎，在下便试着将其进行删减浓缩，变七言为五言。现在我念给诸位听下：'清明雨纷纷，行人欲断魂。酒家何处有？遥指杏花村。'——大家说，是不是要比原诗精练了许多？"

瞎子一谈起对他胃口的话题就收不住了，继续滔滔不绝："不知诸位听说过这么四句话没有——'久旱逢甘霖，他乡遇故知，洞房花烛夜，金榜题名时'，此乃所谓人间四大喜事也。其实，如此表述根本称不上人间四喜！且看：第一句的'久旱'，究竟过了多少时间才可算得上久？三天比较一天而言，亦可称之为久，那么是否隔了三天下雨就能够得上人间之大喜？非也！第二句的'他乡'，隔壁乡镇也是他乡，莫非去那里赶个墟碰上一位老熟人也可算人间大喜？显然不妥。第三句的'洞房花烛夜'，人世间哪个男子不钟情，哪位女子不怀春？男婚女嫁，司空见惯，平常之极，喜事倒是不假，但要说是人间大喜未免有点勉强。在下认为，不是任何人结婚都能归入人间大喜的，必须是最没有可能结婚的人结婚，这一喜方可名副其实。最后一句'金榜题名时'，得中金榜，固然可喜可贺，但古往今来，榜上有名者何其多也，人一多就难显金贵，也就难以归入人间四大喜事之列。在下同样认为，此处的金榜题名者亦应是本无高中可能之人，方可承担人间大喜之重任。这些毛病恰恰与刚才那首《清明》截然相反，如果说《清明》是属于营养过剩、虚胖臃肿，那这就是营养不良、形销骨立，也是很有必要下一服猛药的。在下刚才对《清明》开的是泻药，泻去了多余的污秽之物，而此处就该反其道而行之，必须用补药进行调理，固本培元。诸位请看经过本人调理的人间四喜：'百年久旱逢甘霖，千里他乡遇故知，和尚洞房花烛夜，白丁金榜题名时。'……"

等不得麻炳华说完，小翠就已经笑得不能自已，好半天才缓过气来，说："这瞎子，也太有意思了！"

麻炳华说："人嘛，各有各的性格和脾气，说到底，瞎子也只是喜欢显摆，生怕人家不知道他的才学而已，其实他这个人的本质还是很不错的。"

小翠也很赞同丈夫的看法，说："看得出来，人应该是个好人。"

关于瞎子的话题告一段落之后，麻炳华不知怎么突然想起了前不久夜里接连做的那两个梦，便把梦里的情形描绘了一遍。

小翠笑道："日有所思夜有所梦，可见你白天想的尽是些夫妻团圆的事！"

麻炳华说："不要光说我好不好，难道你就一点都不想？"

小翠嘴上说的是"哪个像你，尽想一些不着边际的瞎事"，可心思却被表情出卖了，她笑盈盈地眯着眼睛望着远方，一副很神往很享受的样子。

麻炳华只顾说自己的："你还别说，那天的梦对我很有启发哩，特别是后面的梦！"

小翠说："启发你什么了？莫非你还真想把你们那个破工棚变成楼房，所有员工每人分一间房？那可就成了名副其实的'梦'了！"

麻炳华说："把工棚变楼房，我可没有点石成金的本事哈。我是想，如果真的有什么其他的好办法，能够像梦里那样，使每个员工都能有一间独立的住房，该有多好哇！那这次我们也就不会连累麻花两口子，把二毛赶回到集体宿舍去住了。"

小翠揶揄道："你不会还没有睡醒吧？"

这个话题没法深入下去，别的话题一时又找不到，于是两个人又是好一阵沉默。其实，夫妻间没话可说那是假的，而是两人都觉得这时候语言已经成了可有可无的长物，就这样静静地偎依在一起，什么也不说似乎才是最享受的。

麻炳华时不时地盯着老婆看，脸上一直笑意荡漾。小翠被他看得有点不好意思，说："是不认得我还是怎么的？"

麻炳华也不搭话，一只手悄然从小翠身后绕过去，要去搂她的腰。还没搂上，就被"啪"的一下打了回来。

"这可是公共场所哈！"小翠说。

麻炳华说："公共场所连老婆都不能搂？谁规定的？"

小翠说："就算是我规定的，不行吗？"

麻炳华没了奈何，却不甘心，手臂改变路径搭到小翠的肩膀上去，讪笑道："这样总可以吧？"

小翠望着可怜巴巴的丈夫，心中不觉泛起了一阵酸楚，无声地微微点了点头。麻炳华如同得到御批，立即紧紧箍住小翠的肩膀。随即，又得寸进尺把脸歪过去碰妻子的脸。这回小翠没有再拒绝，闭上眼睛，一动不动，像一只温顺的小猫。他也眯上眼睛，用腮边的胡楂去磨蹭妻子的脸颊，轻轻地，缓缓地……

风儿柔柔地吹，婆娑的竹影在他俩身上肆意地抚弄。

也不知过了多久，小翠说："你肚子饿了吗？"

麻炳华仍旧眯着眼睛，道："不饿，再过三天三夜也不饿。"

"别嘴硬，我都听到你肚子咕咕叫了。"

"那是肚子在说话，它叫我别管这些，它其实一点都不饿。"

小翠被逗得"扑哧"一声笑，正起身子，理理头发，说："已经快中午了，我们还是去找吃饭的地方吧，下午还有事呢。"

麻炳华尽力寻找多待一会儿的理由："吃饭快得很，有半个钟头足够了。"话刚说完，似乎突然想起了什么，马上改变了主意，松开手，说道："对，我们还是先去吃饭，至于中午两个多钟头怎么打发，吃完饭再说。"

二

两人快要出公园大门，小翠突然说："你看前面那小伙子，就是头发有点卷的那个，是不是皮乐江？"

顺着小翠手指的方向看去，那不是皮乐江是谁？和他并肩走的是个女孩，两人挽着手，很亲热的样子。

小翠问："那女孩是谁？皮乐江谈恋爱了？"

麻炳华茫然道："没听说呀！"

由于是同向而行，从后面看不到女孩的模样。麻炳华撇下小翠，快步往前赶，准备去看一下皮乐江处了一个什么样的女朋友。

小翠连忙追上去阻止："你去看个什么，女孩子家不比你们男人，脸皮薄！"

麻炳华说："皮乐江是我施工队的，一个人大老远从四川来到浦东，父母不在身边，他的事情，我还得尽点心哩。你放心，我不会让他们发现的。"

小翠说："人家谈恋爱，你尽什么心？"

麻炳华说："就怕不是正经女孩。"边说边继续快步往前，在人群中穿梭，借助路人做掩护，越过目标绕到前面，回头扫了一眼那女孩，便迅速转身，笑嘻嘻地回来了。

"你认得那女孩？"小翠问。

"是喜妹仔。"麻炳华说，"这个皮乐江，本事好大哩！不过是前段时间去人家店里吃快餐，帮人扶了一下碗，就和人家好上了！"他把上次因为胖嫂不辞而别，食堂突然没有了炊事员，不得已去快餐店搭了几天伙的事说了。

小翠问："喜妹仔是哪里人？"

麻炳华说："听说老家是河南农村。"

小翠说："那也是属于打工族，靠劳动吃饭，应该是正经的女孩吧。"

麻炳华说："农村出来的女孩子，大都比较纯朴。我虽然和她接触没几次，但凭直觉，她人还不错。这个皮乐江，也应该有个人管管他了。他俩若是能成，是件大好事！"

小翠说："我给你提个建议哈。你呢，找个合适的机会，同皮乐江好好谈一下，现在处朋友了，就再不能那样一天到晚没个正形。他这个人虽然心眼不坏，但嘴巴太随便了也不好，人家女孩子会不喜欢的。既然你也认为女孩不错，那就告诉皮乐江，要珍惜这个机会，争取谈成。窝在工地上，平时接触女孩的机会不多，找个对象不容易哩！"

麻炳华说："谁说不是，是要好好说说他。若是成了，那我们三建公司就消灭单身汉了，意义重大哩！"

小翠突然想到什么，笑道："还提什么消灭单身汉，除了二毛，你们一个个不都是'单身汉'吗？"

麻炳华当然懂得妻子的意思，说："本人眼下正在力争短期内'脱单'。虽然目前困难不小，但办法总比困难多。也就是说，尽管道路是曲折的，但前途肯定是光明的。只要有关同志能够予以密切配合，曙光就在前头！"边说边意味深长地瞄了妻子一眼。

小翠本想装作没听懂不搭理他，但丈夫极其难得的油腔滑调使她觉得有趣，便说："还说要好好说说皮乐江呢，你这不是和他差不多吗？"见丈夫还要说什么，赶紧扯开话题："我们还是赶快找饭店吧，你不饿我还饿了呢。"

麻炳华带着妻子来到一家酒楼。小翠在大门口看到里面金碧辉煌，便不肯进去，说："炳华哎，我是你的老婆，不是哪里来的客人，有必要把我带到这样讲究的地方来吗？"

麻炳华知道她是心疼钱，说："我们又不是天天来，偶然次把有什么要紧？难道今天吃了这餐饭就要穷得当裤子了？"

小翠还是坚持不进去："钱都是汗珠子掉在地下摔八瓣赚来的，没必要这样花。我们还是去找个快餐店，只要干净就行。"其实这几天的中饭，她都是用一碗面条打发的。

麻炳华知道再说也是白搭，只得依了。

吃饭的时候，麻炳华突然问她："你跑了几天，不会觉得累吗？"

小翠随口说："还好吧。"

麻炳华说："等下去给你开个钟点房，中午休息一下吧！"

小翠一惊，说："也就是两个小时的时间，还用得着专门开个房间休息？我可没有这么娇贵。这比起在家时下田干活，要轻松多了！炳华，我看你现在花钱的架势，好像是个百万富翁哩！"

麻炳华嘿嘿笑着说："还是去开一个吧，花不了几个钱。海阳路有家舒宜旅馆，这里过去不远，很便宜。我刚来浦东没找到工作以前，就住在那里。老板是鹰潭老乡，姓查，人很热情。"

小翠没往别处想，说："因为是老乡，你就要这样千方百计地照顾人家的生意呀？"

"开一次钟点房，"麻炳华嬉皮笑脸起来，"有关同志不就可以密切地予以配合了吗？"

"密切地予以配合"，这句话刚才丈夫已经说过一次，现在重提，小翠马上就明白了是什么意思，顿时脸就红了。

麻炳华一脸的涎笑："我们还是去吧。"

小翠嗔道："你在外面这些年，别的没学会，就学会了这些没名堂的东西呀？我还以为你真的心疼我累着了要开个房间休息哩，原来打的还是这个算盘哈。"

麻炳华从老婆的神态里读出她已经同意了，却想逗她一下，故意假装叹了口气："唉，既然你不肯去，那只好算了！饭差不多吃好了，我们还是回公园去坐吧。"他转头喊："老板，买单。"

小翠连忙把话往回圆："你说都已经说了，我还有什么办法？不依你你又不高兴……"

麻炳华脸上装得毫无表情，慢吞吞地说："就算我没说好了，你不情愿，就没有必要勉强自己。"

小翠不免有些急了："我什么时候说过不情愿哪？只是觉得特意为这事去开个房间，好像，好像蛮难为情的……"

麻炳华仍然一本正经："是蛮难为情的，那就还是不要去吧。"说着说着，一下没绷住，"扑哧"一声笑出来了。

小翠发现上了当，又羞又恼，举起拳头要打过去，发现邻桌的人都在扭头看他俩，只好又缩回手来。

夫妻两个都憋不住"哧哧"地偷笑。

从快餐店出来，前面拐个弯就是海阳路，查姓老乡开的旅馆就在路口。麻炳华指给小翠看："看到招牌没有？舒宜旅馆，舒宜——既舒适又便宜。"

小翠笑道："我看你应该向旅馆老板要广告费才合道理。"

推开玻璃弹簧门，服务台就在门厅。麻炳华已经好几年没来过这里了，门厅的格局还是原来的样子。姓查的老板五十出头，这会儿正坐在服务台埋头往电脑里录入旅客信息，没发现有人进来。麻炳华也不说话，在服务台上"咚咚"叩了两下。查老板闻声抬头，发现来人是几年没见的老乡，不禁喜出望外，赶紧起身招呼："老乡，今天什么风啊，把你吹到这里来了？"看到他身边还带了个漂亮女人，似乎意识到了什么，便打着哈哈，意味深长地行了个拱手礼："欢迎欢迎！"

寒暄过后，麻炳华说："开个钟点房，我们休息一下。"

查老板左右一看，凑近他耳朵悄声说："这段时间治安抓得特别紧，派出所经常来检查，小旅馆是检查重点，有时白天都来。据说，是因为有个重要的国际性会议要放在浦东召开。你看，你们今天是不是……"

麻炳华听出了他的意思，说："这与我们有什么关系？今天我们夫妻两个来这里休息一下，莫非就成了被检查的对象？"

查老板心想：哄鬼还差不多，夫妻还用得着来开钟点房？再看那女人，红着脸躲到一旁假装看墙上的旅客须知，这像夫妻吗？我可是好心规劝，怎么就不听呢？本来，冲着老乡关系他还想再次提醒一下，但一想何必费力不讨好，人家自己都不怕，他怕什么？皇帝不急太监急呀！更何况警察也不是天天都会来，哪里就会这么巧，麻老乡几年都没来过了，今天带个女人来就碰上检查，这概率也实在太小了吧？

"你们当然是夫妻，"查老板故作愚笨，顺着麻炳华的话说，"警察就是来检查也不关你们的事！我指的不是像你们这样的合法夫妻，你可不要误会了哈！"

住宿登记眨眼工夫就办好了，查老板把房间钥匙交给麻炳华，说："二楼208。"

夫妻两个上了二楼。麻炳华拿着钥匙开门，由于激动，手有些颤抖，钥匙几次插不进锁孔。小翠忍不住悄声取笑道："我说你猴急，没冤枉你吧？"

终于进了房间，关上了房门。

麻炳华立刻直奔主题，喘着粗气说："这下可不要怪我，谁让你老是说我猴急猴急的，现在我可真的是猴急了！"说着伸手就要去搂小翠。

小翠一躲，道："稍微等一下不行吗？我还没缓过劲来哩。"

麻炳华说："这还有什么劲可缓的？"

小翠顾虑重重："你刚才没注意查老板那眼神吗？你说我们是夫妻，其实人家根本就不相信。看来他是把我当成那种女人了，肯定在心里瞧不起我。今后他无论在哪里碰到我，都会联想起今天的事，说不定还会在他的熟人面前对我指指点点，说这个女人怎么怎么的。你说，我到底招谁惹谁了？怎么就平白无故背上了这样一个坏名声呢？"

麻炳华此刻的心情比消防队员面对特大火情还要焦急和紧张，恨不得即刻开辟一条防火隔离带，阻止小翠顾虑的蔓延，使她尽快调整好情绪，进入状态。

"你尽瞎想。"他决定先把她哄高兴了，"查老板不相信我们是夫妻，肯定是认为我讨不到你这么好看的老婆。其实人家这是在变着法子夸你漂亮哩，连这个你都没听出来？"

"用不着给我灌迷魂汤了。你不要以为他只是针对我一个人，其实对你也是一样哩。你想想看，和坏女人在一起的男人，还能好到哪里去？"

麻炳华此刻无心再进行深入的探讨和推理，急慌慌道："反正我们是合法夫妻，人家怎么想是人家的事，用不着理会！现在来都来了，其他的就不要去想……"

"可我还是会想哩……"小翠还是进入不了状态，眉头紧锁。

麻炳华像老师启发小学生那样："你一定要想的话，就想想我们到这里来是为了什么？其他的不要管那么多！"

小翠闭起眼睛，双手捂脸，蜷缩在床边的圈椅里，心里在全力按照老公的要求去排除杂念……

麻炳华"咕咚"一声吞下一口唾液，等不得小翠的杂念排除干净，就一把将她托着抱起来，往席梦思床垫上一丢。随着小翠落下又被床垫弹起，他迫不及待地开始脱自己的衣服。三下五除二，衣服即刻就像蛇蜕皮一样散落在地板上。也许是因为现在是亮堂堂的大白天，在这种环境下温习夫妻功课尚属首次，他似乎还不大适应，所以身上还暂且保留了一条裤衩。不过这时的裤衩已改变了本来模样，成了一顶支歪了的"小帐篷"。正当他要去解小翠衣服扣子的时候，小翠却突然有了意外发现，不无惊恐地说："外面好像有人！"

麻炳华现在哪里顾得了这么多，根本没有停下的意思，喘着粗气说："旅馆里有人进进出出，这很正常哩！"

小翠急慌慌地两只手摇来摆去，对丈夫的进攻采取移动式拦截，同时不忘通风报信："你听，好像是往我们这边来的，好几个人的脚步声！我们这次……怕是不行！"

麻炳华侧耳一听，外面真的有人走动，并且脚步声越来越近。

走廊上的木质地板施工质量不大好，人踩上去会吱呀作响，踩到哪响到哪。当年房子装修竣工验收时查老板就发现了这个问题，但施工方百般狡辩，硬说这是有意而为之，还说这是最新流行的防盗方法，夜里小偷一进来就等于报警了。查老板明知这纯属忽悠，但对装修工程派生出来的安全警示功能倒也有几分认可，心想开旅馆第一位讲究的不就是安全嘛，所以也就没有坚持要求返工，放了施工方一马。

此刻麻炳华已经顾不上室外的动静了，说："外面有人走动关我们什么事？就是天王老子来了也不理他！管天管地，管不了夫妻一起睡！"

对眼下的活动是继续进行还是立即收队，夫妻俩的意见完全相左，根本无法统一。

在这节骨眼上，脚步声在门口戛然而止。

"咚咚"，有人敲门。

三

麻炳华这下别提有多窝火了，没好气地吼了一句："哪个？"

"派出所的。"门外的人说道，"请把门打开，我们要例行检查。"

麻炳华仗着自己和小翠是合法夫妻，口气要比门外的强硬得多："管你们是什么所的，我们已经睡下了，要检查等我们起床后再来！"

"我们要查的就是大白天躲到这里来睡觉的人！"

麻炳华火冒三丈道："谁规定了大白天不能睡觉的？什么叫'躲'到这里来啊？"

"你把门打开，快点！"门外催促道。

"派出所的就了不起啦？派出所的就可以无法无天啦？谁给你们这个权力的？"

"有话开门后可以慢慢说，现在火气不要那么大！"

"你说开门就开门哪？凭的什么？"

"到底开还是不开？"门外的人似乎已经失去了耐心。

门外一阵窸窸窣窣的响声过后，又有人朝屋里喊话了，这次是查老板的声音："麻老乡，再过三分钟我就要开门了，三分钟哈。"

显然，查老板是看在老乡的面子上，给室内一个缓冲的时间，免得到时场面尴尬。

麻炳华顿时像一个瘪了的皮球，"小帐篷"也随之消失。他明白，这个门自己去不去开已经没有什么区别了。

此刻的小翠，已经懊悔到了极点。但是事已至此，也只好硬着头皮扛着。她的衣着还算整齐，由于刚才拦截得力，加上丈夫的进攻太过忙乱，效率不高，所以大部分扣子没被解开，倒是麻炳华自己已经是九成以上的身体都裸露着。还别说，他的身材很是健美，手臂一动，肱二头肌就像小老鼠一样蹿上蹿下。如果在身上抹上一层橄榄油，保准不会比竞技场上的健美运动员差多少。

小翠催促他说："还不快穿衣服，是不是还嫌丢人没丢到家？"

"这有什么丢人的？我不是偷人，你不是养汉，夫妻相聚，天经地义，丢什么人？"麻炳华虽然嘴上这样说，但是也开始穿衣服了——尽管十分不情愿。

三分钟很快过去，门开了，是查老板用备用钥匙从外边开的。两个身穿警服的小伙子进了房间。

门外还有好些人探头探脑地往里看，都是一些听到动静从各自房间出来看热闹的房客。他们在窃窃私语：

"盘子还蛮靓的嘛！"

"做这种事情的，有几个盘子不靓的？"

"就是，丑八怪你要哇？"

……

查老板站在门口朝室内说："麻老乡，我对派出所的同志说了，你们真的是夫妻，可他们非要亲眼看过才放心。其实这就是一场误会嘛，说清楚了就没事的。"

两个穿警服的同志一高一矮。高个子回头朝查老板扬扬手，示意他走开，其实是嫌他多嘴。

查老板走开前，顺便把看热闹的人轰走："散了散了，大家该干什么就干什么去，误会一场，没什么好看的！"

房间里，麻炳华和小翠一人一把圈椅，隔着小茶几坐着。麻炳华憋着一肚子的气，瞥了来人一眼，也不搭理，架起二郎腿慢悠悠地晃着，心想：我倒要看看你们怎样收这个场。小翠到了这个时候也顾不上害羞了，反而有了一股大义凛然的气势，别过脸去，不正眼瞧来人。

房里只有两把椅子，两个当事人当然丝毫不会有让座的意思，来人只好站着说话。高个子先开口："说说吧，你们这是怎么回事呀？"

麻炳华反唇相讥："这句话应该由我来问你们两位，我们夫妻在房间里，你们非要进来，说说吧，这又是怎么回事呀？"

矮个子轻蔑地一抽嘴角，说："夫妻？哼，夫妻还用得着来开钟点房？我看是野夫妻吧？"

高个子接上话说："如果仅仅是野夫妻我们还不管哩，因为那不属治安管理范畴，只怕是卖淫嫖娼吧？"

小翠听了这话脸涨得通红，不客气地回敬道："你们鼻子底下的那个器官，还能称作嘴巴吗？"

麻炳华本来也算是农民工中的文化人，可是一旦脾气上来了也是粗鲁得很，只听他怒声吼道："那是肛门，在放臭屁哩！"

两个穿警服的气得不行，强忍着没有发作。高个子尽量控制着声音的分贝，故作平静道："那好，既然你们说你们是夫妻，那就请把结婚证拿出来看一下吧。——料想你们也拿不出来！"

麻炳华厉声反诘："结婚证又不是身份证，有谁会走哪带哪？"

高个子说："没有结婚证，怎么能够证明你们说的是实话呢？"

矮个子帮腔道："是呀，用什么证明？说呀！"

小翠"咻"了一声，带着几分取笑："看来你们很有必要提醒自己的爸妈，老两口一起逛超市时，也要千万记得带上结婚证哦，否则一旦碰上了治安巡查，可就跳进黄河也洗不清了！"

两个小伙子的舌战能力似乎与麻炳华夫妻不在同一档次，说出来的话比对手要平淡得多。

"你现在还有心思来为我们操心？"高个子说。

"不要妄图转移话题哈!"矮个子说。

在你来我往的言语交锋中,小翠瞟了一眼他们胸前的警号。就是这一瞟,有了令人惊喜的发现,警号打头的两个字母竟然是"FJ"!——这不是"辅警"二字汉语拼音的第一个字母吗?原来,他们只是辅警,并非名副其实的警察。她顿时有了主意,正色道:"二位说得这么热闹,原来还是辅警!你们不会连自己的执法权限都搞不清楚吧?辅警是不能独立执法的,只能协助警察执法。两位不具备独立执法资格的辅警,知道不知道自己现在的所作所为,是不折不扣的执法违法?"

麻炳华一直只顾生气,还没注意到这个细节,现在听小翠一说,赶紧往两人胸前扫了一眼,果不其然,便立刻大叫起来:"好哇,两个辅警胡作非为,跑到这里来耀武扬威,侵犯了我们夫妻的合法权益,我要投诉你们!"

两个辅警没有料到还有如此嘴硬的,心说这真是病人鄙过了郎中,等着吧,会有你们求饶的时候!高个子说:"那就请你俩跟我们走一趟,到派出所去协助调查。到了那里,自然会有具备独立执法资格的人来处理你们的问题。"

矮个子接着揶揄道:"要投诉,到派出所去更方便哩。"

"笑话!"麻炳华怒声叫道,"你们是真不明白还是假装糊涂?你们既然没有独立的执法资格,怎么还在这里大言不惭地呼来唤去?我们凭什么要听你们的?叫我们跟你们走,也不怕闪了舌头!"

两个辅警气得脸色发青,却又一时找不到反驳的话。

麻炳华说:"看你们这个架势,莫非我们不跟你们去派出所就要采取强制措施?有本事就试试看!嘿嘿,谅你们也不敢!如果真那样问题就升级了,到时候有你们好受的,吃不了要兜着走!"

小翠帮腔道:"你们不要把事情弄颠倒了,如今可是法治社会,倒是你们自己要好好反省一下,把今天的所作所为向我们两个当事人解释清楚!"

麻炳华又摆出猫戏老鼠的架势来,不无调侃地说:"我现在可以明白无误地告诉你们,我们夫妻不需要贴身警卫,如果你们硬要死乞白赖地拍这个马屁,那就请把岗位设在门外好了。——门在你们后面!"说完脸一转身子一扭,摆出不再理会状，其气势犹如收剑入鞘的侠客。

高个子跺着脚道："你们等着吧！我马上就打电话回去，让所里来人！"

麻炳华本来不打算再多说什么，却又忍不住不说："要打电话就快点哪，还磨蹭个什么？"

高个子拿出手机跑出房间去打电话了。

矮个子当然不会真的到门外去站岗，还在屋里待着。

房间里三个人谁也不说话，各自都憋着一肚子气。

不多时高个子回到屋里，对矮个子说："吴姐马上就到。"

过了一会儿，被称为吴姐的警察到了。

吴姐五十挨边，中等个子，剪个齐耳短发，富态、谦和。

麻炳华和小翠都只是瞟她一眼，没有搭理。

高个子叽里呱啦地把事情经过向吴姐描述了一番，矮个子适时做着补充，两个人都忘不了进行一番先入为主的案情推断和案件定性。

吴姐没有急着表态，转过脸来对两个当事人说："请问，你们是夫妻？"

麻炳华一字一顿说道："那我就再说一遍：我们是夫妻，是拥有民政部门颁发的有效证件的合法夫妻！"

高个子插嘴说："看看，嘴巴硬得很呢！"

吴姐用手势示意高个子不要说话，对两个当事人说："请把你们的身份证让我看一下，可以吗？"

麻炳华和小翠见这位警察大姐态度和蔼，对立情绪顿时消减了许多，都很配合地掏出了自己的身份证。

吴姐接过来看了，微笑着双手递还，满怀歉意地说："实在对不起，是我们弄错了，请你们原谅！"

两位辅警莫名其妙，睁大眼睛看着吴姐。吴姐向他俩解释说："两张身份证上的住址是同一个。"

两位辅警顿时明白过来，却又很是不解：既然是夫妻，那为什么还要到这里来开钟点房？高个子嘀咕道："前段时间我们查获的几起卖淫嫖娼案，也都是在钟点房里抓的现行。"

吴姐说:"具体情况要具体分析。从他们的身份证可以看出,他们是来自江西农村。如果我没有猜错的话,应该是一对农民工夫妻。"转头向两人当事人求证:"我说得对吗?"

在得到麻炳华和小翠的默认后,她又接着对两位辅警说:"他们从江西老家来到这里,为我们这座城市的建设和发展出力流汗。可是,由于方方面面的原因,当下我们的城市还给不了他们一个像样的家。今天他们到这里来开钟点房,也是迫于无奈呀!但是却由于我们工作的失误,给两位当事人带来了很大的不愉快。我们真的比王母娘娘还不近人情,硬生生地把人家夫妻相会的鹊桥给冲塌了。"又转向两位当事人:"现在,我再一次诚恳地向你们表示对不起,也代表两位辅警向你们赔礼道歉,希望能得到你们的谅解!"

吴姐一席话,说得夫妻俩一阵莫名的感动。小翠的怨气不知不觉烟消云散,先前的羞涩却又回来了,不好意思地低下头,满脸通红。也许男人的脸皮就是要比女人厚一些,麻炳华倒没有觉得不好意思,认为这不过是还了自己一个清白而已,对两位辅警的作为还是怨气满满,耿耿于怀。

两位辅警刚才的神气活现已经没了踪影,两人轮番絮絮叨叨地向两位当事人检讨着。见对方一直都没有谅解的表示,便没了主意,一齐把求助的眼光投向吴姐,满脸的可怜巴巴。

吴姐从进房间以后一直都是站着说话,这时她走过去在靠近圈椅的床沿上坐下来,双手肘关节撑在两个膝盖上,身子倾向两位当事人,说道:"现在征求你们的意见,如果你们能够原谅他俩,就请接受道歉;如果觉得不能原谅,不但可以不接受道歉,还可以进行投诉。决定权完全在你们自己,请考虑一下。在这里我先向你们说明两点:一、不论你们原谅还是不原谅,今天这个教训我们全所人员都会认真吸取,并且举一反三,杜绝类似情况今后再次发生,尽最大努力把工作做好。二、按照有关规定,像今天这种情况,我们一定会严格按章处理。如果你们坚持投诉,两个当事辅警将会受到解除聘用合同的处罚。"

这完全出乎麻炳华夫妻的意料，他们没想到会有这么严重的后果。解除聘用合同就意味着饭碗丢了。尤其是小翠，想起了自己找工作屡屡碰壁的遭遇，不由得一股难以言状的感情涌上心头。她顾不得羞涩了，说道："既然事情都已经过去了，他们又道了歉，那就原谅他们吧。"

"什么，就这样原谅了？"麻炳华想起自己今天的好事就是被这两个搅屎棍给坏了的，刚刚稍微平复了一些的心情又陡生波澜，"投诉是一定的，必须的，我就是要让他们知道马王爷到底有几只眼！"

两个辅警开头听到女当事人表示原谅他们，都面露喜色，感激的话还没说出口，又听到男当事人说一定要投诉，不禁又是一脸的苦瓜相，只差没有哭出来。

看得出来，吴姐还是希望男当事人也能放这两个年轻人一马，但又不便明讲，便拐着弯子说道："我们最终的目的，是要吸取教训，改正错误，把工作做好。在这一点上，我们应该是一致的。处罚不是目的，只是一种手段……这样吧，你们夫妻两个还是商量一下，形成一个统一的意见，看看到底是原谅还是不原谅，好不好？"

麻炳华想了一下，说："没什么好商量的，我老婆要原谅那是她的事，反正我是不原谅的！"说到这里，瞥了两个辅警一眼，对吴姐说："叫他们两个先出去一下，我有话要单独对你说。"

除了麻炳华自己，没人知道他要说什么。两个辅警悻悻地退出去之后，麻炳华对吴姐说："还真的能为了这点事就让人家丢了工作呀？还是算了吧！不过，你今天可不能告诉他们，到明天再说，我要让这两个小子今天晚上睡不着觉。——太气人了！"

吴姐心里一块石头落了地，觉得面前这个男人有点可爱，拼命忍住才没笑出来，连声应承。接着又问他们还有什么意见和要求，见两口子没有再说什么，便代替两个辅警再次做了检讨，然后起身告辞。她临出门拉起小翠的手，说："论年龄，我多吃了几年咸盐，算得上是老姐了，但我也年轻过，我理解你们，你用不着不好意思。我可以保证，不会再有人来打搅你们了。"

当房间里只剩下两个人的时候，一切又恢复了平静。

然而，经过这么一折腾，不要说小翠，就是麻炳华也已经兴味索然，哪里还有兴致来重启这个倒霉的烂尾工程？

两人对视了片刻，什么也没有说，但都从对方的眼神里读出"罢了"的意思，于是便一起出了房间，下楼去了。

服务台前，吴姐还在和查老板说着话。旁边围着不少人，其中有些是刚才在 208 房门口探头探脑的房客，两个垂头丧气的辅警也在。

吴姐先看到麻炳华两口子过来，迎上去主动打了招呼："怎么，不会是要走吧？"得知他们真的是要走，又再次诚恳地表示歉意。

查老板也为自己开头怀疑老乡夫妻关系的真实性而感到愧疚，幸好当时只是在心里嘀咕，不曾公开表露，所以现在的愧疚也只须放在心里。他上前要挽留这对冤屈的老乡，见挽留无望，便大包大揽地承担本不该由自己承担的责任，再三再四地说着已经毫无意义的赔礼道歉的话。

第五章　甘蔗总有一头甜

一

又接连奔波了一周，跑过的厂子已经不少。

有意聘用小翠的倒是有那么几家，但都不能解决住房问题，并且还没有住房补贴。小翠一下拿不定主意了，不知道该不该去上班。

夫妻俩一阵商量，仍然举棋不定。去有去的理由，不去有不去的道理，于是便打算听听麻花夫妻俩的意见。

这天晚上，两个家庭的联席会议召开了。

麻花极力主张去。显然她算的不是经济账，她抱定的原则是其他问题可以后一步再说，首先必须让嫂嫂在浦东立住脚。

李二毛表示全力支持麻花的主张。支持的原因除了习惯性的服从，还有自己的小算盘——嫂嫂搬出去了，他就可以搬回炊事员的专属小屋。

可是麻花马上就来了个"不过"："不过，我想了一下，我们千里迢迢跑到这里来，最根本的目的是什么？还不是为了赚钱吗？如果赚不到钱，那我们还来做什么？还不如卷起铺盖回家去算了，你们说是不是这样？"紧接着她又来了个"不过"："不过，我又这么想，要是一直都没找到理想的事情做，那怎么办？总不能这样一直等下去吧？更不能打马回头，回麻家坞去吧？你们说说看，是不是这个道理？"最后来了个总结："所以呀，我也被弄糊涂了，还真不晓得是去好还是不去好。俗话说甘蔗总有一头甜，要不就图赚钱多一点，要不就图夫妻能团圆。到底应该图哪一头？这个主意还真是不好拿哩！哥哥，嫂嫂，你们说是不是这样？"绕了一大圈又回到了原点，等于什么都没说。

李二毛心里还是希望小翠能去，但又不便明说，更不能公然同麻花的意见相悖，只得含糊其词："是哩，是哩……"

看来会议无法达到预期目的，正准备散会，小翠的手机响了。

来电话的竟然是劳务市场的假睫毛！

说实话，那天在劳务市场填写求职意向登记表时，小翠也只当是例行公事，走个过场，并没有抱多大的希望。现在假睫毛居然真的来电话了，并且还是在工作时间的八小时之外，完全出乎意料。她不由得在心里对自己说，不管事情结果如何，就凭人家一直还记得这事，也得领这份情。

"喂，我跟你说，现在这里有个岗位哩！"听得出，手机里的假睫毛很兴奋，"我觉得还是很不错的……"

假睫毛说，小翠的事她一直放在心上，这几天都在留意着相关的信息，还亲自跑了两家私立幼儿园，不过都没有效果。没想到的是，今天下午有一对年轻夫妇到劳务市场来，要高薪聘请保姆。这户人家条件不错，家住高档小区，两口子是大学同班同学，男的姓赵，在一家中外合资企业当副总经理，人称赵总，每天早餐后就有一辆小车接他去上班，要到晚上才送回来，妻子在家当全职太太。两人有一个儿子两周岁半，以前一直是自己带，本来再坚持半年就可以送幼儿园了，但考虑到幼儿园孩子多，担心老师照看不过来，万一有个磕磕碰碰的就不好了，所以才决定请个专职保姆到家里来。假睫毛听了觉得奇怪，问："你们请保姆应该去家政公司，那里各种级别的保姆都有，为什么要到劳务市场来？"这对夫妇说家政公司去过好几家了，但提供的人选都不符合他们的要求，所以趁今天休息，来劳务市场碰碰运气。假睫毛问什么样的条件这么难以满足，他们说，其他的条件都和普通保姆一样，就是有两项比较特别：一是要求拥有大专以上学前教育的文凭，二是年龄必须在六十岁左右。按理说，这两项条件分开单独来看也很普通，并不刁钻古怪，而要同时具备可就不那么容易了。拥有这种文凭的大都是一些年轻的女孩子；而年龄符合的，又基本上是农村老太太，能够识字就不错了，还指望她们拥有什么大专以上的文凭？假睫毛弄不明白为什么非要同时符合这样两项条件。年轻夫妇解释说：文凭条件是专为他们的宝贝儿子设置的。至于对年龄的要求，是考虑到这个年龄段的人，上一辈的老人基本上都过世了，下一辈的子女也都长大独立了，中间的老伴也已经是太阳偏西人到晚年，两口子不再如胶似漆了，即家中没有了牵挂，可以一心一意当保姆；同时，这个年龄段在体力和精力方面又还完全可以胜任保姆工作。

小翠听到这里忍不住发笑，心想这样的东家也够会算计的了。她说："我的文凭倒是符合他们的要求，但是年龄明显不合，差了好大一截哩。"还有一句话没说出来：虽然她对与儿童打交道的工作情有独钟，但对上门入户去做"老妈子"，还从来没考虑过哩。

假睫毛接着说："年龄问题我已经跟他们沟通过了。我说，你们如果还是这样死抱着这个刚性标准不放，那么这样的保姆恐怕是很难找得到的。说到底，你们不就是怕人家有家庭牵挂，分了心吗？如果有这样一个人，虽然年龄只有三十来岁，但是家在遥远的江西农村，只身来在浦东，就是家中有事也是鞭长莫及，一年到头回家的次数非常有限，这样的人选你们考不考虑？女主人一听来了兴趣，连忙问是不是有现成的人选。我说有呀，这个人我和她打过交道，综合素质很不错的。但是女主人又问：'她这么年轻，她家先生怎么会让她一个人跑这么远？'我说：'你们管这么多干吗？只要她没有牵挂，能安心在你们家做事就行了呗。'女主人又问人长得怎么样，漂亮不漂亮；还说不要以为这个无关紧要，因为小孩从小眼睛里看到的都是美的事物，那对他的成长肯定是有好处的。我说这个尽管放心，包你满意。那女主人一听，连声说好。两口子当场商量了一下，就要我尽快约个时间，说是双方先见个面。我说马上就可以帮你们联系，但人家愿不愿意来还说不定哩，只能是试试看。他们走了以后，我设身处地为你考虑了一下，觉得这份工作还是可以的。你想想，你离乡背井跑到浦东来，还不是为了赚钱吗？人家出的工资高哇！工厂流水线上的操作工，一天八个小时忙得上卫生间都得一路小跑，才多少钱一个月呀？两个人还抵不上你一个哩，有这样的待遇还去不得吗？我觉得这事还得趁热打铁，不能拖，所以一吃过晚饭我就给女主人打电话，问明天见面行不行,那边说正好他们夫妇两个明天上午都有空,见面地点就定在他们家。我挂了那边的电话马上就联系你。你现在就考虑一下吧,我好回人家的话。"

假睫毛像放连珠炮一样,一口气说了这么多。

小翠觉得她的话还是很有道理的,不禁有点动心。人家开出的工资远远超过了自己的心理预期,就是全额承担在外租房的租金也是划算的,这很符合麻花"甘蔗总有一头甜"的原则。其实,只要有了高工资这一头的甜,夫妻团圆那一头的甜也就自然能够兼顾。虽然做"老妈子"并不是来浦东的初衷,但迫于眼下没有更好的去处,适时对就业意向做些修正调整也未尝不可。想到这里,她觉得应该先把明天见面的事情落实下来再说。

假睫毛听到小翠答应了,连连说:"对了嘛,双方先见个面,真正有什么需要协商的地方,还可以再沟通,双向选择嘛!那就这样,你明天上午八点半到劳务市场来,我领你一块儿过去。"

小翠接电话时,旁边的三个人都在竖起耳朵仔细听,虽然电话那头说些什么听得不十分真切,但从小翠单方面的话语里就已经知道事情的大概了。她一放下电话,麻炳华就问:"是叫你去做家庭保姆?"

小翠故意说:"对呀,是去做'老妈子'哩——是不是嫌不好听,不要我去呀?"

没等麻炳华回答,麻花快嘴快舌抢过话说:"坐办公室,喝喝茶,看看报,那个好听,可眼下没这个机会呀!嫂嫂,你不要顾忌那么多,有这样的工作尽管做得,别人不支持我支持!凭劳动赚钱,没什么不好听的,赚得越多越好!有了钱,什么都好解决了!"麻花的耳朵尖,刚才已经从电话里听到了东家开出的工资是很诱人的。

麻炳华瞪起眼睛骂麻花:"你一张嘴巴叽叽咕咕,净是瞎嚼!哪个说了不支持呀?我们本来就是打工的,根本不存在什么好听不好听的。我只是觉得,好像那对夫妻年纪不大……"

小翠一听就知道老公心里在想什么,嗔道:"说到底,你原来还是对我不放心哪？"

麻花又一次表达对嫂嫂的全力支持，说："哥哥你也真是瞎操心！嫂嫂是那种人吗？对方多大岁数用得着去管吗？"顿了顿又说："我好像听到电话里说女主人是全职太太，有她全天候在家里守着，男主人就是有这个贼心也没这个贼胆哩！"

李二毛觉得这个问题比较敏感，不便发表意见，破例没有表态，低头假装玩手机。

小翠说："先不要说得这么热闹，明天只是去见个面，成不成还不一定哩。"

麻炳华也说："就是，先去见个面，到时看具体情况再说吧。"想了一下又说："要不明天我陪你一起去，有个什么事情也好商量。"

小翠立马表示反对："那天在劳务市场我没有说你也在浦东，明天你突然去了，这个谎叫我怎么圆得过来？干吗要节外生枝呀？"

麻炳华说："你就讲那天没来得及说嘛，难道明天说就晚了？再说，家庭保姆这工作不比别的，我作为你丈夫，一起到东家家里看一下，认一认他们家的大门是朝东还是朝西，也是讲得过去的。"

小翠刚要表示反对，麻花抢过话头说："哥哥吧，刚才电话那边讲些什么你没听见，我是听清楚了，本来人家是要找年纪大的，图的是没有家庭牵挂，后来听劳务市场的人说嫂嫂是一个人在这边，老家的事顾不上也帮不上，才改变主意的。你明天一去，事情还不被你搅黄了呀？"

麻炳华觉得这有点难以理解，摇摇头说："这样的东家真有意思，不就是请一个提供家政服务的人嘛，这和家人在哪里有什么关系呀？"嘴上虽然这样说，但也不再坚持，交代小翠说："明天你去了，主意还是自己拿。如果不满意，就不要勉强。"

小翠刚要说什么，麻花又抢着说了："这还用得着你教？你还以为嫂嫂没你聪明啊？"

二

第二天上午八点半，小翠准时到达劳务市场。

假睫毛正在整理资料，看到人来了，把桌面上的东西一股脑儿扫进抽屉，跟同事打了声招呼，就领着小翠出去了。

上了公共汽车，车子却是往小翠刚才来的方向开的。下了车，才发现要去的住宅小区竟然就在三建公司的斜对面，中间只隔着一个购物广场。

高档小区就是与普通小区大不相同，陌生人要进去非得业主打电话给门卫不可，不然就是门卫的亲爹也别想开这个后门。

进了小区，绿荫重重，水磨石的人行道上几个保洁员正在用清洁剂清洗路面。刷子刷过的地方留下一层白花花的泡沫，有专门的人拖着一根长长的塑料水管对着它冲洗。高压水柱飞溅起来的水花形成的雾气升腾在空中，在太阳光的映照下现出一道美丽的微型彩虹，时隐时现，煞是好看。

在一幢花岗岩贴面的联排别墅前，赵总夫妇牵着他们两岁半的儿子已经站在那里迎候。夫妇俩一看就知道都是文化人，赵总戴一副无框眼镜，嫩皮细肉，举止斯文；妻子恬静妩媚，小鸟依人。小男孩综合了父母的优点，长得像洋娃娃，很逗人喜爱。

说来也怪，小男孩第一次看到小翠，就像见到了熟悉的玩伴，挣脱了爸妈的手，"咯咯"笑着蹒跚跑过来。妈妈怕他摔倒，在后面追着喊"点点，点点"。小男孩点点照跑不误，上前一把抱住小翠的双腿，小脸蛋使劲往上面蹭，把小翠膝盖部位的裤子蹭得满是口水。妈妈过来拽住儿子，不好意思地说："真是对不起，你看点点这孩子……"

小翠看到孩子这样可爱，自然也是喜欢得很，连忙表示没关系。夸过小孩聪明伶俐，又说："点点这名字好，好听又好叫！"说着抱起了孩子，孩子越发往她怀里钻，高兴得手脚乱舞。

假睫毛适时插进话来："你们看，这孩子跟她多有缘哪！"

赵总夫妇高兴得连连称是，还说这孩子对其他人从来不会这样。

这个愉快的小插曲，无疑为双方的首次见面开了一个好头。

男女主人引导小翠和假睫毛进了屋，来到客厅。礼节性的开场锣鼓响过之后，双方便进入了实质性的谈判。

看来这户人家是母鸡打鸣，大事小情都是由女主人说了算。在整个交谈过程中，赵总跑来跑去忙于后勤工作，端茶倒水，准备水果。

一开始，女主人不失礼貌地提出，如果方便的话，想看一下小翠的身份证和文凭，不知行不行。小翠自然给予满足。女主人仔细看过，又说想给文凭拍照留底，问可不可以。小翠说这有什么不可以的，还主动说，不妨到网上把文凭的编号输入系统查询一下，以辨真伪。本来女主人对文凭拍照留底的目的就在于此，打算等人走后再上网查询。这下让对方先行点破，不禁有些难为情，似有"以小人之心度君子之腹"之嫌，故而一时语塞。小翠见状，赶忙主动解围道："这完全合情合理。我们初次打交道，相互都不了解，还是先小人后君子的好。"

接着，女主人解释了为什么开始对保姆会有年龄上的要求。虽然这个问题昨天已经由假睫毛间接解释过，但她认为还是有必要亲自向当事人讲清楚。解释之后，她还附加申明："可能有人会误解，认为找年龄大的是为了防止家庭出现感情问题。这不是笑话吗？我可以这样说，这个问题在我家根本不可能出现，因为我家那位就不是那样的人。"说着转向还在厨房里准备水果的赵总，笑问道："哎，你说，我讲得没错吧？"

赵总正在往切好的哈密瓜上插牙签，听到妻子叫他，转过头来朝客厅说道："无稽之谈，纯粹是无稽之谈……"

接着，女主人又对保姆的工作职责做了详细说明："我们家保姆要干的活说多也不多，除了陪点点之外，就是买菜烧饭、洗洗涮涮等家务活，还有晚上带点点睡觉。其实，家务活并不是主要的，反正我在家待着没啥事情，如果偶尔有忙不过来的时候，也是可以一道干的。我们注重的是对点点的早期教育，不能让孩子输在起跑线上。我说的早期教育，不单单是学认字学唱歌之类的，而是指在日常生活中，要根据这个年龄段孩子的心理特点和认知能力，潜移默化地以正能量去影响、启迪孩子，这才是最重要的。要不，我们也不会把文凭作为必要的条件提出来。另外我们还有一个要求，就是保姆必须以这里为家，一个月除了四天休息日，其他时间晚上都要在这里住。对这点不知你有什么想法，可不可以接受？"

绝大部分的要求小翠都认为不难办到，甚至觉得有点简单，心想到底是有钱人懂得享受，笼笼统统就这么点事情，家中已经有专职太太，还要花大价钱再请一个保姆。在自己老家农村，一个家庭主妇除了哺养孩子，料理家务，侍奉老人，还要上山下田做农活，也没见哪个累瘫了的。唯独听到晚上要住在这里，心里有点不乐意，觉得这也太不近人情了。但是想到好歹每个月还有四天的时间可以自由支配，又有高报酬的诱惑摆在面前，也就坦然接受了。应该说，她还是很想得到这份工作的，于是便继续有意隐瞒老公就在离这不远处务工的事实，说道："我老家在江西鹰潭，既然来到了浦东，以这里为家当然没有问题。"

赵总插进话来："鹰潭那地方我去过，那里有个贵溪冶炼厂，是东南亚最大的铜冶炼基地，与我公司有业务往来。离市区二十来公里还有个国家5A级风景区龙虎山，自然风光很独特，被誉为'龙虎天下绝'！"

小翠说："那真是巧了，我家村子离贵溪冶炼厂很近，离龙虎山也只有十多公里。"

几个人信口聊了一阵旅游趣事，女主人又对小翠说："我现在问你几个问题可以吗？如果涉及隐私，你也可以不回答。"

小翠说："尽管问吧，只要是我知道的。"

"你家里还有些什么人？"

"公公、婆婆、丈夫、儿子。两位老人家都快六十了，都是农民，种了一辈子的地。儿子比点点大四岁，下半年该上小学了。丈夫是个手艺人，是个石匠。家里本来还有个小姑子，去年出嫁了。"

女主人听了，稍稍愣了一下，说："你丈夫是做石匠的手艺人？……可你是大专毕业，又长得这么漂亮……"话没有再说下去。

小翠已经听出了她话里的意思，微微一笑，说："你是不是觉得我有这个大专文凭，本来是可以不在农村跟做手艺的人结婚的？好像我们夫妻不大般配，是吧？"

女主人连忙摆手："不不不，我不是这个意思，只是有那么一点点好奇，随便问问，如果不好回答可以跳过去，我们谈点别的。"

"用不着跳过去，很好回答的。"小翠说，"说实话，我们两人当初还是我先相中他的。他读书时成绩要比我好很多，之所以没上成大学，成了一个手艺人，完全是一个特殊原因造成的。也正是这个原因，使我看到了他令人敬重的人品，认定他是一个真正值得托付终身的人。至于颜值，在我心目中他是最帅的。我们结婚到现在，正好七年。七年的时间算不得长，以后还有更长的人生道路要走，一定还会有很多事情需要我做出选择，但是我可以断言，当他的妻子，一定是我这辈子最正确的一次选择。——我这样说，不知解释清楚了没有？"

小翠这席话说完，女主人和假睫毛都好一会儿没吱声，倒是点点坐在小翠腿上咯咯笑个不停。

女主人直直地望着小翠，郑重而由衷地说道："大姐，我敬重你！你使我想起了我妈妈说过的一句话：'挑女婿，会挑的挑儿郎，不会挑的挑田庄。'我一直都以为自己完全理解这句话，现在才突然发现，以前的理解仅仅是皮毛而已。"

假睫毛听了女主人的话，也觉得说得在理，想说些什么却又一时找不到合适的话，便附和道："对哩，对哩……"

聊了一会儿别的，谈话又重新回到谈判的轨道。女主人提出了她最关心的问题："你们夫妻天各一方，那你平时多久回去探亲一次？"

赵总显然也很在乎这个事情，在一旁插进话来："如果要经常请假，那恐怕就……"

对于夫妻团聚的问题，小翠已经无法据实回答，只得继续隐瞒下去。对回老家的频率问题倒是可以如实相告，她说："如果没有什么特殊情况，一年就是春节时回老家一次。"

赵总夫妇互相对望了一眼，两人的表情都有些复杂。他们虽然很满意这个回答，但从另一个角度却又感到难以理解。

女主人说："在欧洲一些国家，在一般情况下，夫妻只要分居半年以上，基本上就可以委托律师办理离婚手续了。"

赵总补充说明："我在国外留学时，身边就发生过这样的事情。"

假睫毛不希望由她牵线的这件事情因此流产，也就顾不得其他，只管尽力促成，说："外国是外国，国情不同，有些国家还允许同性恋结婚呢，我们不用管那许多。"

女主人还是有点担心，说："年轻夫妻分居久了终归是不好的，会影响感情的……"

假睫毛又抢着说："她自己说的一年只回去一次，那肯定就没有问题了。就说我家那位吧，当初他在部队服役，我在地方，我们一年到头也才团聚一两次，还不是那样过来了？没事没事！"

小翠也说："真的没事。"

稳妥起见，女主人想进一步把事情砸实，便道："是不是可以这样理解，只要没有特殊情况，从现在到春节之前这段时间，你就不回江西老家了？"

小翠点头道："是这样的，这个可以写入合同。"

看来女主人做事非常稳妥，每个问题得到落实以后才开始新的话题。她往下说："每个月的四天休息，你可以集中使用，这样就有一个小长假，便于安排去外地游玩或是去老乡那里走动。"

小翠说："你们考虑很周到。"

男主人说："当然，如果时间来得及，小长假期间你要回老家一趟也不是不可以，前提是第四天晚上八点钟之前一定要赶回来。"

小翠表示明白。

女主人又说："反正由你自己决定吧。要是休息天不想出去，留在这里我们表示欢迎，并且会按照劳动法有关规定付给你加班工资。"

接下来，双方又对聘用期间的社保、医保等事宜进行了商谈。最后，女主人问小翠还有没有什么别的要求，如果有尽管提出来。小翠觉得东家已经考虑得很周到了，实在想不出还有什么。

女主人说："既然这样，那事情基本上就可以敲定了。为了慎重起见，我建议劳动合同今天先不急着签，你回去还可以跟老乡商量一下，听听他们的意见，你自己也可以再考虑考虑。如果觉得没有什么问题，你明天再来签合同，就算是开始上班了。这刚月初，这个月就算你一个整月，这样好记。反正我们这里是很希望你来的，你应该不会让我们失望吧？"

小翠说："明天恐怕来不及，可能还要再等几天。"

赵总夫妇和假睫毛三个人同时一愣。女主人问："你是不是还有什么事情需要处理？"

小翠说："幼儿教育的岗位，上岗前是必须体检的。我明天上午去街道体检中心，但是体检有几个项目当天是出不来结果的，后天大后天又是双休日，这就要等到三天后才能拿到体检报告。"

三人同时"哦——"了一声，原来竟然漏掉了一项重要的内容。女主人感叹道："到底是学幼儿教育专业的！"

赵总征求妻子的意见说："要不，还是等体检报告出来以后再来？"

假睫毛不希望这件事留下个尾巴，说："其实体检不过是个手续，看也看得出来，她不可能会有什么传染病的。"

赵总夫妇本来做事一贯讲究原则和规范，这时候不知怎么搞的，竟然也都赞同假睫毛的说法。女主人直接拍板道："那我们就不墨守成规了，还是一边上工一边等体检报告好了。"

小翠自己却说："我觉得还是按规矩来，这也是对双方负责。你们是不是再考虑一下？"

女主人想了一下，用眼神同丈夫做了交流，最终同意了小翠的意见。假睫毛也只好顺着话说："这样也好，大家都放心。"

女主人又想起一件事来，说："至于合同期限，我认为还是应该适当长一些，至少不要短于一年。时间太短，保姆换得太频繁，对孩子的成长不利。"

小翠说："你说得不是没有道理，不过，根据点点的具体情况，我觉得这次还是只签到春节比较合适。"

女主人问："为什么？"

小翠说："春节以后，点点就该上幼儿园了。"

女主人不解了："家里有你这个学前教育专业的老师，一对一地陪着他，不是比上幼儿园更好吗？"

小翠说："不是这样的。孩子过了三周岁，就应该让他过集体生活，有意识地让他与其他孩子相处，培养他的集体观念和沟通能力。这个环节在孩子成长的道路上非常重要，有可能会影响到孩子成年后的性格甚至人格健康。这可不是危言耸听，是有科学根据的，国内外很多育儿专家对这方面都有过专门的研究。"

女主人又问："那你的孩子是几岁上的幼儿园？"

小翠说："我家东东没有上过幼儿园。"

女主人大惑不解："为什么？"

小翠说："在这方面，农村与城市又不一样。由于居住环境的原因，城市小孩是生活在相对封闭的环境中，在家里把大门一关，与外界就基本断了联系，与其他小孩几乎没有什么交流，整日面对的都是家里的成年人；而农村就不同了，千百年来形成的居住环境和生活习惯，决定了农村小孩从小就与同年龄段的伙伴关系密切，所以用不着担心他们因此会有性格缺陷。"

赵总夫妇都没有想到过这个问题，他们互相对望了一眼。赵总由衷说道："真是听君一席话，胜读十年书哇！"

小翠忙说："你这样说就叫我不敢当了。"

女主人也说："看来我们选择你当保姆是非常正确的，就听你的好了。"顿了一下，又马上接着说："其实，就算点点上了幼儿园，你也还是可以继续留下来的，家庭教育这一块仍然是很重要的呀！"

小翠笑了笑，说："以后的事情，很难说有没有变数，还是到时候看具体情况再说吧。"

谈判在亲切友好的气氛中结束。

大人谈话时，点点始终乖乖地蜷缩在小翠怀里，一声不响地玩他的变形金刚。小翠起身要走，他却仍是不肯下来。女主人再怎么哄他都不听，还是小翠的话起作用："我们点点好乖，你让阿姨走，阿姨回去还有点事，要不了几天就回来了，回来就不走了，就在这里陪着我们的点点，好不好哇？"

孩子乖乖地从小翠身上溜下来，挥着小手说拜拜。

三

从主人家告辞出来，假睫毛心中按捺不住升起一股成就感，一路上喋喋不休，反反复复地向小翠描绘着昨天她是如何竭尽全力说服赵总夫妇调整聘用标准的，似乎很担心自己的功劳会被无端抹杀。小翠当然一再表示感谢。

小翠回到公司食堂，麻炳华还没下班，麻花正在灶上烧菜。她将情况对麻花说了，麻花听了很高兴，放下锅铲，仔细询问她与东家见面的详细过程。小翠无一遗漏地把事情描述了一遍，最后说："现在的人哪，真是说不清楚。你看看，家里总共才三个人，有女主人这个全职太太，只是带带孩子做做家务，可还要再请一个专职保姆。"

麻花却捂着嘴"哧哧"笑起来："人家是什么？是全职太太呀！太太本来就是侍候先生的，全职太太就是专门侍候先生的。怎么侍候？不用说得太直白，你懂的……"

小翠用手指戳了一下她的脑门，嗔道："你呀，再在这地方待下去，会越来越不像话！"

两个人只顾着说话，直到鼻子里钻进来一股焦味才发现菜烧煳了。麻花叫了一声"要死"，慌忙舀起一勺水倒进锅里。"刺啦——"，一阵白雾即刻扶摇直上，在屋子里弥漫开来。

麻炳华收工来到厨房，得知小翠已经和东家谈妥，明天就要去岗前体检，一拿到体检报告就要去上工，心里自然欢喜。他对于东家给小翠提的那些要求大都满意，只是对晚上要住在那里，有些不爽。

小翠把他拉到一旁，悄声道："不是每个月给我们留了四天嘛，还不够哇？"她还想提醒丈夫，要他也把每个月的休息时间调整好，集中在月尾，与她同步，但没好意思说。她相信丈夫不会那么笨，应该能想到这点。

麻炳华搔着头皮说："那，你就先去做着吧，边做边看，有更好的去处再说……"

小翠说："更好的恐怕一时不大好找哦，我的工资不会比你少，这样的好事情不会随处都有。"又交代说："你还得给我注意了，人家不晓得你就在离我不远的地方做事，我是瞒着的，你可要配合好，千万不要穿了帮哈。"

麻炳华说："这用不着配合，我不去东家那里找你不就可以了吗？"想想觉得不够，又接着说："万一在外面碰上了，如果东家在你旁边，你就暗暗地朝我抛个媚眼……"

"是使个眼色！"小翠剜他一眼，又好气又好笑地纠正道。

麻炳华憋住笑，说："不是差不多的意思吗？"

小翠看老公满脸的狡黠，知道他是有意而为，便转过脸去装作生气的样子。

麻炳华忙说："对对对，是使个眼色，这样我就会装作不认识你。"

小翠说："还有，平时尽量少给我打电话，要打，也只能在夜里晚些时候再打。——要不，我们就约定每天晚上十点为联络时间？"

麻炳华说："如果有要紧的事呢？"

小翠说："那你就给我发微信，能够用文字说清楚的就尽量不要用语音。如果文字一下说不清楚，我会找机会给你回电话。"

麻炳华夸张地叹了口气，说道："看来，从今以后我们就成了电视剧《潜伏》里的地下工作者了，见个面还得像接头一样小心谨慎。也是巧了，你的名字和剧中的翠平还都有一个'翠'字哩……"想了一下又觉得不对，说道："我们还不如人家哩，人家是假夫妻，却能够像真夫妻一样住在一个屋里；我们是真夫妻，不但住不到一起，还要装作互不认识！你说这到哪里讲理去？"说罢，猛然想起了一件事，说："岗前体检我做过，你明天早上起来空腹去街道体检中心二楼，所有项目做下来也就是个把小时，结束后可以在一楼吃早点。只是这次体检碰上了双休日，体检报告要等上三天才拿得到。"

小翠说："这个我知道，时间再长也只有等，因为岗前体检这道环节是省不掉的。"

麻炳华嘻嘻笑道："我是说，这三天空等，难道你就不嫌闲得慌？"

小翠还是没听懂丈夫话里的意思，说："不是没办法嘛。"

麻炳华有点嬉皮笑脸起来，说："这三天可是黄金时段，错过了就要等到你的小长假了，那可是漫长的一个月哩。正好这几天我可以调休，有时间陪你。"

小翠终于明白了丈夫的用意，说："那这几天你打算怎么安排呀？"

"这还需要什么安排，你说去哪玩就去哪呗。"

"依我说，我们就在附近玩一玩。浦东这么大，还怕没有我们玩的地方啊？用不着跑到远处去烧钱，图的就是两个人能待在一起，别的都无所谓，只要注意避开房东夫妇就行。"

"这没问题，"麻炳华说，"那这样吧，头一天我们逛街，给你买几件衣服，还有鞋子。"

"我不要，衣服、鞋子我都有。"

"有就不能再买了？不穿漂亮一点，我老婆真的要变成'老妈子'了！"

"再怎么'老妈子'也是你的老婆，反正我这辈子算是赖上你了，由不得你嫌弃！"

"还是买吧。"

"那……你也买。我看你除了工作服，穿来穿去就是这么几件，添个一两件总是要的吧？"

"在工地上有好衣服也穿不了，买来做什么？"

"那不管，反正得买。"小翠不由分说道，"现在先给你讲好，不要到了商场你又找理由不买。"

麻炳华说："那就随你好了。"

小翠又说："明天逛街，还有两天呢？"

麻炳华说："浦东好玩的地方多着哩！随便去哪里都可以。后天就去车墩影视城吧，虽然远一点，但有直达的公交，在那里可以玩一整天。大后天就临时再看……"

"那影视城你去过？"

"嗯哪。有好多电视剧都是在那里拍的，到了那里，可以找到一些在电视剧里看过的场景，很有趣的！"

"那我们不去那里，还是找一个我俩都没有去过的地方。"

"为什么？"

"因为我觉得再好玩的地方，去第二遍就没多大意思了。"

"可你没有去过呀。"

"我不要你专门为了我。"

"我愿意。"

"你愿意我不愿意。"

"那……再找一个地方就是。"

"还有吃饭的事情，我可是说在前头，不要又和上次那样，把我带到高档酒楼去。"

"都依你。"

小翠又问："那晚上住哪里呀？这可是个关键问题，你要想好哈，不要弄得像上次在舒宜旅馆那样，人都要羞死了！"现在回想起那天的遭遇，她还是心有余悸。

"你对舒宜旅馆就那么深恶痛绝？"

"深恶痛绝谈不上，反正有点硌硬。"

"那就只有去星级宾馆了。"

"不要找太高档的哈。"

"周围这一带，差不多都是四星级。"

"就没有便宜一点的？"

"好像没有。"

"那不合算。"

"跟租一室一厅的房子差不多的钱。"

"能少花就少花，我们过的是日子，用不着摆阔。"

"赚了钱就要舍得花，不要跟自己过不去。"

"几百块钱一天的房间是住，几十块钱一天的房间也是住……"

"问题是找不到几十块钱一天的呀！"

"像舒宜旅馆那样的就没有了？"

"有是有，但都是小旅馆。"

"小没关系，只要卫生条件好就行。"

"要是又碰到上次那样的情况呢？"

这下小翠不吱声了。

"我们还是考虑一下舒宜吧？"麻炳华吞吞吐吐道，"去那里肯定不会再有上次那样的事情发生了。"

小翠犹豫了一下，说："浦东我不熟，还是由你定吧。"算是默许了。

麻炳华说："那我马上就给查老板打电话，先把房间订好。"

第六章　夫妻双双把家还

一

第二天上午，小翠从街道体检中心出来，一眼就看到丈夫在大门口的岗亭旁边捧着手机打电话。

麻炳华用眼神向妻子打了个招呼，电话照打不误。

这里离赵总那个小区算不上远，保险起见，小翠像陌生人一样，只顾在前面走自己的，让丈夫在后面跟着。可是，当她穿过一条街道，拐过一条巷子，停下来回头时，却没见丈夫的影子。循着原路返回，终于发现他站在一个十字路口，还在一心一意打着电话。看来他是发现自己跟丢了目标，不敢贸然前进，索性就在原地等候，不愁先头部队不回来寻找掉队人员。小翠过来捅了他一下，说："我差点要发寻人启事了。"

麻炳华这才赶忙对着手机说了句"不好意思，我现在有点事，过一会儿我再打过去"，终止了通话。

小翠问："聊得这么起劲，跟谁？"

麻炳华说："是东门冠打过来的。"

东门冠是麻炳华高中的同班同学，两人同是校足球队的，关系一直很铁。当年高考他被录取到省城的师范大学去了，毕业后在鹰潭电大当老师。两人吃的虽然不是同一碗饭，但互加了微信，经常联系。

小翠也认识他，便没多说，问道："现在电大不是改叫开放大学了吗？"

麻炳华说："是哩，但人们大都还是习惯性称电大，叫顺口了。"

小翠又问："看你眉开眼笑的，有什么好事？"

麻炳华说："刚才他说，他们学校正在实施'一村一名大学生计划工程'。"

小翠没听清："什么工程？"

麻炳华一字一句地重复了一遍。

"怎么还有这样的工程？好像没听说过哩。"

麻炳华说："那是你一直没有注意这方面的信息。其实这项工作教育部在2004年就提出来了，当时中央电大还专门为这个发过文件。"

小翠问道："'一村一名大学生计划工程'，指的是什么？"

麻炳华说："顾名思义，就是为每个村子培养一名大学生，直接为农村培养科技人才和管理人才。这项工程先是在省级电大实行，鹰潭电大是近几年才开始的。"

小翠明白，这些年来丈夫虽然嘴上没说，但心里的大学梦却一刻也没有放下过，这会儿肯定是东门冠的电话使他动心了，不然不会这么兴奋。可她想了一下，又不禁皱起了眉头："我怎么觉得，这个好像跟你没有多大关系，人家培养的是农村的科技人才和管理人才，而你是一名建筑工人，好像跟你不大挨得上哩。"

"你说的是前几年的情况，"麻炳华说，"那时鹰潭电大这项工程开设的专业比较少，只有农业技术、林业技术、畜牧兽医、轻纺食品等几个专业。现在学校将根据中央电大的部署精神，对课程和专业进行扩展，增设企业管理等多个专业，并且实行高弹性的专业设置，学生可以根据自己的实际情况和学习目标，选择课程进行单科注册学习。这个决定一出来，东门冠就给我打来电话，因为他知道我需要的就是这个！"

小翠说："这样说来，这同以往的办学方向有些不同哩。"

"何止是有些不同，是有很大的不同！"麻炳华现学现卖，把刚才东门冠告诉他的又摊开来说给小翠听，"如今是利用现代远程教育手段，实行线上教学，把高等教育送到农村，专门为农村培养人才，使这些人成为发展农村经济的带头人。学生学习的总体原则是在职业余学习、注册入学、就地上学、自主学习、积累学分……"

小翠问："不用集中上课吗？"

麻炳华说:"集中上课的时候不多,一般每学期不超过两次,每次三天左右。也就是说,基本上都是由学生自己决定在什么地方学,什么时间学。并且只要修满了规定的学分,还可以不受学制的限制,提前取得学历文凭。这个文凭,不仅国家承认,联合国科教文组织也是承认的。"

小翠也很高兴,说:"这么看来,这一切好像都是为我们的麻炳华同学量身定制的呀!"

麻炳华说:"这至少可以说明,像我这种情况的人肯定还有不少,不然国家也不会有这样的政策。"

小翠说:"你盼了这么些年,总算见到了希望!"

麻炳华兴致勃勃道:"还有呢,这项工程对学费、教材费、课程学分费、考试费等等,也都做了大幅度的下调,并且还实行专项奖学金制度……还有些什么我一下记不住,东门冠会把详细的资料从网上发给我。"

小翠问:"那很快就要报名了吧?"

麻炳华说:"是哩,等东门冠的资料发过来以后,我仔细看一下,然后就报名。反正我是觉得这样的大学很适合我。说来说去,其实我就是看中了它两点:一是就地业余学习,只要在有网络的地方就可以学,时间由自己掌握,不会耽误工作;二是经济上不会有压力。"

小翠开玩笑说:"这么看来,秋后开学,我们家就有两个学生了!"

麻炳华一下没听懂:"两个学生?"

小翠说:"是呀,父子两个,一个大学生,一个小学生!"

麻炳华笑了,说:"这有什么奇怪的,据说一九七七年恢复高考时,还出现过父子同上考场,后来又被录取到同一所大学的同一个专业,在同一个教室上课的事哩。那才是千载难逢,我和东东这算啥,正常得很哩!"

小翠继续开玩笑:"你们父子俩都是新生,新生对新生,是在同一起跑线上,所以嘛,就很有必要来一个学习竞赛,老子和儿子争一争,看谁第一!"

麻炳华倒是认真起来,说:"要说竞赛,我倒应该跟自己来个竞赛。因为我上大学的时间比正常晚了十来年,那么学习起来就不能按部就班慢慢来了。

好就好在现在实行的是学分制，学制的长短完全是看自己努力不努力。"说到这里，默想了一下，说："我觉得，只要肯用功，多了不敢说，提前一年半载毕业应该是完全可能的！"

小翠忙说："这个急不得的，每一门课程的安排都有着它的规律，我觉得还是按常规来比较保险。再说，既然是注册入学，那么就肯定是实行宽进严出，不是轻而易举就可以混到毕业文凭的。"

"这个不用你说，"麻炳华说，"就算允许我混我还不干哩，我念大学是来学东西的，不是纯粹奔文凭去的！"末了还加上一句，"如果为了拿文凭而念大学，那是吃饱了撑的！"

小翠说："毕竟人的精力是有限的，白天上了班，晚上还能天天熬夜看书学习？反正我提醒你，不要太在乎那一年半载，做什么事情都不能心思太重，思想上不要有太大的负担。"

麻炳华又说："你放心好了，我心中有数，实在做不到的事情也不会强迫自己。"

两个人你一言我一语说个没完，一时都忘记了今天上街是来干什么的。最后还是小翠扯开了话题："我们还是就此打住吧，都快半上午了，得抓紧时间先去办正事。"

麻炳华忙说："说到正事，我正要跟你商量，逛街买衣服，我们还是改天吧，现在先去舒宜旅馆——你可不要把我想歪了，我是因为手机这个月的流量不够了，要去查老板那里蹭网，让东门冠把资料发到我邮箱里，好抓紧看一下，尽快把名报了。"

小翠考虑了片刻，说："我看，我们还是先上街吧！"

这让麻炳华有点意外，十分好奇妻子为什么这样安排。

"东西还得买，"小翠只顾说她的，"不过不是买衣服。东西买好后，再去舒宜旅馆，耽误不了你的事情。"

麻炳华一下没反应过来："买什么东西要这么上紧？"

小翠说："我问你，学校实行远程教学，你用什么作为网络终端？"又说：

"手机恐怕只有在偶尔应急时用一下，要想靠它完成学业，恐怕不大现实吧？"

麻炳华已经明白妻子要买什么，说："我是这样打算的，先用手机对付一阵，等什么时候回家，把家里那台电脑带过来，反正现在闲在家里也没人用。"

小翠说："那是台式的，还带个主机箱，就你们宿舍那个条件，往哪摆？日后工地迁移，搬来搬去更是麻烦！"

麻炳华当然知道现在这种情况台式电脑不如笔记本电脑用起来方便，但总觉得能将就先将就一下，没必要太讲究。现在听妻子这么一说，也有点动心了。他正在犹豫，小翠又说："买吧，我这里有钱。"

麻炳华笑道："用谁口袋里的钱买，这有区别吗？"

"怎么没有？"小翠笑嘻嘻地说，"等我们都老了的时候，看着这台已经成为古董的笔记本电脑，你要是说上一句：'这是当年我上大学的时候，我老婆给我买的！'我听了心里该多舒坦哪！"

麻炳华被妻子说得有点心动了，说："好吧，那就让你买！"

"必须的！——走吧，我帮你选。"

马路斜对面就是一家电脑专卖店，进去前麻炳华提醒小翠："那些配置高端、功能强大的机型用不着考虑，能满足学习需要就行，不要追求什么一步到位哈。"

小翠说："选购电脑我肯定比你在行。在师专读书时，同寝室几个同学的电脑都是我帮着选的。够用、耐用是选择家用电脑的两大基本原则，买电脑要想若干年后不落伍，也就是所谓的一步到位，那是天方夜谭，除非科学技术停止发展。"

在电脑知识方面，麻炳华本来就知道妻子比自己强，听了这些话就更是没有什么可说的了。

经过反复权衡、比较，最后选中了一台十四英寸显示器的联想笔记本电脑，颜色为流行的睿智黑。商家大哥一边按小翠的要求给电脑安装软件，一边开玩笑说："碰上你这么懂行又精明的买家，我想要多赚一分钱都难。"

二

买好电脑，夫妻俩来到舒宜旅馆的时候，差不多就快中午了。

查老板早已等在那里，不无夸张地表示对老乡夫妻的热烈欢迎，并且不由分说公布了他的单方面决定，说中午两家人一起吃个饭，他还特意准备了一瓶家乡的潭花老窖。自从上次老乡夫妻在店里遭遇了不愉快，查老板心里一直都有个疙瘩，总觉得欠了一份情，老想着找个机会弥补一下。麻炳华当然明白他的用意，赶紧推辞，再三表示心意领了。查老板却说："我一接到你订房的电话，就特地交代老婆去买了菜，现在差不多快烧好了。"

既然已经这样，再要客气就未免太过矫情，只得恭敬不如从命。但麻炳华这会儿满脑子都是与东门冠联系的事，想赶在吃饭前把事情办妥。便取出新买的电脑，向查老板要了无线网的密码。

查老板把麻炳华让到服务台里面坐下，帮着连接电源。接下来就是麻炳华自己的事了，他便陪着小翠在一旁聊天。

查老板和小翠今天是第二次见面，上次碰上了那样的尴尬事情，使得这会儿两人一时难以找到共同的话题。但总不能无休止地"今天天气……哈哈哈"，于是便在商言商，谈起了自己的这家旅馆。

查老板夫妻两个原来都在鹰潭一家企业上班，下岗后成了个体户，从事副食品批零生意，一干就是十来年，掘得了第一桶金。手里有了资金，夫妻俩便不满足于小打小闹了，决定把开发中的上海浦东作为下一站事业的发展地。当时浦东的房价比较便宜，他们把手头上的大部分钱都用来购房，一次买下了五套房子。这五套房子在同一幢楼，一楼二楼各两套，三楼一套。

查老板开玩笑说："如今的房价与我当初购房时相比，翻了好几番。现在若是留下三楼的一套自住，其余四套全部出手，那我这辈子就可以什么都不用干了。"

他兴致勃勃地接着说："一楼二楼四套房子的位置是特意挑选的，上下左右连在一起，成了一个立起来的'田'字。买下来以后进行内部改造装修，成了现在的舒宜旅馆。旅馆规模虽不算大，但也不算小，有三十多间客房，有单人间也有双人间。因为考虑到浦东著名的'美食一条街'就在附近，房客要解决肚子问题比较方便，旅馆只提供单纯的住宿服务，没有开设餐饮业务。这样经营管理也比较简单，就没有外雇员工，百事都由我和老婆两个自己打理。就凭这个旅馆，我俩不但解决了一家人的生活问题，供养双方父母，还培养出了两个大学生儿子。"

他越说越来劲："我店里的生意一直很好，旁边几条街的旅馆都比不过，你晓得是什么原因不？"没等小翠回答，又自己作答："因为我做过充分的市场调查，认定在这个地方开旅馆，经营路线应该定位为中低端，把中低收入群体作为服务的主要对象……"

正聊得兴起，服务台里面的麻炳华突然站了起来，皱起眉头对小翠说："看来，我今天还得回去一趟哩！"

小翠一惊："回哪？"

麻炳华说："还有哪，鹰潭哪！"

小翠问："回去干吗？"

"东门冠说，因为注册报名是学校与学生的第一次见面，有些手续要当面办理，所以规定本人一定要到场。"

面对突然发生的情况，小翠难免有些失望，稍稍沉默了一会儿之后，说道："既然这样，那你就回去一趟呗，反正你也调好了班，再说还可以顺便回家里看看。"停了一下，又接着说："报名是大事，不要耽误了。"

麻炳华支支吾吾问："我走了，那、那你呢？……"由于查老板在场，后面有半句话不便说出来：那这三天又要白瞎了！

小翠装作没听懂："我用不着你操心，你只管走你的。"

麻炳华迟疑了一下，说："干脆，你跟我一块儿回去得了，路上我们也有个伴,事情办完后我们再一起回来。"

查老板抢在小翠前面说:"对呀,你们夫妻两个同去同回,这样好!看来你们这几天的住宿费我赚不到了,哈哈!"

小翠略一思忖,同意了丈夫的主意,说那就赶快订票吧。

G字打头的高铁车次和D字打头的动车车次,当天的票都已经售完,只好买K字打头的普快票了。这样路上便要耗费十来个小时,好在是卧铺,又是夕发朝至,晚上上车,在车上睡一觉,明天天一亮就到鹰潭了,不至于耽误时间。

票一订好,麻炳华立马打电话告诉了东门冠,说明天上午能赶去报到。

"叮铃铃……"这时突然服务台上那部橘红色的电话响了起来。查老板探过头去看了一眼来电显示,对两位客人说:"饭已经好了,我们先吃饭去!"

吃过午饭,麻炳华抓紧时间回了一趟公司。人要离开浦东几天,除了要向项经理报告,自己队里有些事情也得当面安排一下才行。

小翠也跟着回了公司,丈夫去办他的事,她便去食堂找麻花聊天。她开头没有说明原因,只说两个人要一起回家一趟。麻花一听,惊愕道:"近处找个地方就行,用得着跑那么远吗?"

小翠一听,就知道麻花想岔了,又好气又好笑,笑骂了她几句,再把事情的原委说了。麻花为自己的误会大笑起来,好一阵才止住笑,说:"怎么样?我哥哥马上也是大学生了,厉害吧?"

小翠打趣道:"我们的麻花同志更厉害!"

麻炳华先去向项经理说明了请假的原因。项经理听后很高兴,连说这是大好事呀,祝贺祝贺。从项经理办公室出来,他又去工地找自己施工队的工友,告诉他们自己要回去几天,叮嘱大家要和他在的时候一样,遵守劳动纪律,注意生产安全,尤其不能打架闹事。大家都一一应允。

因为还要上街给两家老人买些东西,晚饭没法在公司食堂吃,夫妻俩急匆匆离开公司走了。

都快要到开车时间了,两人才气喘吁吁地提着大包小包进站上车。车厢里只有萤火虫一样的小夜灯还亮着，旅客们大都休息了。

车票是一张上铺一张下铺，两人要说句话，声音还得越过中铺这块虽然距离不算遥远但却并非无人打扰的空间，说轻了听不见，说重了别人先听见。也许就因为这个，两个人都不愿意马上上床睡觉。

丈夫说："睡这么早干什么？"

妻子说："就是，还早哩。"

丈夫又说："睡也是干睡。"

妻子轻声笑骂道："你就贫吧！"

两口子来到车门处的过道，一边一个，面对面靠着壁板坐下，有一句没一句地说着话。由于光线昏暗，两人的模样都显得有些朦胧。

朦胧的模样随着列车的震动而晃晃悠悠，便似乎有了几分神秘感。两人都觉得就这样待在这里也挺好，哪怕一直待到下车也愿意。

过来了一个列车员，是个半老头，看到这里坐着两个人，便要查验他们的车票。查过票，不解道："你们有票，怎么不到铺上去？"

麻炳华代表两人回答："睡不着。"

这半老头到底是距离自己年轻时已太过久远，年轻时是怎么过来的大概已经忘了，说道："睡不着也不能长时间待在这里，靠近车厢连接处不安全，还是到铺上去吧。"

两个人都答应马上就去。列车员走了，可是过了一阵又回来了，见这两个人没有把他的话当回事，便把刚才说过的话又强调了一遍。

没办法，两人只得起身去了自己的铺位躺下。

小翠压在枕头下的手机突然振动起来。摸出来一看，是下铺发来的微信："还没睡？"

小翠回过去："早睡了。（掩嘴偷笑的表情）"

"那就不吵醒你了。"

"死相！"

麻炳华还妻子一个掩嘴偷笑的表情。

小翠言归正传："明天上午你去电大注册，我是等你一起回家，还是一个人先走？"

　　"随便。"

　　"什么叫随便，到底是等还是不等？"

　　"可我现在不知道在电大会待多长时间。"

　　"注册一下会很久吗？"

　　"应该不会。"

　　"那我就等你一起回去，我们在去贵溪的公交车始发站会合。"

　　"OK。"

　　……

　　夫妻俩这样东扯葫芦西扯瓢地聊了半天。

　　"我有个想法，想跟你商量一下。" 麻炳华又发过来一行字。

　　"说来听听。"

　　"可是这样聊天太累，打字费劲。"

　　"那怎么办？"

　　"要不，我们还是回到老地方？"

　　"列车员不让。"

　　"他在列车员室，一时半会儿不会出来。"

　　"你知道？"

　　"刚停过站，车才开，到下一站要半个多小时。"

　　"那好。"

三

　　不到一分钟，两个人已经重新坐在老地方了。

　　小翠说："说吧，是个什么想法？"

麻炳华说:"你还记得那天在公园里我说的话吗?"

小翠说:"那天说了那么多话,我知道你到底指的是哪句?"

麻炳华说:"就是关于做梦的呀。"

小翠取笑道:"你是不是又在想把那工棚变成楼房啊?"

麻炳华认认真真说道:"今天上午在舒宜旅馆,查老板跟你聊他开旅馆的事情,我都听到了。他这个旅馆收费便宜我是早就知道的,但一直也没去多想。今天他的话,使得我心里的那个念头一下子明朗起来了。他这个旅馆,就是凭着低价经营的策略,而拥有了比较稳定的消费群体,才在浦东的众多旅馆中站稳脚跟并发展起来。我不由得想,这一招本来很普通很平常,但为什么偏偏只有查老板的旅馆采用?原因其实很简单,因为他开旅馆的房子是自己的,如果同别的旅馆那样是租赁来的,那是不可能把房价定得这么低的,不然就等于是帮房东打工。现在他的旅馆入住率很高,并且几乎没有淡季。由于入住率高,虽然房价低于其他旅馆,但总收入还是不低;而其他旅馆虽然房价比他高,但入住率明显偏低,总收入也就高不到哪里去。你说,是不是这个道理?"

道理当然是显而易见的,这谁都知道,但小翠却不明白丈夫为什么突然关心起查老板的旅馆生意来了,这和他心中的念头又有什么关系。她说:"你先告诉我,你为什么一下子会对这个问题感兴趣?"

"我是这样考虑,"麻炳华说,"如果我们能够找到一处价格也很便宜的房子,是不是也可以开一家收费低廉的旅馆?"

小翠的思维一时没跟上丈夫的节奏,不知如何回答。

麻炳华接着说:"我有个这样的想法,若是能够开一家专门为农民工服务的旅馆,住宿费甚至比舒宜还要便宜,让人人都住得起,那该多么好!"

小翠这才悟出了一点道道,说:"你这个想法倒是不错,如果真有这么一家旅馆,那你们公司肯定就有不少人会把老婆接到身边来。"

麻炳华说:"对呀,有了住的地方就好办了,人来了,工作可以慢慢找,这么大一个浦东,不愁没有就业机会。实在来不了的多来探几次亲也好,总比一个烤光棍一个守活寡强。"

小翠说："你什么时候也学得这么粗鲁？"

麻炳华说："本来就是，我不过是实话实说。"

小翠又说："但是你要知道，现在的浦东可是寸土寸金，与查老板当初买房子的时候不可同日而语。你就是跑遍浦东所有的房屋中介，也很难租到你想要的房子。"

麻炳华说："通过中介去找房子，那肯定是没希望的。"

小翠误会了丈夫的意思，说："如果为了省几个中介费，绕过中介去租赁房屋，我劝你趁早打消这个念头，因为那很有可能带来意想不到的麻烦，按理说这个你比我懂。再说，房价的行情明摆在那里，即使绕过中介，也节省不了几个钱。"

"谁说要绕过中介了？"

"那你的意思？"

"我觉得，我们可以换一种思路来考虑问题。"

"什么样的思路？"

"剑走偏锋，"麻炳华兴奋地说，"也就是说，打破常规套路，不按常理出牌。"

小翠愣了一下，问道："你到底有什么鬼点子？"

麻炳华笑道："怎么能说是鬼点子！"

"搞歪门邪道，我肯定不如你。"

"你瞎扯哩。"

"你是不是有什么比较成熟的想法了，故意在这里套我的话？你就爽快点行不？"

麻炳华说，浦东这地方在开发建设以前，是有不少中小型工厂的，现在基本上都没有了，统一规划到工业园区去了。工厂搬走了，钢筋水泥的厂房是没法搬走的，里面的东西搬空了，甚至连门窗也拆走了，留下来一个空壳便没人要了。这些空壳后来大都被爆破拆除，在原址盖了新的建筑，或是变成了绿地、马路什么的。不过由于一些特殊的原因，还有极少数的空壳房至今未拆，还在那儿杵着。在公司西南方向的银桥镇，就有一幢这样的房子。那里原来是一家生产汽车喇叭的工厂，由于产品出厂前有一道"试鸣"工序，搞得那里常年喇叭声"呜哇呜哇"地响个不停，噪声污染使得周边居民养的母鸡都不肯下蛋。群众意见很大，多年来上访不断。仅凭这点，这家工厂就没有理由不成为浦东开发后的第一批搬迁企业。喇叭厂搬走了，空荡荡的厂区只剩下一栋孤零零的二层楼厂房。房子里凡是能搬的能拆的东西都弄走了，只剩下一个空壳。这里一直没被开发的原因，是地底下有一处明代墓葬。这墓葬被列入了区级文物保护单位名录，一块文物保护单位的不锈钢标志牌就在房子旁边立着，要不然早就有挖掘机进来把房子扒了。不久前麻炳华出去办事路过那地方，亲眼见到了这栋房子。房子前前后后的空地已经东一丛西一丛长满了杂草，成了一块大煞风景的疤癞地。喇叭厂旧址四周都是新建的住宅小区，漂漂亮亮，唯有这块疤癞地和空壳房很是碍眼。当时出于好奇，他还特地进房子去看了一下，发现竟然有人把这里当成了临时厕所，在里面便溺，弄得臭烘烘的。

麻炳华的话还没说完，小翠就听出了他的意思，说："你是不是想把那房子改造成旅馆？"

麻炳华说："我打的就是这个主意。那地方的位置很好，交通又便利，离我们公司才三站路，方便得很。根据浦东建筑市场的形势，估计今后我们公司还会有相当长的时间不会离开这一带。这事若是能成，不仅可以满足我们自己员工的需要，多出来的房间还能对外营业。我们是废物利用，租赁费省下了，只要花点钱简单改造一下就行了，成本会很低。这样我们就可以把住宿费定得比舒宜旅馆还便宜，到时候生意可不要太好哟！"

小翠却兜头泼了他一盆冷水，说："你不要尽想好事，房子又不是你们三建公司的，凭什么随随便便就可以拿过来改造？"

"有好事为什么不能去想？"麻炳华说，"我分析给你听哈。喇叭厂当时搬家的时候，对留下来的这个空壳房肯定是放弃了，根本不可能再回来主张对它的所有权。也就是说，这房子现在是没人要的，属于无主房，不论什么人对它进行什么样的处理，喇叭厂都不可能跑回来干涉。"

小翠还是觉得这事有点悬，说："喇叭厂不干涉这倒有可能，那么文物管理部门呢？那地底下可是有文物的呀，人家难道会让你们由着性子乱来？"

麻炳华说："文物管理部门的工作职责是对文物负责，那文物是埋在地底下的，地面以上的东西又不关他们的事，他们为什么要来干涉？"

小翠说："拜托了，你们乒乒乓乓地在那里改造房子，难道人家就不会担心殃及地下的古墓？人家很可能会从保护文物的角度出发阻止你们。"

麻炳华说："改造房子用不着掘地三尺，不至于会影响深埋地下的文物。我想，只要同人家好好沟通，求得理解，应该问题不大。"

小翠说："那可不一定，现在的人都学乖了，多一事不如少一事。拒绝你，人家犯不了任何错误；而答应你，可就平添了一份风险。谁愿意吃饱了撑的，自找麻烦哪？"

麻炳华说："这个我倒也想过，但我想事在人为。去和人家沟通的时候，尽量顺着人家，把改造房子的动静说得越小越好，不要给人留下大兴土木的印象。"

小翠说："动静大还是小，不是凭你嘴巴说说的。"

麻炳华说："我打算先不让文物部门知道我们是开旅馆，否则事情会很难办。"

小翠说："你不说开旅馆说开什么？这个问题怎么绕得过去？"

麻炳华说："我可以这样说：公司经常有家属来探亲，住不起宾馆，想借这个房子住一下。这样人家可能就会答应了，破房子一栋，闲着也是闲着，干吗不做个顺水人情？"

小翠说："借住一下，人家会相信吗？那可是连门窗都被拆掉了的，怎么住人？"

麻炳华说："这就正好有了理由，顺势提出把房子修整一下，弄得可以住人。这样一来，改造房子不就名正言顺了吗？"

小翠"扑哧"一声笑了："天下就你一个人聪明！纸还能包得住火？人家早晚还是会知道你是开旅馆。"

麻炳华说："那是后来的事，只要答应让我们住就行了，等到他们知道了真相，生米早就成了熟饭。说来说去，人家担心的也就是我们在改造时会破坏地下文物，只要整个改造过程不出任何意外，人家也就没有什么好说的了。"

小翠想想丈夫说得似乎也不是没有道理，便说："那你就试试看吧，如果文物部门能够答应让你们住进去，那当然是好事。"

麻炳华越说兴致越高："只要文物部门不反对，我们就抓紧时间动工，免得夜长梦多。你不要觉得那房子一副破烂相，其实和商品房的毛坯房差不了多少，装修一下马上就变样了。房子的面积可不小，每一层可以隔成三十来个房间，规模比舒宜旅馆要大得多。我是这样考虑的，我们公司有一层就够了——"

小翠打断说："你的数学是体育老师教的？公司五十多号人，三十来间就够了？"

麻炳华说："各人的家庭情况不一样，并不是所有人的老婆都会在这里长住，有些只是来探亲，能待上一两个月就算时间长的了。真正以这里为家的，我看不会超过半数。我估摸着，有一层就完全可以周转过来。"

小翠点点头："唔，这样说还差不多。"

麻炳华接着说："自己员工住的不以营利为目的，定位福利性质，收点水电费和少量的管理费，人人都负担得起。多出来的，办个旅馆营业执照，像舒宜一样，采取低价策略，以社会上的打工族为主要目标客户。"

小翠说："看来你有这方面的想法也不是一天两天了，以前跟项经理商量过没有？"

麻炳华说："很早以前我跟项经理聊天时，谈起过我们公司存在一个很伤脑筋的问题，就是人员流动太过频繁，使得队伍不好管理。项经理还说，他做梦都想员工队伍能够最大限度地保持稳定，可就是一直不知道该从哪里下手。我们都一致认为造成人员流动频繁的原因固然很多，但不能不说夫妻长年分居是其中最主要的一个。员工们长期远离家庭，心思稳定不下来，对企业很难产生心理上的归属感，也就谈不上主人翁精神，一旦遇上什么不顺心的事情，很容易拍拍屁股结账走人。"

小翠说："这倒是事实。你的想法若能实现，无疑是件天大的好事！"

麻炳华说："我一回去就去跟项经理商量，我想他应该会赞成的！"可是马上却又说："不过，能不能实现要试一下才知道，现在还不能高兴得太早哩。"

小翠忙问："为什么？"

麻炳华说："我担心的倒不是文物管理部门会不同意借房子，而是另一个问题，这个问题非常重要，直接关系到这个旅馆到底能办还是不能办！"

小翠连忙问是什么问题。

麻炳华说："你想哈，如果我们把房子改造好了，旅馆开业了，可是没过多久，突然来了一支考古队，说要来发掘古墓了，叫我们腾地方，那我们不是倒了八辈子的霉吗？"

小翠想了一下，说："我倒觉得这种可能性不大，只要文物管理部门能够把房子借给你们，就说明近期不会发掘。古墓发掘工作是归他们管的，什么时候会发掘他们最清楚。"

麻炳华说："还是不能太乐观了，计划赶不上变化的事情还发生得少吗？不过话说回来，我认为只要能够确定近几年不会发掘，那就值得赌一把，反正花钱不多，能够让工友们享受几年也就值了。以后的事谁也说不清，打铁没样，边打边像哩。只要人家肯借房子，我们就立马动手改造，尽可能用最短的时间突击完成，早一点投入使用。"

小翠正要说什么，车厢里有了动静，是几个旅客提着行李往车门口走来，原来列车快要停站了。麻炳华说："列车员要来了。"

两人起身，各回各铺。不一会儿，列车吞吐完了旅客，又"哐啷哐啷"地开动了。麻炳华给小翠发过去一条微信："还回那里不？"

小翠回复："随你。"

"已经半夜了，就不了吧？"

"那就不。"

"早点睡。"

"已经不早了。"

"那更要睡。"

"睡吧。"

"刚才我说的事情，你帮着想一下哈。"

"到底让不让睡？（调皮的表情）"

"又不是叫你现在想。"

"我倒是在想，你为何突然对这事这样上心？"

"切身感受哇，还能不上心？"

小翠一下没反应过来。

麻炳华又发来一条："你都来浦东好些天了，我们却还一直'单身'，几次'犯罪未遂'，这个感受难道还不深刻吗？"

"去你的!"

"我是实话实说哩。说起来，其他工友还不如我们哩，我们好歹还见上了面。等你去赵总家上工了，每个月我们还有四天可以团聚，可他们呢？"

"这倒也是。"

"出门在外，夫妻想亲热一下都这么难!"隔了一会儿，又给妻子补上一句，"要不，我喊你一起回家做什么？"

"原来你是打这个算盘哪？我上你当了!（嘻笑的表情）"

麻炳华回了妻子一个狡黠的表情。

第七章　人命官司

一

下车。出站。

在站前广场旁边的一家早餐店每人吃完一碗水饺，就差不多快到机关单位上班的时间了。两人按照事先商量好的，丈夫去电大办事，妻子自由活动，一小时后在去贵溪的公交车始发站会合，不见不散。

麻炳华在去电大的公交车上给东门冠打电话，说自己马上就到了。电话那头东门冠说他已经在办公室等候了。

老同学见面，分外亲热。东门冠领着麻炳华到几个有关科室，流水作业，顺利地把注册手续办好了。东门冠说："到我办公室坐一下，喝杯茶。"

麻炳华说："下次吧，小翠还在外面等我哩。"

东门冠不知道小翠已经去了浦东，还以为她是专程从贵溪家里赶到这儿迎接丈夫的，便连忙说："久别赛新婚，那我就不留你了哈！"

麻炳华打肿脸充胖子，道："久别什么呀，她也到浦东去了，在那里找了一份事做，我们天天在一起。这几天她正好也有空，就一起回家看一下。"

东门冠改口说："我说嘛，你小子怎么就这样心大，把那么漂亮的老婆一个人撇在家里。"

出了电大的校门，麻炳华正要打电话给小翠，却发现小翠已经在十分钟前发来了一条微信："我先走了，已经上了回贵溪的公交。"

麻炳华好生奇怪，立刻打电话过去："怎么回事？不是说好一起走的吗？"

手机里小翠着急地说："你也赶快回来吧！"

麻炳华心里一咯噔，说："是不是出什么事了？"

小翠没有答话，回过来一条微信："车上人多不好说。村里出了天大的事！"

麻炳华急了，回过去一个标点符号："？"

微信回过来："猛仔把沙和尚打死了，猛仔老婆投了河，警察抓走了猛仔和他老爸！"

麻炳华一下蒙了："你听谁说的？不要像上次张海山的事情那样，弄岔了！"

"这次绝对错不了！我在街上碰到村里人，亲口告诉我的。"

"什么时候的事？"

"就在昨天上午。"

这就由不得麻炳华不信了。

猛仔是麻炳华从穿开裆裤一起长大的朋友。他家兄弟三个，两个哥哥生来就是"半乖儿"，仅仅是生活能够自理，猛仔便成了家里的顶梁柱。因为家里穷，初中毕业后他就没有再上学，在家帮着父母务农。父母担心他娶不到老婆断了祖宗香火，未雨绸缪，在他刚到结婚年龄的那年，就撮合了他和邻村的一名聋哑姑娘。如今已经有了一双儿女，大的是女儿，比东东大五岁，今年下半年开学读五年级，是少先队中队长；儿子还小，才断奶不久。在打工潮刚兴起的时候，猛仔就开始外出打工了。他去的地方与村里其他打工仔不同，是山西，在那里挖煤。挖煤这活被人讥讽为"没死先埋"，虽然刻薄，却也比较形象，村里其他人都不愿干。本来猛仔也不愿意去，但看到挖煤工资高，便去了，因为家里实在太需要钱了。他就凭着赚回的辛苦钱，养活了全家老小，包括两个"半乖儿"哥哥。

麻炳华来不及多想，飞快去赶公交车。先到贵溪县城，接着又搭乘被乡间人称作"卟卟车"的农用小三轮回麻家坞。

只有老爸一人在家。小翠的行李放在堂前，说明她已经到过家里。跟半年前相比，看不出老爸有多大变化，还是一贯的精瘦。老爸已经从儿媳妇那里知道儿子也回来了，所以看到儿子并没有感到意外。他告诉儿子，妈妈和小翠都到猛仔家去了，东东也跟着去了。

说起昨天发生的事，老爸不停地叹气、摇头。麻炳华从老爸这里知道了事情的大致经过。

那个沙和尚狗改不了吃屎，自从当上了民兵营长，以前的那些坏毛病就又通通回来了。最缺德的，是骚扰人家老婆。老公在身边的他倒是没胆量去惹，就专门瞄准那些老公在外面打工的，没皮没脸，像狗皮膏药一样黏着人家不放。猛仔的那个哑巴老婆，不知怎么的就被他勾引住了。纸终究包不住火，时间一久事情就慢慢传开了，全村除了出门在外的，其他人基本上都知道了，只把沙和尚的老婆一个人蒙在鼓里。猛仔父母只是人穷，脑瓜一点不笨，对这件事心知肚明。老两口心里虽然难受，却没办法，生怕事情闹出来会被猛仔知道了。他们知道自己这个儿子脾气暴躁，力气又大，一旦发现被戴了绿帽子，说不定会闯下天大的祸来。本想转弯抹角规劝一下儿媳妇，但跟一个聋天哑地的人又很难沟通。

就在昨天，猛仔突然从山西回来了。他这次回来事先没告诉家里，他打工的那个煤矿因为安全检查不达标，被政府安监部门责令整改，要停产一个月，矿主为了节省开支，决定给大部分矿工放假。事情来得很突然，猛仔头天下午接到放假通知，马上就买了回家的车票，第二天就动了身。

猛仔回到村里的时候是半上午。在村口下了"卟卟车"，没走几步肚子突然痛起来，就近没有茅房，只有躲进了路边的一片灌木林。刚松开裤带要蹲下来，猛地发现灌木林里还躲着两个人。猛仔看到他们的时候，距离已经不到一丈。这是一男一女，都把裤子脱到了脚踝，像麻花一样扭在一起。猛仔赶紧扭开头去，直呼"倒霉倒霉"，连"呸"了十来口。在当地农村有个说法，说是谁撞上了这种野合之事，得赶紧扭头不看，立马"呸"去晦气，不然要交霉运的。那两人见好事被人撞破，慌里慌张提起裤子就跑。可是刚一开跑，急乱之中两个人绊在一起，"吧嗒"一下跌作一堆。猛仔听到声响，忍不住回头看了一眼。这一看不要紧，发现这个女人不是别人，竟是自己的老婆！再看那男的，虽然第一眼没看清楚脸面，但是凭头顶那块碗大的疤癞就知道是谁。他顿时热血上涌，大吼一声，飞身上前，对准爬起来要逃跑的沙和尚就是狠命一脚。可是由于用力过猛，身体失去了重心，人没踢着，倒把自己摔了个四仰八叉。等他爬起来，沙和尚已经蹿出了七八步远。二人一个在前面拼命逃窜，一个在后面奋力追赶。跑出灌木丛，进了枣树林，眼看就要追上了，猛仔伸手抓过去，指尖刚碰着沙和尚后背，没抓住。他急得纵身向前一跃，同时攥紧拳头狠狠地挥了过去。这一拳正中沙和尚的后脑部位，随着"嗵"的一声，沙和尚身子晃了晃，脸朝下重重地摔在地上，抽搐了两下就不再动了。猛仔只道他是装死撒赖，不再理他。回过头去要找老婆算账，却已经不见她的踪影了。

猛仔跌跌撞撞回到家里，父母看到他失魂落魄的样子，大为吃惊，忙问出了什么事。猛仔一下子蹲在地下，双手抱着头，也不作答。

再问，他"哇"的一声号啕大哭起来。一个牛高马大的壮实汉子，哭得实在令人心慌。经再三追问，儿子终于把刚才的事情说了。

父亲听罢，说了声"坏啦"，拉起儿子就向村口的枣树林跑。

到了现场一看，人还在原地躺着。伸手到他鼻子底下试了试，已经没有了气息。又摸了摸脉搏，也不跳了。

猛仔没想到这家伙这么不经揍，一甩手，吼道："死了就死了，我投案去，大不了一命抵一命，一了百了！"

父亲喝道："孽种！你去抵命，这个家怎么办？要抵命也轮不到你！"

事情已经出了，现在说什么都已经晚了。父亲来了个快刀斩乱麻，做出了一个超乎寻常的决定：由他来顶这个包！

猛仔哪里肯答应，"扑通"一声朝父亲跪下："老爸，这万万不可呀！"

父亲话不多说，一个耳光甩过去，咬着牙道："你给我好好地撑着这个家，其他的事你不要管！"说完就搭"卟卟车"去县公安局投案了。

中午，县公安局的警车到了。

警察在案发现场拉起了一圈警戒线。一个罩着白大褂的法医俯下身子，先是把沙和尚的尸体检查了一番，然后同其他几个警察嘀咕了几句，一个简易的室外解剖台很快支起来了。

方圆十里八村已经多年没出过人命案件了，今天麻家坞不但出了，而且还要解剖尸体，这在当地不能不说是头号新闻。警戒线外很快围满了看热闹的人，胆大的挤到前面，胆小的躲在人家屁股后面踮着脚看。

法医在解剖台前忙忙碌碌，解剖器械丁零当啷碰击作响。

大约过了两个小时，或许更久一些，解剖结束。说是解剖，其实只是把那个大疤瘌脑袋后脑部位开了一个口子，并没有像杀猪一样开膛破肚。检验结论是：延脑受钝器击打受损，导致循环系统衰竭死亡。

一个看来是领头的警察环顾四周，朝看热闹的人群大声发问："死者家属在哪里？尸体可以送火葬场了！"

沙和尚的老婆这会儿已经不见了踪影。有知情者说，她表示无法原谅老公的背叛行为，提出要离婚，还说就是人死了这个婚都要离，说完抱起孩子回了娘家。显然，沙和尚的后事她已经不打算管了。

警察说这简直是乱弹琴，再怎么样后事也是要料理的，不能摆在这里污染环境；又说，既然他老婆不在，本家亲戚总还是有的吧，就出面把这事给料理了。

沙和尚的远房本家倒是有几家，但没有一家肯沾这个边。他们跟警察讲起了法律，说自己并非沙和尚的直系亲属，连继承权都没有，所以也就没有料理他后事的责任和义务。

警察又让村委会想办法，说死者生前是村干部，村委会应该有这个责任。村委会大呼冤屈，说此人生前的所作所为有损村委会集体形象，村干部们都不屑与他为伍，大家早已在思想感情上把他从村干部队伍开除了。

民间素来有"死者为大"的讲究，在麻家坞的历史上，还从来没有过谁死了没人埋的，这也足以证明沙和尚做人是何等的失败。

警察说："总不能让我们公安部门处理吧？"

终于有个村民出了个绝妙的主意，说应该把沙和尚那个在乡里当副书记的舅舅请来，让他继续关心外甥。该主意立刻得到了村人的拥护，都说如果没有这个舅舅，沙和尚顶多也就是个二流子罢了，还不至于会把命丢掉，就凭这点他舅舅也应该负责到底。警察拿不出更好的办法来，就去联系那个副书记了。

接着，警察要村干部去把当事人猛仔的老婆找来，因为调查案情是少不得询问当事人的。旁边有村民插嘴，说："那是个聋哑人，听不见也说不出，比比画画的怎么询问？找她来也是白找。"

警察嫌这人多嘴，说："你懂什么，人来了我们自然有办法。"于是，村干部就发动群众去找。

找到天都麻麻黑了，还没找到。倒是邻村一名渔民跑来报案，说他在信江河上撒网捕鱼，突然网拖不动了，开头还以为网住了一条大鱼，高兴坏了，拖出水一看，才发现是一具女人尸体，把魂都吓掉了。据这名渔民说，死者好像是麻家坞的人。警察和村干部马上跟着渔民赶到信江河边的现场，果然，死者正是猛仔的哑巴老婆。于是法医又是一阵忙碌，之后给出了勘验结论：溺水身亡，排除他杀。

猛仔听到消息，火速赶到信江河边。没想到还没等他跑到老婆身边，有个警察大喝一声："摁住他！"身边的几个警察就七手八脚把他放倒在地，戴上了手铐。

原来，猛仔父亲去公安局投案之后，公安局立即双管齐下，一边展开审讯，一边派人到麻家坞勘查现场、调查案情。

猛仔父亲怎么可能是警察的对手，几轮问话过后就漏洞百出，无法自圆其说。负责审讯的警察判断老人很可能是替人顶包，而凶手另有其人，便加大了审讯力度。老人开头还振振有词，说："你们管这么多干什么，反正一命抵一命，有人抵就行。"警察哭笑不得，说他简直是个法盲。

熬到最后，审讯终于有了突破，老人不得不实话实说。负责审讯的警察马上打电话给出现场的警察，才有了刚才摁住猛仔的一幕。

这起案子本来只会逮捕猛仔一人，却因为他父亲顶包而多搭上了一个，实在不合算。

二

麻炳华听到这里，心情十分沉重，说道："真是糊涂哇，错上加错！"

老爸说："谁说不是哩，现在可好，出了这么大的事，家里两个能主事的都进去了，整个家成了一个烂摊子啦！"

麻炳华问猛仔的哑巴老婆送去火葬场了没有，老爸说送去了，几个亲戚帮忙送的，昨天连夜就送去了。麻炳华正要起身去猛仔家，门口进来了男男女女五六个人，有村委会干部，也有猛仔家的亲戚和邻居。

打头的是个中年汉子，他有着双重身份——既是村委会主任，又是猛仔的亲属。他属于猛仔太祖爷爷名下的一个分支，虽然比猛仔大不了几岁，但经过曲里拐弯的追根溯源，猛仔得喊他九叔公，要高出猛仔两辈。麻炳华与他的血缘关系更是远得可以忽略不计，但由于都姓麻，所以也同猛仔一样称他为九叔公。九叔公手里捏着几张带红头的材料纸，一看就知道是村委会的信笺纸。

这伙人还不知道麻炳华回来了，已有半年多没见，一见面都有些亲热，也有些兴奋，大家都说着问候的话。一名中年妇女大大咧咧高声道："你怎么回来了？小翠不是到你那儿去了吗？"——潜台词是既然夫妻已经在一块儿，丈夫就没有回来的必要了。

麻炳华装作没听懂，说："她跟我在一块儿，今天我们一块儿回来的。"

简单的寒暄过后，九叔公对麻炳华说："侄孙你回来得正好！法律上的事情我们不大懂，你又不在家，没牛捉只狗耕田，大伙儿让我写了一个这样的东西，挨家挨户上门让人签名。你先看一下，不行的地方帮忙改改。"说罢把手上的信笺纸递过来。

麻炳华接过来一看，是一份求情书，上面写的都是请求司法部门对猛仔从轻发落的文字。可以看出九叔公是下了不少功夫的，密密麻麻五页纸，内容翔实，层次分明。首先，上纲上线地历数了沙和尚的诸多劣迹，以此证明他是一个坏事做绝的恶棍，只差没有明说他死得好，死得大快人心。然后，又从多方面对猛仔大加褒奖，列举了很多有据可查的事实，证明他是个好儿子、好丈夫、好父亲、好弟弟、好村民，这次打死沙和尚纯属意外，不仅主观上不存在故意，而且客观上还起到了为民除害的作用。接下来是情真意切的"强烈要求"，说如果能够网开一面，放过猛仔，麻家坞村民将感激不尽。最后是村民们的签名，已经签了两页半，差不多有上百号人。签名者还无一例外地按上了猩红的手印，纸上像是开满了带血的杜鹃。

麻炳华觉得这份求情书虽然有些措辞过激，但还是比较真实地表达了大多数村民的感情和愿望，谈不上有什么原则性错误，不修改也没有多大关系，便说："我看行，就这样好了。"

他签好名，中年妇女把早就打开盖子的印泥盒伸到他面前，他蘸了蘸，在自己名字上面按了一下，纸上便又多出了一朵杜鹃。接下来，麻炳华的老爸也照此操作，末了说道："我家里的，还有小翠，这会儿都去了猛仔家，你们可以去那里让她们签。"

送走这群民意收集者，麻炳华去了猛仔家。

猛仔家里聚集了不少乡亲，有来看望猛仔老娘的，有来帮忙料理家务的。正如麻炳华老爸所说，这个家真的成了一个烂摊子——猛仔的老娘本来就是病恹恹的，哪里受得了这个打击，已经卧床不起，一个乡村医生正在给她打吊瓶。两个"半乖儿"哥哥倒是都长得高高大大、白白胖胖，这会儿一边一个立在大门两旁，像是两尊门神。不同的是门神威严冷峻、杀气森然，而这两兄弟却由于看到家里陡然来了这么多人，气氛有些异样，不知出了什么事情，表情一半是惊恐，一半是猥琐。猛仔女儿今天没去学校，一直躲在房间里哭，饭也不肯吃，谁也劝不动。小儿子这会儿在小翠怀里睡得正甜，不知梦见了什么，咧开粉嘟嘟的小嘴在笑，笑得那样天真无邪，那样无忧无虑。

虎头虎脑的东东见爸爸来了，高兴得赶忙从妈妈身边跑过去，搂着爸爸的双腿不放，尽情地撒娇。

麻炳华在屋里转了一圈，发现自己帮不上什么忙，就领着儿子出来了。

在回家的路上，麻炳华给九叔公打了个电话，说有事情要和他商量。九叔公问什么事，麻炳华说："要不下午一起去一趟县公安局，看能不能帮猛仔父亲办个取保候审，不然他家的日子怎么过？"九叔公连连说好，还说村委会几个干部也正在考虑他们家的事哩，只是没想到取保候审这上面来；又说他那里正好也要去交求情书，那就把两件事情一起办了。

麻炳华回到家不久，老妈和小翠也回来了。一家人坐下来聊天，话题自然离不了猛仔家的事情。

老爸说："可怜的一家人！"

老妈说："一家人真可怜！"

小翠问丈夫："猛仔的老爸应该没有多大的事吧？"

麻炳华说："虽说他不是主犯，但毕竟也触犯了刑律。不过应该不会很严重，争取办个取保候审。"接着把与九叔公约好了下午一起去县公安局的事说了。

小翠又问："那猛仔自己呢？"

麻炳华摇摇头，说："他就比较麻烦了，基本上符合故意伤害致人死亡的犯罪特征，刑期下限都有十年。"

老妈连忙插进话来："去跟法官求求情，就说这边也死了一个人，互相抵销得了，哪边都不吃亏。"

麻炳华哭笑不得，说："法律上的事情，桥归桥路归路，是不能混在一块儿算账的。"

老爸显然要比老妈懂得多一些，不屑地白了老伴一眼，揶揄道："你以为法院是你开的呀？"

老妈便不再吱声。

小翠说："可沙和尚是有错在先哪。"

麻炳华说："法庭在量刑时应该会考虑这个因素的，会根据具体情节，在刑期的下限到上限之间确定合适的刑罚。"

小翠问："故意伤害致人死亡罪刑期的上限是多少年？"

麻炳华说："那就不是多少年的问题了，情节特别恶劣的可以是死刑。"

老爸惊呼起来："死刑？"

麻炳华说："我说的是上限，猛仔当然不可能到这个地步，他还是存在从轻量刑情节的。"顿了一下又说："至于有没有减轻情节，这就要看法庭怎么认定了。"

小翠有些不解："从轻和减轻不是一回事吗？"

麻炳华说："完全是两回事哩！从轻，再怎么轻都还是在刑期下限或者下限以上；减轻，是低于下限。"

包括小翠在内，三个人对麻炳华说的这个问题都有些糊涂，都巴不得问题越简单越好，因为他们关心的是猛仔到底会坐几年班房，其他的没有必要弄得那么清楚。

就是法学专家，这时候也是无法拿出精准答案来的，麻炳华就更是只能讲出一个大致的原则："一般来说，十年或十年以上有期徒刑的可能性比较大。但是如果存在减轻的情节，那就可能低于十年。"

小翠说："你这不是等于没有说吗？"

麻炳华说："事情本来就是这样啊，到底如何判要看具体情节和法庭的认定。"想了一下又说："如果能定性为过失致人死亡，那就要轻得多了。"

老爸不解，说："一个故意伤害致人死亡，一个过失致人死亡，听起来不是差不多吗？"

麻炳华说："差得太多了，过失致人死亡的刑期只三到七年。"

老妈忘了刚被老伴揶揄的教训，又在抢着发表看法："他这个明显是过失，他哪里晓得一拳就会把人打得翘辫子呀，肯定是过失！"

老爸没有放过抢白老伴的机会："要是让你去当法官就好了。"

麻炳华说："我不是说了嘛，这要看具体情节，最后得由法庭认定。"

小翠说："既然这样，那就不能在家里傻等，能争取的就得尽量去争取，再怎么样律师还是要请的。可他家里现在连个主事的人也没有。要我说，我们能够出面帮的地方，还是帮一帮吧。"

老妈听说要请律师，首先想到的是要花钱。她觉得这钱不该由自己一家出，插话说："听人说，律师费很贵的！是不是找猛仔的几个本家商量一下，这个钱大家来凑？我们虽说不是他本家，但乡里乡亲的，又共姓着一个麻字，也应该凑一股。"

麻炳华说："根据他们家庭的实际情况，应该是可以申请无偿法律援助的。"

"无偿"就是不用花钱，这个老妈懂得，于是便放心了。

麻炳华因为下午要去县公安局，从杂物间推出了他那辆男式电动车。由于多年没骑，电瓶坏了，充不进电。他要到村口的修理部去换电瓶，小翠说："我那辆电瓶不是没坏嘛，干吗一定要骑这辆？"

麻炳华说："我骑惯了男式的。"

小翠说："为了去一趟县公安局就去换电瓶，新电瓶放久了不用还是要坏，不划算哩。"

麻炳华说："怎么不用？我这次打算把它托运去浦东哩。"

小翠说："到浦东哪里用得上啊？"话一说出口就反应过来，丈夫现在是一门心思打算办旅馆，带电动车去很有可能是为了以后出门办事方便。于是她赶紧改口说："那你就还是去换吧。"

三

当天下午，麻炳华用电动车载着九叔公到了县公安局，为猛仔父亲申办取保候审。

经办人对麻炳华提出的申请理由做了记录，然后说："当事人的家庭情况我们也了解一些，我们会尽快向村委会做进一步核实，没有意外的话很快就能够批下来。"

九叔公闻言马上从裤袋里提出一个用带子绑着的玩意儿来。这玩意儿外形如同牛鼻栓，用红布裹着，带子的另一头系在裤腰带上，就像吊钥匙串那样，晃来晃去的。

"警察同志，"九叔公说，"你现在就向我调查核实吧！于私，我是当事人亲属；于公，我是村委会主任，可以代表村委会行使职权，你看我连公章都带来了。我保证刚才我侄孙所言句句属实，如有虚言，拿我是问。我这就给你签字盖章！"说完高兴地朝麻炳华眨一下眼睛，意思是说幸亏你提醒我把公章带上了。

经办人从来没看到过公章拴在裤腰带上的，不免觉得有趣，道："你把准备工作做得蛮充分的嘛，看来今天就可以把手续办了。"

趁经办人高兴，九叔公又把求情书掏出来呈上。

经办人接过去，逐页大致翻看了一下，说："有些说法，是不是有点过？"

九叔公忙说："不过，一点也不过，讲的都是事实哩。"

经办人笑道："照这上面所说，好像我们抓人抓错了，不但不应该抓，而且应该给他嘉奖才对哩。"

九叔公又连忙说："没抓错，应该抓。不管怎么说，人总是死了，俗话说人命关天哩！"

麻炳华赔着笑脸插话道："农村人没多少文化，表达起来不是很准确，很可能存在情绪化的现象，但是涉及的事实，没有多大的出入。"

九叔公说："对对对，就是这个意思。"

经办人说："写了就写了吧，我也就是这么一说。我们公安部门只负责案件侦查这个环节，也就是还原案件发生过程和查明案件的前因后果，有关起诉和审判的事情不归我们管。这份材料，日后会随卷宗移送检察部门。"

接下来便开始办理取保候审手续。

经办人一边填表格一边问："取保候审的保证人，是填村委会组织还是填个人？"

九叔公以为保证人越多力量就越大，对事情就越有利，便说："组织和个人都要！个人就填我。"

经办人笑道："你以为这是炒菜呀，油多不坏菜？组织或个人，有一个就可以了，多填没有必要。"

九叔公这才说："那就随便吧。我是村委会的法人代表，不论填村委会还是填我个人，反正最后都是落到我头上来的。"

经办人提醒说："作为保证人，可是负有责任的。"

九叔公说："知道知道，他要是跑了，我不用你们来抓，自己会送上门来！"

经办人又说："我建议你们最好去请一个律师。——这是我个人意见哈，仅代表我个人。"

麻炳华赶紧说："我们也有这个打算。今天已经晚了，明天我们就去法律援助中心。"

接着经办人又交代了作为保证人应该知晓的相关事项，九叔公一一点头允承。

取保候审的手续办得很顺利，当天猛仔父亲就放出来了。

猛仔父亲的顶包之策以失败告终，儿子终究没能逃脱牢狱之灾。老人对自己只被关了一天就重获自由的结果，一点也高兴不起来。但是不管怎么说，出来一个总比两个关在里面强，家里有了主事的，日子总还能对付着过下去。

第二天上午，麻炳华又用电动车载着九叔公，去县法律援助中心。

负责接待的是一个头发花白的老律师，很面善。一坐下来，照例又是由麻炳华作为对外发言人，把事情的大致经过讲了一遍。老律师听说是前天才发的案，便说："一般来说，要检察部门的公诉书出来后，辩护人才好针对公诉书里的指控来设计辩护方案，提出辩护意见。现在案件还在公安部门，没有移送到检察部门去。你们先不要急，凡事都有个过程，到时候你们再来。按照你们刚才讲的当事人的家庭情况，是可以获得无偿法律援助的。"

麻炳华说："今天我们来，除了申请无偿法律援助以外，还有一个情况想提前跟你们沟通一下，或许对你们设计辩护方案能有个参考作用。"

老律师说："什么情况你说。"

麻炳华说："受害人死亡的直接原因，好像是位于后脑部位的延脑受钝器击打受损，导致循环系统衰竭。针对这一点，我觉得有必要提请法庭注意，要求在定性和量刑时给以充分考虑。就是当事人仅有初中文化，不具备医学专业知识，他不可能知道人的脑袋里面有一个组织叫延脑，更不知道有生命中枢之称的延脑非常脆弱，一旦受损将很有可能危及生命。所以，他这一拳打在什么地方也就不可能是有意选择，完全是因为当时双方所处的位置和角度所决定的。何况在当时那种特殊情况下，作为一个血气方刚的丈夫，一时难免产生激情行为，不可能冷静地找准一个安全的部位再打，真要是那样就不会有这起案件了。更重要的是，整个过程当事人只打了这一拳，并没有多次重复击打，显然主观上不存在要将受害人打死的故意。这个一拳就把人打死的后果，是一个不具备专业知识的普通人所无法预见的。"

老律师仔细听下去。

麻炳华继续往下说："我认为致人死亡这一客观后果的出现，在很大程度上存在偶然和意外的成分。我的意思是，案件的定性有没有可能往'过失致人死亡'这上面靠？"

老律师听了麻炳华的叙说不觉有些意外，问："你是不是学过法律？"

麻炳华连忙说没有，申明自己只是一个打工仔，在上海浦东的建筑工地做事，昨天回来探家正好碰上这事。

老律师越发奇怪："你是在建筑工地做事的？"

麻炳华说："我的本职工作是石匠，只不过平时喜欢看看闲书，'万金油'一个。"

老律师又说："那你的法律和解剖学方面的知识又是哪来的？你不要告诉我也是自己从书里看来的哈。"

麻炳华笑道："还真的就是从书里看来的。"

老律师感叹道："看这类书可不是看小说，是十分枯燥的呀！……难得难得！"

九叔公不失时机地在一边敲边鼓："我这个侄孙哪，是我们村的秀才！当年考大学不是他考不取……"不顾麻炳华的眼神阻止，九叔公硬是把当年他因为救人而误了高考的事情说给老律师听了。

……

回到麻家坞都已经过午了。小翠在家门口张望了好几回，见到丈夫，第一句话就问："事情办得不顺利吗？"

麻炳华说："顺利哩，和律师多聊了一会儿，就耽误了。"

小翠说："我还以为下午去不成我老爸那里了，明天上午回浦东的车票已经订好，都快急死我了！"

麻炳华开玩笑说："我掐好了时间的，老丈人家不去还能行？"

小翠又说："我上网查过了，这趟高铁是不办理行李托运的，电动车只能办零担托运随别的车走。明天得早点去车站办托运，今天要抓紧时间把其他所有的事情都办妥。"

匆匆忙忙吃过中饭，麻炳华携妻带子去看望老丈人。

今天下午，是东东最为快乐的时光。爸爸妈妈难得有时间一起陪他，三人一道去看外公，是多么开心的事情！一到外公家，他垂涎已久的烧烤鹌鹑外公早就准备好了。整个下午，他乐得一张小嘴叽叽喳喳没个停歇。吃过晚饭回到家里还一直很兴奋，闹腾到半夜也不肯睡。

可是，头天还是快快乐乐的儿子，第二天早晨就像换了一个人。早饭好了去喊他起床，怎么喊都不搭理。麻炳华到床前去，见他背着身子缩在床里侧，还是不理睬。麻炳华出房间来，碰碰小翠，示意让她去试试。小翠进房间去待了一阵子，对儿子说了不少话，可仍然没有半点效果。她出来对丈夫说："别看东东人小，心可大了。他知道我们马上就要走，不高兴，跟我们赌气哩。"

麻炳华无声地叹了口气，没说话。

老爸在一旁说："小孩子使小性子，不要理他，过一会儿就好了。你们先吃吧，早一点走，不要误了车，火车不等人的。"

老妈接着说："是哩，只有人等车，没有车等人。"

麻炳华和小翠吃饭时，两个老人一直在旁边看着，一边说着叮嘱的话。

老爸说："东东不用你们挂着，有我们哩。两个大人还给你们带不好一个孩子吗？"

小翠说："东东有爸爸妈妈看着，我和炳华都放心。"

老妈说："你们以后不要再给我们两个老人买衣服了，我们衣服多了去了，都没穿破，买了也是浪费。"

麻炳华说："买来了你们就要穿哪，不要老是想着先把旧的穿破再来穿新的。你们都是老脑筋，现在都什么年代了，再不是以前那样'新三年，旧三年，缝缝补补又三年'了。"

老妈很固执，说："旧的又没破，一个补丁都没有，不穿可惜哩。"

小翠笑道："现在的布料都牢得很，要把衣服逐件穿破，那永远都没有新衣服穿了。"

老爸居然也来取笑老伴："她呀，穿是舍不得，可拿出去显摆倒是舍得的。你们给她买的衣服，她满村子拿去给人家看，逢人就说，这是儿媳妇给我买的，你们看这料子、这颜色、这款式……啧啧啧！"

老妈有些难为情了，急忙辩白："你乱说呀！哪里是满村子呀，我半个村子都还没走遍，就被你喊回来了。你说阉鸡的师傅来了，问我哪几只鸡是要阉的，还记得不？"

几个人都笑起来。麻炳华立即为老妈解围，把矛头转向老爸："爸爸你还不是一样啊，给你买的新衣服也没见你穿过，留着干什么？"

老爸的声音马上低了八度："我是天天都要到田畈上去，又是泥又是水的，好衣服穿在身上不是糟蹋了嘛……"

两代人正聊着天，突然东东从房间里跑出来，穿过堂前，也不看大家一眼，飞快出了大门，"咚咚咚"撒腿就跑了。

四个大人吃了一惊，不知这小家伙要搞什么名堂。麻炳华立即丢下碗筷起身去追，追过一条村巷，前面是岔路口，不知东东往哪边去了，只得折身回来。老爸说："这孩子倔，炳华小时候也这样。没事的，你们吃好饭只管走，等下我去寻他，不会有事的。"

小翠说:"应该没事。他这样做,只不过是为了引起大人的注意,想把我和炳华留住不要走。他还是蛮懂事的,见留不住,也就没辙了,大不了难过一阵,玩起来就会忘了。"

老妈说:"马上要上学了,到学校里有老师有同学,就不会这么想爸爸妈妈了。"

麻炳华看了一眼墙上的挂钟,说:"我们还是抓紧点时间,托运电动车还要耽误一阵的,赶早不赶晚。"

吃好饭,收拾停当,东东还没回来,但也不能再等了。

老爸老妈一边往村口送儿子儿媳,一边念叨着已经念叨过很多次的话。

小两口坚决不让老人再送了,要看着他们回去。

车子出了村口。麻炳华正要加速,后座上的小翠突然叫起来:"停下,快停下!"

麻炳华不知发生了什么情况,连忙刹车。

"你看!你看!"小翠连声说。

顺着小翠手指的方向,只见大路左侧的山坡顶上站着一个小孩,脸朝这边,一动不动,就像一帧贴在蓝天的剪影。虽然隔得太远看不清面目,但从那件海蓝色的条纹衫可以认出,这孩子不是别人,正是儿子东东。

麻炳华大喊:"东东!"

小翠也大喊:"东东!"

山谷的回声也在大喊:"东东——东东——"

东东还是没动,也没任何回应。

麻炳华再喊:"东东!"

小翠也再喊:"东东!"

山谷也跟着再喊:"东东——东东——"

东东还是不做回应。

两口子看到儿子这样倔,心里都有些不忍。

走还是不走?小翠有些拿不定主意了,像是问丈夫又像是问自己:"这怎么办？"

麻炳华咬咬牙，说："还能怎么办，走是肯定的！"

小翠再次朝儿子挥手，喊道："东东！"

山谷也再次跟着喊："东东——"

二人看得清清楚楚，东东抬起手往眼睛部位抹了一把；也听得真真切切，东东这下回应了，是明显带着哭腔的回应："爸爸，妈妈，东东没哭！"

山谷的回音也带着哭腔："没哭——"

小翠忍不住眼泪夺眶而出，朝远处的儿子使劲挥着手，喊道："东东乖！爸爸妈妈过年的时候再回来看你！"

山谷也在喊："看你——"

儿子也挥着手，呼喊声仍然带着哭腔："我会听爷爷奶奶的话，你们快去赶火车！"

山谷的回音带着儿子的哭腔："火车——"

……

夫妻俩上了高铁。好一阵子两人脑海里还满是与儿子分别时的情景，心里都有些酸酸的。沉默了许久，小翠才喃喃道："孩子长期不在父母身边，总归是个遗憾哪！"

麻炳华说："不是没办法嘛。"想了想，又说："有爷爷奶奶带着，也一样。"

小翠说："说是这么说，其实还是不一样，有些东西不是爷爷奶奶能代替的了的。"

麻炳华张了张口，想说什么却又没说出来。

又是长时间的沉默。

第八章 借房

一

回到公司，麻炳华第一件事就把办旅馆的想法对项经理说了。

项经理没有半点思想准备，听完叙说，思忖良久，最后猛地一拍巴掌，说："好事一桩！不管办得成办不成，我看都值得试一下！"

麻炳华说："反正我是觉得希望还是蛮大的。"

项经理说："那就不要犹豫了，先干起来再说。"

麻炳华说："不过，有个问题还需要你支持哩。"

项经理答应得很爽快："有什么要求你尽管说，只要不超出我的职权范围就行。"

麻炳华说："我去忙活这件事，那施工队这边的工作可就顾不上了……"

"这不是问题。"项经理没等麻炳华把话说完就表态了，"从现在起，工地上我每天都会去替你盯着，你若是抽得了空，就隔三岔五来看上一眼。说起来，你平时在第一线的工作时间比其他建筑队长都要多，这个大家心中都有数。其实你完全没有必要什么事情都亲力亲为，只要把工作安排好，确保公司下达的施工任务能够按质按量按时完成就行，公司又不考核队长在第一线的工作时间。况且你现在要去做的事情也是公司的工作，还是一项非常重要的工作。"

麻炳华又说："有句话我还是要说在前头，就是这件事的最后结果会怎么样，能不能如愿，我可是不敢打百分之百的包票哈。"

项经理说："这个你放心，老话说'谋事在人，成事在天'，你就不要有什么顾虑了，只管去办就是，遇上什么问题我们一起商量。就算最后没办成，也权当交了学费，没什么大不了的。"

麻炳华说："那我们就抓紧时间，明天就开始行动。我准备先跑一下区里的文物管理部门，去把有关古墓发掘的情况打探清楚，如果可行，就再提借房子的事情。"

第二天，麻炳华夫妻两人各忙各的。妻子拉着行李箱，先到街道体检中心取了体检报告，随后赶往赵总家上工。丈夫骑着那辆从家里托运来的电动车，去了区经济大厦。

时令已过处暑，但气温还是很高。麻炳华原指望电动车开起来自然生风会凉快一些，但作用似乎不大。

昨晚已经在网上查询过，区里没有单列的文物管理行政机构，文物管理这项工作是由区文广新旅局的一个科室具体负责。"文广新旅局"是简称，叫起来似乎有点拗口，非政府部门的工作人员不一定听得明白。全称又有点长，"文化广播电视新闻出版旅游局"，文物管理工作就是归属在"文化"这两个字里面。

按照手机地图的导航指引，麻炳华顺利找到了区经济大厦。这栋巍峨的大厦，其实就是区五套班子及其所属部门的办公大楼。停好电动车，按照一楼大厅的部门分布示意图，乘电梯到达文广新旅局所在的楼层，找到了要找的科室。

办公室里的空调温度开得低了一些，麻炳华一进门就有冰火两重天的感觉，鸡皮疙瘩立刻冒了出来。里面两个工作人员都是女性，两张办公桌靠窗摆放，一前一后。前边是位漂亮姑娘，二十出头；后边那位看来年龄应该是漂亮姑娘的两倍，虽然相貌平平，但按时下惯例也可称作"资深美女"。

麻炳华进去时，两位女士正在探讨泡好的西洋参隔夜还能不能喝。

他礼貌发问："请问，我想咨询一下有关地下文物的事情，是找这里吗？"

两位女士都很热情，一人答应正是这里，一人示意请坐。

麻炳华掏出项经理开好的介绍信，又简要做了自我介绍，然后说："我想问一下，在银桥镇原汽车喇叭厂旧址的下面，是不是有一处明代墓葬？"

漂亮姑娘听到来人打听古墓，不免有些警惕："你问这个干什么？"

"事情是这样的，"麻炳华道，"我们三建公司总是不断有家属来探亲，没地方住宿一直是个老大难问题。当然啰，浦东的宾馆、酒店倒是多了去了，可那些地方哪里是我们打工仔住得起的呀！我们听说汽车喇叭厂搬走以后，那厂房还在，已经空在那里好些年了，若是收拾一下，是可以住得下好几十对夫妻的，所以今天公司就派我过来请示你们，把那房子借给我们临时住一下，不知行不行？"

漂亮姑娘说："你不是要咨询跟地下文物有关的事情吗？原来还是要借房子呀？"

资深美女接着说："那房子并不是我们局里的，你拜佛走错了庙门。"

麻炳华说："这我知道，那房子原来是汽车喇叭厂的，但是人家早就搬迁走了，肯定是不打算要它了，如今已经成了无主房。可我们经理说了，可不能因为是无主房就当成自家的，想搬进去就搬进去。经理还说，既然地下的墓葬是归你们管，那么墓葬上面的房子，理所当然也应该归你们管，所以就派我来请示你们了。"

一番话说得两位女士心里有些舒服。她们对视了一眼，资深美女说："那房子破烂得不成样子，连个门窗都没有，早晚是要拆掉的，根本没法住人！"

麻炳华尽量说得轻描淡写："不是还没拆嘛，就先废物利用一下好了，能住多久算多久。房子我去看过了，虽然外表破烂，但那是搬家时卸门拆窗造成的，绝对不是危房，稍微收拾一下就行。没有门窗怕什么，找些旧门窗安上去不就可以了吗？我们可是搞建筑的，安装门窗我们是专业的，轻而易举的事哩！"

资深美女想了一下，说："既然你们不嫌麻烦，又愿意花钱捣鼓，那就随你们呗。但是有一点你们可得保证，按照市政府文物保护条例的规定，一切有可能影响文物安全的作业，比如爆破、钻探、挖掘等等，都是绝对禁止的。"接着又进一步强调说："这可不是开玩笑，保护文物，人人有责，这个责任可是说多大就有多大哦！"

麻炳华拍着胸脯说："这点你们尽管放心，我们只是找个晚上睡觉的地方，那些违法乱纪的事，我们不可能也没有必要去做。"

漂亮姑娘说："料想你们也不会，但该讲的话我们还是要讲在前头。"

麻炳华十分谨慎，试探性问道："我们打算对房子的内部结构稍微调整一下，比如说把这个地方的墙拆掉，砌到那个地方去，这应该是可以的吧？"

资深美女说："你们不就是住一下嘛，要这样大动干戈干什么？"

麻炳华说："你们有所不知，原来那是厂房，现在要拿它当宿舍，有些地方不改一下实在是不行哩。比方说，一对对的夫妻住在里面，睡大通铺肯定是不行的，怎么样也要隔断一下吧？"

漂亮姑娘说："那倒是。"

麻炳华又说："还有，原来卫生间的数量也实在太少了，每层楼就一间，晚上起夜怎么办？半夜三更男男女女衣冠不整的，在走廊上迎面碰上了，你们说是打招呼好还是不打招呼好？"

两位女士都被逗笑了。资深美女说："那你说怎么办？难道你们还打算每个房间都建一个卫生间吗？"

麻炳华的话依然是云淡风轻："不就是砌堵墙，装个便池，埋根管道，很简单哩。"

漂亮姑娘追问道："还真的打算每个房间建一个卫生间哪？"

麻炳华两手一摊，说："那有什么办法，不然不好住哩。"

资深美女说："那不是和旅馆的标准间一样了吗？你们不会是要把它改建成旅馆吧？大兴土木肯定是不行的，影响到了古墓安全，谁都负不起这个责任。"

从走进办公室开始，麻炳华一直尽量避免使用"旅馆"的表述，没想到倒是对方先说出来了，便连忙申明："看你说到哪里去了，我们怎么会去开旅馆？建筑公司开旅馆，不说不务正业，也是名不正言不顺。我们仅仅是为了使员工们在妻子来探亲时有个落脚的地方，与开旅馆完全不搭界哩！"

漂亮姑娘说："既然这样，那你们还是自己决定吧。"

资深美女郑重告诫："不过我们把丑话说在前头，要是花了太多的财力物力，把房子弄好了，却住不了多久，到时不要来找我们，那可是没有一分钱补偿的，这点你们事先要考虑清楚哈。"

麻炳华明知故问："怎么会住不了多久呢？"

漂亮姑娘说："因为这牵涉古墓的发掘问题呀。"

终于涉及要害问题了，麻炳华说："我们也很担心这个问题，若是我们把房子刚收拾好，你们突然说要破土开挖了，让我们赶快腾地方，那不是'狗咬猪尿泡，一场空欢喜'吗？我想问一下，对这个古墓，不知道你们有没有具体的发掘计划？大概会在什么时候发掘？"

资深美女说："这就难说了，因为具体的发掘时间表现在还没有，当前是维持现状进行保护。至于维持的时间会有多长，谁也无法预计。"

麻炳华奇怪了："你们是文物管理部门，怎么会不知道呢？"

漂亮姑娘说："不是不告诉你，确实是我们自己也不清楚。古墓的发掘时间，牵涉上上下下方方面面的诸多因素，不是随随便便就能决定的。我们只知道明后年是不可能发掘的，因为今年年初下发的全区三年文化工作规划里面没有这项安排，再远就难说了。"

这种情况倒是麻炳华没料到的。他一下有点蒙了，不知道下一步该怎么办。

资深美女说："情况就是这样。对那个古墓，我们委托了银桥镇政府履行保护职责。听说镇政府又把这个任务交给了当地的九尺门街道办事处。如果你们打算住进去，还得先去街道办同他们沟通好，那里是属于他们管辖的一亩三分地，免得发生误会。"

麻炳华想了一下，决定先不管三七二十一，把房子借到手再说。他说："那我就对街道说，你们已经同意了我们借用。——这样说行不行？"

对方两人对视了一下，漂亮姑娘欲言又止，资深美女谨慎道："你们还是直接同他们商量好了，只要不影响古墓安全，估计他们也会同意的。"

麻炳华巴不得把事情砸得越实越好，说："他们万一不敢做主，那我就只好把你们抬出来了，可以不？"

资深美女思索着说："……我们只能说不反对，不好说答应了你们。"

麻炳华笑了："这不是一个意思吗？"

资深美女也发现了自己是在做文字游戏，笑道："好好好，怎么说随你吧。说来说去，不能影响到古墓的安全，这才是关键。"

看这情形，也就不要指望她们会出具表示同意的书面承诺了。麻炳华干脆没提这个要求，免得欲速不达。

二

麻炳华从区经济大厦出来，骑在电动车上，不免有些失望。

虽然房子算是借到手了，但这本来就是悬念不大的事情。今天来区文广新旅局的主要目的并没有达到，没把关键性的问题弄清楚，房子借到了又有什么用？总不能就这样冒冒失失地对它进行改造吧？麻炳华感到这事情有点不可思议，古墓的具体发掘时间竟然连文物管理部门都不清楚，那这个问题该问谁去？

由于脑子里一直在想古墓的事情，分散了精力，过十字路口时竟然闯了红灯，差点就被一辆轿车撞到了。轿车"嘎——"的一声刺耳尖叫，来了个急刹。司机降下车窗玻璃，怒吼道："你不要命啦？"

麻炳华吃了一惊，再也不敢分神了，一路谨慎骑行。

前面是公交站台，一辆公交车开到那里停了下来。上下车的人很多，把旁边的非机动车道堵住了。麻炳华不敢大意，提前在路边停下来，双脚点地跨在车上等候。

就在这时，有一个理着小平头的矮个子年轻人，在公交车前门的人群中挤来挤去，这边蹭几下，那边蹭几下，做出要上车的样子，可就是不上车。

麻炳华判断这人极有可能是"三只手"，于是把电瓶车停一旁，不动声色地走过去，靠近这人。

小平头没有意识到自己已经被人盯上了，还在若无其事地以手中的报纸做掩护，悄悄对一位头发花白的老年乘客下了手，瞬间就把老者衣兜里的手机转移到了自己手中。他自认为神不知鬼不觉，正准备开溜，却突然大声惊叫起来："哎哟，哎哟！"

原来，他的手掌连同赃物一起被麻炳华铁钳似的手紧紧地钳住了，痛得他五官都挪了位。

周围立刻围了一圈看热闹的人，大家七嘴八舌，都说要把他扭送公安机关。

只有那位老者仍然茫然无知，还在准备上车。麻炳华用另一只手赶紧拍了他一下肩膀，说："老人家，您看一下手机还在不？"

老者是位学究型的知识分子，清瘦矍铄，稀薄花白的头发梳得纹丝不乱，鼻梁上架着一副金丝眼镜。他回过头来，本能地摸了摸衣兜，一脸的诧异，道："咦，好奇怪的嘛，刚才还在的，这一下子会跑到哪里去？"

麻炳华说："您恐怕得等一下再走了。"

老者只得留了下来。麻炳华告诉他，他的手机就是被这个"三只手"掏走的。老者拿回了手机仍然惊诧不已："我明明放得稳稳妥妥的，扣子都扣好的嘛，怎么还能被掏走了呀？"有人要打110报警，他却说："我看警就不要报了吧，人家年纪轻轻的，留下案底就不好了呀，有了污点，是要影响前途的呀。交给警察也是为了使他得到教育，我们就在这里好好'教育教育'。"转头对"三只手"道："小伙子哎，人要学好哎！从别人口袋里拿东西，是不对的，是不劳而获的行为，发展下去不得了的呀，小洞不补，大洞吃苦哇……"

旁人没听老者的，报警电话还是拨出去了。当老者还在苦口婆心地教育"三只手"的时候，警察到了。

警察在现场做完笔录，把人带走了。老者似乎才想起来应该对麻炳华表示感谢，在原地扭头看了一圈，发现麻炳华已经骑着电动车离去十多米了，连忙一边奋力追赶一边大声呼喊："哎！停一下，停一下……"

麻炳华闻声回头，见老者步履踉跄，生怕他跌倒，只好把车停下。老者气喘吁吁跑过来，说："不向你当面表示感谢本人心里不安哪！谢谢你了，要不是你，我的手机就丢了呀。手机本身值不值钱都是小事，就是里面的资料重要哇！太谢谢你了！请问贵姓？"

麻炳华说："这就没有必要了，小事一件哩。"

老者见他不肯讲，便说："那我就先自报家门，鄙人姓孟，今年六十又五。"

麻炳华只好礼尚往来，道："孟老好！我姓麻，麻烦的麻，是建筑工地的一名打工仔。"

孟老又说："我在区博物馆工作，本来已经退休，现在又被返聘，用当今时髦的话说，属于'发挥余热'。"

麻炳华听到"博物馆"三个字，灵光一闪，连忙说："博物馆？那太好了！孟老，我向您打听一件事，可以吗？"

孟老说："如果你问的是博物馆方面的事情，老朽不敢说全部通晓，说略知一二应该是一点都不夸张，因为我从事博物馆工作已经大半辈子了。你要打听什么尽管开口，我当知无不言，言无不尽。"

麻炳华说："我想问一下有关地下墓葬发掘方面的事情，也不知道这跟您的工作有没有关系？"

孟老说："你算是问对人了，我就是专门搞文物研究的，自然也包括研究墓葬文物，地下墓葬的发掘本来就是我的工作内容之一。"

麻炳华抑制不住心中的激动，说："银桥镇有一处明代墓葬，就是原来的汽车喇叭厂那里，不知这事孟老您听说过没有？"

孟老哈哈大笑起来："何止是听说，关于那个墓葬最早的线索，就是当年我在文物普查时发现并上报的，如今它已经上了区级文物保护单位名录。"

麻炳华喜出望外，说："那真是太巧了！孟老，我们不能老是这样站在路边说话，您看都妨碍交通了，还是找个地方坐下来聊吧。"

孟老见有人对他的专业感兴趣，不禁兴致勃勃，忙说"好的好的"。

正好不远处有个叫"茶视界"的茶馆。两人进了茶馆坐下，麻炳华要了两杯龙井。

"孟老,"麻炳华表现得有点迫不及待,"我很想知道银桥镇的那个明代墓葬,有没有具体的发掘计划?"

孟老也不问对方打听这个干什么,遇上了对他胃口的话题,立马打开了话匣子:"地下墓葬在发掘之前,是有很多功课要做的呀,不是想什么时候发掘就可以什么时候发掘的。从宏观上讲,要讲究天时、地利、人和。从微观上讲,起码要做好一份可行性调研报告。你不要小看了这份报告,它可是建立在前期充分调查研究的基础上的,容不得半点遗漏和疏忽。比如,对发掘时机的因素分析,对发掘工作的意义考量,对随葬品文物价值的预期评估,对发掘队伍的组成建议,以及对发掘经费的筹措设想,甚至对发掘工作中可能出现的意外情况的预案制订,等等。可行性研究报告出来以后,下一步就是……"

言者说得津津有味,闻者听得味同嚼蜡。麻炳华耐着性子,等到孟老的话告一段落,赶紧插进来说:"我只是想知道,银桥镇的古墓最有可能在什么时候开挖?"

孟老这才想起来该问的问题,说:"你打听这个干什么?"

麻炳华便把在区文广新旅局表述过的内容又说了一遍。

"原来是这样,"孟老说,"那我可以告诉你,发掘的具体时间,现在还是一个未知数,因为不确定的因素实在太多了。"

麻炳华顿时心里凉了半截。

"但是,"孟老又说,"我们还是可以根据各方面的现有条件,经过分析、推理,从而得出所需要的结果来。"

就像观看情节曲折的影视剧,麻炳华的胃口一下又被吊起来了,仔细听孟老往下说。

"事情是这样的,进行古墓发掘,眼下光凭区里的技术力量是不够的,得申请市里派考古专家联合进行。而市里的考古发掘工作今后几年的任务都比较繁重,初步列入发掘计划的古墓葬和古遗址已经有三处,而且规模都不小，都比银桥镇的那处大得多，并且目前只有其中一处刚完成前期工作，正式程序才刚刚开始走。就算一切顺利，至少也要一年半载之后才有可能破土开挖。何况考古发掘这个活，不比农村挖菜窖，是万万不能贪图快捷而大刀阔斧地进行的，要像绣花那样小心翼翼，有时一个人一整天还剔不出两碗土。而另外两处的考古发掘，还得等到第一处所有的工作全部结束之后，才能摆上议事日程。这么看来，等到这三个地方都弄完，再怎么抓紧时间也得七八年。以上讲的还都是外部因素，现在再来看内部情况。对银桥镇这处墓葬，从一开始考古界就存在两种观点：少数人认为有较大的发掘价值，可以着手考虑发掘事宜；而大多数人则认为从目前掌握的情况来看，发掘的条件尚不成熟，建议暂且维持现状，把它作为文物保护单位保护起来，先不去动它。这种做法在考古界很常见，我国很多地方的古墓葬都是采取这种做法，我也倾向于这种观点。由此可见，在今后十年左右，银桥镇古墓发掘的可能性应该是非常小的。"

麻炳华按捺不住心中的喜悦，从椅子上蹦起来，过去握住孟老的手，一边抖一边连声说"谢谢"。

孟老慌忙道："哎哟，你把我手弄痛了！"

麻炳华说中午要请他吃饭，孟老怎么都不答应，一个劲儿说："使不得，使不得呀！"

三

把孟老送上公交车，麻炳华立即给项经理发过去一条四个字的微信，给他分享自己的喜悦："形势大好！"

回到公司，项经理已经等在办公室，听了事情的详细经过，自然高兴得很，说："太好了！这么看来，我们差不多可以开始下一步的工作了！是不是下午就可以带人去看现场，商量一下那房子具体应该怎么改造？"

麻炳华忙说："还是急事从缓吧，也不在乎这一丁点儿时间。我们要先去拜一下九尺门街道办事处的码头，同他们沟通好。这道手续是省略不得的，磨刀不误砍柴工哩。下午我就去，后面的事情等我回来再说。"

项经理说："那也好。"又说："是否可以这样理解，去街道办事处只是走一下程序，应该不会有什么意外吧？"——项经理现在最希望的就是事情不要节外生枝。

麻炳华满怀信心地说："我觉得出现意外的可能性不大。人家委托单位都基本上同意了，他们受委托单位干吗要没事找事？"

吃过午饭，麻炳华骑起电动车往九尺门街道办事处去了。

要找九尺门街道的地盘是很简单的事，它就在汽车喇叭厂旧址那一带，可是要找办事处的办公地点却没那么容易。先后问过三个人，兜了一个不小的圈子，才在一栋写字楼的一楼找到了这个基层的行政机构。门口"九尺门街道办事处"的牌子被一株高大的芭蕉树挡住了，难怪一时找不到。

行政办公室的一位帅小伙看过介绍信，说了句"你跟我来"，便把麻炳华带到靠里面的一间办公室门口，朝门内报告："胡主任，有人找。"

姓胡的街道办主任是个四十来岁的中年妇女，身材与建筑队曾经的炊事员胖嫂有一拼。这会儿她正同一位戴棒球帽的后生仔谈话。她看了帅小伙拿进去的介绍信，对站在门口的麻炳华一点头，说："请稍微等一下，这里马上就好。"

麻炳华便退后两步，在过道里等候。

房间里胡主任与棒球帽谈话的声音比较大，麻炳华听得一清二楚。虽然是无头话，但还是听得出大致的内容。棒球帽应该是一家广告公司的业务员，街道办事处好像委托这家公司制作安装一批长久性的围挡。业务量似乎还不小，围挡高二点五米，长接近一千米，双方正在围绕这笔生意讨价还价。

麻炳华听到里面的谈话几次蹦出"古墓葬"的字眼来，不由得心里一紧，担心这个突然出现的情况同自己要办的事情会有冲突。好不容易等到屋里的谈话结束，棒球帽满脸喜气地出来了。

麻炳华进去，胡主任爽朗说道："我们这里是街道办事处，每天的工作都是一些婆婆妈妈、鸡毛蒜皮的小事，可没有什么大工程给你们三建公司做呀。说吧，有什么事？"一边说一边指指面前的木沙发，示意请坐。

麻炳华没有急着说自己的事，先客套了一番："胡主任太谦虚了，街道办事处的工作上到方针政策，下到柴米油盐，都是关乎老百姓切身利益的大事，也是功德无量的好事，怎么能说是婆婆妈妈、鸡毛蒜皮的小事呢？"

胡主任满脸笑容，摆着胖手道："哪里，哪里。"

麻炳华继续说："就像刚才你们谈的制作围挡这件事，我都听到了，不是一件小事哩。"

一提到围挡，胡主任似乎有着满腹的怨气，提高了嗓门说："这事情本来与我们街道毫不相干，可就是仅仅因为这古墓坐落在我们地盘上，就硬生生地给赖上了。你说冤不冤？镇里的马副镇长事先也没征求过我们街道的意见，就大包大揽替我们把任务接下来了，真是官大一级压死人哪！本来嘛，要我们保护就保护吧，无非是辛苦一点，经常到现场去转一转，盯着一点，不要被人盗挖了。这几年我们都是这样过来的，也习惯了。可哪里想到，牛事没去马事又来！"胡主任说到这里不停地摇着头，一副不愿意再讲下去的样子。

麻炳华追着问："又来了什么事情？"

胡主任只好从头开始解释："今年是为期三年的'四创'活动开始之年，'四创'活动你肯定是知道的，就是电视、报纸整天宣传的那个'创建卫生、美丽、文明、和谐的新浦东'活动——按照活动方案的要求，首先要在全区范围内排查并消除卫生死角。这下可好了，汽车喇叭厂的旧址竟然被当成卫生死角了！那地方不知你去过不？从这里过去不远，直线距离也就是五六百米的样子。"

麻炳华一点头，说："我刚才就经过了那里。"

"你说，那地方怎么能算是卫生死角呢？只不过工厂搬走了，留下了一栋搬不走的厂房和一块空地。人家那厂子还算不错，搬走了还把场地彻底打扫过了，垃圾都运走了，收拾得干干净净。可是上面领导不这么认为，就在前几天，区'四创'活动领导小组下来巡回检查，检查到我们街道，说这个地方太有碍观瞻了，是全区最大的卫生死角，与'四创'活动格格不入，一定要我们想办法解决它。我憋不住同他们理论了一番，我说：'这里连垃圾都没有，哪里算得上是卫生死角？'他们竟然说，这栋破房子就是一大堆建筑垃圾，还有这块空地，像个疤瘌，要多难看就有多难看，拖了全区'四创'活动的后腿！我故意问他们：'这钢筋水泥的房子怎么解决？是不是可以请爆破公司来，用炸药轰了它，至于地底下的明代墓葬会不会因此受到破坏就不用管它了？'"说到这里，胡主任自己忍不住笑了，马上又接上说，"结果呢，被狠狠批评了一顿，说我这是同'四创'活动唱反调。说到最后，这个所谓的卫生死角还得要我们街道来负责解决。至于怎么解决，要我们自己想办法，并且还要保证不能影响古墓的安全。你说，这叫我到哪里讲理去？"

听到这里，麻炳华已经基本上明白了事情的原委，接过话说："所以，胡主任您就想出了一个遮丑的办法，请广告公司用围挡把整个喇叭厂旧址围起来，不让人看到里面。"

"对呀，虽然这办法好比麻脸搽粉，图的是表面光鲜，但却是目前能想到的最好的办法了，镇里马副镇长也同意这个方案。——好了好了，不提它了，反正事情已经落实了，只不过要花一笔钱就是。钱嘛，该花的还得花，不然问题解决不了。"胡主任说到这里，苦笑着耸耸肩膀，双手一摊。

麻炳华本来想提醒胡主任，制作围挡是可以不花钱的，因为固定性围挡是可以用作户外商业广告的载体，广告收入足够冲抵围挡的制作费用。但是转念一想，忍住了没说。

这时胡主任似乎才想起面前这个人是找她办事来的，便赶紧说："你看，我光顾着说卫生死角的事了，你今天来有什么事？请讲。"

麻炳华却说："我的事不是很要紧，还是先解决你们这个卫生死角的问题吧。"

胡主任说："已经解决了呀，刚才你不是都听见了吗？我和广告公司谈的就是这事，已经谈妥了，他们保证会在半个月之内把围挡安装好。"

"胡主任，"麻炳华说，"制作这个围挡本来不关我什么事，但我还是想多一句嘴，您不会见怪吧？"

胡主任一边将肥硕的身躯在藤椅里调整了一下位置，向后微仰，一边用微笑的表情告诉对方她绝不会见怪，有什么话尽管说。

麻炳华说："如果喇叭厂旧址只是个单纯的卫生死角，那把它围起来的确是个好办法。可是，那里的地底下有一处上了区级文物保护单位名录的明代墓葬，这就不得不特别慎重了。我觉得，一旦把它围了起来，反而会给古墓带来很大的安全隐患，弊将远远大于利。"

胡主任立即身体前倾，神情有些紧张："这怎么可能呢？"

麻炳华解释说："因为在没有围起来之前，整个区域是暴露的，每时每刻都在广大人民群众的眼皮底下，盗墓贼想打它的主意非常困难。一旦把它围起来了，那情况就完全相反，可以说等于帮了盗墓贼的大忙。他们只要钻进去的时候不被人看见就行，到了里面就像进了保险箱，围挡成了最好的保护设施，整个作案过程根本不用偷偷摸摸。你就是在里面装上监控探头也不一定有用，因为不可能安排人员一天二十四个小时都盯着屏幕看，时间长了难免会有疏忽，说不定整个墓室被盗墓贼搬空了也没人发觉。等到哪天发觉了，一切都晚了。即使案件告破，对文物的破坏也无法挽回了。"

胡主任听罢，倒吸了一口冷气，一时说不出话来。

麻炳华提醒道："胡主任，你看现在是不是应该把广告公司的人请回来？"

胡主任一拍巴掌，说了句"幸好合同还没签"，立即起身出去到行政办公室，吩咐刚才那个帅小伙马上通知棒球帽回来一趟，就说情况有变。返回来对麻炳华说："太谢谢你了，要不是你提醒，我可能要摊上大事！你看，白忙活一通，事情又回到了原点。"隔了一会儿，又说："麻同志哎，现在事情都摆在这儿，情况你也清楚了，你看看能不能帮我想想，有没有其他什么好办法呀？"

麻炳华微笑道："我就是为这事来的。"

胡主任急切道："你说，你说！"

于是，麻炳华便把公司员工家属来探亲没地方住，需要借用这栋房子的事情说了。

胡主任还不等听完就拼命摇手："这就更不行了！当初马副镇长把保护古墓葬的任务交给我们街道时，再三叮咛，一定要保持高度警惕，白天黑夜都要安排人巡查，只要发现有陌生人进入场地就要严密监视。现在你们竟然想住到那里面去，这个我敢答应吗？你就死了这条心好了！"

麻炳华耐心说道："镇领导的话也没有错，说明领导对保护古墓工作非常重视。但是，具体情况也要具体分析，我认为只要不违反原则，有些事情还是可以灵活变通的。"

胡主任根本听不进去，说："还说不违反原则，这还不是违反原则是什么？这个可灵活不得，一旦出了问题，谁都负不起这个责任！"

不到万不得已麻炳华不想把区文广新旅局这块招牌亮出来，打算尽量自己先说服对方："胡主任哎，你大概不会想到，房子借给我们住不但出不了问题，反而还可以帮你们解决问题哩。"

胡主任大惑不解："还能帮我们解决问题？这不大可能吧？"

麻炳华说："不是可能不可能，而是一定。你听我说，只要我们的人住进去了，那地方是不是白天晚上都不会离人？盗墓贼就是吃了豹子胆，也不敢打古墓的主意了，这不是无形中帮你们做了安保工作吗？还有，我们既然要住，就一定会把房子适当改造一下，把里里外外都弄得漂漂亮亮的。如果再把那块疤癞空地也美化起来，弄成一个小型的休闲广场，那就更是锦上添花了。别的不说，提供一个跳广场舞的场地总是可以做到的吧？这样一来，坏事就变成了好事，再也没有人会说喇叭厂旧址是卫生死角了。你说是不是这个道理？"

胡主任听到这里有点动心了，认真听下去。

"不过，这都是要花钱的，我们三建公司能够把房子本身捣鼓好就已经拼了老本，至于那块疤癞空地，恐怕就有心没力了。"麻炳华又无奈地说。

胡主任的态度已经有了明显的改变，说："你等等，后面的事情等下再说。

我先向马副镇长汇报一下，看那房子能不能借给你们住。他同意了，才好说后面的事。"说着，拿过桌上的电话机就要拨号。

麻炳华连忙阻止，说："你不如直接打给区文广新旅局好了，我这里有电话号码。"

胡主任说："按照程序，我必须请示马副镇长，他若是同意了，自然会去跟区里的主管部门沟通的。"

麻炳华这才说："上午我已经去过区文广新旅局了，他们没有意见。"

胡主任奇怪了："他们同意了？你怎么不早说？"

麻炳华顺手递给对方一顶高帽子："他们同意有什么用？这是在胡主任你管辖的一亩三分地上，当然得由你说了算！"

胡主任感慨道："你这个人哪，也太那个了！不过，电话还是要打一个的，理解万岁哈。"立即伸手向麻炳华要了区文广新旅局的电话号码。

与区文广新旅局联系的结果，证明麻炳华所言不假。

麻炳华却又故意说："不知道马副镇长会不会同意，要不要再请示他？"

胡主任的态度已经有了质的改变，胸有成竹道："区主管部门都同意了，马副镇长还会有什么意见？更何况这个方案明摆着要强过用围挡遮丑，他只有高兴的份儿，不可能不同意，再要请示就是脱掉裤子放屁！"

两人正说着话，棒球帽回来了。他以为是围挡的尺寸有变，连忙说现在合同还没签，料也还没下，要怎么变动都好说。当明白这笔生意要泡汤了，他马上变得像霜打的茄子——蔫了。胡主任编了一套半真半假的话给他："事情是这样的，刚才你走后，我向上级有关领导电话汇报了情况，结果领导不同意。领导说：'怎么能用围挡呢？围挡一围起来，等于帮了盗墓贼的大忙，只要钻进去的时候没被人看见，到了里面就不用偷偷摸摸了，哪怕围挡外面人来人往，在里面可以照挖不误，说不定整个墓室被搬空了都没人发觉呢！'我一想，领导说得对呀，自己为什么就没想到呢？"

麻炳华没料到自己竟然被胡主任轻而易举地"提拔"为领导了，极力憋住笑，转过脸去装作看窗外的石榴树。

石榴树的枝头停着两只麻雀，看来是一对情侣。一只在向另一只献殷勤，用嘴巴帮对方梳理羽毛，另一只很是享受、陶醉的样子，飘飘然如同喝醉了酒一般。麻炳华心里说：连这对小东西也来欺负人，这不是存心要馋我们这些老婆没在身边的汉子吗？

胡主任接着对棒球帽说："你看，领导都已经发话了，我还能有什么办法？这次只好委屈你们了。这样吧，下次有什么业务，我一定会优先考虑你们。"

棒球帽看到事情已经没有了挽回的余地，顿时泄了气，但也只能怪自己运气不佳。其实，他心里也不得不佩服领导的高瞻远瞩，尽管这样的领导影响了他的业务。

棒球帽告退了，办公室里两人接着商议未尽事宜。

胡主任说："好了，房子可以借给你们。"马上又说："你们对房子的改造，我过多的要求也没有，只有两点：第一，施工过程中不能让地下的古墓葬受到任何破坏，这是个大前提；第二，工程质量一定要给我保证，尤其是外部装修，要有档次，要配得上周围其他的建筑，不要认为是给农民工住的就随便应付了事，否则，不用说区'四创'活动领导小组通不过，我这一关首先就过不了哈。"

麻炳华说："这个你尽管放心，一口唾沫一个钉，我说过的话就一定会做到，保证弄得漂漂亮亮的。"

胡主任说："我们还是先小人后君子，我要先看一下外部装修的设计图纸，这样对双方都好。"

麻炳华心想这可有点麻烦。图纸设计本是设计部门的事情，建筑部门只管对着图纸施工，现在要自己来设计多少有些勉为其难，硬着头皮弄出来的怕上不了台面。其实，装修房子自己经验多了去了，没有图纸也照样能够弄得无可挑剔，可人家哪壶不开提哪壶，偏要看图纸。怎么办呢？请设计部门代劳吧，这点小活，人家还得先到现场进行丈量，取得相关数据，然后才能动手设计，豆腐花了肉价钱，太不合算。若是拿别处的图纸来蒙混过关，万一露了马脚，事情就无法收拾了。他想了一下，突然有了主意，说："平时看到的那种设计图纸专业性很强，是专门给建筑方看的，好让施工人员依葫芦画瓢，照图上的要求去干活。而在你们非专业人员的眼里，这种图纸灰不溜丢的，上面尽是密密麻麻的线条和数字，一下很难看懂。至于改造以后的具体模样如何，就更是看不出来。"

胡主任听了有些茫然，问："那你说怎么办？"

麻炳华说："我认为还是效果图比较好。效果图，顾名思义，它表现的是工程竣工后的实际效果，就和照片差不多，还是彩色的，非常直观，一看就明白。"

之所以要说服胡主任采用效果图，是因为小翠对用电脑修图不是外行，这活不用花钱去求别人，还可以省去很多不必要的麻烦。

胡主任虽然不知其中奥妙，但觉得麻炳华的话不无道理，便说："行，那就这样说定了。"

麻炳华又说："不过，有一个问题我需要再次申明，就是我们三建公司只能负责房子本身，至于要把那块空地改建成小型休闲广场，可就无能为力了。单是弄这个房子我们就已经冒了很大的风险，因为现在谁都不知道什么时候会发掘这个古墓，我们花了钱改造，能住多久只有天知道。"

"完全理解。"胡主任说，"我看就这样吧，休闲广场就由我们街道负责建设。但是设计工作你们就一并捎带帮忙弄了，这应该不会有什么问题吧？"

麻炳华爽快答应道："这个当然没有问题。"

胡主任又说："你是搞建筑的，现在就帮我大致算一下，建这个休闲广场大概要花多少银子？"

麻炳华一边盘算一边说："我看嘛，一来面积不是很大，二来也没有必要搞得太复杂，尽量简约一点，做到美观、大方、实用就行——"

胡主任插话说："对对对，能不花的钱尽量不花。"

麻炳华继续盘算："无非就是整一块活动场地，面积也就两个篮球场大小；地面除了浇水泥就是铺吸水砖，再铺一条鹅卵石步行小道，再怎么弯来弯去也就是三百来米；在合适的地方安装一些锻炼器材，放置一些供人休息的石凳；绿化就以梧桐和女贞为主，没必要追求名贵树种；靠马路那一边摆一排直径六十厘米的花岗岩隔离球，起个安全防护作用，有十五个就差不多了。主要就是这些，应该花不了多少钱。"

胡主任说："能不能给我一个比较具体的数字？"

麻炳华默想了一下，说："要比制作围挡多出两三万块钱。"——前面没有提醒胡主任制作围挡可以不花钱，为的就是这一招。

胡主任胖手一挥，说："哎呀呀，这两三万对于你们三建公司来说不过是小菜一碟，就没必要计较了，不如让你们还按建围挡的造价承包下来，怎么样？你们反正是要开施工队伍过来的，一只羊是放，一群羊也是放，这个活顺带就干了。"

麻炳华说："胡主任哎，改造房子我们本来就是冒了很大风险的，要是这头又吃亏，那就太不合算了！"

胡主任说："大男人就不要这么婆婆妈妈的，计较这针头线脑的干什么？我其实就是图个省事，因为不另加钱我现在就可以拍板，不然又要开主任办公会，实行集体决策，手续麻烦哩。"

麻炳华似乎很为难，一时没句痛快话。

胡主任又是一挥手，说："那我就再让一步！施工期间我们街道办可以提供两个小工给你们使用，这样你们就可以节约小工的费用了。反正我们有一支志愿者队伍，是配合开展'四创'活动成立的。——这总行了吧？"

麻炳华像是下了很大决心似的，说："好吧，既然胡主任你开了口，我还有什么好说的，就按你说的办呗！"

第九章　紧锣密鼓

一

麻炳华从九尺门街道办事处出来，接下来最要紧的事情，是尽快把效果图捣鼓出来让胡主任过目，好把施工合同签下来。于是他便拐到喇叭厂旧址，掏出手机对着那栋空壳房"咔嚓咔嚓"从不同方向拍了几张照片。接着又上到二楼走廊，居高临下对着底下的疤癞空地也拍了几张。照片拍好马上给小翠发去微信："有要事，你打电话过来。"

麻炳华都已经回到公司了，小翠的电话才打过来，说："你来微信时我还在厨房里忙碌哩。有什么事？你说。"

麻炳华把需要她帮忙 PS 效果图的事情及有关的要求说了一遍。

小翠问："现场的照片拍好了吗？"

麻炳华说："拍是拍了，但不知道行不行。"

小翠说："先发我看一下，现在就发，发原图哈。"

照片发过去，五分钟不到小翠的反馈意见就来了："空地的照片可以，房子拍得不行，角度没掌握好，得重拍。拍房子仰角不能太大，你得稍微站远一点。"她交代了拍照时需要注意的问题，又叮嘱周围的建筑物也要拍几张，因为要改造的房子虽然是单独一栋，但外部风格必须与周围的环境相匹配，起码不能相冲突。

麻炳华说："那我明天一早就去重拍。你那里没有电脑，看来你还得想办法请个假过来一下。"

小翠说："刚上工就请假，不大好哩。其实根本没必要过你那边去，只要你把拍好的照片导入电脑，明天上午八点半到九点之间，带着电脑到菜市场

146

门口等我就行了。不就是 PS 嘛，很快就能弄好的。——菜市场怎么走你应该知道，那天你陪我找工作时路过过那里。"

麻炳华问："菜市场里哪里有摆电脑的地方？"

小翠说："这个你省得操心，借个地方用一下不是难事。"

麻炳华挂了电话，看到离下班还有半个小时，就直接去工地找项经理。若不是项经理头上那顶颜色不同于其他员工的大红安全帽，还真难从一群建筑工人里找到他。麻炳华过去把他拉出来，两个人来到一处没人的地方。

项经理听说了他与胡主任交涉的经过，自然高兴得很，觉得事情似乎已经成功了一半。接下来，两个人就开始商量改造工程的资金怎么解决。麻炳华主张采取股份制方式，由公司集体和员工个人合办，百分之五十一的股份由集体掌握，以示控股，剩下的由员工自愿集资。该方案一提出来项经理就认为不妥，他说，既然办这个旅馆不以营利为目的，那么员工入股就没有什么意思了，不如全部由公司出资，反而更好管理。麻炳华一想，觉得还是项经理考虑周全，自己之所以提出股份制的设想，主要是想通过投资入股，增强员工的主人翁意识，看来自己考虑问题还是不够全面，不如项经理经验丰富，一下就抓住了问题的根本。

项经理说，改造工程用的钢筋、水泥、砂石、砖块、瓷砖、管道、涂料，反正只要这边工地有的，都从这里拉过去，把账记清楚就可以了。至于工时问题，可以不另外核算，一并登记在这边工地就行。施工人员也从这边抽调，每个施工队抽两个人。不过需要向大家讲清楚的是，这边工地的人虽然减少了，但工期不能受影响，原定元旦前竣工的时间是雷打不动的。同样，那边的改造工程也是有工期要求的，争取在两个月之内拿下它。

麻炳华赞同项经理说的，还说最好开个员工大会，把事情敞开来说，以取得大家的支持。

项经理说："你说得对，这个会明天上午上工前就开！"

第二天，大家都还在饭厅吃早饭，项经理的皮卡就到了饭厅门口。他一进门就朝大家说："同志们哪，这个这个，啊，现在，利用吃饭的时间开个员工大会。因为有件事情，要向同志们通报一下，啊，大家就边吃边听吧！"

公司的员工大会，似乎从来就没有正儿八经地开过，都是趁大家在一起的时候，把要说的话说了，就算是开过会了。大家对这种开会方式都已经习以为常，所以这会儿并没有谁因为开会而变得严肃起来，饭厅里还是一片"稀里呼噜"的喝粥声。

项经理看到他的话并没有引起大家的重视，便加大了嗓门："这个这个，啊，现在我要说的事情，对大家来说，绝对是个天大的好消息！"

办一个打工族住得起的旅馆，这件事在三建公司还没有第三个人知道。现在项经理宣布有好消息，大家自然一时摸不着头脑，都想听听自己到底能摊上什么好事，所以大多数人都暂时放下碗筷，瞪大眼睛望着项经理。

"这个，啊，同志们注意到没有，昨天一整天，啊，工地上就没有看到老麻。这个，老麻到底干什么去了呢？"项经理先卖了个关子，"有人问过我，我当时回答说，他嘛，是有事出去了。啊，他出去到底是办什么事呢？啊，这个这个，现在，我可以告诉大家了！"

项经理十分得意地把要办旅馆的事情简要地做了说明。

果然是好消息，饭厅里立马响起了一片欢呼。麻炳华联想起上次梦里项经理宣布好消息的时候，好像就和现在的情景差不多。

"大家先静一静，"项经理双手高高扬起，又低低压下，如此反复数次，好像这样就能把屋子里的喧闹声压下来似的，"听我把话说完。啊，这个这个，现在我就问同志们一句话：大家希望不希望，啊，我们自己的旅馆，啊，能够尽快建起来？"

立即有几十张嘴巴抢着回答，声音嘈杂：

"这还用得着问吗？肯定的啦！"

"要说不想那是假话！"

"房子哪天改造好了，我第二天就把老婆孩子接过来！"

"是哟，我到浦东都已经第四个年头了，老婆还从来没到这里看过一眼哩！"

"但是，"项经理突然来了个转折，目的是引起大家注意，以增强动员效果，"这个这个，啊，天上是不会掉馅儿饼的，好事情是需要我们大家付出辛勤的劳动才能获得的。为什么这样讲呢？啊，这是因为，我们要派出一支施工队伍去那边工地，那么，人员从哪里来呢？当然只有从各施工队抽调，每队抽调两人，由老麻带队。这样一来呢，就出现了一个情况，啊。什么情况呢？就是这边的工地人少了，人抽调出去了嘛，当然就少了。我要说的是，人虽然少了，啊，但工作却不能耽误，工期不能拖后，元旦前竣工的原定计划不能改变。同样，那边的工地，啊，这个这个，也是有工期要求的，争取用两个月的时间把它拿下来。啊，大家听清楚没有？"

　　马上有人悄声议论：

　　"就两个月？这也太紧了吧？"

　　"看起来是一些修修补补的活儿，其实很费工夫的。"

　　……

　　项经理挥挥手，不由分说道："这是经过仔细估算的，只要大家攒一把劲，两个月完成任务应该没有问题！"

　　担心时间太紧的几个工友吐吐舌头，不再吭气。

　　项经理接着说："这个这个，啊，这就需要两边工地的同志们，一齐鼓足干劲，奋力拼搏，不能怕苦，不能怕累……"

　　等不得他说完，饭厅里又是一片嘈杂：

　　"这是等于为自己做事，没有什么苦啊累啊的！"

　　"就是，要是为了这点事情还斤斤计较，那还像话吗？"

　　"应该没有谁会有意见！"

　　看到大家的态度都很积极，项经理当然高兴，觉得会议已经达到了预期目的，便说："我也相信同志们都有这个觉悟。这个这个，啊，既然大家都没意见，那就这样决定了！散会！"

　　会虽然散了，但大家被点燃的热情依然平息不下来，整个饭厅还在热烈地谈论项经理刚才宣布的事情。说到房子改造好以后大家可以把老婆接到身边来，自然又少不了嘻嘻哈哈的荤腥俏皮话。

开这种玩笑一直是工友们闲聊时的保留节目。每当这时，从来都少不了十处打锣九处在的皮乐江。可是这段日子却很难看到他参与进来，即使偶尔来个插科打诨，也似乎要比以前文明得多，几乎都不怎么带脏字了。工友们不免觉得奇怪，朝他打趣道：

"不错不错，小孩子最近懂事了好多，乖！"

"你书没读几多，还装得满身的书生气哩，累不累呀？"

个中缘由，只有麻炳华清楚。前些天他找了个机会，问皮乐江是不是谈恋爱了，皮乐江很是惊奇，眼睛瞪得老大："麻队长，你是哪个晓得的？"

麻炳华笑道："你小子肚子里有几条蛔虫都不要想瞒得过我。"

皮乐江看到麻队长还有这个本事，只得从实招来。

麻炳华又问他现在发展到哪一步了，皮乐江抓着头皮说："八字还没见一撇嚷。"

麻炳华说："恋爱是人生中的一件大事，你要谈就正正经经跟人家谈。喜妹仔那姑娘，我对她的印象不错，人比较实在。"

"我也这么觉得，是个过日子的人。"

"既然看中了，就加把劲，把她追过来呀。"

"可是……"

"可是什么？"

皮乐江有点不好意思："她老是讲我说话不文明嚷！"

麻炳华笑道："你肯定是满嘴脏话！按我们农村人的话说，你是歪嘴骡子卖了个驴价钱，吃亏在嘴上。"

皮乐江急了："现在我都已经很注意了。"

麻炳华说："你这叫积重难返，一下很难刹住车。人家姑娘家家的，脸皮薄，哪里受得了你这样？你如果想把这场恋爱谈成，这个习气就得改一改，这也是对人家的尊重哩。"

皮乐江点头犹如鸡啄米，连连答应，还请求麻队长平时多多提醒他，时不时敲打他一下。

麻炳华自然满口答应。

二

散会后，麻炳华就赶紧去补拍照片，接着又现场办公：在空壳房旁边的草地上坐下来，打开笔记本电脑，将手机上的照片导入。随后起身上车，朝菜市场飞驰而去。

到了菜市场门口，生怕小翠看不到他，也不顾路人侧目，隔不了几秒钟就"嘀"的按一下喇叭。

小翠来了，二话没说，把菜篮子递到丈夫手上，将电脑包接过去，说："篮子里有纸条，你就按上面写的品种和数量买菜。你买好菜我应该差不多弄好了，等会儿我们还在这里换回各自的东西。"

麻炳华问："哪里有地方给你摆电脑？"

小翠说了句"我自然有办法"，转身就要走。麻炳华拉住她叮嘱道："不论是房子还是休闲广场，你都不要搞得太复杂了，尽量简约一点哈。"

小翠说："你怎么想的我还会不知道？无非是既要在胡主任那里通过，又要避免造价过高。你就放心好了，为了你这个图，我昨天晚上可是考虑到后半夜才睡哩。"

她说完就向工商部门设在菜市场里的服务点走去。那里用胶合板隔出了一间工作室，透过忒大的窗口看到里面有一张长条形的工作台。她向窗口里面的工作人员说了几句什么，就推门进去了。

麻炳华拿出菜篮子里的采购清单来看，不由得暗生感慨：到底是中外合资企业的副总，伙食标准和三建公司的根本不具可比性。

菜市场规模很大，一排排的摊位挤挤挨挨，过道穿来拐去，迷宫一般。

麻炳华抓紧时间东奔西走，照单采购。

菜买好了，小翠已经提着电脑包在菜市场门口等他交换东西。

公事办结，两口子不约而同地望着对方，似乎都想说些什么，却什么都没说，只是静静地相对而立。

两人才一天工夫没见，却好像分别了很久。一天里麻炳华忙得脚后跟打屁股，几件要紧的事情都办妥了，但他不知道妻子在东家那里的情况怎么样，称不称心。他刚要发问，小翠似乎明白丈夫的心思，抢先说："我好着哩。我上午事情比较多，不好在这里久待。还是按既定方针，晚上十点再互通'情报'吧，到时我还有一件要紧的事要跟你商量哩。"

麻炳华目送妻子的背影消失之后，在电动车座垫上打开电脑，调出效果图来，先睹为快。

"好哇！"刚看了一眼，他就禁不住大呼起来，"有这个样子，胡主任肯定没话说！"

旁边一个大妈毫无思想准备，被他吓得一个激灵，差点把刚买的鸡蛋打了。

麻炳华收起电脑，跨上电动车，往九尺门街道办事处飞快驶去。

果然，胡主任对效果图很满意。她吩咐行政办公室打印一份存档，接着从抽屉里拿出已经拟好的施工合同，让麻炳华看过后，双方把字签了。

"合同是签了，"胡主任郑重说道，"但我还是要再一次强调，你们一定要把活干好，到时候我可是要严格按照合同条款验收的，不要最后弄得双方不愉快哈。"

麻炳华再三保证，只差赌咒发誓了。

回到公司，麻炳华把事情经过告诉了项经理，还特别把胡主任强调的单独拎出来说了。项经理说："完全可以理解，毕竟这是第一次打交道，人家凭什么相信我们？越是这样，我们就越要把活儿做好。特别要注意的是，凡是一切有可能影响古墓安全的行为，在施工时都要绝对避免，千万不能出什么岔子。"

麻炳华说："这没问题，所有的施工活动，除了加埋一根十八厘米内径的排污管，其他的都是在地面以上进行，并且震动最大的活儿也就是打冲击钻，绝对不会影响到古墓的安全。"

项经理说："那就好！说干就干，不要等下午了，现在还有时间，我们看现场去！"

临时从工地上叫了两位师傅，一位搞土建的，一位搞装修的，带上几件必要的工具，四个人喜气洋洋地去了现场。

看过现场回到公司，利用中午时间，项经理叫齐抽调好的施工人员开了个短会，通知他们做好准备，明天上午人员和材料都要进场。

有人提出了施工期间的吃饭问题怎么解决。早饭和晚饭大家都知道肯定是在食堂吃，可中午这餐饭怎么办？

项经理说："这还能怎么办，路又不远，公交十分钟一趟，当然也还是回到食堂吃，其实耽误不了多少工夫，莫非还想公司出钱进馆子呀？"

由于材料进场以后工地就不能离人，从明天开始夜里就得有人住在那里值班看守，今天下午就得派人在空壳房的一楼清理出一个房间来，简单粉刷一下，安装好门窗，搬入床铺和一些生活必需品。

可是到了选派值班人员时，突然没人吱声了，没有谁主动报名。项经理说去的人有夜班补贴，还是没人愿意去。这倒不是大家怕苦，公司这些汉子什么样的苦没吃过？而是因为晚上在那里孤零零的一个人，连电视也没得看，实在不好打发时间。

有人提议："那就抓阄吧，这办法最公平了，抓到了的就只能怪自己运气不好。"

有人表示反对，说："这样不好，不是一天两天哩，这么长的时间，抓到的太倒霉了，落在谁的头上都不好。"

提议抓阄者反问："那你说怎么办？"

反对抓阄者说："我看还是轮流值班最好，依次排班，每人一夜轮着来。"

这个方案得到了多数人的赞同，都说还是这样好。项经理拿不出更好的办法来，便也同意这个方案。麻炳华却说："不要搞得这么复杂，我一个人值就是了。"

项经理说："何必呢？"工友们也纷纷表示不能让麻队长一个人吃亏，还是大家轮着来比较合理。

"你们不要误会了，"麻炳华说，"不是我的思想境界比你们高，而是我以后晚上基本上都要和电脑打交道了，也没时间看电视。既然看不成电视，在哪睡都一样，也就省得大家轮流值班了。"

电大很快就要开学了，不仅教学活动是以远程教育的形式进行，同学间的交流活动也都是通过网络进行。麻炳华白天要上工地，这些也就只有放在晚上。

项经理问他："你一天到晚都在那边，那一日三餐怎么办？"

麻炳华说："这好办，可以让工友顺便帮我捎过去。捎中饭的时候连晚饭一道捎，到时我自己用电磁炉热一下，还是比较方便的。"

项经理说："现在天气热，中午的饭留到晚上可能会馊哩。"

麻炳华说："这个我有办法，只要把饭坐在凉水里就行，以前在家时经常这样做，没事。"

项经理便说："那好吧，值班的事就让老麻一个人包圆得了。"

大多数人还不知道麻炳华要上电大，这会儿听说他以后要利用晚上的时间上网，不免感到奇怪，悄声议论起来。一人好奇道："麻队长怎么也好这一口哇？"

另一人回道："你是不知道哇，上网这东西是有瘾的，一旦沾上了就很难停得下来。"

"乱说呀，又不是吸毒！"

"骗你是这个——"这人翘起小指头伸到对方眼皮底下，"我家那个兔崽子，今年读初三，原来学习成绩很不错的，自从迷上了上网，就没有一门功课及得了格。我不在家，我老婆又管不住他，都被他气哭过几回了……我过年回去用皮带抽他，可有个鬼用啊！"

"现在呢？"

"还不是那样，那小子差不多已经废了，高中是肯定没得读了。唉，我真不知道该怎么办，不出来打工又不行，为了赚几块钱离乡背井，没想到却把儿子的前程给毁了！"

对方也跟着叹了一口气，说："是哩，两头只顾得了一头哇！"

……

晚上十点，麻炳华在饭厅看完电视回宿舍，路上收到小翠的微信："电视剧结束了吗？"

麻炳华微信回过去："刚结束。"

那头小翠马上改用语音："到宿舍了？"

麻炳华回答："他们进去了，我一个人留在外面。"

"外面有蚊子哩。"

"进去干什么，想现场直播呀？"

"你不会小一点声音哪？"

"那些家伙一个个都是贼精贼精的，尤其是皮乐江，耳朵比雷达还厉害。"

"我在这里蛮好的，你省得惦着。事情不算多，只是上午要忙一些，但也要比在老家轻松很多。东家两夫妻还是很好打交道的，点点也很乖。我住的房间在二楼，单独卫生间，挺方便的。"

"那就好。"

"还有，我昨天一来就领钱了，比你多了不少哩！"

"什么钱？"

"第一个月的工钱哪，还能是什么钱？"

"按规矩不是要满一个月才给的吗？怎么一去就给了？"

"女主人说怕我有要用钱的地方，还说先给后给都一样。"

"那才不一样，这说明东家为人不错。"

"我也觉得。"

"人家好，你也得好，做好自己应该做的事，两好才能合一好。"

"这用得着你教？"

"你白天不是说有要紧的事情对我说吗？不会就是赚的钱比我多，特意显摆一下吧？"

"去你的，你老婆就这么浅薄呀？"

"什么事你说，我听着哩。"

"还是房子的事呀！我们要不要去租个房子？我这里是抽不出时间的，一般只能早上买菜出去一下，其余时间就是出去也是跟点点在一起。要租只有你抽时间去办，你就全权代表了，你看着行就行。"

麻炳华心想，从明天起自己就要一个人到喇叭厂那边去住单间了，也就用不着另外租房子了。刚要把这个好消息告诉妻子，转念一想，决定还是先逗她一下，于是明知故问："租房子干吗？"

"你说干吗，还不是为了每个月的那四天，其他还能干吗？"

"这也太不合算了吧，租一套房子，每个月只能用四天，却得付整月的房租。"

"不是没有办法嘛。"又说，"现在我们的收入允许，租就租吧。"

"还不如到时去住四天的旅馆，拎包入住，用不着自己准备生活用品，不会比租房多花钱。"

"你说得也有道理，不过……"

"不过什么？"

"我觉得……住旅馆就像是出公差，没有家的感觉。你说是不？"

"是吗？这个我倒没想过。"

"你们男人哪，天生心大！"

麻炳华终于憋不住了，笑了起来。小翠说这有什么好笑的，他便把谜底揭了。小翠听说以后再不用为住的地方费脑筋了，当然高兴，但却装出生气的口气来："不兴这样捉弄人的，我不理你了！"

"真的不理我了？"

"……还能真的呀？你是我老公，连你都不理了我还能理谁？"

麻炳华不免心里一热，一时无话。

"你在听吗？"小翠先开了口。

"在哩。"

"怎么没有声音？"

"我在想点点睡了没有。"

"睡了，我只有等他睡了才好给你打电话。"

"你也早点睡吧，时间不早了。"

"好的。你也休息吧。——外面蚊子多吧？"

"不多。"

"我都听到你噼里啪啦打蚊子的声音了，还说不多。我买的那两瓶风油精，一瓶放在你枕头下，一瓶放在你工作服右边的口袋里。"

"我都看到了。"

两人又沉默了一会儿，麻炳华说："……没其他事了吧？"

"好像没了。"

"那，就这样吧？"

"好，你先挂。"

"谁先挂不都一样啊？"

"反正你先挂。"

"我先挂就我先挂。——我真的挂了哈？"

"嗯哪。"

三

公司有了两个工地，为了方便称呼，大家把喇叭厂这边的称为新工地，公司驻地那边的自然就是老工地了。

新工地开工以后，麻炳华几乎每天二十四个小时都待在这边。工地上各项工作进行得紧锣密鼓，有条不紊。

开头几天，胡主任还每天来转一圈。她总有些不放心，生怕三建公司这伙人不把小工程当回事，随便应付一下，弄得不好到头来还是摘不了卫生死角的帽子。头一天来巡视，看到一名泥工师傅领着两名小工在工地四周安装临时围挡，要把整个工地都围起来，她有些不解地问："不是说两个月就完工的吗？还用得着围上这个？"

这名师傅说："我也说不用，可麻队长硬说这是万万少不得的。他说两个月的时间虽然不长，但毕竟也会影响到市容市貌，绝不能把这当作小事。他还说，这也关系到我们三建公司的企业形象，绝对马虎不得！"

胡主任说："看来你们的麻队长做事还是蛮认真的！"

"可不是嘛！麻队长还特意叮嘱我们——"小工学着麻炳华的口气，"我跟你们说哈，工程不分大小，都要同等对待，同样重视！我可是把丑话说在前头，假若你们这次做的活儿不能让街道领导满意，看我怎么收拾你们！"

胡主任笑道："你很聪明，净拣中听的说！"

这名小工急得直翻白眼："我敢对天起誓，我说话从来都是实打实的，不来半句虚的！……"

胡主任挥挥手："好了好了，光说得好听没有用，我是要看实际的。"

师傅斩钉截铁道："这是必须的，光说不练是假把式！"

胡主任脸上没露声色，心里却不免有些美滋滋的。

过后那名小工向麻炳华汇报了这事，麻炳华笑道："我看你们是编谎话越来越不用打草稿了，我什么时候这样说过？"

师傅却认认真真地辩解道："你嘴上虽然没说，但实际上是这样做的呀！再说，我就是为了让那个胖子主任放心才故意这样说的，这可算不得扯谎哈！"

后来胡主任连着又来过几次，每次都看到施工人员做事没有丝毫马虎，做出来的活很是熨帖，也就放了心，不再每天都来打卡了。

可是突然有一天，新工地却突然出了一件了不得的大事！

这天半上午时分，麻炳华因为牙痛去了医院。一到医院就发现好像全浦东的牙病患者都约好了来这里集合似的，就医的队伍排得很长。好不容易要轮到自己了，他却突然接到新工地一名员工的电话，说有三个街头小混混来工地闹事，领头的叫扁头，三人同员工们发生了冲突，双方动起了手！麻炳华一听急了，忙问伤了人没有。员工回答说："我们这边有四个人倒地，那边虽然三个人全都受了伤，但没有一个人倒地。我们受伤人数比他们多，受伤程度看起来也比他们严重。"可马上又说："麻队长你放心，打架我们没吃亏。"

麻炳华顿时被这番逻辑混乱的表述弄糊涂了，但来不及细想，急问伤者送医院了没有，听说没送，急得大叫："那还等什么？赶快送啊！"

可这名员工却回答："他们都没送，如果他们送我们也送。"

麻炳华又好气又好笑，凶了一句："这个也要比着来吗？荒唐！受伤的人是不是还在现场？"

"在哩。派出所和街道办都来了人。"

麻炳华再也顾不得牙痛了，拔腿就跑。

回到新工地，只见疤癞空地上已经聚了不少人，大多是听到动静跑来看热闹的附近居民，闹哄哄的像乡间的庙会一般。挤到人群中央，发现街道办胡主任正在协助三位穿警服的调查事情的原委。他一时顾不得跟胡主任他们打招呼，先急着察看自己公司受伤的员工。

四名员工躺在地上直哼哼，其中一名表情十分痛苦，不停地号叫。他右脚踝表皮有一枚一元硬币大小的伤口，凝固的污血呈铁锈红色，十分醒目。

麻炳华慌忙俯下身子去问他："你怎么样，不会有事吧？"

这名员工就像音响设备突然被按下了暂停键，立马停止了号叫，眼睛骨碌碌地朝四下转了一圈，看到没人注意他，便对着麻炳华的耳朵悄声说："我没事，伤口是自己干活时不小心蹭到的。"说完暂停键立即复位，号叫声又起。

麻炳华还要去看另外三人，刚才打电话报信的那个员工过来轻轻碰他一下，诡秘地眨眨眼睛，做了一个没事的手势。

再看对方三位，虽然一个个眼青鼻肿，如同刚刚结束肉搏战的前线士兵，但也都明显属于轻微伤，并无大碍。可他们情绪都十分激动，对着警察和胡主任叽里呱啦地诉说自己的悲惨遭遇。其中一个后生仔的脑袋长得与众不同，后脑勺非常扁平，就像一个马铃薯凭空被削去了一半，麻炳华猜想他应该就是被称为扁头的混混了。扁头一个眼眶差不多成了熊猫眼，一团乌青，就像戴着半副墨镜。

麻炳华心里已经有了数，也就不再紧张，转身去向胡主任和派出所同志打招呼。没想到派出所来的不是别人，是前不久在舒宜旅馆与他有过交集的原班人马——吴姐和那两个"搅屎棍"辅警。双方都有些意外。吴姐哈哈笑道："这个世界真是太小了！"

胡主任正要把麻炳华介绍给他们，见状道："原来你们认识？"

麻炳华和两个辅警一想到那天的情形，都各有各的尴尬，一时不知该如何回答。吴姐连忙岔开话题，把胡主任和麻炳华叫上，连同自己的两个跟班，五个人一起来到旁边的空地，开始商讨这起纠纷的处理方案。

吴姐气愤道："这个混世魔王，怎么还是这个样子？已经有好几个月派出所没传唤过他了，我还以为他消停下来了哩，谁知涛声依旧呀！"看来吴姐对扁头很熟，不过印象非常糟糕。

胡主任接过话说："一直以来他都是把你们派出所当亲戚走的。不过他跟先前相比这已经好多了。就说前些天在弄堂口偷拿人家西瓜那件事吧，要在以前，就是明目张胆地要，有时还把人家摊子上的西瓜砸得稀烂。街道和居委会的干部在他身上可没少花心思，但他总是本性难改。"

也许两个辅警还在为那天冲塌鹊桥的行为感到内疚，想逮住今天的机会修补一下双方的关系，便一起转弯抹角地向麻炳华释放着善意。

"扁头一贯喜欢惹是生非，今天的事情十有八九是他引起的。"高个子说。

"这还用说，主要责任肯定不在三建公司。"矮个子道。

麻炳华趁机申明："一般来说，我们三建公司的人是不会主动挑起事端的。"

今天这事，确实不是三建公司挑起来的，是扁头带了两个混混跑到工地来，直言工程用的砂石材料必须由他们供货，价格也要由他们定，不然就要搅得这里没法施工。三建公司的人当然不答应。双方先是打嘴仗，后来觉得不过瘾就动起手来了。究竟是哪边先动的手，由于没有第三方在场，这个问题目前还是一笔糊涂账。

五位调解者都庆幸今天没出大事，不然麻烦就大了。

吴姐说："我仔细看过，扁头他们三个人基本上都是属于软组织挫伤，只是皮肉受点苦而已。从这点来看，三建公司的员工还是比较克制的，不然的话，双方人数相差这么悬殊，后果就远远不止现在这个样子了。至于三建公司那四个人躺在地下不起来，大喊这里痛那里痛，其实都是表演给别人看的。那位脚踝出血的老兄就更是离谱，他没去当演员真是太可惜了。他的伤口怎么看都不像是刚才打的……"

麻炳华赶紧说："既然没有出现严重的后果，就是不幸中的万幸，不管谁对谁错，我的意见倾向于大事化小、小事化了，尽快调解，把事情了了去。"

胡主任也赞同这样做，还说扁头今天算是碰上硬茬了，让他学点乖也好。

两个辅警也都附和麻炳华的意见，说的确应该尽快把事情了了。

吴姐想了一下，说把事情尽快了了倒是不难，就是担心会有后遗症。麻炳华和胡主任都问会有什么后遗症，她说："扁头今天是吃了人少的亏，气肯定是不顺的，接下来会不会再去纠集人员进行报复，我觉得不能排除这种可能。不要看他这个人口碑不怎么的，但是鱼找鱼虾找虾，二三十个人他还是邀得拢的。一旦打起群架来，什么可怕的后果都有可能发生！"

胡主任不免担心起来："那怎么办？这可是个大问题呀！"

麻炳华问吴姐："你们派出所把训诫谈话做在前头，对扁头讲明后果的严重性，他还能不听？"

吴姐说："麻队长哎，你是不知道，刚刚胡主任也说过了，那家伙早就是一个把派出所当亲戚走的人，地地道道的法盲，你认为他能听进去多少？没出事之前没有理由抓他，出了事再抓又晚了！"

胡主任也说："是的，他这个人就是这样，做事非常容易情绪化，冲动起来不计后果。"

麻炳华又问胡主任："那你们街道办能不能出面做做他的工作？"

胡主任觉得没有多大的把握，犹豫道："工作我们当然会尽力去做，但能有多大的效果就不好说了。"

麻炳华想了一下，说："这么看来，对扁头这样的人，不妨采取以毒攻毒的办法，也许会更有用。"

吴姐和胡主任听了都有些摸不着门道，不知道麻炳华是什么意思。

麻炳华说："这个事情，你们就不要管了，交给我来处理。"

这事情吴姐哪里能够撒手不管，她一定要麻炳华把办法说出来听听。

麻炳华说："扁头不就是纠集人报复嘛，那我邀上比他更多的人不就行了。"

吴姐赶紧说"使不得"。胡主任也认为这个办法不可取，会把事情越闹越大。麻炳华却说："又不是真的叫人来打架，只是虚张声势，以此打消他进行报复的念头。"

吴姐还是认为不行，担心道："万一擦枪走火怎么办？"

麻炳华说尽管放心好了，保证百分之百出不了事。他压低声音把想好的办法说了一遍。

吴姐听罢忍不住笑出来，说："好你个麻队长，这种办法真亏你想得出来！"

胡主任思索了一下，说："一时也没有什么更好的办法，我看可以试试。"

两个辅警也表示值得一试，还说偏方有时确实能够治大病。

吴姐最后也表示同意。

麻炳华立马掏出手机，给项经理打电话，嘀嘀咕咕讲了一通之后，收起手机，悄声对吴姐和胡主任说道："大部队马上就到。"

吴姐说："利用这个空当，我们把当事人喊拢到这里来，先做一下调解。"

麻炳华和胡主任便去召集各自麾下的当事人。

躺在地上那位脚上有伤的开头还赖着不肯起来，麻炳华说了句"差不多就行了，装得太过了不好"，他才恋恋不舍地爬起来，噼里啪啦地拍打着衣服上的灰土。麻炳华轻声对己方四个当事人说："关于你们受伤的情况警察心里是很清楚的，等会儿调解的时候，你们态度要好一些，只带耳朵不带嘴巴，明白没有？"

一干人来到边上的空地，这块空地立马变得拥挤起来——看热闹的人群跟着围了上来，就像看戏一样。

主持调解工作的吴姐开门见山，指着扁头说："今天的事情因你而起，你有推卸不了的责任！"

扁头不服，说："我们可是受害方，是他们先动的手！"

三建公司脚上有伤的那名员工刚要反驳，看了麻炳华一眼又把话咽了回去。

吴姐斜眼看着扁头，问他："是你先带人跑到人家工地上来的呢，还是人家跑到你家里去的呢？"

扁头脸红脖子粗："可是，可是……"

"可是什么？"吴姐不由分说地把手一挥，接着说，"幸好今天没闹出大事来，不然现在就不是这样找你们谈话了！话就不用多说了，当前的情况是两边的人都有伤在身，既然有伤嘛，该看医生还得去看，现在就医药费的问题征求一下你们双方的意见，是各自承担自己的，还是互相承担对方的？"

扁头又叫起来："我们的应该由他们承担！"

吴姐问他："那他们的呢？"

扁头说："我们没打到他们。"

吴姐说："他们也说没打到你们哩，我到底听谁的好？"

两个辅警帮腔道："我们不能偏听偏信哩。"

胡主任插话说："不管打没打到，好在双方都没有大不了的伤。依我看，医药费还是各自承担自己的比较好。"

吴姐说："我也是这样认为。如果互相承担对方的，势必会引起一场用药大比赛，赚钱的是医院，倒霉的是你们自己……"

正说着，工地围挡开口处突然就像堤坝决了口，一大群人乱哄哄地往里拥。这些人全是三建公司在老工地干活的员工，一进来就大喊大叫：

"好大的胆子，竟敢欺负到我们三建公司头上来了！"

"是哪几个王八羔子？自己乖乖地站出来！"

"爽快点哈，等到我们动手揪出来就晚啦！"

……

麻炳华立即做出十分紧张的样子，赶紧上前拦住他们："你们这是要干什么？是谁让你们来的？这里没有你们的事，回去回去，统统给我回去！"

领头的是张海山，他挥着手叫道："谁也没让我们来，是我们自己要来的！不拿点厉害的给他们瞧瞧，我们三建公司以后还怎么在这块地盘上讨生活？"

麻炳华板着脸厉声道："千万不要乱来哈，现在可是法治社会，你们这样做是犯法的！"

张海山没有理会麻炳华的警告，继续摩拳擦掌，扯着嗓子大喊："今天谁的面子也不给！人家这样欺负我们，我们绝不能做缩头乌龟！还管他什么犯法不犯法，先结结实实揍他们一顿再说，要让他们知道喇叭是铜、锅是铁，大家说是不是呀？"

人群中马上有人起哄："是哩，佛争一炉香，人争一口气！"

"这次要是轻饶了他们，还有下次呢！"

"就是，不能惯着他们！——人在哪里？揍哇！"

……

麻炳华瞪起眼睛，指着几个起哄者喝道："怎么，我说的话不管用了是吧？今天我倒要看看，谁敢在我眼皮子底下撒野！现在我代表项经理宣布，你们从哪里来的马上回哪里去！不走的，现在就到财务室结账走人，三建公司庙小，供不起大菩萨！"

有人似乎不服气，反问道："那我们就活该受人欺负哇？"

麻炳华说："派出所和街道办不是已经来了人嘛，正在处理呢，你们来凑什么热闹？非要把事情闹大才满意呀？"

"处理顶个屁用啊？只有来硬的，把他们打服，看他们下次还敢不敢！"

麻炳华耐着性子说："我们还是要相信人家的觉悟嘛，谁还能不犯错误哇？

犯了错误，就要允许人家改正。动不动就来蛮的，这不是我们三建公司的行事风格，也不利于安定团结哩。"

吴姐、胡主任和两个辅警也都配合麻炳华，分别对来人说着劝导的话。

张海山叫喊了一阵以后，说嗓子冒烟了，问哪个有水。一瓶水下肚，他的火气似乎平复了一些，又说："麻队长，这次听你的也不是不可以，不过我可要把丑话说在前头：若是还有下次，那我们可就没有什么客气好讲的了，到时你如果再当和事佬，可不要怪我们不听你的！"

麻炳华表现得有些无可奈何，说："要是还真的有下次，那你们该怎么样就怎么样，我保证不再拦着了，行不行？"

增援队伍终于陆陆续续开始撤离，场面总算安定下来了。

麻炳华说了句"这些家伙，没一个让人省心的"，回过头来接着进行调解工作。

可是没过一会儿，刚刚撤离的张海山又跑了回来，手里挥舞着手机，边跑边大声呼喊："麻队长，麻队长！"

麻炳华没好气地回应他："怎么，你还舍不得走是吧？"

张海山跑得上气不接下气："他们……把电话……打到我手机上了……让我们三建……今天中午……准备好午饭……用餐人数……连司机……一百二十个……他们还说……让我们……先把这几个混混的家庭地址摸清楚……大部队一到……好去把他们的家砸了……"

麻炳华做大惊失色状，问："什么乱七八糟的？"

张海山喘气匀了一些，说道："八建听说我们三建被欺负了，马上包了三辆大巴，来了满满三车人，已经在路上了……"

麻炳华听了心里骂道：编瞎话也是一门技术活，不是叫你死命吹牛皮！总公司旗下总共才五个分公司，哪来的什么八建？幸好扁头他们不了解公司的建制，要不然事情不就漏了底？但也只好将错就错，骂道："八建那伙没脑子的，真是喝酒不怕醉，闯祸不怕大！他们就不怕进班房啊？"

张海山继续说："他们还说，其他分公司也做好了增援的准备，只要我们一个电话，召之即来！"

麻炳华说："还嫌不够乱吗？纯粹是乱来！当务之急，你现在赶快叫八建的人掉头回去，千万不要把事情闹大了！"

吴姐、胡主任和两个辅警也上来帮腔，说一定要让他们掉头回去。

张海山为难地说："车子已经上了高速，怎么好掉头？"

麻炳华说："那我不管！你就说，这里是没有饭给他们吃的，要吃去厕所吃，那里管够！"

"这样的话我讲不出来……"

"你把手机给我，我来对他们说！"

……

这支插曲大约持续了半个小时，扁头他们的三颗小心脏也一直激烈地跳动了半个小时。剧情虽然夸张得近乎荒诞，但由于铺垫到位，表演逼真，扁头一伙不可能不被震撼，结局自然也就很圆满。

人群散去以后，麻炳华的牙又痛起来了。

第十章　突发意外

一

在小翠去赵总家上工的当天，李二毛就乐滋滋地把铺盖卷搬回了小屋。可是还没过一个星期，他就满脸愁云地到新工地来找麻炳华，问："大舅哥，你有没有听说，总公司要把我调到五建去？"

麻炳华想起来了，早在两个月前就听项经理说过，总公司跟他打了招呼，说三建公司钢筋工的技术力量在整个公司是最强的，为了各分公司的平衡发展，总公司打算从这里抽调一名技术好的钢筋工到五建公司去交流。项经理说，如果要交流，李二毛就肯定跑不了，因为他的技术在全公司都是有口皆碑的。那时麻花还没有来，李二毛交流不交流也就无所谓，在哪里都是干活，所以麻炳华并没有把这事放在心上。况且这事项经理当时也就是那么一说，过后也没有再提过，他还以为事情就这样过去了，没想到现在又重新提起。他问李二毛："你是听哪个说的？"

"还哪个说的，"李二毛哭丧着脸，"队里的几个钢筋工都听到风声了。"

看来事情不会是无中生有。麻炳华掏出手机，正要给项经理拨电话问个清楚，项经理正好把电话打过来了。工地上一片嘈杂，麻炳华把手机紧贴着耳朵才听得清，听罢大声应答道："嗯，嗯……好的，好的，知道了。"

麻炳华放下电话，对妹夫说："是哩，总公司已经通知了项经理，五建那边等着用人，这两天你就得过去。"

李二毛好不容易把老婆弄到身边，才高兴了没多久就又要分开，别提有多不痛快！他希望事情还有回旋的余地，问麻炳华："就没有其他的办法吗？"

麻炳华说："这能有什么办法？总公司已经决定了的事情，作为下级只能服从。"

李二毛仍不死心："怎么就单单挑我？"

麻炳华说："这不是明摆着的吗，因为你的技术最好哇，不挑你挑谁？是总公司点名的，按理说你应该高兴才是。"

李二毛却一点儿也高兴不起来："早晓得这样，我宁愿不要表现得这么好……"

麻炳华一听，恨铁不成钢道："你就这么点出息呀？"

李二毛嘟嘟囔囔的："可是，可是……"

麻炳华知道妹夫心里想的是什么，便说："五建离这里也就一百多公里，交通也还算便利，有直达的大巴，比起原来回老家要方便得多哩。"

李二毛仍然情绪低落："远不远来近不近……"他明白这事已成定局，尽管十分不情愿，但也没了奈何，悻悻地走了。

过了一夜，第二天一早他又打电话给麻炳华："大舅哥，不晓得五建那边还需不需要炊事员？"

麻炳华不禁一阵苦笑，说："你脑袋是被门挤了还是怎么的？你也不想想看，五建的食堂不可能没有炊事员，不会因为你去了就再增加一个人烧饭；就算那里还没有食堂，那么员工吃饭问题也一定会有其他的办法解决，不会因为你去了就办起一个食堂来。"

李二毛在电话里说："你怎么和麻花说的一样？"

"因为你这是一厢情愿！"麻炳华说，"这次你还是要高高兴兴地去。项经理说了，以后条件成熟了可以把你再调回来。"

"那怎样才算条件成熟？"李二毛仿佛一下又看到了希望。

麻炳华说："这与你自己的表现有很大的关系。你去了以后，就是那里的技术骨干了，要把技术传授给其他钢筋工。什么时候其他人的技术水平提高了，项经理才有理由去向总公司提出要求调你回来，要不怎么好开这个口？"

"那要等到猴年马月呀！"李二毛一听又泄了气，嘀嘀咕咕道，"技术这个东西，师傅教只是一个方面，关键是学的人自己要有悟性。当年和我一起学徒的几个师兄弟，其中有一个都快把师傅气得吐血了，教他比牵牛进水缸都要困难！直到现在，他还是不能独当一面，只好给人打下手，拿钱比别人都少。"

两天后，李二毛被五建公司的皮卡接走了，到一个新的地方去开始他新一轮的单身汉生活。

和李二毛相比，麻花的情绪好像没有什么变化，还是同往常一样开开心心，时不时和工友们开个荤玩笑，有时说出来的话比男人还要粗。

转眼工夫，李二毛去五建公司已经有十来天了。

这天下午，麻炳华回到公司办事，顺便去了一下食堂，向麻花打听李二毛在五建公司的情况。麻花一边收拾厨具，一边笑嘻嘻地回哥哥的话："他好着哩，现在当师傅了，手下有几个徒弟，神气得要死！"

麻炳华一听放了心，说"那就好"。

"哥哥你省得挂念着他，"麻花说，"他不会不安心。他还说，他要攒劲教徒弟，早一点把徒弟教会，他就可以早一点回来。"

兄妹两个正说着话，麻花挂在脖子上的手机突然响了起来，手机里一个男高音旁若无人地扯起喉咙大声吼叫：

你是我的妹妹

你是我的花

你是我的爱人

是我的牵挂

……

不用看来电显示，一听这来电铃声麻花就知道是谁的电话。麻花说："你看，又是他。没有哪天不来骚扰我，烦都烦死了。"说完接起电话喊："喂，有话快说，有屁快放，我这里忙着哩！"

麻炳华不想旁听妹妹和妹夫的通话，正要走开，麻花的大嗓门把他吸引住了："……什么时候? ……明天? ……不要不要,明天千万不要过来哈! ……我晓得十来天了,不就十来天吗? ……我不跟你啰唆,反正我已经说过了,你要过来是你自己的事,后果自负!"说完最后这句,果真不再啰唆,立马把电话挂了。

麻炳华心里一惊,麻花怎么这样? 这脾气有点见长啊! 虽然她对丈夫素来就是这个样子,好话不好说,但今天未免有些过分。

"是二毛明天要过来呀?"他问。

"可不!"她答。

"你不让二毛过来呀?"他又问。

"可不!"她又答。

"为什么呀?"他再问。

"哥哥哎,我们夫妻间的事情,你管得这么细干什么?"她这样回答。

——一句话把麻炳华给戗住了,无法再问下去,只好在临走前丢下一句话:"二毛离开这里是总公司的决定,他自己也不乐意去。你们夫妻感情可不要因为这个发生什么变化,日子得好好过哈。"

看到哥哥被自己戗走了,麻花哈哈大笑,差点把眼泪都笑出来了。

二

麻炳华走出食堂大门,迎面碰上一名陌生的中年妇女来食堂打热水。一打听,原来是公司一位水电师傅的老婆,从老家过来探亲,中午刚到。麻炳华想了一下,摸出手机躲到一旁,给那位水电师傅打电话,问他是不是准备上演鹊桥会了。水电师傅以"嘿嘿"地傻笑代替回答,却又连忙解释说:"我本来是让她等那边新工地的房子改造好了再过来,可她硬要现在就来。"麻炳华笑道:"那是你们的内政,我无权干涉。我只是想问一下,晚上你们打算住哪里?"

"还有哪里好住？当然只有去旅馆哪！"水电师傅被问蒙了。

"你是钱多得用不完怎么的，是不是看不上新工地上我现在住的那个房间？"

水电师傅非常意外："那当然没的说，可你呢？你住到哪里去？"

"我搬回集体宿舍来就是了，你们夫妻每天吃过晚饭就过那边去，随便住多久都可以。"

水电师傅自然喜出望外，连声道谢。可是麻炳华却又接着说："不过，可不是给你们白住的哈。"

手机里一时没了声响，因为水电师傅不知道麻队长会提出什么条件来。

麻炳华说："我走了，那晚上看守新工地的任务就落到你头上了，这可马虎不得哦，睡觉都得竖起耳朵听着外面的动静。"

水电师傅松了一口气，连声说："这是自然的，新工地少了一个钉子尽管拿我是问！"

于是，麻炳华当天就和水电师傅紧急换防，卷起铺盖回集体宿舍来住了。

就在麻炳华住回来的第二天晚饭时分，食堂门口出现了一个人。此人不是别人，正是支援五建公司的李二毛。

李二毛挎个背包，风尘仆仆，看样子刚下公交车。食堂大门口就是去厨房的路，他在门口停下脚步，乐呵呵地朝里面正在用餐的工友们打招呼。工友们七嘴八舌地回应他，还有人向打饭窗口大声通报："麻花哎，二毛官人驾到——"

麻花听到通报，心想：昨天在电话里不是叫他不要来的嘛，怎么还是来了？在工友们的嬉闹声中，她隐约听到有人叫她要做好"夹道欢迎"的准备，便将脑袋探出打饭窗口，朝饭厅里吼道："是哪位不懂装懂啊？拜托了，请你不要糟蹋成语好不好？我看你还是买上两瓶好酒，老老实实去拜瞎子为师吧！什么'夹道欢迎'，莫非你有三宫六院七十二嫔妃？每次回家都有一大群娘儿们在那里排着队欢迎你是不是？胡说八道尽扯淡！"

……

麻炳华难得今天没有作业，晚饭后可以和工友们一起在饭厅里看电视连续剧。他坐在人群中间，几次有意悄悄地往后面角落里瞟上一眼，看到麻花和李二毛一直是紧挨着坐在一起。看来他们的关系完全正常，是自己多虑了。

可能是晚饭的菜咸了一点，麻炳华临睡前喝了不少水，平时不起夜的他半夜被尿憋醒了。在膀胱减压回来的路上，看到前面有个人抱着铺盖进了集体宿舍。从背影看像李二毛，仔细一看果然是他。

借着窗外的路灯亮光，李二毛蹑手蹑脚地在一张空铺上打开铺盖，准备在此过夜。

时间刚过午夜，工友们一个个都睡得正酣。

麻炳华脑子一下不够用了，赶紧上前："你，怎么回事？"

李二毛竖起一个手指靠在唇边"嘘"了一声，示意大舅哥不要声张，免得吵醒其他人。

麻炳华心里一紧，莫非小两口还是出现了感情问题？憋不住悄声问他："你们这是唱的哪一出？"

李二毛有点难为情："大舅哥，没事的，真的没事……"

夫妻都分居了，还能没事？妹夫不肯说，这种事情又不便硬问，麻炳华感到有点棘手。想了一想，快步走出宿舍，躲到外面去给小翠打电话。

小翠半夜里突然被手机铃声惊醒，吃了一惊，以为出了什么大事。麻炳华把麻花夫妻分居的情况告诉了她，说二毛这边不肯说原因，只好让她出面问一下麻花，小姑子对嫂嫂应该会说实话的。

小翠却说："我看他们应该没什么事的，你就不要神经过敏了。"

麻炳华说："我不是担心嘛。你还是打电话问一下吧，不然我睡不着。"

"现在就打？"

"当然是现在就打！"

"都半夜三更了呀！"

"我还不晓得半夜三更？二毛才刚刚过来，那边麻花肯定没这么快睡着，你赶快打！"

"那……好吧。"

"我等你消息。"

麻炳华不停地跺着脚——刚才情急之中忘了带风油精。

小翠很快就反馈了情况："我说了没事你还不信，放心睡你的吧。"

麻炳华说："总得有个解释吧？"

小翠说："麻花天不亮就要起来做馒头，可二毛在床上一刻不停地翻烧饼，有他躺在身边就不要想休息好，所以麻花就把他撵走了。"

麻炳华还是摸不着头脑："这是理由吗？"

小翠忍不住笑了："我们家来亲戚了。"

麻炳华仍然不得要领。

小翠只好挑明了说："麻花的大姨妈来了。"

三

小翠到赵总家上工，眼看就一个月了。这段日子她和东家一家相处融洽，特别是点点，小家伙简直离不开这个阿姨了。

小翠的第一次小长假明天就要开始了。想到有四天的时间能够和丈夫待在一起，虽然早已不是新婚燕尔，但脸上还是热热的，心里颤颤的。她对女主人谎称自己和几个老乡姐妹约好了，要去旅游景点游玩。女主人祝她玩得开心，并提醒她在外面要提高警惕、注意安全等等。小翠担心到时点点会闹着不让她走，便提前一天给他做思想工作。她说："阿姨要离开点点几天，但是一直会想着我们点点的，点点你这几天会想阿姨吗？"点点说："点点当然会想啊。"小翠就说："那你把每天是怎么想的记在心里，等阿姨回来了就讲给阿姨听好不好？"点点说："好哇，阿姨也要讲给点点听，讲阿姨是怎么想点点的，好不好哇？"君子协定就这么轻而易举地签订好了。

今天晚上点点很兴奋，很晚了都还在又唱又跳。等他睡着，早就过了小翠与丈夫约定的联系时间。她把电话拨过去，声音压得低低的："还没睡？"

"睡了怎么接你电话？"

"你又是在外面？"

"废话，自从回到集体宿舍以后，哪次接你电话不是跑到外面来呀？"

"今天也是一响铃就跑出来的？"

"今天不是。"

"怎么今天就不是？"

"我事先在外面等哩。"

"等好久了？"

"没好久。"

"没好久是多久？"

"我又没看钟，哪知道？"

"大概呢？"

"差不多个把小时吧。"

"那还不久呀？"

"不久。我带了风油精的。"

小翠沉默了一会儿，又问："你就知道我今天一定会来电话？"

"平时来不来不一定，今天肯定会来。十点钟没来一定是有事耽误了，晚些时候肯定会来。"

"为什么你就肯定今天会来？"

"若是连今天都不来那还有哪天会来？当然能肯定！"

"你为什么就这么肯定？"

麻炳华"嘿嘿"笑着。

小翠不依不饶："我要你告诉我，怎么就这样肯定？"

"明摆着，因为从明天起，终于有四天的时间是属于我们自己的。"

小翠顿时觉得鼻子有点发酸，说："你就记得这么牢？"

"我一天天掐着指头算，错不了。——你怎么了？"

"没什么，"小翠忍住没有再吸鼻子，故作轻松地清了清嗓子，说，"点点这孩子，睡着了还这么不老实，脚丫子都踢到我脸上来了。"

"孩子睡觉肚皮上要搭条毛巾，肚脐眼最怕受凉。"

"这个不用你教。"

"你明天什么时候能出来？"

"按合同约定早上一起来我就可以走，但我还是想把早餐烧好，全家吃好收拾好碗筷再走，怎么也得八点半以后吧。"

"好的，我就在你们小区外面东边的那个公交站台等你。"

"不要，那里离小区太近了。"

"你不用担心，不管你身边有没有人，我都不跟你打招呼，在一旁看着你就是了。"

"死相，要这样做什么？不要。"

"都快一个月没见你了，只是看一下，离远一点看，这也不行吗？"

小翠又是少顷沉默，然后说："那，好吧……"

"我已经把平时的休息时间调在一起，零存整取，这四天都陪着你。"

"看来你不笨。——哎，你在公司这边的集体宿舍还要住多久？那位水电师傅的老婆什么时候走？"

"快了。"

"前几天我们通电话时你就说快了，怎么又延期了？好像已经是第二次延期了吧？"

"我们要理解人家，他们老家比我们江西远，来一趟很不容易，总归想在这里多待一些日子。"

"谁不理解呀，我不是还叮嘱过你，不要让他们知道我们相聚的日期吗？不然人家不好意思待下去，要待也待得不踏实。"

"我就知道我老婆最通情达理了。"

"别给我戴高帽子。"

"这次是真的快了，人家火车票都买好了，好像是四天以后。"

小翠笑起来："他们这么会挑日子，是诸葛亮再世呀？正好我的小长假结束了，用不着你那间屋子了，她就走了。"

……

两口子你一言我一语，也不知聊了多久。

麻炳华突然发现手机没有了声音，一看手机黑了屏，原来是没电了。

第二天早饭后，小翠收拾停当，出了小区大门。往东边的公交站台瞄了一眼，老远就看见了一个熟悉的身影。

麻炳华站在那里貌似在看电子站牌上的车次信息，目光却老是偷偷地向周围扫来扫去。小翠憋住笑，利用行人做掩护，悄悄绕到麻炳华身后，突然咳嗽一声。麻炳华惊得一抖，回头看到是小翠。小翠却像个没事人一样，也不理他，悠悠然只顾自己走了。麻炳华只有装作陌生人模样，保持距离跟在后面。

过了一条马路，转了两个弯，麻炳华心想应该到了安全地带，忍不住快步赶上去，说："刚才你是从哪里冒出来的，我怎么没看见？"

小翠笑道："我应该只管一个人悄悄走开，让你傻乎乎地一直等下去，那就好玩了！"

麻炳华说："我才不会傻等呢，最多再过五分钟，若是还看不到你，我就回公司睡大觉去。"

小翠捶他一拳："你嘴硬。"

麻炳华没躲闪，让她捶，说："没你嘴硬。"

小翠说："那你回公司去睡呀，跟着我来做什么？"

麻炳华说："要不是某个同志咳了那么一声，我真的就回去了。"

"你坏你坏……"小翠伸出手去又要捶他，看到有人朝他俩看，便缩回手来。

正在这时，麻炳华的手机突然响了，是项经理打来的。

"老麻老麻，现在你在哪里？"他语气十分焦急，像是火上了房一样。

麻炳华脑子里的第一反应是工地上出事了，心一下提到了嗓子眼，慌忙问："我在街上呢，什么事？你说！"

"不好了，出人命啦！你今天肯定是休息不成了，赶快回公司来！"

真是怕什么就来什么，出了死亡事故，对于企业来说意味着什么大家都心知肚明。麻炳华真希望是自己听错了，追问一句："你说什么？再说一遍！"

"你赶快回来！"项经理说完这句就把电话挂了。

麻炳华已经来不及多想，急慌慌朝小翠说："公司出事了，死了人，我得马上回去！"

小翠吓得心怦怦直跳："那你还待着干吗？快去呀！"

"那你怎么办？"

"我怎么都好办，你走你的，不要管我！"

麻炳华也顾不得许多，扔下小翠，转身就跑了。

到了公司办公室，只见项经理在屋里急得转圈。

麻炳华劈头就问："伤亡情况怎么样？"

项经理说："死亡一人，受伤的还没有听说……"

"死的是谁？"

"张海山，你那个队的！"

没想到三个江西老乡没来多久，其中一个就把命丢了！

麻炳华突然想起了什么，说："张海山今天也是休息呀，他跑到工地上去干什么？"

项经理说："不是在工地，是在外面出的事。"

麻炳华很意外："不是工伤事故？那是怎么回事？"

"电话里交警队只问我们三建公司是不是有个叫张海山的，我说有，他们就叫公司马上去人，说出了事死了人。我再问，人家说：'你们快来人吧，电话里一下讲不清楚。'"

麻炳华说："交警队来电话，莫非是车祸？"

项经理说："有这个可能。我们快走吧，去了就知道了。"

麻炳华带着满肚子疑惑上了项经理的皮卡。

车子在交警队门口一个急刹，麻炳华飞身下车，跑步进屋，来到办事窗口道："请问，刚才是不是有一起交通事故？我是死者单位的！"

窗口里扎小辫的女警员抬眼望着麻炳华，觉得很奇怪，说："不是说死者没有单位吗？"

项经理也很快过来了，听到说死者没有单位，连忙说："怎么会没单位？我们公司就是死者的单位！"

麻炳华接着解释说："是你们这里去电话要我们三建公司来人的，这是我们公司的项经理。"

女警员疑惑道："你们到底是找死者还是找三建公司的那个人？如果是找死者，就去殡仪馆，人已经直接从现场送到那里去了。"

项经理被弄糊涂了，一时不知如何回答。

麻炳华听出了一点道道，觉得事情应该是弄岔了，忙问："这么说来，死者不是我们三建公司的？"

女警员没回答麻炳华的话，转过头朝门外大声喊了一句："小李子，三建公司来人了。"

被称作小李子的警员应声过来。其实这人年龄和块头都不小，四十岁上下，长得虎背熊腰，称其为小李子似乎有点名不副实。电话正是他打的，他把麻炳华和项经理领到了他的办公室，介绍了事情的缘由。

果然是一起车祸，并且的确与张海山有关。小李子在电话里说死了人一点不假，但死的并不是张海山，只是情急之中语言表述出现了歧义，让人有了误解。

听到死者不是张海山，两个人心里顿时一阵轻松，对小李子表述上的瑕疵也就没有计较。

小李子说："我打电话的时候，出现场的同事刚回来。讨论责任认定时，当时有人认为若不是你们公司的张海山在前面跑，后面的人就不会追着追着撞上了一辆翻斗车，把命送了，所以认为张海山应该对这起车祸负一定的责任。在这种情况下，我就打电话请你们来人。后来经过认真研究，统一了认识，认为张海山的跑并不是发生车祸的必要条件，对车祸本身他没有责任。"

麻炳华和项经理越听越糊涂，不明白张海山为什么要跑，又为什么有人要追他，死的又是谁。

小李子解释说："据说是因为你们公司的张海山嫖娼不肯付嫖资，和卖淫女的同伙发生了纠缠，才引发了意外。"又说："由于这已经不属我们交警部门的职责范围，所以便把案子移交给了派出所。"

麻炳华问："这么说来，张海山已经去了派出所？"

小李子说："还有那个卖淫女，两人被带走还不到半个小时。派出所离这不远，出门往左直走，过两个红绿灯就到了。"

两个人赶紧出了交警队，马不停蹄往派出所赶。

项经理觉得只要不是亡人事故其他的都是小事，一边开车一边说："不幸中的万幸！嫖娼嘛，一般来说就是罚几千块钱，屡教不改的才是行政拘留。"

麻炳华却说："我倒觉得有点奇怪，张海山这个人虽然来了没多久，但我对他还是有些了解的，他不大像会去嫖娼的人。公司有人偷偷去找小姐，他知道了都把人家骂得狗血淋头！"

项经理说："这种事情，谁说得清楚？"顿了顿又说："不过，就算他有这个事，但按他的性格来看，好像还不至于会赖账吧？"

进了派出所，巧了，接待他们的警员也叫小李子。不过这个小李子二十几岁，清瘦单薄，块头比刚才交警队的那个小李子要小一号。

小号小李子说："这事有点麻烦。刚才分别询问过两个当事人，两人的说法大相径庭。男当事人，也就是你们三建公司的张海山，坚决不承认自己有嫖娼行为，说他是走在路上遇到女当事人拉客，两人发生口角，对方仗着人多势众，对他进行追打。而女当事人本来就是个卖淫女，以前就因为卖淫被我们处理过，这次对卖淫行为又供认不讳，承认他们有过性交易，但完事后男方不肯付嫖资，才引发纠纷，导致车祸发生。"顿了一下，又接着说："当然，我们不会仅凭卖淫女的一面之词就认定他嫖了娼。不过嘛，现有的证据又证明不了他的清白，麻烦就麻烦在这里。"

麻炳华接过话说:"现在我们公司的项经理在这里,作为当事人单位的领导,肯定会支持、配合公安部门的工作。只是我们现在对事情的来龙去脉一点也不了解,为了做到事实清楚、证据确凿,我们想见一下张海山本人,听听他自己是如何说的,可不可以?"

项经理也说:"对,我们要求见当事人。"

小李子认为这要求符合规定,便把两人领到了男留置室。

张海山一见公司来了人,马上大呼冤枉,喊叫两位领导一定要为他做主。

项经理说:"你现在话不要多说,就向我和老麻说句交底的话,你究竟有没有干那个破事?"

张海山伸手往空中一指,大声道:"我可以对天发誓,如果我有半句假话,我张海山不得好死!"

小李子在一旁不无讥讽道:"赌咒发誓当不得真,别整这些没用的。"

麻炳华让他把事情经过从头到尾说一下。

张海山把已经对警察说过的话又重复了一遍。他说,今天他轮休,吃过早饭就去逛街了。路过一个巷子口时,有个浓妆艳抹的肥腴女人过来搭讪,问他玩不玩,还说价钱很亲民。他朝那女人瞥了一眼,见她嘴唇被口红涂得就像刚喝过苋菜汤似的,满是赘肉的腰挑逗性地扭来扭去,便鄙夷地甩过去三个字:"不要脸!"女人一听,本来眉开眼笑的大粉脸立即变得凶神恶煞,破口大骂:"你个不识抬举的乡巴佬,骂哪个?"他鼻孔一张,冷笑道:"我是指了你的名还是道了你的姓?你接什么茬?天下有捡钱的,还没见过捡骂的!"两人正吵着,旁边突然冒出来一个中年男人,气势汹汹地对着他骂骂咧咧、推推搡搡。张海山自恃有理,毫不客气地反推过去,倒把对方推得歪歪倒倒,连连后退。女人一看同伙不是对手,尖叫一声,巷子里应声跳出来一个彪形大汉。彪形大汉与中年男人好像事先经过了专门的战术演练,配合十分默契,面对张海山摆出掎角阵势,一人在两点钟方位,一人在十点钟方位,摩拳擦掌准备发动攻击。张海山一看形势不妙,自知双拳难敌四手,纠缠下去自己肯定要吃亏,便来了个三十六计走为上,瞅准空子拔腿就跑。至于后来翻斗车是怎么撞到人的，撞的是中年男人还是彪形大汉，他都没看到。

回到小李子办公室。麻炳华问小李子："你们打算怎样处理张海山？"

小李子皱起了眉头："两个人的事情，没有旁证，双方各执一词，这就给定性带来了困难。但据女当事人的口供，存在嫖娼事实的可能性还是比较大的，否则她怎么会往自己头上扣屎盆子？不过，话又得说回来，毕竟没有真凭实据。面对这种情况，处理重了不行，一点不处理好像也不妥。我们初步议了一下，考虑到男当事人系初犯，便打算从轻发落，处以五百块钱罚款，就算是给他敲一下警钟，起个训诫作用。"

项经理有点喜出望外，赶忙说："好的好的，谢谢关照哈！"

麻炳华却说："李警官，我觉得既然无凭无据，那就不能这样稀里糊涂地处理了事。你刚才说了'可能性比较大'，而仅凭这个所谓的'可能性比较大'，就要对他进行罚款处理，我认为欠妥。五百块钱虽然不算很多，但这关系到案件的定性是否正确，更关系到当事人的声誉和尊严，我觉得应该把事情弄清楚才好，这既是对当事人负责，也是对案件本身负责。"

小李子乜了麻炳华一眼，说："这怎么弄得清楚？何况男当事人又提供不了能够证明自身清白的证据。我问你，要是让你来办这个案，你会怎么办？"

项经理也觉得这事有点棘手，正要劝麻炳华见好就收，麻炳华又说："我认为张海山没有必要为自己提供什么证据。也就是说，他没有举证的责任，无须自证清白。这个案件明显适用'谁主张谁举证'的责任分配原则，应该由主张他实施了嫖娼行为的一方提供嫖娼的证据。若提供不了，哪怕实施嫖娼的可能性再大，也仅仅是'可能性'而已，根据'疑罪从无'的原则，就不能认定他有嫖娼行为，自然也就没有理由罚他的款，不管是五百块还是多少。"

小李子没想到，一连串的法律专业术语竟然会从一个从事建筑行业的人嘴巴里说出来，不觉重新打量了他一番，又问了一个与眼前事情毫不相干的问题："你是在三建公司上班的？"

麻炳华知道对方心里在想什么，便不动声色地扯了个谎："以前一直从事司法工作，后来辞职下海，目前兼着三建公司的法律顾问。"

项经理脑子活泛，随即说明："是哩，我一听说员工出了事，就把法律顾问一块儿拉来了。"

小李子立马有了敬畏之情，有点期期艾艾起来："如果，如果一点处罚不给，好像不大合适哩……"

麻炳华说："这有什么不合适的，按原则办事，该怎样就怎样。"又说："其实，我觉得要弄清楚事情的真相并不困难。"

小李子马上问："你说怎么弄得清楚？"

麻炳华说："解铃还得系铃人，要让女当事人说实话。"

小李子连连摇头，说："我们反复问过了，她自始至终咬得铁紧，不可能指望她改变口供。"

麻炳华说："我想以男当事人单位法律顾问的身份找她谈一下，问她几个问题，行不行？"

小李子觉得是多此一举："好像没有这个必要吧？"

麻炳华说："我认为还是值得试一下的。根据我平时对男当事人的了解，女当事人极有可能说了假话。"

看他说得这么胸有成竹，小李子和项经理都不知道是相信好还是不相信好。麻炳华又对小李子说："你放心好了，我绝对不会对她进行诱供，更不会威胁，何况询问时还有你在场。"

小李子找不到拒绝的理由，只好就像刚才把两个人领到男留置室一样，又把他们领到了女留置室。

只要一看外表，就知道这是一个俗不可耐的女人。张海山说她的嘴唇就像刚喝过苋菜汤，这个比喻很符合初中语文老师讲授的修辞方法。那玫红色的口红涂得简直不计成本，可是对衣料的使用却极其吝啬，似乎多用一寸布都会败了家，致使她身上的衣服连起码的遮羞功能都难以胜任。

按照相关的警事工作规程，小李子向女当事人例行交代了几句，然后示意麻炳华可以开始问话了。

麻炳华开门见山道："和你一起被带来的那个男人，与你到底存不存在性交易的事实？"

看来这女人对这类问话已经习以为常，表现得比问话者还要自然和坦荡，咧开血盆大口说："我没读过多少书，不懂得什么叫性交易吧，我只知道他睡了我又不肯给钱，想吃霸王餐，趁我裤子还没穿好撒腿就跑，一个箭步就蹿出了房门，哇噻，比刘翔跨栏都利索！"

"地点是在哪里？"

"是问睡觉的地点啵？总不可能在大马路上噻，肯定是在我的出租屋里啰。"

"当时他的衣服脱了没有？"

女人一听憋不住"扑哧"一声笑起来，一身肥肉乱颤："你是指裤子吧？不脱裤子怎么办事？难道你有这个本事？"

小李子在一旁厉声呵斥："严肃点！"

女人收敛了笑容，说："还能不脱？当然脱了。"

麻炳华只管按照自己事先设计好的问下去："裤衩也脱了吗？"

女人又想笑，但忍住了，说："留着裤衩不是和没脱一样吗？脱啦，两个人都脱得精光，就像两只扒了皮的蛤蟆。"

麻炳华继续问道："他把裤子脱下来放在什么地方？"

"瞧这话问的，莫非还会叠得整整齐齐放到衣柜里去吗？当然是随手丢在床前凳子上的呀。"

麻炳华打破砂锅问到底："他的裤衩是随外裤一起脱的吗？"

女人想了一下，说："开头他还有点不好意思一下脱光，裤衩是后来脱的。"接着又补充说："脱下来也是丢到凳子上。"

"这些都是你亲眼看到的？不会是乱编的吧？"

"大白天的，我看得一清二楚，还用得着编？"

"那好，"麻炳华提前露出了胜利的笑容，"现在请你告诉我，他的裤衩是纯色的还是花的？如果是纯色的，是什么颜色？如果是花的，又是什么样的花？"

女人没想到他会问这个问题，顿时愣了一下，支支吾吾起来："那、那时候，谁还会有心思去关心裤衩的颜色哟？不可能记得这样清楚嘛。"

麻炳华揪住这个问题不放，紧盯着她问："大致的颜色不会不记得吧？黑的？白的？红的？绿的？还是花的？你只要讲得基本对头就行。如果还说记不到，那么是三角裤还是平脚裤？这个总应该记得起来的。——这要求不算过分吧？"

女人低头望着脚尖，声音低了八度："当时我的注意力已经不在裤衩上了……"

麻炳华说："怎么？你还要死咬着不放吗？我现在可以负责任地告诉你，诬陷是有可能承担刑事责任的，后果要比卖淫严重得多，你可要想清楚哈！"

女人不再吱声了。

麻炳华又对女人说了句："你如果现在能够向警察说明真相，还为时不晚。"又转向小李子："情况已经很清楚了，她显然是出于报复，咬上了我的当事人。"

项经理不由得兴奋起来，击掌叫道："对对对，她就是想拉上一个垫背的！"

所谓的嫖娼果真是一场闹剧，最终卖淫女不得不从实招来，承认先前的供述是出于报复而凭空捏造的。

第十一章　出门忘了带钥匙

一

张海山洗清了嫖娼嫌疑，一下神气起来，反过来要派出所为他当众恢复名誉，不然就不走。小李子再三表示对不起，他仍不罢休，项经理劝说也不起作用。小李子只好把所长搬来，所长先是诚恳地向他表达了歉意，接着好言相劝，说处罚决定是在派出所里面做的，不仅没有正式生效，而且也没有扩散到外面去，没有在社会上造成任何不良影响，这个名誉怎么恢复？见当事人还是不依不饶，所长便用求救的眼光望着麻炳华，显然是希望这个"法律顾问"能帮忙做一下劝导工作。对张海山的吵吵嚷嚷，麻炳华一直没吱声，任他发泄，见警察求自己帮忙才开口说话："海山哎，连所长都亲自向你道了歉，你就不要再得理不饶人了。你是不是还想让警察陪着你回到事发现场，见人就解释，说这个人没有嫖娼，是被冤枉的？如果你非得要这样，那也只好依你了。依我看，要恢复名誉干脆就让它恢复得越彻底越好，应该去找面铜锣来，敲一下解释一句，把声势造大一点……谁跟你开玩笑？我可是说正经的哈。怎么？不去？既然不去，那就没有必要没完没了地掔在这里，再耽误下去，食堂的饭点过了，我和项经理都得陪你饿肚子。"

张海山就坡下驴，骂骂咧咧地出了派出所。三个人回到公司，正好赶上午饭。

这场闹剧开场太突然落幕又太迅速，还没来得及传到工友们耳朵里就烟消云散了，似乎什么事情都不曾发生过。要不然，被工友们知道了肯定少不了又要加油添醋地大肆炒作一番。

麻花看到哥哥回来了，嫂嫂却没一块儿来，不觉有些意外，本来她还以为这四天哥哥嫂嫂都会形影不离哩。问哥哥，哥哥说嫂嫂有事。麻花自然不明白嫂嫂到底有什么事，嘟哝了一句："今天不是休息嘛。"

麻炳华给小翠拨了个电话，想叫她过公司来一起吃午饭，因为这里已经没事了，盼望已久的二人世界下午还是可以重新开始的。可是对方却拒绝接听，把电话掐了。——怎么回事？人都出来了，怎么还会不方便接听电话？

吃饭时，项经理把饭盒端到麻炳华身边坐下，问他："你好像没有专门学过法律吧，怎么懂得那么多？连警察都被你唬住了。"

麻炳华一笑："我这个人没有什么别的爱好，就是空闲时喜欢看看书，并且不分门类，拿到手就看。这样一来，人就成了万金油，不管是蚊叮虫咬，还是头痛脑热，都可以抹一下，有时还顶点用。"

项经理又说："你说的那个关于举证责任的问题，我可是一窍不通。你跟我说说，在这方面，法律都有一些什么规定？"

麻炳华说："其实我也只是半桶子水，懂点皮毛而已。"

项经理说："正好，你就跟我说道说道这个皮毛，说深了我还听不明白哩。"

麻炳华也就不再推辞，索性放下碗筷，说道："在侵权案件中，都会涉及由谁来承担举证责任的问题。简单地说，所有的侵权案件，除了法律有规定的属于举证责任倒置的以外，其余的都应该遵循'谁主张，谁举证'的原则。也就是说，当事人对自己提出的主张，有责任提供证据，这是举证责任分配的一般原则。比如今天张海山这事，就应该由主张他实施了嫖娼行为的一方承担举证责任，如果举不了证，或是证据不充分，派出所就不能凭主观推测，判断他存在嫖娼的事实。哪怕卖淫女自始至终都咬紧牙关不说实话，也不能认定他实施了嫖娼。我之所以要去询问卖淫女，想办法让她说出真相，只不过是为了早一点把事情了掉而已。"

项经理又问："那么举证责任倒置又是怎么回事？法律规定什么样的案件应该适用举证责任倒置呢？"

麻炳华说："顾名思义，举证责任倒置与'谁主张，谁举证'正好相反，是由有可能实施侵权行为的一方负责举证，以证明自己不存在过错，而提出主张的一方则没有举证的责任，无须提供对方的侵权证据。这是因为法律对于一些特殊的侵权诉讼案件，在举证责任分配时本着公平、正义的原则，把举证责任转移给了有可能实施侵权的一方承担……我这么说比较抽象，你可能一下不好理解。这样吧，哪天下雨不出工，我找几个具体的案例，详细给你讲解一下。"

项经理高兴地说："那行，到时我来出面召集员工，凡是有兴趣的都可以参加，听听有好处。"接着又悄声道："对张海山，你怎么就那么相信他？如果事情不是你意料的那样，卖淫女准确地说出了他裤衩的颜色，那就反而害了他，后果可远远不止罚五百块钱这么简单。"

麻炳华说："自己身边工友的人品怎么样，我基本上还是有数的。"

项经理突然又想起了另一件事："老麻，你蒙警察说自己是公司的法律顾问，依我看哪，干脆，要来就来个名副其实的，公司给你发个聘书好了，下次如果还遇上什么事情，我们也省得舍近求远让总公司派律师过来。再说，你兼职了，按规定还可以多拿一份报酬。"

麻炳华忙说："这钱我可赚不到，我刚才说过了，我只是半桶水，这绝不是谦虚。再说，我拿不出律师资格证，若是真正遇上了官司，连查阅案卷的资格都没有。我看还是维持现状比较好，一般的纠纷就由我这个万金油去处理，我不顶用时再让总公司来人。"

两人的谈话信马由缰，说到哪算哪。

麻炳华又顺便问了一下自己施工队最近的情况，是不是一切都正常。

项经理说："工作都是按照你的布置进行的，还能有什么不正常？正常得很哩！"刚说完，猛然又记起了什么，往四周扫了一眼，压低声音说："你那个江西老乡张定高，今天请了一个上午假，说是去医院看病。"

一提张定高，麻炳华想起来了，自己一周前回公司办事，碰到过他，发现他神态有点异样，愁眉苦脸的。这人平时话就不多，见到他的时候更是一声不吭。自己当时还问过他怎么回事，他有点支支吾吾，说可能是受了风寒，人没精神。便叫他有病就要早点去看医生，不要把小病拖成大病，他又说是小毛病，没什么要紧的。

"都已经好些天了，"麻炳华像是自言自语，"一个伤风感冒怎么还不见好转？"

项经理也觉得有点奇怪。

麻炳华又问："他今天看病回来时，精神状态怎么样？"

"看起来还是心事很重的样子。我问他医生怎么说，他嘴上回答说没事，但看得出他心里肯定藏着什么。"项经理想了一下，又说，"不过，既然能够坚持出工，就应该没有什么大不了的毛病。"

麻炳华皱起了眉头，说："他自己不肯说，我们还不好问得过细哩，毕竟谁都有隐私。"

项经理也是这么认为："就是呀！"

麻炳华一下理不出头绪来，只好说："只要没有大的毛病就好。"说完想想还是不放心，便站起来四下去寻找张定高，看到他独自一人坐在饭厅角落勾着头扒饭，便端着饭盒走过去，挨着他坐下："你来到这里已经有些日子了，过得还习惯吗？"

张定高笑脸作答："过得惯哩，挺好的。"

麻炳华说："平时不论是工作上还是生活上，如果有什么事情需要我帮忙，就尽管说话，只要我能办到的。"

张定高说："会的。"

麻炳华想了一下，问："听项经理讲，你上午去看医生了？"

张定高一愣，说："……是的，去了一下。"

麻炳华说："没什么事吧？"

张定高含糊其词："还能有什么事，小毛病哩……"

看得出对方十有八九没有说实话，但是人家已经把门关死了，就不便追着问下去，麻炳华只好暂时作罢。

吃过午饭，小翠的电话才回过来。她一直还惦记着公司的所谓安全事故，第一句话就问："怎么样了，你那边的事情？"

麻炳华把虚惊一场的事情简要地说了。小翠松了口气，说没事就好。麻炳华问她现在在哪里，她回答说："在东家家里呀，还能在哪里？你来电话时我正在烧菜，只好把电话掐了。"

麻炳华奇怪了："你怎么又回去了？"

"当时情况那么吓人，说公司出了人命，我心想这么大的事情可不是短时间就能处理好的，我们的原定计划肯定要泡汤了，不回到这里来还能到哪里去？"

"现在事情已经过去了，你还是出来吧，老地方见。"

"这恐怕不行，我回来时是对东家说，原来约好的几位老乡突然厂里通知要加班，要一连加四五天，这次旅游去不成了。话已经说出去了，还怎么收得回来？"

麻炳华一听，心里顿时凉了半截，道："怎么会这样？"

"只怪你那个倒霉的电话！"

"那我们这四天不是白瞎了吗？"

"那有什么办法？你只好和我一样，也回去上班呗。"

"我的意思是说这次错过了，又要再等一个月！"

"等就等吧……好饭不怕迟哩。"

自从小翠去了赵总家上工，夫妻俩几乎每一天都是数着手指头过来的。这次从月头数到月尾，好不容易到了第一个小长假，却意外泡汤了，时间积分全部清零。事情弄成这样，说有多倒霉就有多倒霉！

麻炳华回到新工地，半下午时分正在忙碌，小翠的电话又来了。没等妻子开口，他先问："是不是情况又有了变化？"

小翠高兴地说："还真被你说着了！"

麻炳华说："你别说话，先让我猜一下哈……是不是东家主动提出让你还是继续休假？"

小翠拖长声音道："不——是。"

"那是你自己找到请假的理由了？"

"也——不是。"

麻炳华还要猜下去，小翠绷不住了，说："告诉你吧，是赵总两口子要去郊区的湿地度假村参加大学同学聚会，把点点也带去。今天下午报到，要后天下午才回来，他们一家三口刚刚已经出发走了。"

这消息无疑是令人兴奋和鼓舞的。麻炳华嘿嘿一笑："真的？"

"不是蒸的还是煮的？不过，本人现在想知道的是，麻炳华同志听到这个消息，会不会有些什么想法。"

麻炳华贫嘴道："你的想法就是麻炳华同志的想法！"

小翠笑道："去你的！"

麻炳华突然转念一想，说："不对吧，同学聚会一般都会提前通知的，怎么会临时起意？"

小翠说："是早就通知了的呀，可是赵总一直以为自己参加不了。原因是明天有个很重要的客户要来浦东，是一个协作单位的老总，赵总必须留下来接待。男主人去不了，女主人也就不打算去了。没想到刚才那个老总突然来了电话，说行程有变，要推后一个星期才能来，这样赵总夫妇才临时改变了决定。"

麻炳华说："这还差不多。——那我马上就去把旅馆订好。"

"你傻呀？既然只有我一个人在家，干吗还要去住旅馆？"

麻炳华觉得有些欠妥："这是在别人家里，不大好吧？"

"这有什么不好？这里既然有我的一个房间，里面多住一个人怎么就不行了？"

"那……好吧，我吃过晚饭就过来。"

"晚饭你到这里来吃吧，也就是多放一把米的事。"

麻炳华想了一下，说："还是不要吧。虽然是小事情，但也属占东家的便宜，不好。"

"得了吧，"小翠喷喷嘴，"都要躲到人家家里来和老婆团聚了，这还不算占便宜呀？"

麻炳华却很认真："这不是一码事。"

"我说你还是过来吃吧，我们已经好些日子没在一起吃饭了，我用自己的钱去买菜。我想，不会连夫妻在一起吃餐饭也成了奢望吧？"

"……那好吧。"

"你那边没有事就早点过来哈。"

"早不了。接到你前面一个电话，我认为这次没希望了，下午就上了工地，只有等收工以后才能来。"

"那你收了工就赶紧过来。"

"是哪一栋？到时候我好找。"

"8号别墅，进了小区大门往东第一栋。不过门卫不会让你进来，到时我到门口去迎你。"

"那我到了小区门口就给你打电话。"

"用不着，你到了我就知道。"

"你有雷达呀？"

"这个你别管，反正我知道就是。"

二

小翠抓紧时间跑了一趟菜市场，买了几样丈夫爱吃的菜。回来把菜择好，就差不多到工地收工的时间了。

她跑到二楼自己的房间，贴着窗户玻璃朝外张望。这里正好能看到小区大门，行人进出尽收眼底。今天真是奇了大怪，丈夫平时是个很麻利的人，怎么今天这样磨蹭，她眼睛都望酸了还没见到他人影。"嫌人觉丑，等人觉久"，老祖宗的话一点不会错。

终于，穿着藏青色工装的麻炳华在小区大门口出现了。

小翠快步下楼，刚出门又突然想起了什么，猛地回身，急匆匆开门进屋，对着镜子拢拢头发，又抿起嘴唇涂了一层薄薄的唇膏，再转着脸从不同角度自我审视了一番，觉得满意了才返身出门。

麻炳华正在不停地东张西望，小翠赶到了。她向门卫做了说明，领着丈夫进了小区。来到 8 号别墅前，她伸手一指屋檐，做了个鬼脸说："正好这个监控探头昨天下午坏了，还没来得及修，要不，我可不敢让你来这里。"

麻炳华搞笑说："它知道我要来，还敢不坏？"

小翠嘴里一边说着"你就贫吧"，一边掏钥匙。可是，摸遍身上所有的口袋，哪里还有钥匙的影子！她想了一下，失声叫道："坏了！"

——原来，在刚才回屋照镜子时，顺手将钥匙放在了玄关的鞋柜上，出来时忘记拿了！

出门忘记带钥匙的错误在许多人身上都发生过，不过是小事一桩，根本不值一提。可这次却是非同小可，严重得简直不可饶恕。

这个小区的门锁，还是当初开发商统一安装的机械锁，在科技日新月异的今天，它显然落伍了，每次出门还非得带上钥匙不可。前不久，小区物业公司应广大业主的要求，决定统一更换成不用传统钥匙的智能门锁，只须指纹输入或人脸识别便可开启。昨天智能门锁生产厂家已经把货送来了，现在就堆在物业公司的保管室里，一周之内整个小区便可更换完毕。小翠万万没有想到，就在即将永远告别传统门锁的时候，自己竟然犯下了一个不该犯的错误！她懊恼地两手一摊，道："这下怎么办？"

麻炳华此刻头脑还算清醒，首先考虑的是安全问题，问小翠："厨房灶台有没有开着火？"

小翠说："幸好饭菜都还没开始烧。"

麻炳华安慰妻子道："那就没事。"

他围着屋子转了一圈，看能不能从窗户爬进去。结果他发现根本没有这种可能，因为一楼窗户全都安装了隐形防盗栅栏，只有从里面才能开启；二楼以上的窗户和阳台虽然没有栅栏，但花岗岩的墙面光亮溜滑，攀爬成功的可能性几乎为零。最后，他目测了一下从地面到二楼的距离，说："物业应该有梯子，去借个梯子来就行。"

夫妻二人到了物业公司办公室。值班老头说梯子倒是有的，长的、短的、不长不短的都有，但管工具房的人已经下班了，要借梯子只有等明天上班后再来。

两人懊恼地回到8号别墅跟前，已是夜色朦胧了。

他们还是不死心，围着屋子看来看去，终于有了令人欣喜的发现！

房前的绿化带里有一株高大的榉树，树干在离地约四米处有一胳膊粗细的枝丫，先是平直地往二楼阳台上方伸展，眼看快到阳台又猛地改变了主意，拐了一个近乎九十度的弯，往别处发展去了。

天时不如地利，麻炳华认为这根枝丫简直就是特意为他生长的，只要爬到树权拐弯处，便可纵身跳入阳台，再要进屋便轻而易举了。

下河摸鱼、上山爬树，对于在农村长大的麻炳华来说不过是小菜一碟。果然，只"嗖嗖"几下，他就毫不费力地爬上了树干，并顺利转移到了那根枝丫上。正要往阳台方向挺进，突然一道雪亮的手电筒光柱照射过来，刺得人睁不开眼，紧接着一个声音大声喝道："什么人在树上？"

随着喊声跑过来一胖一瘦两个保安。他们身穿制服手持警棍，紧张兮兮如临大敌。

小翠连忙上前解释，说自己是这家的保姆，出门丢垃圾把钥匙落在屋里了，只好请老乡帮忙爬进去取钥匙。

胖保安对小翠有点面熟。小翠来赵总家上工的当天，女主人按要求带她到物业备案，就是他接待的。但这会儿他还是坚持公事公办，打开随身携带的像POS机模样的东西，在上面按来按去，对小翠的身份进行核实。经核实小翠所言无虚，不过这仅仅是排除了歹人作案的嫌疑，他对爬树行为却依然不予认可，说："这是十分危险的事情，必须立即停止！"

瘦保安仰起脸来，朝树上喊："怎么还在上面？下来下来！"

小翠据理力争："我们要把钥匙取出来呀，不然我连屋都进不了！"

钥匙取不取出来不关保安的事，安全问题却直接关系到他们的月度奖、季度奖甚至年终大奖。胖保安说："摔伤了人谁负责？"

自保安第一声喊话开始，麻炳华就停止了攀爬，在树上保持静止状态，等待地面上的交涉结果。见交涉失败，便居高临下朝保安说话："我保证摔不了，就是有个万一，后果自负，绝不会给你们找事！"

无奈两个保安都认死理，说什么都不答应，非要他下来不可。

麻炳华无奈，只好悻悻然原路返回，安全着陆。

四个人分属两个阵营，相对而立。两位当事人还在继续公关，企图获得重新爬树的许可。可是任凭嘴皮磨破，对方就是不肯松口，反而对他俩展开了苦口婆心的安全教育。

"为什么非要爬树？"瘦保安出主意道，"可以找开锁公司嘛，打个电话，人很快就到。"

找开锁公司夫妻俩不是没想过，只是两种办法相比较，还是爬树简单易行，又不用花钱。现在既然爬树无望，也就只好退而求其次了。

两个保安见事主终于答应不再爬树，才放下心来。但又唯恐对方阳奉阴违钻空子，忠于职守的他们决定暂时就在近处巡逻，以确保这株榉树始终处于视线范围之内，待开锁公司来了人再转移至其他区域巡逻。

三

电话打过不多时，一辆立着"专业开锁、公安备案"招牌的电瓶车就"咣当咣当"地驶进了小区。

开锁师傅是个小伙子。按照行业规定，开锁前先要对客户的身份进行查验，以确认其要求开锁的行为合法。他要求小翠提供能证明自己身份的有效证件。

小翠说她的证件被锁在屋子里，要看只有先打开门。

开锁师傅犹豫起来，担心门打开以后万一对方拿不出有效证件，那就有可能会给自己惹下麻烦。

　　一方要先看证件，一方要先开锁，双方一时难以达成共识，呈僵持状态。

　　两个保安在几十米外看到开锁公司虽然来了人，但一直都是站在那里说话，迟迟没有进入下一道工作程序，觉得有些奇怪，便跑了过来。问明情况后，主动表示愿意为小翠身份的真实性提供担保。

　　没料到开锁师傅的脑子就像锈死了的锁，一点也不开窍，竟然又提出要看保安的有效证件。

　　麻炳华和小翠还以为保安会不高兴，没想到对方却很配合，还连连表示理解。

　　开锁师傅总算可以开始干活了。他一边吹着欢快的口哨，一边对门锁进行检查，就像医生在手术前先要对病人进行必要的生化检验一样。检查完毕，说道："开锁八十，配钥匙的钱另算。"说着拿起工具就要对门锁动手。

　　小翠赶紧拦住，说："怎么还得配钥匙？"

　　麻炳华说："只要帮我们把门打开就行了，不需要配钥匙的。"

　　开锁师傅说："配钥匙很便宜的。"

　　小翠觉得好笑："再便宜我也不配，我又不是没有钥匙，只是被锁在屋里了。"

　　开锁师傅这才发现自己没有把话说清楚，解释道："你这种锁非同一般，它的私密性在机械锁中名列前茅，互开率远远不到万分之一，因而结构很是特殊，一旦经过技术开启，原钥匙就失效了，只能重新配过。"

　　小翠赶紧问："你是说这锁要是经过你的手打开，那么原来的钥匙就成了废物一件？"

　　开锁师傅的回答有点俏皮："回答正确，加十分。"

　　两位当事人没心思开玩笑，他们心中明白，这钥匙是万万不能重配的！今天出了这档子事，上策是悄无声息地处理好，就像什么事情都没有发生过，东家回来以后毫无觉察。若是自作主张重新配过钥匙，那无疑是下策，即使编造的理由再充分都是不好交代的。

小翠早就把肠子都悔青了！当时自己真是昏了头，干吗要回屋去照镜子呢？都老夫老妻了呀！可是事已至此，世上是没有后悔药卖的。

开锁师傅在旁边催促道："这个锁开还是不开你们快点决定，我还有别家的生意要做，不能在这里耽误太久。"

两口子经过简短的商量，一致认为事情既然已经这样了，要瞒住东家是不可能了，不如主动告知。大不了就是让东家责怪几句，料想东家也拿不出什么更好的解决办法来，只能把问题交给开锁公司，这样就可以名正言顺地对门锁进行技术开启。这虽然算不得是上策，但明显强于下策。

决定做出，小翠告诉开锁师傅她要先请示一下东家。开锁师傅说那就别磨蹭了，抓紧点时间。

小翠接通了女主人的手机，继续谎称因为出门丢垃圾忘了带钥匙，弄得现在进不了屋子。她说："这都怪我……看来只有请开锁公司了，真是不好意思……"

女主人倒是一点责怪的意思都没有，连声说没关系的，不用放在心上。

小翠还没来得及高兴，女主人又说话了："真是巧了，我正犹豫要不要给你打电话哩！今天晚上这里要举行联欢会，我和点点的爸爸都有节目，正愁点点没人带，这样一来正好，进不了门的事你就可以不去管它了，你今天晚上也到湿地度假村来住，我再订一个房间。我马上给你叫网约车，你到小区大门口等，司机会把你送过来的。"

麻炳华夫妻两个四目相对，无言地苦笑。

第十二章　无规矩不成方圆

一

水电工老婆的探亲之旅终于结束，在她离开的当天，麻炳华就把铺盖卷搬回到新工地来了。

转眼工夫，电大开学已经一个多月。东门冠牵头在班里建了个微信群，取名"我的大学"，麻炳华是骨干群员之一。也许是因为长期坚持看书学习的缘故，麻炳华并没有感觉到学习功课有多大的压力，只要没有特殊情况，每天晚上学习结束以后都会在群里冒个泡。在和同学们的交流中，他发现这个群还真是藏龙卧虎，几十号同学似乎都不是等闲之辈，各有各的长处，在他们身上有着自己学不完的东西。

这天，他把筹办旅馆这事在群里发布了，除了想跟同学们分享他的喜悦，更主要的是想听听大家的意见和建议。马上就有不少同学留言。有位同学说："麻同学，我家去年在村子后山脚下办了一个农家乐旅馆，所以对申办旅馆营业执照牵涉的事情还算比较熟悉。我有个预感，觉得你们办这个旅馆可能不会那么顺利。"

麻炳华一愣，微信回过去："从何说起？"

"开办旅馆的有关手续和流程，不知道你了解不？"

"事情还没进展到那一步呢，但是我想，到时只要规规矩矩按要求办，应该不会有什么问题吧？"

"那可不一定。"

"我们是同学，有什么话你尽管直说！"

"我先给你说一下我的情况，你好有个参考。我那个旅馆，所用房屋的情况和你那栋楼有些相似，是早些年浙江人在山上办石膏矿废弃的。就因为这个原因，在申办旅馆营业执照时费了很大的周折。旅馆开业的相关手续很烦琐，当时我还不得不恶补了一通相关的法律法规知识。——这样吧，我们还是改用语音，打字太麻烦了。"

两人当即开启语音通话。

同学说："按照相关规定，申办旅馆营业执照的流程是这样的：先是给旅馆起名字，然后去工商部门申请核名。核名通过以后就是刻公章，因为办证过程中要用到章子。接着去消防部门办理消防许可证，消防部门还有可能会去现场检查，这就要求房子的改造要符合消防要求——"

麻炳华插话："这些我都知道。"

同学接着说："接下来就是到公安部门办理特种营业许可证，到卫生部门办理卫生许可证，又回到工商部门领取营业执照，然后拿着营业执照去税务部门进行税务登记。办完这一切，才可以开始营业。"

麻炳华有些不解，心想流程再长，手续再多，逐项去办就是了，怎么就会不顺利？何况银桥镇有行政服务中心，几乎所有的手续都可以在那里全部办妥，还是比较方便的。

同学似乎明白他的心思，说："问题不在于流程长手续多，而是你们用来开办旅馆的房子实在太特殊了。"

麻炳华仔细听下去。

"听你说，那是属于无主房？"

"无主房怎么了？"

"一开始工商部门会要你填写一份申领营业执照的申请表，表中有'经营场所来源'这一栏，目的是审查你们有没有稳定的经营场所。"

麻炳华忍不住说："我们把这个无主房作为经营场所，不说绝对稳定，相对稳定总是够得上的吧？"

"不是凭你嘴巴说说就行的，而是要提供书面的证明材料。比如说，如果房屋是属于自有的就要提供房产证，属于租赁的就要提供租赁合同，原件经过审验后留下复印件存档。而你们这种情况，就比较麻烦了。你先别急，听我说哈。光是认定房屋属于无主房的手续就很麻烦，先要由房屋所在地的相关单位向房管部门提出认定申请，房管部门受理申请后，要对不动产的无主状态进行为期两个月的公示，或许还要再增加一个月的举证期。我那个农家乐旅馆就经过了这番折腾，而你们的情况比我的还要复杂，即使最终认定结果确实属于无主房，接下来也很可能还有更难办的事情等在那里。"

麻炳华奇怪了："还有什么更难办的事情？你说。"

"事情是明摆着的，既然你们那个无主房的地底下有古墓葬，那么这个房屋就始终存在因墓葬的发掘而随时被扒的可能，因此工商部门也许就会认为这种经营场所是不稳定的。若要证明房屋在相当长的时间内不会被扒，就必须出示文物管理部门的证明材料。可是从你说的情况来看，我觉得你们很难取得这个材料。"

这个问题麻炳华根本没听说过，也没想到过，更没经历过，顿时有点蒙圈，半天说不出话来。

同学又说："我说的这些手续，全都是符合相关规定的，并不是在故意为难你，你根本就挑不出理来。"

最后同学建议他还是尽早去同工商部门沟通，免得到时候措手不及。

这一晚，麻炳华几乎没合眼，第二天一起床就给项经理打电话。

项经理正在刷牙，听了麻炳华说的情况，也觉得很惊诧，喷着牙膏泡沫含糊不清地说："那怎么好？"

麻炳华说："反正我是认为，事情明摆在这里，谁能说我们作为经营场所的房屋不稳定？我今天就去找镇行政中心的工商部门，要是他们硬是不认可，我可要好好跟他们理论一番。"

项经理赶紧说："不能跟人家硬争，关系不能搞僵了。"

麻炳华说："现在办事，有时候你不争还就是不行。我想过了，我又不是不讲道理胡搅蛮缠，有事说事，有理说理，没什么好担心的。再说，就是得罪了他们，最坏的结果也只能是不给办营业执照，其他的小鞋给不了。真到了那一步，大不了这个旅馆不对外营业就是了，全部作为员工的探亲房，相当于职工宿舍，那就用不着办什么执照，天王老子也管不着!"

项经理说："其实当初我们的目的，也就是解决员工家属探亲时的住宿问题，有多余的房间才对外营业，赚点钱维持旅馆运转，省得往里贴钱。要是万一办不下来营业执照，也就只好全把它当职工宿舍了。"但仍然交代说："和有关部门的关系，还是不要搞僵了的好。我们在人家地盘上讨生活，得罪不起的。"

麻炳华说："反正我会尽量注意的，你就放心好了。"

项经理想了想，说："需不需要我一块儿去？多一个人遇事也好有个商量。"

麻炳华说："还是我一个人去吧，你暂时不要出面，要是我有什么失误的地方，也好有个回旋的余地。"

项经理忙说："你可不要指望我来兜底哈，你嚼不烂的东西基本上我也咬不动。"

打完电话，麻炳华习惯性地在新工地各处转悠一圈，把今天要做的活路在脑子里梳理了一遍，看看还有没有需要调整的地方。正想着，工友们来上工了，照例替他从公司食堂顺便捎来了早饭。

麻炳华对工友们说，他今天上午要出去办事，什么时候能回来很难说，希望大家都各自认真干好自己分内的活。

大家都说这是必须的，省得交代。

二

麻炳华从房间里推出电动车，正要骗腿跨上去，看到瞎子勾着头拖着一把铁锹从前面走过，铁锹与水泥路面摩擦的声音很响很刺耳。瞎子本来没有被抽调到新工地来，只因昨天这里有个小工跑肚拉稀，便临时把他抽调过来替用一下。

麻炳华突然想起，前几天听项经理说，瞎子近来表现好像不大正常。

瞎子来到公司以后，一直都是开开心心的。可是自从前些天回了一趟江西老家，再回来人就变了。他本来是计划到春节放假再回去的，并没有中途回去探家的打算，只因为小舅子订婚，不得不临时改变决定。按家乡的风俗，丈人家有什么喜事，当然包括小舅子订婚，喜宴上女婿务必到场。否则，当事家庭会很没面子，乡邻会有说不完的闲话。即使多年以后与人吵嘴，只要人家一提此事，就等于被揭了伤疤，顿时便没有了还嘴的底气。瞎子请了五天的假，谁都知道喝订婚酒用不了五天的时间，显然他是要逮住这个难得的机会，顺便同老婆好生亲热亲热。可是谁都没想到，第三天晚上他就赶回来了，真正在家的时间还不到两个整天，并且回来后性情有了很大的改变，一副心事重重的样子。当时回来销假时，项经理问他怎么就回来了，他也没正面回答，含糊其词的。项经理还当他是从经济方面考虑，早点回来是为了上工赚钱，事后想想不对，便打电话向麻炳华讲了这个情况，讲过之后又说："我也只是告诉你一下，也有可能是我神经过敏，你不要因此分了心哈，免得影响新工地的工作。这里有我在你就不用担心，他的情况我会随时关注的。"

因为忙，麻炳华当时也就没有很在意这事。现在看到他，越看越觉得他有事。禁不住思忖道，这三个江西老乡怎么搞的，一个接一个冒出事来。张海山，虽然只是一场误会，但当时可是把人吓得半死，还以为真的出了人命事故；张定高，到底是怎么回事到现在也不清楚，问又没问出个所以然来；现在可好，又轮到瞎子了。从表面看，瞎子的情况似乎和张定高有点类似，都是闷闷不乐的样子，但却似乎不尽相同：张定高像是做了什么亏心事，说话办事毫无底气；而瞎子是在生闷气，似乎肚子里憋着一股难以发泄的无名火。

既然现在碰上了，麻炳华便决定先将营业执照的事情放一下，把瞎子的事情弄清楚再说。不然像他这样带着思想包袱上工，是容易出安全事故的。

瞎子听到麻队长在后面叫他，便停住了脚步，那铁锹同地面的刺耳摩擦声也立马停住。由于他和张海山、张定高都是小翠介绍来公司的，来了以后又都安排在麻炳华这个施工队，所以他们都很感激麻炳华夫妻，平时见了面都是客客气气的。

麻炳华说："我有事要找你聊一下哩。"随即叫过来另一个小工，把瞎子手上的活交给他，说瞎子另外有事。

瞎子丈二和尚摸不着头脑，不知道麻队长要聊什么，机械地跟着他来到一个僻静的角落。两人面对面站着，麻炳华开门见山："这次回家，是不是家里出了什么事？"

瞎子眉头皱成了"川"字，欲言又止。

麻炳华说："我看你神情有些不大对头哩。我跟你说，如果你遇上了什么难事，可千万不要一个人憋在肚子里。"

瞎子又羞又恼，吐出一句话来："哎，真乃颜面丧尽，奇耻大辱哇！"

麻炳华一惊："到底什么事？"

瞎子十分为难："在下难以启齿！"

麻炳华越发奇了大怪："还会有什么事开不了口的？"

瞎子一个劲地直摇头："贱内……呔，她有脸行之，我无颜述之！"

麻炳华倒抽一口冷气，说："我问句不该问的话，是不是弟妹外面有人了？"

瞎子说："那倒尚未至此。"

麻炳华松了口气："那还有什么大不了的事呀，把你难成了这个样子？"

瞎子的嘴巴一连几个回合张开合拢，可就是说不出话来。

麻炳华估计他是情急之下一时找不到符合自己语言风格的词句，憋不住骂道："你个死瞎子，不要卖弄你的文采了行不行？好好说话！"

瞎子这才改用大白话说："你是不知道哇，麻队长，我万万没有想到，一个女人怎么会这样不要脸！我真是说不出口哇！"

麻炳华越听越糊涂，但人家夫妻间的事情，又不便打破砂锅问到底，只好泛泛说道："你怎么能够这样说自己的老婆呢？"

瞎子似乎十分委屈，又十分为难，嘴里断断续续地蹦出一些不连贯的话语来："真是亏了她，那样的办法竟然也想得出来……她没料到那东西会断了一截在里面……她是糊涂哇，生在农村长在农村的人，本来应该知道那东西是嘎嘣生脆的，毫无韧性……直到出了事才知道要脸面了，要不是碰巧我回家，她还不肯去医院哩……呔，无耻之尤哇！"

麻炳华的思维一时无法跟上瞎子的节奏，茫然之中不得要领，只好将有限的信息碎片进行艰难的拼接组装，好不容易拼凑出了一个大概。可这个大概是否正确却又不得而知，直面求证显然不妥，只有试探着说："你是不是觉得老婆的行为丢了你的脸，所以一气之下，就撇下她跑回浦东来了？"

瞎子点头默认。

麻炳华的脑子飞快转着，心想这样猜哑谜式的谈话无异于隔靴搔痒，得另想办法才行。他说："来来来，我领你去一个地方。"

瞎子问："欲往何处？"

麻炳华说："去了你就知道了。"

瞎子跟着麻炳华上了公交车，往公司方向乘了两个站，下车来到一家临街的小店门前。

店门口挂着透光不透明的白色塑料门帘，门楣上方是一个灯箱，上有"成人用品专售"字样。这里离公司驻地不算远，瞎子曾好几次和工友们从店门口经过，有一次还嘟哝了一句："究竟何种用品这般奇怪，竟然还要特意规定只限成人使用？"当时把同行的工友都逗笑了，有人奚落他说："你个瞎子，怎么说也是有老婆的人了，怎么连皮乐江都不如哇，人家光棍汉都比你懂得多！"瞎子听到这问题还跟有没有老婆扯上了，更是云里雾里摸不清东南西北，但嘴上却不服气："你们故弄玄虚，本人还不屑一顾哩！"这会儿，他自然不明白麻队长为什么要把他带到这里来。

掀开门帘进去，店内一名扎马尾辫的姑娘正在整理玻璃柜台里面的商品。见有人进来，便停下手中的活儿过来招呼："二位想买些啥？"随即开始推销商品，指着柜台内的一个样品说："这一款卖得最好，售后反馈非常不错。"

瞎子一进门便东张西望地打量店里的装潢，迎面墙上一幅颜体的书法条幅吸引了他的目光——您完全用不着强忍远离配偶的难言之苦，这里同样可以让您坠入性的爱河。

瞎子正在揣摩这句话的意思，听了马尾辫的招呼便收回游弋的目光，扶了扶鼻梁上的一对啤酒瓶底，顺着她的指引凑近去观看。这一看不要紧，瞎子立马大惊失色，也不顾及惯有的语言风格了，大叫起来："怎、怎……怎么会有这样的东西卖？"

马尾辫得意地笑了，她显然误解了瞎子的本意，说："惊喜吧？仿真程度是前所未有的。对于远离配偶的男士来说，是一个非常不错的选择。唯一的缺点是价格有点高，不过一分钱一分货哩！"

麻炳华说："我们想看看女用的。"

"哦，是给家里妻子买吧？——女用的在这边。"马尾辫移步旁边的柜台，热情介绍道，"款式有好几种，有手动的，也有电动的，这就要看使用者的喜好了。"

瞎子刚刚被惊得张大了的嘴巴来不及完全复原，一看到玻璃柜台里的女用样品张得更大了。

马尾辫取出一件样品递向瞎子："这款质量很好，你可以近距离观察一下，你妻子肯定会满意的。"

瞎子就像面对一块烧红的烙铁，慌忙把手缩到身后，连退了好几步："不不不……"

麻炳华看到瞎子的反应如此之强烈，便对马尾辫说："今天我们只是过来看一下，下次再说吧。"一边说一边拉起瞎子就出了店门。

马尾辫还在后面喊："哎，哎，其他的款式也了解一下呀，不买没关系的。"

穿过一条街道后，瞎子似乎有一种逃离魔窟的感觉，心脏还在突突乱跳，嘴里念叨着："不可思议，简直不可思议！"

麻炳华见他这副样子，便知道自己刚才的判断应该没错，说道："我猜想你这会儿心里肯定在说：怎么会有这样的商店存在？还有那位站柜台的姑娘，做什么不好，干吗偏偏要选择这种职业？——我猜得没错吧？"

瞎子稍微缓过神来，说："正是，正是……"

麻炳华说："你要知道，这可是正儿八经的商店，是有营业执照的，卖这类东西并不丢人，同样，去店里买东西也不丢人。"

瞎子脑子里显然还没拐过这个弯来，嘴巴张了几下，想说什么却怎么也说不出来。

麻炳华接着说："其实男人也好女人也罢，两口子分居两地，对夫妻生活的欲望并不会因此而消失，相反还会因时间久了而更加强烈，有的人还会偷偷地做出某些满足生理需求的事情来。所有这些，说穿了都是人之常情，与肚子饿了要吃饭是一个道理，并非你认为的不可思议。有这样一位先哲，他曾经说过这样一句话——"

瞎子接上说："食色，性也。"

"你原来是知道的呀，我还以为你不食人间烟火哩。"

"话是如此，可是……"

"可是什么？"麻炳华说，"为什么一接触实际就觉得不可理喻，尤其是事情发生在自己老婆身上就更是接受不了呢？"

瞎子沉默不语。

麻炳华继续说："说起来，这都是属于人性的范畴。什么是人性？词典里大概是这样解释的：在一定的社会制度和一定的历史条件下形成的人的本性。它是一种区别于动物的正常的情感和理性。但凡人性的东西，我认为之所以能够存在，就一定有它存在的合理性。"

瞎子嘴巴又张了几下，道出了他的观点："窃以为，人性应该是一种非常美好的、闪耀着光辉的东西。开这样的店，卖这样的货，似乎与人性风马牛不相及哩。"

麻炳华说："你说下去，我很想听听你对人性的理解。"

瞎子说："在下想起了一个关于人性的故事。该故事是多年前从一本书里看来的。何许书也，早已忘却，但这个故事却一直铭记在心，并且每想起它一次，都会无一例外地被感动一次……"

那是在很久很久以前，在大洋彼岸的某个小镇，有一天发生了一起银行抢劫案。歹徒得手以后还没来得及逃跑，就被闻讯赶来的警察堵在了营业厅内。歹徒在慌乱中抓住一个五岁的小男孩当作人质，威逼警方立即为他提供一辆加满油的汽车。警方请来了谈判专家，一面让谈判专家与其谈判周旋，一面秘密部署狙击手就位。最终谈判破裂，气急败坏而又走投无路的歹徒举起了手枪，对准小男孩的脑袋扣动了扳机……只听见"砰"的一声枪响，倒下的却是歹徒，原来是狙击手抢先半秒钟开了枪。小男孩被血溅了一身，惊恐万状地号啕大哭！一群早就等候在门外的媒体记者蜂拥而入，来抢今天的头条新闻。这时，谈判专家率先冲过去一把抱起浑身战栗的小男孩，大喊一声："演习到此结束！"小男孩立即停止了啼哭，问妈妈道："真的是演习吗？"妈妈含着热泪说："是的，孩子，真的是一场演习！"谈判专家对小男孩说："请原谅我们没有事先告诉你，是担心你事先知道真相反应会不真实。"旁边的警察和媒体记者也都心领神会，围过来安慰小男孩，夸他是个勇敢的男子汉，还说今天演习取得圆满成功与他的出色表现分不开，应该给他颁发勋章。更令人没想到的是，第二天这个小镇的各家媒体竟然集体选择了失声，没有出现任何关于抢劫案的报道，似乎它根本就不曾发生过……时光逝去了三十年，这件事早已被人们淡忘了。有一天，一位中年男子找到了已经退休的当年的谈判专家，谈起当年的这件事情，问他当时怎么会喊出那句话来。这位白发苍苍的老人说："当枪声响过，歹徒的血溅得小男孩一身时，我心想：坏了，这小男孩恐怕这辈子都很难走出这血腥的心理阴影！就在我抱起他的一瞬间，似乎是上帝给了我一种心灵的暗示和启迪，使我鬼使神差地喊出了'演习到此结束！'"老人话音一落，中年男子上前一把抱住了他，热泪盈眶地说："我就是当年那个小男孩，我被整整瞒了三十年，直到前不久妈妈才告诉了我事情的真相！谢谢您，因为有了您的那句话，我才有了健康的心理和健全的人生！"老人却淡然一笑："要说谢，你应该感谢所有欺瞒过你的好心人！"

　　瞎子又一次被自己讲述的故事感动了，无限神往地说："这才是人性之美好，人性之光辉！"

麻炳华说："我也和你一样，曾经被这个故事深深地感动过。如果没记错的话，那个谈判专家的名字是叫尼尔森。"

瞎子似乎一下找到了知音，欣喜道："所言极是，正是尼尔森！"

"我也记不起来是在哪本书上看到的了，可这个故事我一辈子都不会忘记，因为它留给我的印象太深刻了，其中折射出来的精神层面的东西足以惊天地泣鬼神，无论怎样赞美和讴歌都不为过！"麻炳华停了一停，又说，"然而，由于人性都是属于自然人的本能表现，这就决定了它的内容非常广泛，涉及社会生活的方方面面。从内容的结构上来看，它是呈橄榄状的，两头小中间大——一头的美好和另一头的丑陋仅占极少数，中间部分无疑是绝大多数。这绝大多数的内容都是非常普通的、平淡的，就像江河里的一滴水、草原上的一株草，毫不起眼，自然无法与你刚才讲的故事媲美，不值得我们去宣扬和提倡，更不值得去赞美和讴歌。但是，它与丑陋也必然牵扯不上一丝一毫的关系。比如说，发生在弟妹身上的事情就是这样。我认为，不管怎么说，弟妹的行为毕竟没有突破道德的底线，没有背叛爱情和家庭，也没有违反社会的公序良俗，更没有损害任何人的任何利益。就凭这些，我认为就应该给予必要的理解和应有的尊重，而不是粗暴地加以否定和排斥，甚至视之为洪水猛兽而横加斥责。"

瞎子眨巴着眼睛，一时无言以对。

两个人又聊了很长时间，瞎子一直再没言语，只是默默地听着。

最后麻炳华说："我看，今天就暂时聊到这里。你回去再好好想一想，如果想通了，就打电话回去，向弟妹赔礼道歉。如果心里的疙瘩还是解不开，也没关系，找个时间我们再好好谈谈。"

一个上午就这样耗掉了，麻炳华只好下午再去银桥镇行政服务中心了。

三

　　行政服务中心这种机构是近年来涌现的新生事物，如今在全国各地非常普遍。为了方便群众办理各种证照，凡与办证有关的政府部门，都分别在行政服务中心的办证大厅开设了服务窗口。这样一来，办证群众便无须在多个政府部门之间来回奔波，基本上可以在这里一站式地把所有的手续办齐，着实方便了不少。

　　麻炳华以前没来过这样的大厅，进来后才发现，这里所谓的窗口同公司食堂打饭的窗口并非一个概念，根本就不是传统意义上的在墙上开洞的那种，而是在长条形的工作台前，各部门的工作人员一字排开，端坐在那里接待前来办证的人们。在他们各自的头顶上方，悬挂着标有部门名称的招牌，供人选择。这等布局，倒与熟食超市卖卤菜的柜台有几分相似。

　　麻炳华今天来，只是打算咨询一下办理旅馆营业执照的相关问题，并不指望这次就把执照办下来，毕竟房子还没完工，还不到办证的时间节点。

　　坐在"工商行政管理"牌子底下的，是一位身着职业装的中年男人，有些瘦削，却十分精神，刚刮过的双颊和下巴一片铁青，给人一种精明、干练的感觉。从他挂在胸前的工作牌上得知此人姓关，是个科长。关科长的工作台前等候办证的人已经排起了长龙，大家手里都拿着办证所需的材料，只有麻炳华一个人空着手。

　　轮到了麻炳华，关科长面带职业性的微笑问："你要办理什么业务？"

　　麻炳华说："我是来咨询一个问题。"

　　"请讲。"

　　"我请教一下办理旅馆营业执照的相关规定。"

　　"你就是问这个吗？还有没有其他的事？"

　　"没有，就问这个。"

　　关科长不再说什么，从工作台侧边的文件柜里取出一页打印好的A4纸，放到工作台上推向麻炳华，同时朝麻炳华身后喊道："下一位。"

麻炳华拿起这页纸，退到一旁去看。这是一份《旅馆业营业执照申办指南》，内容比昨晚电大同学讲得还要详尽，但却没有一个字涉及自己的这种特殊情况。他回到工作台前，想当面问个清楚。还没等开口，后面队伍里就有人喊起来："哎哎哎，自觉一点好不好，后面排队去。"

麻炳华回头解释："我已经排过队了。"

那人说："我明明看见你是从侧面插过来的。"

麻炳华扬了扬手中的A4纸，说："你看这个，就是刚才在这里领的。"

关科长闻声抬头，见麻炳华又回来了，便问他："你还有什么事？"

麻炳华说："我的情况比较特殊，不知道'经营场所来源'这栏应该怎么填写才好。"

关科长说："你如实填写就是了，是自有房就准备好房产证，是租赁房就准备好租赁合同。"

麻炳华说："可我那房屋既不是自有房，也不是租赁房，而是没人要的无主房。"

关科长满脸惊诧："没人要的无主房？"

刚才指责麻炳华加塞的那人有点不耐烦了，明显是教训人的口气："天底下居然还有没人要的房子？脑子灵清点行不行？"

麻炳华没有理会这家伙，对关科长说："我那经营场所确实有点特殊。"

关科长问："怎么个特殊法？"

没等麻炳华回答，后面那个自以为是者又抢先说话了："那你的房子应该是天上掉下来的吧？只听过天上掉馅儿饼，还没听过天上会掉房子哩！"

队伍中发出了一阵哄笑。

这地方免不了下次还要来，麻炳华觉得应该给工作人员留下一个好印象，便没有计较旁人对他的嘲讽，而是耐着性子向关科长介绍房子的来由，尽量简明扼要地把情况表述清楚。可是没等他把话说完，后面那个多嘴多舌的家伙又插进嘴来："你一个人要耽误多少时间哪？有弄不清楚的地方自己回家去慢慢想。——不过，如果是脑膜炎后遗症，再想也是白搭。"

麻炳华回头望了那人一眼。那人是个矮墩墩胖乎乎的汉子，年龄好像与自己差不多。他满脸的不高兴，就像是谁借了他的米还的却是糠。麻炳华还是咬咬牙忍住了，没有回怼。

关科长听了麻炳华的介绍，说："看来你的情况的确比较特殊。你看这样行不行，因为今天办证的人多，接待完你一个人后面的人今天就办不成事了，麻烦你明天上午再跑一趟，可以吗？"

麻炳华本来想说怎么能够这样，凡事总有个先来后到吧，但说出来的话却是："要是明天上午办证的人也这么多呢？"

关科长说："你明天不用再来这里，直接去我们局里。我这里给你写一个地址和科室名称。"

麻炳华心想，原来是要踢皮球呀，便说："为什么一定要明天去局里呢？我现在都已经到这里来了，这里不就是办证的地方吗？"

关科长耐心解释道："不是故意为难你，确实是因为今天办证的人多，而你的情况又不是能一下子解决得了的，而明天局里会有人安排时间接待你。"

麻炳华想了想，知道在这里再磨下去也不会有什么结果，弄僵了反而不好，便接受了建议，从关科长手里接过一张背面写了字的台历纸，准备离开。

本来事情到这里都已经了了，可是那个矮胖汉子却还要多嘴多舌："是嘛，早就应该走了，净瞎耽误工夫。要是多几个这样的人，那我们后面这么多人还要不要办事呀？"末了还加上一句本地话："脑子勿灵清！"

麻炳华这下再也忍不住了，转过身来走到矮胖汉子跟前，脸上的表情却很淡然，说："你已经屎一句尿一句地说了我不少，我一直没理你，不是因为你有理，更不是因为我怕你，而是不与你一般见识。既然你还是这样没完没了，那我现在也正好有时间了，就好好地陪你理论一番。"说着，伸手扯住他一只胳膊，往队伍外面拉。

矮胖汉子白长了一身肥膘，原来是豆渣胖子一个，被麻炳华拉得有些站立不稳，打了个趔趄，忙说："你想干什么？还想打人是不是？"

麻炳华手上暗劲不减，脸上表情依旧："打人犯法，这事我绝对不干。我只是想教一下你怎么做人。"

矮胖汉子嘴巴还是蛮硬的："笑话，我用得着你来教？有话就在这里讲，动手动脚干什么？"

这时旁边已经围起了不少看热闹的群众。大厅的那个小个子保安也一颠一颠地跑过来，连声问道："什么事？什么事？"

麻炳华一笑："没什么事，我们只是在讨论问题。"

矮胖汉子巴不得保安能给他解围，忙说："我没什么问题要跟他讨论的，你不要听他的！"

麻炳华说："这就是你的不是了，你不是说我是脑膜炎后遗症吗？脑子勿灵清吗？那就解释一下，你给我下的这个结论凭的是什么？"

这时，工作台里面的关科长朝矮个子保安说话了："其实他们也没有多大的事，只是那人说出来的话有点伤人，道个歉不就过去了嘛，搞得大家像看猴子一样干什么！"

麻炳华心平气和地对小个子保安说："对呀，我也没有什么过分的要求，只不过是向他讨一个道歉，仅此而已。"

小个子保安舒了一口气，说："我还以为有多大的事哩，赶快赔个礼道个歉了事，省得大家围着看。"

麻炳华说："你不知道，这位老兄很好面子，当着这么多人，这个歉道不出口。我也是为他着想，稍微挪过一个地方，到那边僻静的角落里，不用当着众人，这样他的面子过得去，我的心理也得到了平衡。可他就是不愿意过去，好像到了那边角落里我会怎么样他似的。其实那地方大家都看得到，并且有监控探头照着，我就是吃了豹子胆也不敢动粗哇！——大家说是不是？"

小个子保安觉得麻炳华的话入情入理，便点点头，朝大厅角落里努努嘴，示意两人快点过去了结。

矮胖汉子没想到今天遇上了这样一根筋的角色，后悔不迭，但显然为时已晚。摆在他面前的是逻辑学上的"二难选择"，在原地当众道歉显然拉不下面子，可是乖乖地跟着去大厅角落，那跟当众认错又有什么区别？尴尬之际，他说出来的话自然底气不足："好像我犯了什么法一样，要这样扯住不放。我还要在这里排队办事哩，误了我办事怎么办？"

小个子保安又在一旁充当和事佬："也没有谁说你犯了法，不就是说句道歉的话嘛，就会这么困难？你实在不愿意过去也行，就在这里说吧，这样耗在这里，是要让大家看西洋景啊？"

然而麻炳华似乎并不希望矮胖汉子就在这里道歉，抢先把这条路给堵死，道："当着这么多人的面，他肯定放不下这个面子哩。"说罢拉起他就往大厅角落走。

矮胖汉子已经没有了选择的余地，只有不情愿地随麻炳华来到大厅角落，嘴巴里还在念叨着："要这样做什么，我有多大的错呀……"

麻炳华说："总不会是我的错吧？"

矮胖汉子不得不说："就算是我错了，这总行了吧？"

麻炳华却不依不饶："什么叫'就算'？听你的口气，好像你是高姿态，把本来不属于你的错主动揽过去了？"

矮胖汉子只想快点离开，避开麻炳华的话锋说道："我都已经道了歉，还要怎么样？"

麻炳华问："你自己觉得这样的道歉是诚恳的吗？"

矮胖汉子说："那你说要怎么样才算诚恳？"

麻炳华索性不再吱声，一动不动地盯着他，陪他熬时间。

矮胖汉子被盯得心里发毛，说："我今天可是来办事的，快要轮到我了。"

麻炳华扭头看了一眼工作台前的队伍，不动声色地低声说："你还以为你的事今天能办得成？"按照约定俗成的规矩，排队轮到了而人不在，这个队就等于白排了，必须重新再排，麻炳华需要的就是这种一键清零的效果。

矮胖汉子一惊："怎么就办不成？你想怎么样？"

麻炳华说："我不想怎么样，只想让你明天再跑一趟。"

矮胖汉子急得脸红脖子粗，说："你……你怎么能这样？我明天还有事呀!"

麻炳华说:"因为只有这样留给你的教训才会深刻一些,日后也许就不会再犯这种低级错误了,就会懂得尊重别人也就是尊重自己。"

矮胖汉子一心想快点脱身,再也顾不得面子问题了,慌忙说道:"我道歉,诚恳地向你道歉!"但却有意把声音压得低低的,为的是不让局外人听见,以保留些许颜面。

麻炳华却高声说道:"你必须向我道歉!"

矮胖汉子依旧低声:"我道歉,真心道歉。"

麻炳华装作没有听见:"你怎么就不肯向我道歉?"

矮胖汉子知道今天遇上难缠的人了,想走又走不了,一只胳膊还被人家捏着,动弹不得。大厅里保安倒是有几个,但自己也是个大男人,一对一的对峙,怎么好意思求助于他人?

僵持了半个小时,麻炳华又看了一眼排队的人,叹了一口气,松了手,说道:"你这个人哪,脾气也真倔,就是不肯道这个歉!罢了,我也不强求你了,你去办你的事吧!"

矮胖汉子直奔工作台前的队伍,捶胸顿足道:"过了我啦!"

麻炳华嘘了一口长气,顿时只觉得一阵快慰,可马上心里又莫名地升腾起一种难以言状的纠结——我是不是太过分了?一边往外走,一边心情复杂地回头看了矮胖汉子一眼。

只见矮胖汉子竟然又在那里神气起来,大声嚷嚷:"哼,竟然要我向他道歉,凭什么呀?以为他是谁呀?我才懒得理他哩!"

······

第二天上午一上班,麻炳华就到了镇工商局。

他按照昨天关科长写的字条,轻而易举地找到了要造访的科室。一看坐在办公桌前的人,不禁大吃一惊——不会是双胞胎吧?

"觉得奇怪是不是?"对方笑道,"昨天我局派驻行政服务中心的一位同事有事请假,我顶他的班,今天就又回局里来上班了。"

既然是同一个人，那就用不着把昨天讲过的话再重复一遍。麻炳华开门见山道："情况就是我昨天说的那样，关科长你看，像这种情况应该怎么办？"

　　关科长昨天只是听了一个大概，这会儿他要麻炳华把事情的前因后果再详细说一遍。

　　麻炳华只好从员工家属前来探亲没地方住宿，因而看中了汽车喇叭厂旧址的破房子，随后与区文广新旅局和九尺门街道办事处的沟通经过，一直讲到目前工程的进展情况，末了又解释道："其实，我们开头根本就没打算办什么旅馆，只是想把房子一楼弄成单纯对内的员工宿舍，二楼不去管它，也就可以省去申办营业执照这个麻烦事。可是街道办事处却非要我们把整栋楼都包下来，还要求把整栋房子和室外的场地都弄得漂漂亮亮的，不然就不把房子借给我们。我们没办法，只好答应下来。这样一来，投入的改造经费就成倍增加了，如果不把多出来的房间拿来对外营业，赚些钱来弥补一下损失，那我们可承受不起呀！"

　　关科长听罢不由得倒吸一口冷气，说："我还没见过你们这样办事的，表面上看起来你们好像捡了大便宜，白得了一栋不要钱的房子，其实你们完全是在撞大运！地下墓葬突然什么时候要开挖了，那你们就得乖乖地腾地方，改造房子花出去的钞票就打了水漂！这个问题你们想没想过？"

　　既然一开始采取的就是哀兵之策，这时候显然不能透露关于古墓发掘的真实信息。麻炳华做出无可奈何状，哭丧着脸两手一摊："还能没想过？实在是迫不得已才这样赌一把，不然哪里会出此下策？你是不知道哇关科长，我们三建公司那五十多条汉子，过的都是什么日子呀！……"

　　关科长听得有些入神。从表情看，他对三建公司的员工已经生出了几分同情，说："理解理解，你说的我完全理解，你们的情况就和我弟弟他们差不多。前年我弟弟从老家带了十几个人，跑到银桥镇来承包排污工程的土方，他们也是夫妻长期分居……"

　　麻炳华赶紧接上说："那我们算得上是同病相怜了！关科长，我跟你说哈，等我们把这个旅馆办起来了，房间肯定会有些剩余，以后你弟弟和他队里工友的妻子来探亲，完全可以……"

关科长马上做出"就此打住"的手势："这个话你不要说，我完全是公事公办，不好以权谋私的。"嘴上虽然这么说，但态度明显热情了许多。

麻炳华把话题重新兜回来："关科长，面对这种情况，我们现在已经是彻底没辙了。旁观者清，你好歹给点拨一下，接下来我们该怎么办？"

关科长想了想，说："你们这种情况，如果把房屋定为无主房，我认为会比较难办，撇开其他的不说，光在时间上就会拖得很久……"

麻炳华想起电大同学说过的话，插进来问："是不是涉及对无主房的认定问题？"

关科长说："看来你事先已经做过功课了。但是还有一个问题可能你没有想到，就是经营场所是否稳定……"

麻炳华赶紧说："这倒不是问题，万一古墓要开挖，房子被扒，我们自认倒霉就是，我们已经有这个思想准备了。"

关科长笑道："你们自认倒霉是你们的事，可我们作为政府部门，是不能这样不负责任就批准通过的。"

麻炳华蒙了，说："那怎么办？"

关科长沉思了一会儿，说："其实嘛，这个问题说难办也好办。难办，是指凡事都有规矩，无规矩不成方圆，我们审批部门必须规规矩矩照章办事；好办，是指你们既然决定横下心来赌一把，不去考虑投下去的钱会不会打水漂，那事情就会简单得多。"

麻炳华一脸茫然："此话怎讲？"

关科长说："有些事情，如果换过一种思路，从另一个角度来考虑问题，结果很可能就不一样了。比如说，那房子既然作为无主房不合适，那就不妨变通一下，可以考虑把它当作租赁房。"

麻炳华仍然不解："可房子并不是租赁来的，根本就拿不出租赁合同，还是没有书面依据呀！"

关科长耐着性子指点迷津："现在只要有一个单位或个人愿意帮你们这

个忙，出面充当一下租赁方，同你们签订一份仅供申办营业执照用的租赁合同，那么书面依据就有了。"他接着进一步解释道："办证时我们只查验直接关联的那一级证明材料，租赁房只看租赁合同，至于租赁方有没有房产证那不是我们该管的。我觉得这样做还是比较保险的，不管是租赁方还是承租方都不用担心会有后遗症，因为无主房是不可能产生侵权纠纷的，这方面出不了任何问题。"

麻炳华还是眉头紧锁："可我们一时半会儿到哪里去找这样的单位或个人，谁会平白无故来充当租赁方啊？"

关科长继续出主意道："街道办事处怎么样？既然你们可以签订改造房子的施工合同，那么就再签一个房屋的租赁合同也是可以的。"

麻炳华一边思索一边摇头，说："两件事情性质不一样哩，街道办事处的胡主任原则性很强，不一定会答应。"

关科长又说："那你们还有没有其他的关系人？"

麻炳华思索片刻，突然有了一个想法，说："不就是一份租赁合同吗？"

关科长说："对呀，这是必需的。"

麻炳华说："那还要麻烦别人干什么？干脆直接就把我自己当成房主好了，由我来同三建公司签订租赁合同，就算是我把房子出租的。——这样多简单哪！"

第十三章　脑袋钻进了垃圾桶

一

时间就像风车一般飞转，转眼间新工地开工马上就两个月了。工程的进展一直算得上顺风顺水，从明天开始就要进入最后四天的扫尾阶段。

简直是上天的有意安排，工程扫尾阶段与小翠第二次小长假的日期居然完全重合！两口子已经有好些日子没见面了，最近连电话联系也不是每天都有，原因是麻炳华这段时间太忙，白天赶工期经常加班加点，夜里又要在电脑前对付功课。

这天晚上，小翠打电话过来，说自己这个小长假别的地方都不想去，只想待在新工地，明天上午就过来。麻炳华说："你要过来还用得着我批准哪？只是这几天这里事情特别多，我抽不出时间来陪你。"

"谁要你陪呀？"小翠说，"我只是想来看看，我老公领着一伙人把那块地方弄成什么样子了。"

麻炳华说："想看就来看呗，只是这四个白天你只有一个人过了，要是觉得无聊就到周边转转。"

小翠说："我老公在哪我就在哪，别处有什么转头？"

……

第二天上午，碰巧胡主任也来了，因为路近，到得比小翠早。她也有好些日子没来工地了，听说工程已经接近尾声，所以今天上班后到办公室点了个卯就过来看一下。

她从围挡开口处进来，目光立即像机枪一样朝里面进行大范围的扇形扫射。就是这一扫，给了她一个大大的惊喜，因为展现在她眼前的情景比她期望中的要好很多！

麻炳华迎上前来，开始领着她四处察看。先是看房子，看了外观看里面，看了楼上看楼下。

胡主任一边看一边赞叹："漂亮，漂亮，都有点像宾馆的样子了！"

最后进了一楼最东头的房间。房间里左边靠墙是水池，水池上方是一排锃亮的水龙头；右边靠墙是一溜长长的台板，上面一字摆开二十来台刚拆封的电磁炉；屋子中央是宽大的长方形台板。四周墙面和所有的台板都贴着雪白的瓷砖，白得直晃人眼睛。胡主任有些不解，问："怎么，入住的员工还要单独开伙吗？"

麻炳华解释说："经过再三考虑，我们决定还是不办集体食堂，一日三餐由各家根据自己的实际情况灵活应对，既可以在公司食堂吃，也可以到外面的小吃店去吃，近边的饮食店很多，价格也不贵。但我估计更多的家庭还是愿意自己烧，因为凡是到这里来团聚的夫妻，谁不想有个家的感觉呀？其他的需求公司满足不了，这一点还是可以做到的，所以就弄了这么一个公用厨房。一天劳作之后，可以在远离家乡的地方烧上几道家乡风味的小菜，两口子面对面坐着，一边美美地嘬着小酒，一边悠闲地聊着家长里短。你想想，这样的小日子该多有滋味呀！"

胡主任显然是被麻炳华的描绘感染了，神往地眯起眼睛，说道："哎哟喂，听你这么一说，我都想把我那口子也带来住上几天，好好体味一下！"

两人走出屋子，看到前面空地上一辆小四轮刚装好满满一车建筑垃圾，发动了正要开走。麻炳华赶紧跑过去把车拦下，向司机和两个装载垃圾的小工说了几句什么。两个小工便爬上车厢，用铁锹把刚铲上去的垃圾又往下铲。胡主任过去问怎么回事，麻炳华说："这些家伙，都已经跟他们交代过几遍了，垃圾不要装得太满，免得一路上像撒胡椒面一样，可就是不听，恨不得一车就拉完。"

这两个小工是居委会派过来的志愿者，胡主任意识到对他俩的调教自己责无旁贷，于是双手叉着腰，仰起脸来，哇啦哇啦地朝车厢上的人一番教育。

麻炳华又领着胡主任在休闲小广场上兜了一圈，边走边讲解。走到临街面的地方，胡主任问："这里怎么还空着？不是说好了要摆上一排花岗岩的隔离球吗？"

麻炳华解释说："货早就订好了，但要等围挡拆除以后，再让厂家把隔离球送过来，就在这里卸货，卸下来直接摆好，免得二次搬运。还有那边的绿化带，泡桐和女贞现在也没法栽，因为季节不合，至少要等到气温低一些才行。"

两个人正说着话，小翠到了。

她快步过来，先向胡主任点头，再向丈夫一笑，算是都打过招呼了。

胡主任还是第一次见小翠，自然不知道这个漂亮的女人与麻炳华的关系。

麻炳华先向胡主任介绍小翠："这是我爱人，也在浦东打工，这几天休息，到我这来看看。"又向小翠介绍胡主任："这是九尺门街道办事处的'掌门人'胡主任。完全可以这样说，若是没有她的鼎力相助，就不会有我们这个改造工程。"

寒暄未了，围挡开口处有一个人急匆匆地跑进来。来人是街道办事处行政办公室的那位帅小伙，他一边跑一边大声连呼"胡主任"，跑到跟前，喘着粗气说："幼儿园……打你手机……你没接……就打到……我这里来了……"

胡主任这才想起她的手机没带在身上，放在办公室充电。看他那急慌慌的样子，忙问幼儿园找她有什么事。

帅小伙说："有个孩子的脑袋，被卡住啦！"

胡主任急慌慌地问："卡在哪里？现在怎么样了？"

"说是卡在垃圾桶里了，怎么也拔出不来。"帅小伙说，"好在危险倒是没有，就是小孩哭个不停。"

胡主任这才稍稍松了口气："怎么这么顽皮，把脑袋伸到垃圾桶里去？从来没听过的怪事情。"又问是哪个小孩。

帅小伙答："是小豆子，不然大家也不会这么紧张。"

胡主任刚刚平复了一点的心情顿时又紧张起来："怎么是他？"说着就向

麻炳华夫妻匆匆告辞，要赶去幼儿园。

小翠虽然还没有完全弄清楚是怎么回事，但听说是小孩子出事，便连忙向胡主任提出："我跟你一块儿去吧？反正现在我没事，去了说不定还能帮上一点忙。"

麻炳华在一旁向胡主任解释道："她学的是幼师专业，处理小孩子的问题算得上是专业对口。"

胡主任自然乐意，说那就再好不过了。

麻炳华又问胡主任需不需要他也去，小翠抢在胡主任前面说："如果这里离得开你去一下也好，多一个人就多一份力量。"

麻炳华说："再怎样忙这点工夫还是抽得出来的。"

胡主任当然巴不得，说："那就都去吧！"

这个幼儿园的办学性质系民办公助，由街道办事处代管，招收的都是本街道居民的小孩。办学规模不算大也不算小，在园幼儿一百多名。教师大部分是家在本街道的退休小学教师，都是经过家长推荐、街道办事处考察、教育部门批准的。幼儿园开办有好些年头了，一直运行平稳，几乎年年都被评为银桥镇的教育先进单位，上上下下都非常满意。

可是，自从来了一个叫小豆子的男孩以后，麻烦事就不断了！

小豆子是前年春天来的，来的时候刚满四岁。小豆子只有妈妈，没有爸爸。有人问他："爸爸去哪里了？"他说："妈妈告诉我，爸爸死了。"小豆子当然不知道，爸爸并没有死，是跑路了，不要他和妈妈了。

在这个世界还没有小豆子的时候，那个还没成为小豆子爸爸的男人，从贵州来到浦东送快递，整天骑着一辆电瓶车走街串巷。那时同样还没成为小豆子妈妈的女人，在银桥镇一家菜市场杀猪卖肉。快递哥为屠夫女送过几次快递，不知怎么的就好上了。说不清到底是谁追的谁，反正快递哥一个大男人，有时候难免会想女人；屠夫女也正是怀春的年纪，急着要找她的另一半。屠夫女曾经先后相中过几个男人，但对方都嫌她不温柔，说她简直不像女人，据说其中一个男人竟然担心若是哪天惹毛了她，会被她当作生猪一样捅上一刀。只有快递哥不讲究，似乎只要是个蹲着厕尿的就行。没过多久，屠夫女肚子里就有了小豆子。就在屠夫女对未来充满憧憬的时候，快递哥却突然消失不见了，似乎从人间蒸发了。小豆子满月以后，屠夫女抱着孩子，越过千山万水，怒气冲冲地去贵州找快递哥算账。人倒是被她找到了，可是发现家里除了快递哥本人，还有一大堆的儿女和儿女的妈妈。屠夫女如梦初醒，怒吼一声扑过去撕打快递哥。刚扇了一巴掌，就被快递哥的父母和原配拦住了，并被拖出门去丢在大路上，关上大门不再理她。她哪里肯就此罢休，哭着喊着爬起来，搬起石头去砸门。那铁板焊成的大门很是坚固，仅是"咣咣"作响，一点没坏。到后来屠夫女自己反倒被快递哥的家人打了一顿，两颗不算洁白的门牙永远留在了云贵高原的大地上。由于动静闹得大，不仅村里男男女女都乌泱乌泱地围着看热闹，还惊动了乡妇联和派出所。几乎所有的人都谴责快递哥，说他不该在外面冒充单身汉与屠夫女谈恋爱。快递哥的原配本来已经打翻了醋坛子，把老公的脸挠得山花烂漫，可一看老公成了众矢之的，竟然立马重新站队，反过来为其辩护，说："你们真是饱汉不知饿汉饥，想想看，一个大男人长期老婆不在身边，这怪得了他吗？"……

最后调解的结果，是让屠夫女把小豆子留下来让男方抚养，并且不用负担抚养费。就在履行交接手续时，屠夫女却突然改变了主意，大吼一声："我生得他出，就养得他大！——留给这畜生？想得美！"说罢擦干眼泪，抱起儿子，头也不回地走了。

屠夫女回到家，把儿子背在背上，继续在菜市场杀猪卖肉。

小豆子到了入园的年龄，也和其他小朋友一样进了幼儿园。

这小家伙有个显著的特征，就是脑袋要比其他孩子大得多，当初就是因为这个原因，屠夫女生产时难产，躺在床上声嘶力竭地号了整整两天两夜。屠夫女却很得意，说脑袋大的孩子脑容量大，肯定要比一般孩子聪明。此话是否有科学根据，不得而知，倒是因这个大于常人的脑袋给幼儿园和街道办事处惹下了不少的麻烦。

刚来的时候，小朋友们觉得这个与众不同的大脑袋特别有趣，玩耍的时候都喜欢上前摸一把，后来发展到用手指头去弹，几乎把它当成了和尚庙里的木鱼。本来这也没有什么，都是小孩子，谁也没有恶意。

可是，小豆子回家告诉了妈妈。屠夫女大为光火，马上跑到幼儿园，从带班老师骂到园长，说她的儿子在幼儿园遭受了不公正待遇。于是，老师只好向小朋友们宣布了一条纪律，规定今后谁也不准再去碰小豆子的脑袋。谁知这样一来，物极必反，小朋友们都躲着他，再也没人敢跟他玩了，于是小豆子变成了"孤家寡人"。

屠夫女知道了，又跑到幼儿园大吵大闹，说幼儿园欺负没爸的孩子，故意孤立她儿子。出了幼儿园又去街道办事处，扯住胡主任告状，说到动情处，禁不住号啕大哭，眼泪一把鼻涕一把只管往胡主任身上抹，把胡主任的衣服当成了抹布。幼儿园只得对先前宣布的纪律进行微调修正，要求小朋友们玩还是要跟小豆子一起玩的，只是不能动他的脑袋。可是这个分寸对于幼儿来说实在太难把握。

一次捉迷藏时，小豆子摔了一跤，头磕到地上，额头上起了一个板栗那么大的包块。本来当时他快要摔倒时，有个小姑娘就在旁边，她刚要伸手扶一把，猛然想起了老师宣布的纪律，害怕会碰到不该碰的地方，慌忙把手缩了回来。这次的后果比上两次都要严重，屠夫女不仅分别到幼儿园和街道办事处哭闹了一场，还报了警。警察听她在电话里把情况说得吓人，还以为真的出了什么大事，立即赶到幼儿园。来了才发现不过是小事一桩，便对她说，如果这样的事情都要报警，那派出所就该在幼儿园设分所了。她可不管这么多，硬是扯住警察不放，涕泗滂沱地哭诉了半天，这次承担抹布功能的又成了警服。

类似的情况发生过好几次，使得幼儿园和街道办事处只要一说到小豆子的家长就头痛，大家提心吊胆，都想方设法躲着她。不过说到底，之所以会出现这种人见人怕惹她不起的现象，并不是因为大家真正怕她，而是出于怜悯，同情她一个妇道人家拉扯孩子不容易，不忍心与她较真。

二

今天的事情纯属偶然。

幼儿园新买了一批垃圾桶，商家来送货时，碰巧兼职保管员的老师不在，只好暂时把垃圾桶堆放在院子角落里。这种垃圾桶是专为幼儿园量身打造的，个头比街头巷尾常见的那种要小上好几号，与小朋友的个头很是般配，加上色彩鲜艳的塑料材质和活泼可爱的卡通造型，孩子们见了心生喜爱。

下课的时候，小朋友们拥出教室，看到了这些新鲜东西，都把它们当成了玩具，一窝蜂地抢着玩。也不知是谁带的头，大家都争先恐后地把脑袋往垃圾桶里塞，塞进去了便乐得咯咯直笑，顶着它在院子里跳起了大头娃娃舞。

小豆子也抢到了一个，也想跟模学样，但是因为自己的脑袋尺寸偏大，一时塞不进去。这小家伙的确聪明，只见他把垃圾桶顶住墙壁，脑袋对准垃圾桶的开口，用力一挤，"噗"一声就进去了。大家疯玩了一通，直到响起了上课铃才一个个把脑袋退出来回教室去。只有小豆子一人的脑袋被卡住了，他使尽吃奶的力气还是拔不出来，急得哇哇大哭。

哭声马上招来了一群老师，园长也闻声赶来。开始大家都不知道这个孩子是谁，因为可供辨认的脑袋被垃圾桶"屏蔽"了，脑袋以下的部位由于穿着统一的园服而失去了明显的个性特征，再加上此时的哭声已经糅合了垃圾桶的共鸣效果，变得很难准确锁定当事人。

园长是位退休的小学校长，擅长逻辑推理。她决定采用排除法，吩咐各班的班主任快去清点自己班上的小孩，不在的笃定就是这个套着垃圾桶的了。该办法虽原始，但正确性毋庸置疑。班主任们正要去执行，有人说："不用多此一举，被卡住的肯定是个大脑袋，不是小豆子还会是谁？"

众人一听是小豆子，马上就联想起了他的家长，都不免倒抽一口冷气，面面相觑。

全园唯一的男老师在退休前是小学体育老师，他觉得自己拥有性别和专业的双重优势，为园里解决难题责无旁贷，于是便挺身而出向园长请缨，表示有信心取下垃圾桶。获得批准后，先郑重其事地活动了一下全身关节进行热身，接着摆出骑马蹲裆的姿势，双臂抱住垃圾桶，暗暗运了一口气，随之左右交替旋动垃圾桶，同时缓缓往上拔。可是，带来的却是垃圾桶里撕心裂肺的号叫。他吓得赶紧住手，生怕把小豆子的脖子弄折了。

一个身材娇小的年轻女老师对脑袋出不来表示不可思议，她认为既然进得去，也就应该出得来，因为脑袋还是这个脑袋，垃圾桶也还是这个垃圾桶，主体与客体丝毫没变，而现在却硬生生被卡住了，真是奇了大怪！不过后来这个难题还是被她自己破解了，她说："哦，我明白了，是因为人的鼻尖高于鼻根，垃圾桶从上面往下套，稍微一挤就进去了，而要取下来方向正好相反，鼻尖就像雨伞的弹簧撑子一样，把垃圾桶牢牢地撑住了。你们说是不是这个道理？"

事已至此，瞒是瞒不住了，大家都认为还是应该面对现实，打电话通知家长，请她来现场一趟。园长安排人打电话，并交代说电话里不要说什么事，只说这里有情况需要她尽快赶过来。园长同时也把情况汇报给了街道办事处，请领导过来帮忙处理问题。

屠夫女的电话很快就打通了。她还在菜市场卖肉，嘀咕了一句"你们幼儿园怎么会有这么多的破事"，答应卖完肉收拾好摊子就过来。

打给胡主任的电话没人接，改打行政办公室电话，向帅小伙报告了事情的经过。等帅小伙找到胡主任，胡主任领着麻炳华两口子赶到幼儿园时，那个垃圾桶还套在小豆子头上，里面的哭声已经明显有了几分嘶哑。围在四周的是无比焦急的园长和老师们，大家都紧扣如何才能取下垃圾桶的主题，七嘴八舌，出谋划策。

一时之间众说纷纭，莫衷一是。园长不知如何是好，说再取不下来只能向消防员求救了。

随胡主任来的一男一女，大家都不认识，有人还以为是街道办事处进了新人，跟来见习的。

胡主任顾不得向大家介绍麻炳华夫妻，急着问了一些有关情况，然后用目光征询小翠的意见：咋办？

小翠蹲下来，把小豆子搂在怀里，不停地抚慰道："我们小豆子好勇敢，不怕……"

说来也怪，小豆子竟然很快止住了啼哭，也不再躁动，只是轻声抽泣。见小豆子平静了一些，园长交代先不急打"119"，再想想办法。

小翠透过垃圾桶开口边缘与小豆子脖子之间的空隙，朝里面观察了一会儿，然后说："大家不用紧张，人没有受伤，更不会有什么危险，只是因为里面光线不好，使他产生了恐惧心理，才会哭个不停。现在有人搂着他，他便有了安全感，情绪自然就会稳定下来。"又说："我观察过了，这垃圾桶虽然是硬塑料材质，用料也比较厚实，但还是有一定的可塑性，只要方法得当，我们自己完全可以把它取下来。关键是取的时候要注意用力方向，应该从开口两边往中间挤压，把靠脸部的这一边挤凸一点，给鼻子留出位置。"

园长说那就试试吧，马上把那位男老师喊过来，仍然由他负责具体操作，并交代用力切不可过快过猛。

男老师立即就位。只见他再次用双臂箍住垃圾桶，先做了一个深呼吸，憋住一口气，静候小翠发出行动指令。

小翠将嘴巴凑近垃圾桶的开口处，对着里面说："小豆子，这玩具套在你头上都这么久了，是不是都已经玩腻了？我们把它取下来让其他的小朋友去玩，因为好东西是要给大家分享的，是不是呀？"

垃圾桶里传出声音："是的……"

"那我们现在就把它取下来，好吗？"

"好的。"

"那你可不能乱动哟。就一会儿，马上就好。"

"我不动。"

小翠示意可以开始行动了。

然而，这位男老师毕竟年事已高，任凭怎么用力，把脸都憋红了，垃圾桶开口的形状也没有丝毫改变。他只得无奈地摇摇头，退下阵来。

小翠感觉到怀里的小豆子又开始躁动了，一边加紧抚慰，一边示意麻炳华上阵。

只见麻炳华走上前来，先在垃圾桶上找准用力部位，双手发力挤压，同时试探性地缓缓地往上提……没想到就是这一提，垃圾桶竟然被提了起来，脱离了小豆子的脑袋！

小翠眼疾手快，用事先准备好的遮阳帽遮住了小豆子的脸，免得他的眼睛突然见光受到伤害，过了几分钟才将帽子缓缓移开。

小豆子看到这么多人围着自己，觉得十分奇怪，也有些惊恐，瞪大了眼睛呆呆地望着大家。小翠赶紧抱起他走开，到一边去安抚。

大家自然十分高兴，一个大难题就这样被胡主任带来的人顺利地化解了！

可是大家并没有高兴多久又重新紧张起来，因为想到了小豆子的妈妈可能已经在来的路上了。

麻炳华有些不解地问："垃圾桶已经取下来了，人也没受伤，她还有什么可闹的？你直接打电话给她，说是误会，让她不要来就好了。"

园长急忙给屠夫女打电话，说是新来的老师搞错了小朋友的姓名，小豆子在幼儿园并无大碍，让她不用赶过来了。屠夫女听说后，骂骂咧咧一番，说幼儿园耽搁她做生意，要向幼儿园讨要赔偿……

第十四章　顺风顺水

一

夜里，小翠陪丈夫在工地值守。夫妻俩躺在床上，小翠突然说："哎，跟你说，我突然有了一个想法。"

麻炳华说："什么想法？讲来听听。"

"今天这个幼儿园，也不知道还缺不缺老师……"

麻炳华即刻明白了妻子的心思，说："你还是'贼'心不死呀？"

"就像你一直想着要上大学一样，当幼儿教师的念头我也一直没打消过，都是没法释怀的一个心结。今天的事情又刚好触发了我，我想，既然你同胡主任熟，就不妨帮我打听一下呗。"

麻炳华想了一下，说："你还别说，你的愿望还真有可能实现哩。"

"何以见得？"

"我好像有这种预感。"

"莫非就是因为今天我在幼儿园的表现吗？也不至于就会有这么立竿见影的效果吧？"

"你不要小看了那表现，当时你一到现场，很快就把小豆子安抚得不哭了，这可是大家有目共睹的。看起来小事一桩，却不是随随便便谁都能做到的，得具备幼儿教师的基本功才行。再加上其他的一些因素，我认为这事情应该是有可能的。"

"还有什么其他的因素？"

"这不是明摆着的嘛，通过这次改造工程的合作，街道办事处对你老公的印象肯定差不了！"

"你就吹吧。"小翠忍不住去胳肢丈夫的痒痒肉。

两口子笑得扭成了一团……

闹过了，小翠接上刚才的话题："去幼儿园的事，你还是帮我问一下吧。"

麻炳华提醒道："你那边的劳务合同可是签到春节的。"

"时间过起来很快的，不早点打招呼，说不定一个机会又失去了。"

麻炳华又说："待遇问题你考虑过没有？幼儿园的工资标准肯定没那边高。"

小翠轻轻地叹了一口气，说："说实话，待遇问题一点不考虑那是不可能的，我思想觉悟还没有那么高。我们抛下老的，丢下小的，离乡背井跑到浦东来，为了什么？说穿了，还不是为了钱包能鼓一点，让小日子过得舒畅一点吗？现在社会上不是流行着这么一句话嘛：'钱虽然不是万能的，但是没有钱却是万万不能的。'可我又老是会这样想：怎么样才算有钱呢？看那些贪官，藏在家里的钞票一叠一叠都发了霉，可还不知足，要不是东窗事发，肯定还要继续贪污受贿，真是不可思议！"

"你是说，如果我是贪官，就没有必要那样贪得无厌，适当贪一点就歇手？"

小翠嘻嘻笑道："你要是有那个本事去当官，就尽管去贪。只要不用贪来的钱包二奶，进去了我会去给你送牢饭。"

麻炳华故意大发感慨："男人娶到这样的老婆，那真是前世烧了高香啊！"

小翠憋不住笑起来，顺着往下说："男人娶到这样的老婆，何愁没有班房坐呀！"

两口子开了一会儿玩笑，小翠说："我们说正经的，你一定要去问一下哈。"

麻炳华说："你真的不考虑待遇问题了？"

"考虑有什么用？"小翠说，"谁不想待遇好一点哪，但世上的事不是想就能得到的。"

"你只要不跳槽，不就可以了吗？"

"老公同志吧，你就不要套我的话了，自己老婆是不是那种把钱看得比

228

磨盘还重的人，你心里还会没有数吗？"

"我可不是套你话，我是要你想清楚。我当然还是希望你能到幼儿园去，毕竟是自己喜欢的工作，但主意最终还得你自己拿，可不要去了又后悔。"

"既然让你去问，就是已经想好了的。我是觉得，人活在世上，对钱这个东西，实在没有必要太计较了，够用就好。"顿了一下又接着说，"再说……"

"再说什么？"

"我去当幼儿教师，钱赚得少了，也好让你有点男人的自尊不是？"

麻炳华这下也顺着妻子的话说："那好吧，为了我的自尊，怎么也得去胡主任那儿问问，争取给你开个后门。"

"后门我可不稀罕，只是帮我打听一下他们还缺不缺老师而已，至于事情成不成，顺其自然。"

"好的，我一定照办。"

"你可是答应了，说话得算数哈。"

答应是答应了，但麻炳华寻思，若是特意去找胡主任说这事似乎太过郑重，还是哪天逮着一个恰当的机会，聊天时自然而然地以话赶话，顺便提出来更恰当。反正时间还宽裕，不用急的。

又是两天过去，到了拆除围挡的时候了。

拆除围挡意味着工程即将竣工，可以着手申办营业执照了。可是直到现在，旅馆叫什么名字都还没定下来。

给旅馆起个好名字，其实早就摆上了议事日程。当时麻炳华把这事上交给了项经理，请他定夺，并建议发动员工们参与，尽量让店名起得大家都满意，可是一直到昨天下午还未尘埃落定。项经理在电话里告诉麻炳华，入围的名字倒有几个，但都不怎么的。麻炳华说，马上就要向工商部门申请核名了，这事不能再拖。

这天吃过早饭，麻炳华为这事专门去公司找项经理。项经理说："看来太过郑重其事也不行，干脆来个现场办公，到工地上去，叫拢几个人议一下，马上把它定下来。"

到了工地，项经理有选择性地喊了七八个人，瞎子也在其中。

麻炳华看到瞎子的精神状态不错，好像又回到了先前的样子，一直悬着的心也就放下了。

几个人来到一块空地，开了个临时碰头会。由于人员没达到项经理拿腔拿调"打官腔"的数量，他便省去了"这个这个，啊……"的繁文缛节，简明扼要地说明了会议意图。

大家开始发表意见。

打头炮的说："崽都要落地了，没名字哪行！依我看，就叫鸳鸯旅馆得了，直来直去，一听就懂。"

瞎子立即表示反对，他从文学的角度做出了点评："以鸳鸯作比，扣题倒是精准，然而太过直白，更过生硬，犹如白开水一杯，寡淡无味是也！"后面还补上一句："况且土得掉渣！"

第二个发言的有些自鸣得意："叫鹊桥旅馆怎么样？这可是来自神话传说电影《天仙配》大家不会没有看过吧？"

谁知瞎子更是嗤之以鼻，道："将鸳鸯改为鹊桥，乃换汤不换药，更有抄袭之嫌，且手法平庸！"

有这样一位大文豪挑刺，众人都不敢轻易开口了。

麻炳华看到一时没人说话，便说："我看还是不要搞得这么复杂，简单一些可能更好。要不就根据地名来起旅馆名，我们这个旅馆坐落在九尺门街道，那就叫九尺门旅馆，大家看行不行？"

瞎子一想，说道："还别说，就是这名字好，用地名直接冠名，看似简单平常，但却出奇制胜。首先，旅客一听店名便知晓旅馆的所在地域，省去了打听地址的麻烦。其次，还暗示了旅馆的经营方针。大家不妨想一下，敞开九尺宽的大门迎宾接客，还能不是亲民的价格、大众的消费吗？于无形中巧妙地做了一个软广告，极好！"

麻炳华笑道："我也就是随嘴这么一说，可没想到这么多哈。"

众人也都纷纷觉得这名字真的是好。

项经理也表示赞同，说："那就这样定了！"并且马上交代麻炳华："既然店名已经定下来了，那就趁热打铁，你赶紧抽时间去把店招牌做了。要做就做立体铜字的那种，档次高一点，我们是光屁股穿大褂——穷里不穷外！"

麻炳华说了声"我现在就去办"，转身要走，大家上前把他围住，叽叽喳喳问他扫尾工作哪天能够全部结束，旅馆具体哪天能够开张，还有人说老婆在家都已经等得焦心了，来过几个电话催问。

麻炳华笑呵呵地回答道："快了快了！所有的工程只剩下室内装修的一些零碎活，今天加一下班基本就可以结束。接下来就是安装空调等家用电器，有两天工夫就可以完成。营业执照我明天就去跑，不出意外的话当天能够搞定！总而言之，目前所有的工作都进入了最后的冲刺，开张就是这两三天的事情，若是超过四天拿我麻炳华是问！"

大伙儿免不了一阵尖叫欢呼。

项经理高兴地说："大家都回各自的队里转告一下，凡是打算让老婆来探亲的，现在就可以打电话回去，请家中的老婆大人做好准备！"

有人提出了一个大家普遍关心的问题："要分期分批不？"

项经理说："还分个什么，想来的通通都可以来！"

那人还有点不放心："安排得了吗？"

项经理说："我们有六十多个房间，你说安排得了不？"

"不是说要留下一半房间对外吗？"

项经理说："有富余的才对外，估计刚开张这段时间员工家属会来得多一些，我们当然还是先满足内部。——要不这样吧，打算来的，都到我这里登记，我好根据具体情况统筹安排。"

话落大伙儿自然又是一阵欢呼。

又有人提出："好像窗帘还没装吧，一对对的夫妻住在里面，没有窗帘怎么可以？"

有人故意说："浪费那钱做什么，只要把灯关掉不就可以了吗？"

那人急了，说："要是一下忘了关呢，那不成现场直播了？"

项经理笑道:"放心吧,昨天下班回家时我顺路去看了一下,一楼都已经全部装好了,只剩下二楼还有几个房间没装,今天上午装完应该没问题。"

麻炳华猛地想起一件事来,对项经理说:"还有个事哩,旅馆一开张,得有一个专门的管理员,要尽快把这个人选定下来。"

项经理挠着头皮说:"这个问题我不是没考虑过,但就是没有合适的人选。你说我们公司这么多人,谁适合这个岗位?好像没有谁比你更合适呀!"

麻炳华说:"那怎么办?总不能把我弄成专职的吧?我的工作应该还是在施工队哩。"

项经理说:"看来在没找到合适的人之前,你还得待在那里,换别人去一时半会儿接不上手,我也不放心。"

麻炳华说:"那我的施工队怎么办?我出来都两个月了,时间久了不好。"

项经理说:"这个你不用挂念,既然我替你管理那个队,就一定会负到责任。——你不会连我也信不过吧?"

麻炳华知道再说下去也不可能即刻解决问题,何况项经理也答应了,只要找到了合适的人就会把他换出来,就只好答应先干着。

二

麻炳华从老工地出来,去了一家广告公司定做招牌。

没想到在这里碰上了棒球帽,就是上次在胡主任办公室里见过的那位业务员,原来他就在这家公司效力。两人都认出了对方,于是便有了几分亲热。麻炳华随口扯谎道:"胡主任再三交代的,有业务一定要到你这里来。"

麻炳华提出了对招牌的制作要求,问几天可以赶出来。棒球帽说快得很,现在下单,最迟后天上午就能把它安装到旅馆房顶上去。说着拿出一本厚厚的美术字图谱,让麻炳华挑字体。麻炳华说美术字工整倒是工整,就是好像生硬了些,问手写体可不可以。棒球帽说可以倒是可以,不过千万不能是鬼画符的草书，因为对铜片的造型和焊接基本上是靠手工完成，太复杂了不好弄。麻炳华说草书草得人认不出也不合适用作店招牌，但是楷书一笔一画虽然好认，却又好像欠个看头，比较而言还是行书有些味道。棒球帽说，行书就行书吧，你尽快把字样拿来。

麻炳华立即掏出手机联系东门冠，问他现在有没有空，想请他写几个字发过来，马上就要的。东门冠的书法水平麻炳华是知道的，他是江西省书法协会会员，在鹰潭书画界有些名气。东门冠问清楚了事情缘由，答应得很爽快。

不一会儿工夫，东门冠的书法照片就跨越万水千山，传到了麻炳华的手机里。

棒球帽看了，一边夸赞字写得漂亮，一边把照片导入工作电脑，开始按程序制作店招牌。

麻炳华在广告公司待了大半个上午，亲眼看到棒球帽下好了料，才放心离开。

因为明天要去申办营业执照，吃过午饭麻炳华就把自己关在房间里，开始捣鼓房屋租赁合同。

这份租赁合同也是够"奇葩"的了，合同双方的签章画押竟然都是由麻炳华一人包办完成的。在租赁人一栏里签下了姓名，按下了鲜红的手印，他心里禁不住有点发虚，心想这事再怎么说都似乎有些不地道。

第二天上午在去银桥镇行政服务中心的路上，他心里还一直在嘀咕这个问题，总觉得有些不踏实。突然想到，如今工程都完工了，整个施工过程自始至终都在掌控中，有关古墓安全的问题一丝也没有出现，如果现在去找胡主任帮忙，央求由街道办事处来充当这房子的出租人，不知道她能否答应？

想到这里，麻炳华决定不管三七二十一，去试试看再说，反正不行也没有失去什么。于是，电动车掉头朝九尺门街道办事处驶去了。

自那天在幼儿园处理完"垃圾桶事件"以后，麻炳华一直没联系过胡主任。这会儿胡主任看到麻炳华来了，第一句话就说："来得正好，我还打算什么时候去找你哩。"

麻炳华不知道胡主任找自己有什么事。胡主任招呼他坐下，说："老麻，我问你个情况，你爱人是在哪里做事？"

麻炳华心里一喜，莫非是瞌睡碰到枕头了？答道："她呀，当老妈子哩。"

见胡主任一下没听懂，麻炳华解释说："在人家家里当专职保姆，带小孩，是一对一的。"

胡主任听懂了，却有些不理解，道："一个科班出身的幼儿教师，大材小用了呀！"想了一下又说："是不是现在的年轻人都兴这个？我有个侄女，他们夫妇俩为小孩请的保姆，也是有文凭的幼儿教师，也是一对一的。"

"什么兴不兴的。"麻炳华把当时找工作不顺利的情况简要地说了一遍，"……我爱人是骑着驴找马，找份差事先做着。她很看重自己所学的专业，但是托人打听过几个幼儿园都不缺老师，也就只好应聘保姆了。好歹那也是跟孩子打交道，多少与专业有点联系。"

胡主任一听，立即高兴起来，直奔主题道："对我们街道幼儿园，她有没有兴趣？"

果然不出所料！麻炳华按捺不住心里的喜悦，问："你们街道幼儿园还缺老师呀？"

胡主任说："其实呀，缺不缺那是相对的。一般的老师我们已经够了，不缺，但真正好的老师我们还是需要的。干脆让你爱人把保姆工作辞掉，到我们这里来好了，就算我挖一回墙脚。"

麻炳华却客套起来："你与我爱人就那天打过一次交道，就认定她能够符合你们的要求？"

胡主任胖手一挥，很有把握地说道："一次足矣，经我看过的人，绝对错不了！"又接着说："不仅是我，幼儿园园长和好些老师也都赞同我的观点。"

麻炳华自然满心欢喜，说："她当然求之不得！"

胡主任爽快说道："那就马上辞掉那边，尽早过来。"

麻炳华说："那可能不行，因为那边的用工合同还没到期哩。"

"什么时候到期？"

"春节前。"

"也是到春节前？"

"什么叫'也是'？"

"我侄女家请的保姆，合同也是签到春节前的。"

麻炳华随口说："这么巧哇？"

胡主任随口答："就是呀。我侄女婿在一家中外合资企业当副总，家里经济条件好，为了一个宝贝儿子，千挑万选。前不久高薪聘请了一个保姆，两口子都对那保姆满意得要死……"

麻炳华心里一抖，打断话问："那保姆是哪里人？"

胡主任说："好像是江西人，就一个人在浦东。本来我想等人家那边合同到期后，看有没有希望把人弄到我这里的幼儿园来，可是一听说那边开出的薪金，哎哟喂，还是算了吧，我们这里可出不起那高价！"

用不着再问下去，事情已经再明白不过了。这可是麻炳华事先没想到的，不禁感叹道："这个世界真是太小了！"

胡主任不由得一愣，问："你们认识？"

麻炳华笑一笑，说："实不相瞒，你侄女家的那个保姆，十有八九就是我爱人。"

胡主任吃了一惊，说："不会吧？"

麻炳华说："应该错不了。"

胡主任似乎还有些不相信，心想怎么会有这么巧的事，她报出了侄女家所在的小区名称，以示核对。

麻炳华接上说："8 号别墅，东边第一栋。"

胡主任一拍巴掌，喊道："还真的是！"但又有些不解，说："可是据我侄女说，那保姆是一个人在浦东……"

麻炳华有些难为情地笑了："不是出于无奈嘛……"便把当时的情况说了。

胡主任听了哈哈大笑，说道："这就是我侄女两口子的不是了，提出那么过分的要求！你们大老远从江西来到浦东，两口子离得这么近却还要装作不认识，他们也太不近人情了！他们夫妻俩天天在一块儿不觉得，也不设身处地为别人想一下！我要去说他们，这样不行！"

麻炳华慌忙说："不要，千万不要去说！"

胡主任大大咧咧道："没事，我侄女侄女婿都听我的。"

麻炳华说："其实这事怪不得他们，当时是我爱人自己为了得到那份工作，有意隐瞒了真实情况，现在如果你去把事情捅破，那她还不尴尬得要死呀？"

胡主任说："那你们就这样一直分居下去？平时不相往来，就每个月见那么四天的面？"

麻炳华一个劲儿说没事。

胡主任最后总算答应了麻炳华的要求，并且答应不向侄女那边泄露"军情"，可随即又叫起来："哎哟喂，那我们这里就没指望把你爱人要过来了！"

麻炳华奇怪了："为什么？"

胡主任说："这不是明摆着的嘛，那边的薪金那么高，我们幼儿园是笃定开不出这么高工资的。"

麻炳华说："这没事呀。她只想从事自己喜爱的工作，至于钱多钱少那是次要的。"

胡主任说："她真是这么想的？"

麻炳华笑道："你肯定不会想到，那天从你们幼儿园回来，她就要我向你打听幼儿园还要不要老师，由于这几天没得空，我也就没来找你。"

胡主任开心极了："好，既然这样就再好不过！那就这样说定了，那边合同一到期，就来这边上班哈。"说完，突然又想起了什么，问道："你今天来，应该不会就为了这事吧？另外有什么事，你说。"

麻炳华说："还真有个事，是需要你们街道办事处帮忙的事，就是不知道你能答应不。"

胡主任爽快道："哪来的这么多废话呀，什么事尽管说！"

讲实在的，此刻麻炳华心里头还真有些难为情，总觉得办旅馆这张牌一直瞒着人家，等到需要人家帮忙时才把盖着的牌翻开来，这样做似乎有些不厚道。但眼下已经顾不得这许多了，反正事情最后还是瞒不住的，伸头缩头都是一刀，早说早了事。于是，便把事情原原本本和盘托出。

胡主任听罢，用手指点着麻炳华说："你个好老麻，原来早就打好了办旅馆的算盘，却把我一直蒙在鼓里！"

麻炳华嘻嘻笑道："不是没办法嘛，说在头里，怕你不肯把房子借我，这个还得请你理解哩。"

胡主任也是性情中人，并没计较这些，乐呵呵道："哈哈，老麻你会办事！要是换过我们居委会的任何一个人，这样的事情都不要想办得成。理解，理解，完全理解！"过了一下，又说："对呀，你们要营业执照干什么？纯粹是没事找事。你们这种情况只需要'员工宿舍'这一块牌子就行了，什么税呀费呀都省得缴。旅客和自己的员工穿插着住，就说通通是自己的员工好了，税务和工商部门哪里分得清楚？反正国家又不缺你们这仨瓜俩枣的营业税。"

可麻炳华却说："我觉得还是办个执照心里踏实，该缴的税费我规规矩矩地缴。不然，什么时候要是定我一个偷税漏税，连补带罚，那我可吃不消。说不定把我被逼得走投无路了，又得来求你胡主任帮忙去找人，那该多不好意思呀！"

胡主任想了想，觉得这话也有道理，便说："好吧，那就还是去办个执照。这样的忙有什么帮不得的？我肯定帮的呀！房子就杵在我们街道的地盘上，充当一下房东有什么要紧，又不会有人来告我霸占房产。来来来，现在我们就把租赁合同签了！"

三

房屋租赁合同照样还是假的，但现在"租赁人"这栏的内容已经不再是自己的签名和手印了，取而代之的是一个直径 3.8 厘米的圆形印戳，"银桥镇九尺门街道办事处"一行宋体字在圆圈内呈弧形展开，所占面积比手印要大上许多倍。麻炳华揣着这份盖有公章的合同，走进银桥镇行政服务中心的办证大厅时，不由得把腰板挺得笔直。

虽然说熟人好办事，但麻炳华不敢奢望今天又是那位关科长代班。果然，这会儿端坐在工商窗口的是一名中年女性。一眼看去，这女人的脸就像是翻砂车间脱坯出来的生铁铸件，表情冷峻得近乎僵硬，一副拒人千里之外的模样。麻炳华认为这种人一般都很刻板，不通情理，办事不仅不会灵活变通，还难保不会在鸡蛋里面挑骨头。想到这里，来时的底气顿时消了大半。

排队办事的长龙蠕动着前进，终于轮到了麻炳华。他机械地把准备好的材料递过去，静候发落。没料到这女人认真仔细地把所有材料审核了一遍，竟然没有提出任何疑问，"啪"的一声在表格上加盖了戳印，说道："你现在可以去刻公章了，公章刻好后再回这里。"

麻炳华接过雕刻公章的证明信，心里一阵轻松。在去刻章店的路上，他还在为自己刚才的以貌取人内疚不已。

接下来的一连串事情也都顺风顺水：拿着刻好的公章回到办证中心，消防许可证、特种营业许可证、卫生许可证、税务登记证等所有证照全都一一在相关窗口顺利办妥。最难得的是消防部门并没有提出去现场察看，只看了麻炳华在手机里准备的视频资料，就表态通过，还夸赞说："视频拍得很内行，我们要看的东西都有！"

麻炳华嘻嘻笑道："我搞了多年的建筑，这方面的规矩知道一些，久病成良医哩。"

从行政服务中心出来，看到时间还早，麻炳华便打算去一趟镇工商局找一下关科长。上次给关科长承诺过旅馆办起来后，可以为他弟弟等人提供住宿方便，当时也不全是出于客套。现在营业执照都到手了，应该去告知一声，顺便再提一下答应过的事情，也算是有始有终。

到了工商局，关科长正在全神贯注地伏案工作，见麻炳华满脸春风地来到面前，就猜到执照的事情应该差不多了。

麻炳华晃了晃手里的牛皮纸档案袋，说："何止是差不多，所有证照都在这里面装着哩！"

关科长也为他高兴，说："那就好！"

麻炳华开门见山："我今天来有两件事。第一件是特意来向你表示感谢，若是没有你的点拨，我连门都摸不到哩。第二件就是我上次说过的，旅馆办起来了，你弟弟他们的家属来探亲如果住宿问题不好解决，尽管找我就是。"

在这之前，关科长一直认为麻炳华只是那么随口一说，没想到他竟然这么有心，便赶忙说道："太谢谢了，承蒙你还一直惦记着这事！不过，现在已经用不着了。"

麻炳华奇怪了，问："怎么会用不着？"

关科长说："我弟弟已经回家去了，他那队人马回去了好几个。"看到麻炳华面露疑惑，便解释说："我老家的村子是一个有着一千多年历史的古村落，早年出过状元、探花和贵妃娘娘，更难得的是村里明清时期的建筑一直都保存得比较完好，在前不久开展的新农村规划建设中，被省旅游局辟为旅游景点，目前正在按照策划方案加紧建设，准备接待游客。这样一来，村里人手明显不够，需要从外出务工的劳力中抽调一部分回村。因为僧多粥少，村委会只好采取抓阄的办法确定回村人选。几个村民有幸中签，我弟弟正好在里面。在接到村里通知的第二天，他们就迫不及待地卷起铺盖跑了。我弟弟正好有厨师手艺，准备日后把自家的房子腾出来办农家乐，自己掌勺，既不耽误赚钞票，又能朝见父母晚见妻。"

麻炳华听罢很是羡慕，说这种机遇可遇不可求，着实难得，自己家乡麻家坞就没有这样的好运气。

交谈中关科长又提起了另外一件事，说在回去的人当中，有一个没过多久就跟老婆离婚了。

麻炳华觉得奇怪，说："夫妻团聚本来是好事，怎么反倒闹起离婚来了？"

关科长说，据说是因为夫妻两个突然间都发现自己染上了性病，老婆说是老公带回来的，老公说是老婆传给他的。

麻炳华关切地问后来怎么样了。

关科长说："结果还是离了，一个家庭就这样散了。本来，那两口子在村里是一对令人羡慕的恩爱夫妻，落得个离婚的结果谁都预料不到。"又说："夫妻离婚，最受伤害的还是小孩。一对八岁的双胞胎女儿，姐姐判给男方，妹妹判给女方。据说分别的那天，姐妹俩死命抱在一起不肯分开，哭得天昏地暗……"

两人沉默了一会儿之后，还是麻炳华把话题兜了回来，他说："我还是把话搁在这里，你弟弟在不在浦东都一样，那些留下来没走的老乡，如果妻子来探亲需要解决住宿问题，可以随时给我打电话。至于收费标准，你就放心好了。"

关科长连连称好，并再三代表老乡表示感谢。

在"留步"与"好走"的对话中，麻炳华离开了关科长的办公室。

出了门，看到还有时间，他又想起来应该去一下区文广新旅局。因为上次在那里自己明确表示了房子改造好以后不会办旅馆，而现在旅馆的营业执照都已经拿到手了，算是彻底食言了，怎么样也应该对人家有个交代才好。

骑在电瓶车上，麻炳华心想这种事情未免有点尴尬，不知见了面应该怎么解释才合适。想来想去没想出个结果，就已经到了区经济大厦。

出了电梯，在走廊里正好碰上了文广新旅局的那位资深美女。她手里抱着一叠文件夹往自己的办公室走，并没有认出麻炳华来。

麻炳华上前打了声招呼。

资深美女立住了脚，但还是一下想不起来面前这人是谁："你是？"

麻炳华提醒道："我是三建公司的，两个月前，我为了借用原喇叭厂的房子，来过你们科室。"

资深美女一下想起来了，长长地"哦"了一声，含着歉意道："哎呀，你看我这记性！怎么样，你们的人住进去了没有？"

麻炳华说："房子已经拾掇好了，马上就可以住人了，我今天就是来向你们汇报这事的。"

资深美女客气地把麻炳华让到办公室说话，那位漂亮姑娘正好也在。麻炳华高兴地掏出手机，把改造完工的照片调出来给她们看。漂亮姑娘欣喜道："人说'三分相，七分扮'，这话一点不假。一栋那么破破烂烂的房子，一经打扮就变得不敢认了。"

资深美女也说："还有这块空地，原来多难看，现在都像小公园了，很是不错！"

麻炳华说："当初我来借房子的时候就保证过的，改造工程一定不会影响到地下古墓。现在工程已经完工了，公司特意派我来向你们汇报，好让你们放心。"

资深美女和漂亮姑娘这时都拣好听的说，说上次见面就看出来麻炳华是一个诚实守信的人，她们并没有什么不放心的。麻炳华趁着对方高兴，先自我表扬了一番："我们的人一住进去，就无形中帮了街道办事处的忙，因为白天黑夜都不离人，他们也就省得再安排人巡逻了。"

对方两人都说这下街道办事处省事了，他们局里也省心了。

麻炳华话题一转，说："说实话，当时改造房子时，我们原计划是把一楼弄好就行，二楼不想动它，因为有一层楼我们差不多就够用了，但街道办事处的胡主任不同意呀，她说留下破破烂烂的二楼，还是摘不掉卫生死角的帽子……"

话没说完，漂亮姑娘就说："那当然是不行的。"

资深美女也说："就是。"

麻炳华哭丧起脸，说："可你们哪里知道，这样一来我们三建公司就吃大亏了，投入了双倍的钱，房子却闲置了一半，浪费多大呀！"

资深美女脱口而出："房子多还怕吗？自己用不完，可以拿来对外营业呀，就像旅馆那样。"

漂亮姑娘也落得做个顺水人情，笑道："摊上这样的好事，你可不要得了便宜还卖乖哟。"

麻炳华故作愚笨，眨巴着眼睛说："这哪行？你们上次不是说不可以办旅馆的吗？"

资深美女连忙解释："当时我们是从保护地下古墓的角度出发，担心你们会大动干戈，既然现在都已经完工了，也没出任何问题，就没有什么好担心的了，我们还管你房子派什么用场啊？"

麻炳华做茅塞顿开状，嘻嘻笑道："对外营业我们也不是没想过，是没经过你们同意，不敢哩。既然你们认为可以，那当然再好不过，我们这就去办个营业执照，把旅馆开起来！"

到现在为止，可以说有关旅馆开张前的所有工作，包括必办的和可办可不办的，全都办妥了，麻炳华心情一阵轻松。

出了经济大厦，在停车棚取车时，他碰上一个矮胖男人正在存车。从侧脸看，这人似乎在什么地方见过，有点眼熟。定睛一看，不是别人，竟然是上次在银桥镇行政服务中心与他有过纠纷的那个汉子！

麻炳华没想到会在这里遇到他，迟疑了一下，谨慎地走上前去打了声招呼："这位大哥，你好！"

矮胖汉子闻声回头，也认出了面前的人，表情马上不自然起来，朝四处望望，不无紧张地说："你，今天又想干什么？"

麻炳华赶紧说："真是对不起！那天是我做得太过分了，得理不饶人，故意为难你，耽误了你办事。"

今天的偶遇完全出乎矮胖汉子的意料，他没有丝毫思想准备，一下呆住了，不知应该如何应答。

麻炳华诚恳地说："既然今天在这里碰上了，我就借这个机会向你赔礼道歉，希望你能够原谅我。"

矮胖汉子还是一下回不过神来，瞪着眼睛无声地望着麻炳华，嘴巴张了张却什么也没说出来。麻炳华上去要跟他握手，见他还是没有任何反应，便主动把他的手拉起来握住，上下摇了几下……

取了车，跨上去骑行了百十米，他回头望了一眼，见矮胖汉子还是呆呆地立在那里，木雕一般。

第十五章　小巷里的牛神医

一

为了抄近路，麻炳华骑着电动车拐进了一条小街。

突然"嘭"的一声炮响，把屁股颠得一抖。麻炳华下车一看，原来是后胎爆了，内胎从外胎与钢圈之间挤出来一段，像一截猪大肠，卡住了车轮，车子连推都推不动了。

好在前面不远就有一家修车店，也好在麻炳华力气大，一只手抓住车子尾架提起后轮，一只手扶着车把，连提带推把车子弄到了修车店。

修车师傅瞄了车子一眼，说这本来不关内胎的事，是外胎实在不行了，才连累了内胎，弄得内胎外胎都得换。

麻炳华说，外胎早就鼓包了，一直没得空换，只是可惜了内胎，没办法，都换就都换。

趁换胎的工夫，麻炳华信步逛街。

这是一条老街，街面很窄，窄到两边店铺的人几乎可以隔街聊天。麻炳华在街中间走着，眼睛左顾右盼，似乎打算走上一趟就要把满街的风景一网打尽。

突然，前面三十米开外的左边巷子口转出来一个人，高挑个子，身穿与三建公司同样颜色和款式的工作服，头上一顶宽边草帽压得很低，急匆匆地横穿过小街，进了街右边的一条巷子。

麻炳华没看清那人的长相，但从身材和走路的姿态看，觉得有点像江西老乡张定高。他脑子里不由得飞快地闪现出张定高近来不大寻常的神情，心里一紧，来不及细想，赶忙追了上去。可是进了巷子以后没多远，目标消失，因为前面出现了两条岔巷，不知人往哪边去了。麻炳华立住脚考虑了片刻，掏出手机给项经理拨了个电话："是我，没别的事，就是告诉你所有的证照全都办下来了，现在已经在我包里放着哩！——老工地那边一切都正常吧？……那就好。我队里的人呢？下午有没有人请假？……是谁？还是张定高？这段日子还是每隔几天就请一次假去医院看病？……哦，哦，好的，情况我知道了。"

已经不用怀疑，刚才那人是张定高无疑。他跑到这里来干什么？要说看病，可这附近并没看见有医院哪！再说，一个伤风感冒，再怎么样也不应该拖上这么长的时间哪！看来，他一定是遇上了什么不便言说的麻烦事，可到底是什么事呢？

麻炳华想了很久，也没想出个所以然。返身出了巷子，穿过街道，又进了张定高刚才出来的那条巷子。他打算碰碰运气，看能不能从中寻到答案。

这条巷子的历史应该不短，两旁的房屋基本上都是平房，尽显破旧，有一户人家的墙根还镶着一块刻有"泰山石敢当"字样的石碑，似乎在显摆它的资历。巷子曲里拐弯，路面经过了多次修补，各种新旧不一、形状各异的水泥补丁很是刺眼。不过这种景象应该很快就会成为历史，因为每栋房子的外墙都刷着一个大大的"拆"字。

麻炳华缓步而行，边走边左右张望，就像侦探在寻觅破案的蛛丝马迹。由于精力高度集中，什么时候身后有了"尾巴"都没发现。

"尾巴"是个年过半百的大扁脸女人，相貌穿着都很群众，与农贸市场卖菜的没有多大区别。等麻炳华发现她时，她都已经跟在屁股后面走过大半条巷子了。

麻炳华确定了这女人是在跟踪自己之后，便用余光暗暗地观察她，可就是无法确定她目的何在。于是便决定以不变应万变，佯装不觉，先不理她，看看她到底要干什么。

看来麻炳华并不具备侦探的本领，一里多长的巷子都走到尽头了，还是没有获得任何有关张定高的信息。再往前就是一片开阔的拆迁空地，几台推土机正在平整地基，"轰隆隆"的马达声单调而又重复。继续前行也不见得就会有收获，于是他决定打马回头。这时大扁脸女人上来搭话了，脸上热情洋溢："大兄弟，你是不是在找医院？"

麻炳华到过的地方不多，听不出她是哪里口音，但能够断定她不是本地人。本不想搭理，但听到"医院"二字，不免心里动了一下，暗忖这和张定高的病会不会有什么关联，于是便似是而非地"唔"了一声，像承认又像否认，反正朝哪边理解都可以。

大扁脸女人当然只会理解为承认，便赶紧抢着说："俺知道这里有家诊所，诊所里有个姓牛的神医，比大医院的医生都要牛，不管什么疑难病症，就没有他治不了的！"

麻炳华脑子里马上跳出"医托"这个词来，但转念一想，还是打算跟她去看一下。

"真有这么厉害呀？"他佯装惊喜。

大扁脸女人眉飞色舞道："半点不假！俺是本地人，就住在附近，亲眼所见，保准不会有错！"

麻炳华跟着她转身往回走，来到一间上门板的老式店铺前。大扁脸女人朝门里吆喝一声："牛神医，有人找！"

这间店铺门脸不大，门口也没有任何招牌，难怪刚才麻炳华从门口走过都没发现这是一家诊所。

听到吆喝声，屋里有人回应，旋即出来一个男人。这是个油黑脸汉子，年纪与大扁脸女人相仿，一口龅牙满是厚厚的牙垢，又黄又亮，几乎可以同深秋的苞谷棒子相媲美，由此可以推断它和牙刷是从不碰面的冤家对头。身上的白大褂尽管皱得无以复加，但相比牙齿还是要白净得多，完全能够胜任标明主人职业的功能。

大扁脸女人与他之间的交接过程极其简短，双方几乎没有语言交流，只是简单地比画了一两下。交接完毕，她又转身离去，显然又去巷子里张网以待了。

牛神医把麻炳华接待过来，赶紧一个劲儿地往屋里让。

二

进得门来，屋里原来大有乾坤。

门面虽说不宽，可是纵深很长。狭长的场地按照使用功能可分为三个区域，相互之间少有隔断，却泾渭分明。靠门口的区域摆着办公桌、藤椅和药品橱各一，还横七竖八地散落着椅子、方凳若干，这里无疑是牛神医接诊的地方。再往里走，左边靠墙摆着一把毛竹躺椅，这东西看来与医疗业务的关系不大，应该是供人休息用的。右边靠墙横向悬挂着一块床单大小的布帘，灰蒙蒙的很难看出它本来的颜色。布帘后面是一张比床高一点比台子矮一点的家私，家私的一条腿上竖着捆绑了一根两米来长的木棍，木棍顶端有一个原生态枝丫，枝丫上挂着点滴瓶，瓶里还残留有少许药液。看来该区域应属半敞开式的检查室兼输液室。继续往里就是后勤区域了，摆着煤气灶、小方桌等一系列生活家什。

屋里最显眼的要数四周墙上的锦旗，挤挤挨挨，几乎把所有的墙面都覆盖殆尽，少说也有一两百面。其规格和样式也是五花八门，新旧程度更是各不相同。什么"华佗再世""扁鹊重生""妙手回春""药到病除""大医精诚""灵丹妙药"……几乎人世间所有对医生的赞誉之词都来这里集中了。源远流长的中华民族历史上，锦旗素来是病人向医生表达感激之情的最佳载体，同时又是医生向外界标明自己绝非庸医的有力证据，因而便顺理成章地成了医生招揽生意不可或缺的道具。

牛神医招呼麻炳华坐下，开始问诊："多久了？"

麻炳华反问道："什么多久了？"

牛神医一副胸有成竹的样子，态度有些居高临下："你到了俺这里，就没有必要再藏着掖着了。你这个态度，叫俺怎么好给你诊病开药？"

麻炳华说："我根本没病，我在路上走，被硬拉到这里来的。"

牛神医说："你这位老板真会说笑话，一个大男人，自己不来，她一个妇道人家拉得了你来吗？"

麻炳华觉得对方这句话倒还是有几分道理，便说："那依你看，我得的是什么病呢？"

牛神医摇头晃脑道："不是吹，俺的医术是八代祖传，看病根本不用病家开口，不论是西医的'视、触、叩、听'，还是中医的'望、闻、问、切'，对于俺来说至少有一半用不上。刚才之所以问你，是为了节省时间，其实是多此一举。既然你要考俺，那从现在起，你就不要再说一个字，看俺能不能看准你的病。看准了，吃俺的药；看不准，劳驾你把俺的招牌砸掉，反过来俺还要奉上砸招牌的辛苦费！"

麻炳华说："我好像并没看见你这里有什么招牌嘛。"

牛神医马上激动起来，苞谷棒子尽情显露，唾沫星子喷射而出："招牌管个屁用啊！你去浦东的各大医院看看，那些地方的招牌大不大？其实那都是用来唬人的。你可能不知道，不少人进医院时本来只有一点小毛病，可就是被那些医院给治大了，治坏了，甚至治死了！"

麻炳华有些听不下去，说："你这话说得是不是有点过？"

牛神医滔滔不绝："半点都不过！如果不会治死人，为什么那些医院要设太平间呢？太平间是干什么的？是用来放死人的，人死了当然就太平了。而俺这里，根本就用不着这个。——这是铁的事实！"

麻炳华不打算进行这种无聊的辩论，做无语状。

牛神医继续阐述他的观点："俺就是凭真本事吃饭，什么招牌呀，执照哇，要那些虚头巴脑的东西做什么？能看好病才是硬道理！俺也用不着做广告，靠的就是病人的口耳相传。"

如果不是为了打探张定高的消息，麻炳华早走人了。他耐着性子，不无调侃地顺着对方的话说："这话倒是很对，如果真要那些东西，简单得很，跟小广告上的电话联系一下，花点钱，什么样的执照造不出来呢？招牌就更是不在话下。"

"所以俺才不花那个冤枉钱，俺不需要什么招牌，什么执照！"牛神医发觉跑题了，赶紧往回扭，"还是来说你的病吧。来来来，让俺先来替你把一下脉，你很快就会见识俺的真本事！男左女右，左手给俺。"牛神医煞有介事地正襟危坐，眯缝着眼睛，摆出一副认真切脉的样子来。

就在这时，巷子里有高分贝的叫嚷声和凌乱的脚步声一路响过来，随即门外又响起了大扁脸女人的吆喝声："牛神医，有人找！"

牛神医因为还在切脉，一时无法分身出门相迎，便一心二用地应了一声。

一对衣着时髦的小夫妻在大扁脸女人的帮助下，前呼后拥地搀着一位气急败坏的老太太往屋里来。老太太珠光宝气，身材奇胖，身子的横向尺寸几乎是三位同行者的总和。三个人搀着她艰难地往门里挤，门洞立刻发生堵塞，屋里光线顿时一暗。

大扁脸女人帮着把老太太弄进屋以后，没有再返回外勤岗位，而是径直来到后勤区域，系上了围裙——已经到了该烧晚饭的时候。显然她是身兼两职，除了医托，还是这里的女主人。

老太太没有脖子，脑袋直接搁在了肩膀上。胖人的胸腔共鸣得天独厚，能够本能地将说话的音量成倍放大，再加上中气十足，说起话来更加令人震撼——刚才巷子里高分贝的叫嚷声就是源自她。进到屋里，她先是试图坐在椅子上，但由于椅子靠背的阻碍，她硕大的臀部仅有一侧的边沿部分能够落在椅子上，身体重心不可避免地出现了严重偏移。小夫妻立即各司其职：妻子手忙脚乱地将四张方凳拼成了"田"字形状，使座位面积得到了拓展；丈夫用尽吃奶的力气扶住老太太，以保证她在新座位竣工前的安全。一番忙碌之后，老太太终于坐稳。她像拉风箱一样喘了半天的粗气，重新开始大声叫嚷："这日子没法过啦！这样不能吃，那样不能吃，还叫我怎么活呀？什么狗屁医院，什么狗屁医生！以后再也不去那些鬼地方看病啦！"

牛神医见状，顾不得麻炳华这边了，说了声"那边来了急诊，请你稍等一下"，赶快去忙活那头了。

反正闲着也是闲着，麻炳华起身去观赏那满墙的锦旗。

粗粗地浏览了一遍，他发现这些锦旗竟然分别来自全国不同的省份，其地域之广实属罕见！最令人眼前一亮的要数唯一的那面繁体字的锦旗，竟然来自隔着海峡的台湾岛，落款处明明白白地写着："阿里山的少年：壮如山。"麻炳华忍不住"扑哧"一声笑了，心想这不是没事找事嘛，照抄歌词的做法倒是省心，可是如果被原作者知道了，万一原作者偏偏又是一个特别较真的人，非要提起著作权诉讼不可，那牛神医可就不省心了！好不容易不操这个心了，又被一面大红缎布的锦旗吸引住了。送这面锦旗的不是别处人，正是自己的贵溪老乡。于是乎，一股"老乡见老乡，两眼泪汪汪"的亲切感立刻涌上了心头，麻炳华不由得格外认真地看了起来。只见"江西省鹰潭市贵溪县王二蛋"一行楷体字赫然列在落款处，颇有立此存照的意味。王二蛋何许人也？他无从知晓。这倒不足为怪，贵溪人口六十多万，即使是旧时的地保，也不可能全县每个人都认得。可是当他看到后面的日期是"一九八〇年"时，便禁不住哑然失笑了。

要说清楚这个问题，不得不科普一下鹰潭这个城市的历史沿革。鹰潭由于拥有浙赣、皖赣、鹰厦三条铁路在域内交会的交通优势，因而成了一个年轻的"三级跳"城市：早年，它只不过是归属贵溪管辖的一个乡镇；二十世纪六十年代初期升级为县级镇，开始与贵溪平起平坐，都归上饶地区管辖；七十年代后期撤镇设市，仍为县级；一九八三年七月升格为地级市，反过来管辖贵溪，儿子变成了老子。也就是说，一九八〇年的鹰潭还只是一个县级市，与贵溪是兄弟关系，不可能下辖贵溪。锦旗的策划者由于一个小小的疏忽，却犯下了一个大大的错误！瞧这马脚露得如此离谱，连无意到访的麻炳华都不免觉得有些难为情。

不过话说回来，这面锦旗的做旧功夫还是十分令人钦佩的，细瞧它的经经纬纬，仿佛每丝每缕都经过了漫长岁月的沉淀，一副老态龙钟的模样，正在无声地向人们诉说着它的历史。

麻炳华还试图继续寻找其他锦旗的纰漏，那边又响起了老太太的叫喊声："真是可气！那几家医院的医生肯定是事先串通好了的，都说我是属于营养过剩导致体重超标，才引发了其他一系列的并发症。牛神医你说说看，我怎么就营养过剩了？怎么就体重超标了？他们是什么眼神哪！"

牛神医的声音比老太太小不了多少，极力为她鸣不平："这哪里是眼神问题，明摆着是水平问题嘛，不折不扣的庸医呀！俺教你哈，下次要是还有谁说你体重超标，你就反问他：'你看俺身上哪一块肉是多余的？'保准他答不上来！"

"对呀，当时我怎么就没想到这句话呢？"老太太为自己错失反驳良机悔恨不已，"更让我生气的是，他们还说只有先解决肥胖这个主要矛盾，其他次要矛盾才好解决。这不是瞎说吗？牛神医你给评评理，我走路喘不过气来，这明明是呼吸系统的问题，怎么还跟肥胖不肥胖扯上了关系？这不是胡说八道是什么！"

"就是呀，走路喘气，冤枉身上的肉干什么？普通人都懂得，肉一旦少了，机体失去了足够的支撑，那不是更没劲了吗？走起路来不是更要喘得厉害吗？"

"有道理，极有道理！"老太太朝牛神医竖起了大拇指，"那些个庸医，还叫我要清淡饮食！天哪，我已经够清淡了，都已经坚持了一个星期早餐没吃扣肉，蹄髈也不再每餐都吃，鸡隔天才吃一只，还都是连毛带屎不超过四斤重的小鸡仔。——还要怎样清淡？还让不让人活了？"

"不要理会那些饭桶医生，你尽管吃，敞开吃，吃得就是福气！你想想看，不吃哪里来的营养？没有营养哪里来的精力去抵抗病魔？退一万步讲，就算要减肥，不把身体的底子打厚一些怎么有力气去减？这是很浅显的道理嘛。你的病完全是被他们耽误了，不然不会这样严重。幸好你今天到俺这里来了，不然后果真是不堪设想！"

"更可气的是，他们尽开一些便宜的药丸来打发我。——我又不差钱！"

"俺这里就不一样了，一定给你开最贵的药，一分钱一分货嘛！"

"还有我那不孝顺的儿子和儿媳妇，"老太太骂完了医生又开始骂家人，"医生放的屁都是香的，根本不管我的死活！还有我这孙子和孙媳妇，开头也不行，被我骂过几回，总算好一些了，今天还能主动送我来看牛神医你。"

伴随着老太太的叫骂声，牛神医好不容易结束了诊断，提起笔来开药，准备让病人带回去服用。老太太见状又大叫起来："又想随便打发我吗？光看门诊不行，我要住院！我这病，没有医生守在身边肯定不行！"

老太太的孙子在她耳朵边轻声解释道："奶奶，这是小诊所，没有院可住。"

老太太绝不赞同孙子的观点："麻雀虽小，肝胆俱全，不可能住不了院！"

老革命遇到了新问题，牛神医一下愣住了。但仅仅是一眨眼的工夫，他就计上心来，满口答应道："不就是住院嘛，这事好办哪，俺马上就可以把住院部开起来。"一边说一边朝那张比床高比台子矮的家私一指："你看，病房的设施不是现成的吗？只要配上铺盖，就是标准的病床。"又朝那张毛竹躺椅一指："连陪床的设备都有。"随即又高声道："今天是黄道吉日，我现在宣布住院部正式隆重开张！您老人家来得早不如来得巧，恭喜有幸成为首位入院患者，医疗费可以享受九点九折特大优惠！"

检查室兼输液室临危受命，瞬间增添了住院部的新功能。

牛神医一边忙活，一边吩咐正在烧饭的女主人："哎，你赶快联系'咚咚买菜'，赶在菜市场打烊前买个蹄髈来，要挑最大的哈，患者不加强营养不行！"

一阵丁零当啷的忙活，总算把老太太安顿下来，吊瓶也挂上了，牛神医这才顾得上接着给麻炳华看病。

三

牛神医忙晕了头，一下记不起刚才同麻炳华的交谈是在什么地方中断的，只好问对方："刚才俺说到哪里了？"

麻炳华提示说："老太太进来时，你正在帮我把脉。"

牛神医一拍脑门，"哦"了一声，表示已经记起，于是继续切没切完的脉。切过了脉，他拿起听诊器，让麻炳华撩起胸前的衣服，将听诊器末端那个像怀表形状的东西贴上去，做出听诊的样子来。

麻炳华十分配合地任对方摆布，他要看看这位牛神医接下来将如何折腾。

牛神医严肃认真地听了一会儿，突然神情一阵紧张，大声叫道："怪了怪了，怎么没有心跳？"

神医不愧是神医，很快就找到了症结所在。原来是忙中出错，此刻听诊器还挂在项颈上，一对花生米大小的耳塞一直处于脱岗状态。犯下如此低级的错误，牛神医并没有觉得难为情，坦荡言道："俺说呢，心脏平白无故怎么会停止跳动，这是根本不可能的嘛！"

牛神医将耳塞郑重地塞进耳朵，重新开始听诊。大约过了一支烟的工夫，他缓缓收起听诊器，神情凝重地说道："你得的是什么病，俺已经十分清楚了。其实嘛，你自己心中也是有数的，只不过不好意思承认罢了，毕竟是男人的难言之隐嘛。——俺说得不会错吧？"

面对这个故弄玄虚的诊断结果，麻炳华不动声色道："到底是神医呀，男人的难言之隐竟然可以用听诊器听出来，我还是头一次见识到！"

牛神医神气活现地给自己跷起了大拇指，道："有真本事的医生就是这样！俺没有这两下子，还怎么在江湖上行走？"

麻炳华说："但是我可以负责任地告诉你，你错得实在太没边际了！"

牛神医哪里肯信，胸有成竹地咧嘴一笑，苞谷棒子又一次暴露无遗，说："看来你还是放不下面子，怕难为情。那这样吧，俺现在问你一个问题，只要你的回答能够让人信服，就算俺的诊断是信口开河、胡说八道，可以不？"

麻炳华说："尽管问就是了。"

牛神医问："你刚才从巷头走到巷尾，走走停停，东张西望，除了不愿意自己的病被人知道，想找一家私人诊所悄悄地把病看了，其他还能有什么解释？至于什么样的病才害怕被人知道，这就不用俺多说了吧？"

麻炳华莫名其妙，自己在巷子里的活动情况，牛神医在屋里是怎么知道的？想了一下，猛然反应过来。为了证实自己的判断，故意说道："我哪里走走停停、东张西望了？根本没有的事。"

"怎么没有？"正在后勤岗位上忙碌的大扁脸女人突然隔空喊话，"俺可是看得清清楚楚的！"

果然不出所料，牛神医信息来源的奥秘，就是在大扁脸女人向他交接时那无声胜有声的比画之中。

牛神医一副胜券在握的样子，摆出教训人的架势来，拖腔拖调地说道："现在你面临的首要问题，是要摆正心态，正视现实。既然已经染上了这种病，就不能扭扭捏捏、躲躲闪闪，讳疾忌医绝对是不可取的，应该积极配合医生，抓紧治疗。今天你能到俺这里来，这第一步算是走对了。如果你进了其他的医院，那可就大事不妙了！治得好治不好先不去说它，单是你的隐私就没法保障了，很可能过不了几天你得了脏病的事就会广泛传开。你也许要问为什么，俺可以明白地告诉你，这是因为其他医院看病都是实名制，你的名字会清清楚楚地写在病历上，输入电脑中。坛坛罐罐的口可以扎得牢，而人的口是没法扎牢的，不该让别人知道的事情免不了会一传十，十传百。而在俺这里，一切以人为本，百事为病人着想，从来不问病人叫张三还是叫李四，也没有什么病历，出了门谁也不认识谁，这多让人放心哪！"

麻炳华已经完全明白了，这家无证无照的地下诊所，就是这样利用性病患者的心理敛财的。

至于张定高是不是得了性病，如果得了是不是来这里看的，现在还不好下定论。麻炳华并不想打探自己工友的隐私，但想到张定高得病都已经这么久了，就不免有些为他着急。假设他真的得了性病，又假设真的是这位牛神医给看的，那他就被套牢了，不仅钱要被榨光，病也要被耽误。想到这里，麻炳华决定不管三七二十一，还是先把情况弄清楚再说。

"你这里，真的能够为我保守秘密吗？"麻炳华已经顾不得考虑"误诊"将会给自己的声誉造成什么样的影响。

牛神医看到对方终于松了口，一阵窃喜，赶紧说道："当然！尊重和维护病人的隐私权，是医生最起码的职业道德！"

麻炳华做出仍然不放心的样子，吞吞吐吐道："可是……我有一个老乡，据说，他的隐私就是被一家个体诊所泄露的。"

牛神医拍着胸脯说："那肯定不是俺这里，只要进了俺的门，就像是进了保险公司，绝无泄露隐私的可能！"

麻炳华似乎犹豫不决："听说那诊所就在这一带。这条巷子有几家诊所？"

牛神医信誓旦旦："误传，绝对是误传！这条巷子虽然就俺一家诊所，别无分店，但俺这里是绝不可能出现你说的这种情况。俺牛神医行走江湖半辈子，凭的就是信用二字！"

麻炳华做沉思状，故意一时不言语。

牛神医憋不住了，问道："你那老乡叫什么名字？——哎，说名字没用，你就说那人长什么模样吧。"

麻炳华便按照张定高的相貌和衣着描绘了一番。

牛神医眨巴着眼睛思索片刻，然后摇摇头："没见过这个人，他应该不是在俺这里看的病。"

"怎么没有？"没料到大扁脸女人又在隔空喊话，"他今天下午还来过，戴着一顶宽边草帽。他才离开不久，最多不会超过半个小时。"

牛神医要制止已经来不及了，只得暗暗叫苦。

说良心话，虽然张定高得的是性病，也是来这里看的，但牛神医确实没有向外界泄露过他的半点隐私。牛神医之所以不认账，是怕一时解释不清，还有可能越描越黑，反而坏事，才决定多一事不如少一事，干脆把锅甩得远远的，图个清净。

"哦，对对对，看俺这记性！"既然女主人已经把这个倒忙帮下了，牛神医只有赶紧补台，尽最大努力把话圆回来，"是有这么一个人，俺记起来了。不过，他虽然是在俺这里看的病，但是隐私被泄露跟俺没一丁点关系，今天你不说俺还不知道哩。举头三尺有神灵，俺敢红口白牙起誓，若是问题出在俺这里，那俺出门被车撞成植物人，老婆得癌症！"

麻炳华觉得既然目的已经达到，也就没有必要再在这里瞎耽误工夫，仍以担心隐私会被泄露为借口，极力拒绝了牛神医的再三挽留，抽身走了。

牛神医眼睁睁地看着快要煮熟的鸭子飞走了，肉痛不已！鸭子刚飞出门，他就迫不及待跑到后勤区域去骂老婆。他气得咬牙切齿，却又怕被住院的老太太和她家人听到，只得把声音压在嗓子眼里道："你不多嘴会死呀？"

大扁脸女人深感委屈："俺不是见你想不起来么，就提醒你一下，好心没好报，反倒怪起俺来。"

牛神医瞪大眼珠子道："你以为俺真的想不起来，需要你来提醒？"

猪一样的队友大惑不解："那你怎么还说没见过那人呢？"

牛神医的手指头都快戳到她脸上了："以后俺给人看病的时候，你少插嘴！"

"你以为俺稀罕插这个嘴呀？"大扁脸女人可不想背这个黑锅，赶忙推卸责任，"反正俺把人交给你了，没留住不关俺的事！"

牛神医气得一时说不出话，最后从牙缝里挤出五个字来："你个二百五！"

大扁脸女人忍无可忍，针锋相对回怼："你才二百五！你还真的把自己当神医啦？"

第十六章　都是瞌睡惹的祸

一

从牛神医的诊所出来，回到修车店，车胎早换好了。修车师傅说："天色不早了，你再不来，我就锁门去吃饭了。"

麻炳华这才感到自己的肚子也饿了，赶紧取了车上路。

拐过最后一个弯，老远就看见了立在旅馆楼顶的招牌。"九尺门旅馆"五个立体铜字，在路口高杆灯的照射下闪着黄灿灿的亮光，很是引人注目。看来棒球帽说话算话，比约定的交付时间还提前了半天。

掏出钥匙打开房门，从门缝里飘下一张字条，捡起来一看，上面写着：麻队长，你交代的事情已经全部完工，我们没等你回来验收就走了。如果你觉得活计有做得不到位的地方，就吱一声，我们反工就是了。

虽然关键的一个"反"字是别字，但并没有妨碍对意思的正确表达。麻炳华暗自一笑，自言自语道："这些家伙，明明知道我每次对他们做的活计都很满意，却还要来个假谦虚，也不知道是从哪里学来的这一套。"

这样想着，他端起坐在凉水里的饭，闻了闻没馊，便放到电磁炉上去热。从明天起施工人员大都各回各队，只留下最后扫尾的两三个人，并且不是一天到晚都待在这里，只是有事才过来一下。真正在这里留守的只剩下他——孤家寡人一枚，再没人帮他从公司食堂捎饭过来，一日三餐只有自行解决。

利用热饭的时间，拿出手机来拨 114，查询银桥镇卫生部门受理举报的值班电话。

举报电话打过，晚饭吃过，他按照往日惯例，先是屋里屋外到处巡看了一遍，然后回到房间打开电脑对付功课。

这一天所有的事情终于全都处理完毕，但他躺在床上还是不停地翻身，好久都无法入睡。

张定高的事情老是在脑子里反复浮现，挥之不去。举报电话刚才已经打了，但由于是在八小时之外，对方是电脑值班，举报内容只能按照电脑提示进行录音，因而总觉得不大放心，生怕冷冰冰的电脑办事不如真人牢靠，未按受理举报的程序将问题及时提交。倘若真的被耽误了，别的先不说，起码张定高还会越陷越深。唉，张定高这人怎么就这样执迷不悟呢，至今还是遮遮掩掩，不肯说实话。如果他一直还是这个态度，就是要帮他也不好出手，毕竟还得顾及他的自尊心，尊重他的隐私权。考虑来考虑去，麻炳华决定不管怎么样，明天上午还是先去打探一下牛神医诊所有没有什么新的情况，然后再做下一步的打算。

好不容易不想张定高了，满脑子又是旅馆的事情。改造工程还算顺利，眼看就要竣工了，会不会忙中出错，漏掉了哪方面的事情没考虑周全？于是便将大小事情在脑子里逐项捋了一遍，最后觉得除了床上的铺盖没有置办齐全以外，其他的好像没有遗漏的地方。铺盖只置办了一半房间的，另一半房间都是光板床摆在那里，但这并不是工作疏忽，而是有意为之，这是和项经理商量过的。二人认为员工们的老婆来探亲，只要老公把集体宿舍的铺盖抱过来就行了，实在没有必要全部重新置办，有一半就足以满足外客所需。

东想西想，什么时候睡着的也不知道。

早上起来，麻炳华洗漱完毕，到马路对面的小吃店买了四个大包子。回来坐在花岗岩隔离球上，一边欣赏着眼前这栋焕然一新的房子，一边把按捺不住的成就感当作下饭菜，和着包子有滋有味地咀嚼起来。

刚把最后半个包子塞进嘴巴，手机响了。一看来电显示，是麻花打来的。

"哥哥，哥哥！"手机里的声音十万火急。

麻炳华连忙说："什么事你慢慢说，不要急。"

"二毛联系不上了！"麻花说。

麻炳华奇怪了："怎么回事？"

"我哪里知道哇，我打他手机，一直打，都没打通，可又是通了的，但就是打不通！"麻花平时伶牙俐齿，可是一着急起来就有些词不达意，甚至逻辑混乱，让人一时听不明白她要表达什么。

　　好在哥哥习惯了妹妹说话，很快就明白了她的意思，说："你是说，你拨他的电话，听到的是正常接通的声音，但就是没人接听。是这样吗？"

　　"对对对，就是没人接电话！"

　　麻炳华松了一口气，说："不就是二毛没接你电话嘛，也许手机他没带在身上呢，就值得你急得像火上了房一样？"

　　"不光是不接电话，从昨天下午三点钟以后到现在，这么久都没来过一个电话！"麻花高声强调。

　　麻炳华越发觉得好笑，说："昨天下午到现在，这才多久呀，这点时间没给你打电话又怎么啦？大惊小怪！"

　　"是这样的，昨天下午他往这里来了，上了大巴以后来过一个电话，告诉我他已经在车上了，那时离三点还差几分。打过这个电话以后，我就再也联系不上他了……"麻花急慌慌地费了不少口舌，好不容易才把事情基本上说清楚了。

　　李二毛自从被抽调去五建公司以后，一直都是每十天左右回来和麻花团聚一次。每次都是上午上完班，下午乘一个多小时的大巴赶过来，第二天上午又乘大巴回去，赶下午的班。昨天，又到了他们夫妻"打卡"的日子。李二毛下午三点之前上的大巴，按理说赶到这边吃晚饭是绰绰有余的。可是等到晚饭开过，麻花把锅碗瓢盆都收拾好了，还是不见他的人影。麻花心想可能是大巴车误点了，再等等吧。哪知道等到电视连续剧第二集都播完了，还是没有把人等来。麻花有些坐不住了，避开工友们躲到饭厅外面给李二毛打电话。本打算在电话里结结实实地骂他一顿，可是根本没有这个机会——电话没人接。等到看电视的人都散了，仍然不见李二毛，他也没有电话打来，再打过去照旧没人接。麻花一个晚上没有睡好，半夜拨了两次电话，结果依然；清早又试了一次，希望仍然落空。麻花一贯心大，这回却真的有点慌了，赶忙给哥哥挂电话报告情况。

麻炳华也不由得担心起来，心想怎么会这样，但还是装作一副镇定的样子，安慰妹妹道："手机没有关机，就应该不会有什么大不了的事。你不用急，我到长途汽车站去，看一下能不能联系到昨天开那趟大巴的驾驶员，问一下情况。"

"那你抓紧时间去呀！"麻花已经毫无主张了，把宝全押在哥哥身上。

麻炳华说了句"我这就去，你等我消息"，就去推电动车了。

从这里去长途汽车站要经过昨天修车的那条小街。本来是打算今天专程去那里打探牛神医诊所的情况，现在既然顺路，不妨顺带看一下。

电动车驶进了小街，经过牛神医诊所那条巷子口时，麻炳华刹住车双脚点地，扭头往巷子里面看过去。就是这一看，立即发现自己对电脑办事不牢靠的担心纯属多余。

二

巷子里面闹哄哄的。

一辆小巧轻便的敞篷执法车正从里面驶出来，后面跟着争争吵吵的一群人，其中有五六个穿制服的工作人员，还有牛神医和大扁脸女人。从车上乱七八糟堆放的锦旗可以看出，这些人刚从牛神医的诊所里出来。人群明显分属两个相互对立的阵营，双方都是很激动的样子，一边走一边在激烈地争论着什么。还有昨天见过的那个胖老太太，她虽然落在队伍最后面，在孙子孙媳的搀扶下艰难地追赶大部队，但嗓门却是最大的，颇具穿透力，一直传到小街上："你们……怎么可以这样搞？我好不容易……遇上一个好医生，打着灯笼……也难找的好医生，怎么就成了……非法行医？这下叫我该怎么办？……"

事情已经非常明了，无须再做论证。麻炳华终于放下心来，连车也懒得下，一旋车子手柄，电动车加速朝前驶去。

到了长途汽车站，绕到位于南侧的车辆进站口，麻炳华向门口执勤的保安打听，昨天傍晚从某某地方过来的大巴现在还在不在里面。

保安才二十啷当，一脸的稚嫩和淳朴。他以为麻炳华昨天落下了什么东西在车上，说："你不用去车上找，到车站办公室去看看，旅客遗留的物品都会交到那里去的。你不要急，东西只要是忘在车上，就不会丢。"

麻炳华说："我不是找东西，是找人。"

"找谁？"

"找那辆车的驾驶员。"

保安想了一下，说："车还在里面，驾驶员正在给车子搞卫生。"又说："但是你不能进去，你有什么事跟我说，我去转告驾驶员，要经过他准许你才能进去。"

麻炳华解释说："是这么回事，我有个亲戚，昨天下午上了这趟车，但是直到现在人还没到家，也联系不上。我来就是想问一下驾驶员，人是不是在中途下车了。"

保安说："我刚刚接的班，听交班的师傅说，那趟车里有一位旅客昨天在车上睡着了，车到终点站也没醒。当时驾驶员也没注意，锁好车门就走了。这位旅客睡到半夜起来撒尿，见门锁上了，只好爬窗子出来。不巧被值班巡逻的人撞上了，开头还以为是小偷，动静还闹得蛮大的。也不知道是不是你要找的人。"

麻炳华顿时心里一亮，忙问："他现在在哪里？"可马上又转念一想，这人是李二毛的可能性不大，因为麻花先后拨打过几次电话，铃声不可能叫不醒他，更何况今天清早还拨打过电话，也还是没人接听。

保安说："具体情况我不大清楚。你稍等下，我去帮你问一下驾驶员。一般来说，出现这种情况应该会通知驾驶员到场的。"说罢拔腿就往停车场里面跑去。

少顷，保安在一排大巴后面探出身子，远远地朝麻炳华招手，喊他过去。

麻炳华被带到了那位驾驶员身边。

驾驶员四十多岁，络腮胡子，正拖着一根长长的塑料水管冲洗车辆外部，一看到麻炳华就气呼呼地嚷道："你摊上这么一个活宝亲戚，也算是前世烧了高香！"

麻炳华说："那人是不是我要找的亲戚目前还不知道哩，我来只是打听一下……"

驾驶员只顾继续嚷道："我真是倒了八辈子的霉，就因为他，我这个月的奖金泡汤了，那真是个活宝！"

麻炳华再次申明："是不是我亲戚现在还不清楚，我……"

"不是他还会是谁！昨天中途没有一个人下车，只要是上了车的，全部都是到终点站，既然一夜过去人还没有到家，那肯定就是他，这还错得了？"驾驶员仍旧怨气满腹，唠唠叨叨，"我开车快二十年了，还没碰到过这样的人，真是一样的米谷养千样的人！坐车坐睡着了的人倒不少见，少见的是他有本事到了终点站还没醒过来，大家下车时的动静不会小哇！他在车上过一夜是自找，可我就冤了，好几百块钱哪，说没就没了，我招谁惹谁啦！……"

驾驶员喋喋不休地发泄，道出了他生气的原委。按照大巴车驾驶员工作规程，每次收车前都必须对车辆进行全方位检查，确保乘客全部下车，车内也没有旅客遗忘的行李，方可关窗锁门。如今把一个大活人关在车内过夜，无疑是硬生生漏掉了一道程序，当然挨罚没商量。

麻炳华问他现在那个在车里过夜的人在哪里，他好像没听见一样，还在没完没了地为损失的奖金絮絮叨叨。

本来麻炳华对他还有几分理解和同情，但看到他一直都是在数落乘客，没有一丝检讨自己的意思，心里便很是不予认可，忍不住说道："旅客坐车睡着了，到了终点站也没有醒，这好像算不上犯错吧？"

驾驶员听了更是气不打一处来，冲着麻炳华叫道："拜托啦，我这是座位车，不是卧铺车！"

麻炳华的脾气也随之上来，打算跟他杠到底，虽然脸上不动声色，但说出的话却是绵里藏针:"这我就不懂了,我想,他睡觉应该没有要求你提供枕头吧,更没有影响你的驾驶安全吧,也没有干扰其他乘客的旅行生活吧?"

驾驶员被噎住了,喉结快速地上下滑动着,就是说不出话来。

麻炳华有点得理不饶人,继续说:"按我的理解,只要乘客自己愿意把座位当卧铺用,谁都无权干涉。被锁在车里过夜,这笔账怎么也算不到乘客头上去!"

驾驶员更是找不出反驳的理由来,脸红脖子粗地呆立着,任由手里的水管"哗哗"地淌着水,裤脚和皮鞋被浇湿了也没发觉。

麻炳华已经不指望能从驾驶员这里得到什么有用信息,转身就走了。回到车辆进站口,又去问那个保安:"除了驾驶员,这里还有谁知道那个旅客现在何处?"

保安说车站保安部肯定知道,并告诉他去保安部怎么走。

就在这时,麻炳华的手机又响了起来。看到是麻花打来的,他赶紧接听。麻花的情绪与打上一个电话时判若两人,惊喜地喊叫着:"哥哥,到啦,到啦!"

麻炳华问:"是二毛到了?"

"嗯哪,刚到的!"

麻炳华问:"他是不是在大巴车里过了一夜?"

"你怎么知道?"

"我怎么知道?我现在就在长途汽车站,你说我是怎么知道的?"

"嘻嘻。"麻花笑起来。

麻炳华问:"他为什么不接你电话?"

"就是呀,我正骂他哩!⋯⋯三两句话讲不清楚,你回来再说吧。"

麻炳华回到公司,正要往食堂去,看见张定高从前面路口走过来,手里提着几只断了把的土箕。

张定高的事情在麻炳华心里已经搁了不少日子,本来早就想找他好好聊聊,但因为忙,更主要的是因为不明就里,不知道话该怎么说才合适,所以就一直拖着。昨天在牛神医那里总算摸到了他的情况,当时就觉得事情不能再拖，应该尽快了了。虽然现在牛神医的诊所已经被端，但并不等于就万事大吉了，谁能保证接下来没有马神医、驴神医出现呢？想到这里，麻炳华不由得下意识地捏紧了刹把，把车子停下来，待对方走近，像是随口打招呼："老乡，做什么去？"

张定高在这里碰上麻炳华也是纯属意外，连忙应答："工地上土箕坏了，我去找铁丝修一下。"

麻炳华正在考虑怎样把谈话引入正题，没料到还是张定高自己先说了："麻队长，你这会有空不，我想跟你说个事……"

麻炳华心中一喜，道："有空哩！"

三

两人在路边站定。

张定高垂着头说："大家都在登记哩。"

九尺门旅馆开张在即，凡是打算让老婆来探亲的员工，已经开始去项经理那里登记了。麻炳华问张定高："登记的人多不多？"

"多，多得很，大部分人都登记了！"

"你们三个呢？"

"瞎子和张海山都登记了。"

"这么说，只有你没有登记？"

张定高红着脸说："我……就是要跟你说这个事哩……"

麻炳华问他："这次，你是不是不想让老婆来？"

"嗯哪。"张定高承认了。

麻炳华明知故问："你可不可以告诉我，这是为什么？"

张定高吞吞吐吐道："反、反正这次她不能来……"

麻炳华见他还是这么遮遮掩掩，便说："不来就不来吧。其实，来不来、什么时候来，完全由你自己决定。——你就是要告诉我这个事吗？”

张定高欲言又止，像挤牙膏一样：“我……还得求你帮个忙……”

麻炳华说：“我们能够在远离家乡的浦东成为工友，是一种缘分。你要是遇上什么难处就说出来，不要一个人憋在肚子里，只要我能帮得上的，一定会尽力而为，这点请你相信我。”

张定高连忙说：“不是不相信你……吆！这都怪我自己呀！……”

麻炳华说：“不要说什么怪不怪，有事你尽管说。”

“麻队长，”张定高支支吾吾道，“你能不能……对瞎子和张海山说……就说这次登记探亲，因为名额有限，同一个地方来的人不能全都满足，得分期分批……”

麻炳华一下没听出他是什么意思。

张定高继续进行艰难的表述：“也就是说，我们三个人，第一批不能老婆一下全来，最多只能批准来两个……”

麻炳华终于明白了他的想法，说：“哦，我已经懂得你的意思了。你是既不想让老婆来，却又要装出很想她来，只是由于受到名额的限制才没法让她来的样子。——是这样吧？”

张定高忙不迭地说：“对对对，就是这个意思。”

麻炳华说：“你呀，我真不知道怎么说你才好！”

张定高欲言又止，期期艾艾：“我……我、我真是一时糊涂哇！”

麻炳华说：“你要知道，用名额有限做借口是笃定没人信的。整个公司谁不清楚，有六十来个房间哩！”

张定高急了，说：“那怎么办？麻队长，这事你一定得帮帮我！”

麻炳华见他还是不肯捅破那层窗户纸，也只好含糊地说：“我考虑一下，考虑好了再答复你。”随即转过话题：“你这段时间身体怎么样？都已经这么久了，听说还是经常去看医生，到底是怎么回事？”

张定高勾着头：“病来如山倒，病去如抽丝哩……”

“有病得抓紧治，不要拖成了慢性的。”

"是抓紧的。"

"尤其是一定要到正规医院去治，"麻炳华有针对性地说道，"那些无证无照的黑诊所，是万万去不得的。那地方不把病人的腰包掏干净，是不会停手的，更糟糕的是会把病情给耽误了。"

张定高没吱声。

麻炳华进一步点破道："我跟你说个事，刚才我去长途汽车站办事，从一条小巷口经过，看到执法人员把一家地下诊所给端了。听人说，诊所的老板是个江湖骗子，自称'神医'，让老婆当医托拉生意，还自己做锦旗送自己，挂得满屋子都是，不知道骗了多少人！"麻炳华有意不去看张定高的脸，继续说下去："被骗得最惨的是一些性病患者，因为被他抓住了看重名声的心理，越陷越深，任他宰割，还把病给耽误了。"

张定高听着听着，突然脚一跺，鼓起勇气说："麻队长，我真是该死呀！我也不瞒你了……"

麻炳华见路上有人往这边过来，便把他一拉，两人来到几堆砖头垛旁边的空地。麻炳华没等张定高自己说出来，替他说了："你是不是去了那种不该去的地方，惹上了脏病，后来又是到那个狗屁牛神医那里去看的？"

张定高不敢看麻炳华的眼睛，垂着头说："就是呀，我真是该死！"

麻炳华说："你呀，怎么会这样糊涂？这不是错上加错吗？"

张定高懊悔万分："要是没有这回事，这次我也会登记的，可现在……"

"这点你倒还算清醒，如果害得老婆也染上了，那你可就是罪加一等。好了，已经过去了的事情就不要去想它，现在你要做的，就是抓紧去正规医院看病。江湖骗子说医院会泄露病人的隐私，那是套牢病人的鬼把戏，千万不能信他的！"

"我后来也有些意识到了，但是想到已经在他那里花了那么多钱，他又打包票说一定能够给我治好，就又犹豫了……要是他的诊所早些被端，也不会耽误这么久。"

"你明白就好。"

张定高又担心起来："这事要是让瞎子和海山知道了，他们的老婆也就知道了，这就保不齐会传回村里，传到我老婆的耳朵里去。"

麻炳华安慰道："这个你放心，我不会说出去的，同时也会想办法帮你把这个谎圆过去。至于找什么理由让你老婆这段时间不要来，我还得想一想，'名额有限'肯定是不妥的。"停了一下，说："要不还是这样吧，你就说过几天就要跟我出差，去外地一个协作单位，要去十几二十天哩。"

张定高以为真要出差，问："去哪？"

麻炳华说："还去哪，哪也不去。是帮你打一下马虎眼，混过这一关。"

"工友们见我一直没走，就会发现我是在扯谎。"看来张定高考虑问题还具有一定的前瞻性。

麻炳华说："这还不好办？你就往我身上推，说我交代过你，让你这段时间一直待命，因为什么时候走说不定，反正说走就要走的。至于最终没走成那不关你的事，我会说是因为协作单位情况有变，这个差不用出了。这种解释虽然有点牵强，但马马虎虎讲得过去。"

张定高说："麻队长，太谢谢你了……"

"不过我有个条件，"麻炳华突然话锋一转，严肃说道，"你得答应我一件事，不然不要怪我不肯帮这个忙哈。"

张定高一听愣住了，不知道麻队长到底有什么条件。

麻炳华说："你先说能不能答应我。"

张定高已经没有了选择，赶忙说："答应，肯定答应！"

"你得保证，"麻炳华直视对方的眼睛，"那种乌七八糟的地方，以后再也不能去了！"

张定高一听是这个条件就放了心，连忙说："哪还会去，砍我头也不会再去了！"又补上一句："我也只是去过一次，当时真是被鬼迷了心窍，被那女人一拖，就……"

麻炳华说："还说什么只去过一次，你是不是认为只是一次就可以原谅？"

张定高慌忙说："不是这个意思，我真的不是这个意思！"

……

麻炳华同张定高分开后，转身去了食堂。

麻花在厨房里忙碌。李二毛紧跟在老婆屁股后面转来转去，见大舅哥来了，不觉有些尴尬。

麻炳华问他："你到底怎么回事，电话也打不通？"

麻花快嘴快舌地代替老公回答哥哥："他呀，说起来都会笑死人！为了能在这里多待上一天，头天晚上临时加了一个通宵的班，第二天上午又照常上工地，把自己当成了铁打的。中午从工地上下来，眼皮都打架了，但为了赶车，也来不及休息……后面发生的事情可就现世了，还是让他自己跟你说吧，我都难为情哩！"

李二毛很是难为情，说："不就是打了个瞌睡，在车上睡了一觉嘛。"

麻炳华还是不明白："怎么就会睡得那样死，电话都没把你吵醒？"

李二毛抓着后脑勺："为了睡得踏实，我把手机调到静音了，后来又忘了调回来。"

麻花催着他说后面发生的事："还有哩，怎么不说下去了？"

李二毛支支吾吾："后来……后来我不就回来了嘛。"

麻花似乎要故意出他的丑，挤对道："回来之前的事呀。我提示你一句：你为什么一回来就急着要洗澡换裤子？"

见躲不过去，李二毛只好把向老婆说过的话又一五一十地复述了一遍。

他在大巴车上睡得很死，到后半夜才被尿憋醒。睡眼惺忪之中还误以为是在麻花的专属小屋里，就像在家乡的小溪里摸鱼一样，撅起屁股摸了一大圈，也没摸到那个十分熟悉的搪瓷痰盂。发觉触手的尽是钢管做的椅子腿，才清醒过来当下身在何处。这时下腹部的鼓胀程度已经达到了临界点，释放膀胱压力迫在眉睫。门从外面锁上了，无奈只有爬窗。他采取的是比较安全的脚先出去的常规姿势，可是没等双脚落地，意外发生了！先是身子被人一把死死抱住，紧接着被"啪"一声摔倒在地，同时一个声音大声喝道："好个大胆的贼骨头！"李二毛先是一惊，随即明白过来，知道今天这个误会闹大了。

对方是两个保安，都是年轻力壮的小伙子，根本不理会他的大呼小叫，把他按在地下动弹不得。更要命的是他下腹部被其中一人的膝盖牢牢顶着……接下来发生的事情，可以算得上是他有生以来最为尴尬的了，一股带着体温的液体在重压之下冲开了闸门，不计后果地从裤裆里流淌开来……

麻花已经笑得不行："哥哥你说，还有比这更现世的事情不？"

麻炳华也憋不住笑，问妹夫："那你是怎么回到这里来的？"

李二毛讪笑着正要回答，麻花又取笑道："哥哥你不知道，他派头大得很哩，长途汽车站特地为他安排了专车，配备了专职司机，专程把他送回来！"

李二毛红着脸道："大舅哥你不要听她瞎说。"

当时两个保安自认为擒获了一个行窃的小偷，甚是高兴，打算再接再厉扩大战绩，要小偷交代接应的同伙在哪里。可是对方不但不承认有同伙，居然还说自己是被冤枉的。保安哪里肯信，看过车票也不信，认为捡一张废车票不是难事，仍然坚定地认为他就是小偷，可是对方始终咬紧牙关说自己是乘客，双方僵持不下。两个保安还算文明办案，没有动手，打算等到上班后驾驶员来了，再来确定嫌疑人身份。好不容易熬到了上班时间，驾驶员到场，听了李二毛的辩解当即否认，说自己根本不可能把人关在车里过夜。虽然有了驾驶员这个人证，但是李二毛还是不肯认账，反而情绪越发激动，大叫大嚷，把整个汽车站都惊动了。车站只好报告派出所，警察很快赶到。术业有专攻，警察就是警察，事情很快就水落石出了。车站领导发现弄错了，赶紧向李二毛道歉。李二毛说："道歉不道歉都无所谓了，只是现在我的裤子已经透湿，连见人都不好意思，还怎么好上公交车，如何回得了家？"那个曾经用膝盖顶住他小肚子的保安连忙将功抵过，屁颠屁颠地跑去食堂，把买菜的三轮车借来，又搬来一张单人沙发放在车斗里，再找来一块塑料布垫在沙发上当隔离层，小心翼翼地伺候他上去坐好，送他回家……

麻炳华苦笑着直摇头："你看这事闹得，当时人都要被你吓坏了！"

麻花说："就是，下次可不许这样，手机调了静音一定要记得调回来哈。"

麻炳华说："这不仅仅是静音不静音的问题，任何时候都要把安全放在第一位。你连续两天没休息，精力和体力都严重透支，这本身就是很大的安全隐患，弄得不好是要出大事的！这个问题一定要引起重视，不能不当一回事！"

麻花好像自己很当一回事似的，大声训斥老公道："哥哥的话，你记住了没有？下不为例哈！"

第十七章　动静越闹越大

一

九尺门旅馆马上就要开张了！

按照麻炳华和项经理起初的意思，并不打算搞什么开张典礼，也不选什么黄道吉日，他们两人都认为那些花里胡哨的东西中看不中用，实在没有必要多此一举。可是后来出现的情况，却让他们彻底改变了主意。

这天半上午，麻炳华正在旅馆里忙碌，突然接到胡主任的电话，问他旅馆开张定在哪一天，开张典礼打算安排一些什么活动。他把一切从简的打算说了，胡主任一听就叫了起来："你说什么？竟然连开张典礼也不打算搞？"

麻炳华说："好像没这个必要哩，我看还是怎么简单就怎么来吧。"

胡主任直言反对："怎么会没有必要？要我说很有必要！"

麻炳华说："连正式开张的日期都不好定，还典个什么礼？"

胡主任觉得奇怪："这有什么不好定的？简单得很，员工们的妻子哪天来，哪天就是正式开张的日子呀！"

麻炳华说："大家又不是来自一个地方，各家有各家的具体情况，到的时间难免会有先有后，最早的明天上午就能到，晚的要五六天以后才到得了。大家陆陆续续地来，随到随住，选哪一天好像都不合适哩。"

胡主任说："那就以最早的那天为准。既然明天就有人到，就把明天定为正式开张的日子，这有什么不合适的？"

麻炳华解释说："说起来好像是这样，可明天只有两个员工的老婆来，每层楼就住一对夫妻，如果搞个开张典礼，不是太冷清了吗？"

胡主任心想老麻说得也有道理，便问："那么哪天到的人最多？"

麻炳华默想了一下，说："到目前为止，报名登记的有四十多人，大部分都是后天到。"

胡主任说："那就来个少数服从多数，把开张典礼定在后天，怎么样？"

麻炳华仍然不是很赞成，问："一定要搞开张典礼呀？"

"当然要搞！"胡主任高声道，"我跟你说，这个旅馆虽然是你们三建公司的，但好歹是杵在九尺门街道地盘上的，它的开张，自然也是我们街道的一件大事、喜事，不热闹一下于情于理都说不过去！"顿了一下，她又接上说："你是不知道哎，老麻，大家有多么高兴，街道的几个社区居委会，还有近边的好些家店铺，他们把花篮都准备好了。街道的大妈腰鼓队更是说要来向你们表示感谢，以前她们一直都没有一个固定的活动场所，就像超生游击队一样，经常被人撵得跑来跑去，打一枪换一个地方。这下有了休闲广场，她们高兴得要死，说开张的时候一定要来表演一场！"

这完全出乎麻炳华的意料，他说："我们根本没做这方面的准备呀！"

"这还有什么好准备的？"胡主任说，"大家都是来给旅馆添彩头的，也就是热闹一下，绝不会给你们增加什么负担，连矿泉水你们都省得准备，大家自己会带。"

麻炳华连忙说："你这不是打我们三建的脸吗？大家能来，那是给我们面子，我们当然是感激不尽。如果真的要搞典礼，再怎么样一顿便饭我们还是管得起的！"

胡主任高兴得有点咋咋呼呼："你个老麻怎么这么婆婆妈妈的，多余的话就不要说了，这事就听我的！若是不答应，下次你们有什么事找我，看我还会理睬不！你马上去跟你们项经理商量一下，看日子定在后天行不行？若是没意见，我这边就好做准备。就这样，先挂了哈。"

麻炳华心里热热的，准备马上就向项经理报告情况。可没等电话拨出去，来电铃声却先响起来，是皮乐江的电话进来了。小伙子先不说话，只是"嘻嘻"地笑个不停。麻炳华说："你小子是不是闯下了什么祸，自己圆不了场，又想起我来了？"

"麻队长，我也准备到项经理那里登个记，要得啵？"

麻炳华骂道："胡扯，你个单身汉凑哪门子的热闹哇？想住过来晚上好听墙根是吧？"

"哪用得着听别人的墙根，我自己也要结婚了嘛！"

麻炳华先是一愣，随即乐了，说："好你个死乐江，动作蛮快的嘛！喜妹仔答应了？"

"她不答应，我还结哪门子的婚嘛？"

麻炳华连声道喜，又问他婚事打算怎么个操办法。

"给你打电话，就是想请你帮个忙嘛！"

"你说！"

"我想，我想把新房放在九尺门旅馆……"

"好哇，这是公司自己的旅馆，本来就是为员工服务的，根本没有帮忙这一说。"

"我指的不是这个。"

"是什么你说呀，跟我还有什么客气好讲的！"

皮乐江说，他打算不摆酒，不请客，简简单单地散些喜糖就把婚事办了。没等他说完，麻炳华就问："那喜妹仔能答应？"

"这还是她提议的，她晓得我办不起排场的婚礼嘛。" 皮乐江有些难为情起来，"但是我想，不管怎么说，总不能冷冷清清地把人接过来就了事，怎么样也应该热闹一下，不然就太委屈了人家嘛。我是这样考虑的，这次旅馆开张肯定会热闹得很，是个难得的好机会，不妨就借这个机会把婚事办了！可是按我家乡的规矩，婚礼上男方的父母是不能缺席的，父母不在了的也要请本家亲戚来代表一下。可我家又离得那么远，父母肯定是来不了嘛。麻队长，你是领导，又是我师傅，我想请你代表我的父母出席，如果你还能在婚礼上讲上几句话，那就更巴适嘛！喜妹仔说，热闹的场面，还有你讲话的情景，都要用手机录下来，发回家给父母看。她要让父母晓得，女婿在公司很好，上上下下都瞧得起他，女儿没有选错人，好让家里放心嘛。"

麻炳华被这番话说得有些动情起来，感叹道："喜妹仔真是位好姑娘，日后你得好好待人家才是。"

皮乐江说："这是不用说的嘛。"

"现在我问你一个问题，你得认真地、负责任地回答我，不许打半点马虎眼哈。"

皮乐江被麻炳华这种少有的庄重镇住了，一时说不出话来。

"怎么不吱声？"

"……要问啥子就问嘛，我没得马虎眼打。"

"你实实在在地告诉我，你对喜妹仔是不是真心的？"

"麻队长，我平日里说话是油了一些，整天没个正形，但我和你都睡了几年的上下铺了，你说，我能是一个骗人的人吗？"

"我再问一句，你能为喜妹仔的一辈子负责吗？"

"现在就是说得水里点得着灯，也是嘴皮子功夫，没半点用场嘛。"

"不管有用场还是没用场，我就是要听一下你怎么说。"

"我这个人没读多少书，也没有啥子大本事，这辈子十有八九发不了大财，给不了喜妹仔荣华富贵，但是我皮乐江可以对天起誓，只要家里还有一碗米，就绝对不会让婆娘喝稀的嘛！"

麻炳华说："好，希望你说到做到哈！你的要求，我全都答应。还有，项经理那里你也要去说，他是公司经理，婚礼上不能没有他。"

"那就太好喽！"皮乐江乐了，"项经理那里，就麻烦你帮我说一下嘛。"

麻炳华连忙说："事情不是这样的。我说归我说，代替不了你。这事不比别的，是你讨老婆，你自己还得亲自去说。你不用担心，他肯定会答应的。"

"要得！"皮乐江喜出望外。

麻炳华又说："刚才听你话里的意思，是不是喜妹仔的父母对女儿的选择不大放心？"

"就是嘛。喜妹仔爸爸对她说：'男怕入错行，女怕嫁错郎，四川离河南那么远，要是人靠不住咋办？到时要回家一下都回不了。'她妈妈就更是不太乐意，母女一通电话她妈妈就哭。说到底，还不是怕女儿上当受骗？可怜天下父母心噻。"

麻炳华说："你理解这个就好，希望你今后的一切所作所为，都能让喜妹仔的父母放心。好吧，婚礼的事你就不要管了，你小子等着当新郎就是了！"

"麻队长，"皮乐江很感动，"虽然如今不兴磕头了，但我还是想给你磕一个噻！"

麻炳华吼了他一句："磕你个大头鬼呀，只要你说话不放空炮就行，要比磕头强一万倍！"

麻炳华与皮乐江通完电话，想了想就往公司去了，这下有不少事情要和项经理当面商量了，电话里一下子讲不清楚。

在工地上找到项经理，麻炳华先说了胡主任来电的事。

项经理没想到竟然会有这样的好事情，马上就改变了原来的打算，说办典礼就办典礼，后天就后天。

麻炳华接着问他："皮乐江找你了没有？"

项经理高兴地说："他刚刚走，跟你是前后脚的事。没想到他也要结婚了，他告诉我已经跟你说过了，情况你都清楚。老麻，这可是双喜临门哪，是我们三建的大喜事！"

"皮乐江想请你参加他的婚礼，他自己对你说了没有？"

"还能不说？就是不说我也要参加，自己公司的员工啊，必须的！"

"还有一件事，"麻炳华说，"下午我想去街道办事处一趟，跟胡主任商量一下，看看能不能把两件喜事合起来办。"

项经理也觉得这个主意好，说能够合起来办那就最好，并且交代说："你跟胡主任商量时，如果遇到什么新情况，只要不是很特别的，就不用再来问我了，你有权拍板，免得来来去去瞎耽误工夫。有需要我们出钱的地方，你就根据具体情况灵活掌握，也不要太小气了，毕竟这种事情又不是经常性的，多少年也遇不上一回，花点钱也是高兴的，免得人家把我们三建当成铁公鸡。"

麻炳华表示心中有数。

中午，麻炳华在公司食堂吃饭，特意过厨房去交代麻花，要她叮嘱李二毛，不要成天想着为了能在这边多待些时间又去加班加点，透支体力，不把安全问题当回事。麻花自然是满口答应。

下午刚上班，麻炳华就赶到了九尺门街道办事处。

胡主任正趴在办公桌上对着一沓稿纸冥思苦想，一抬头看到麻炳华来了，立即夸张地一拍巴掌，说："来得正好，我正要给你打电话呢！"

麻炳华以为她是急着确定举行典礼的日子，心想：才过了半天，这未免也逼得太紧了吧？

"你们自己还不知道吧，老麻，"胡主任很兴奋，说出的话有些没头没脑，"这回你们三建公司可是把动静越闹越大了！"

麻炳华一听这话，不免愣了一下。

胡主任一看把人惊着了，赶紧说："好事，是好事！这种闹法，动静越大越好哩！"

她告诉麻炳华，上午跟他通过电话以后，便接到镇政府办公室的电话，说区里的"四创"活动领导小组不知从哪里得到了消息，得知原来破破烂烂的喇叭厂旧址，竟然被改造成了漂漂亮亮的旅馆和休闲广场，并且旅馆还是专为农民工服务的夫妻房，便很感兴趣，认为这个创意非常好，与"四创"活动的宗旨十分吻合，决定要来现场看一下。现在人都已经在路上了，很快就到，要她立即赶到现场去迎候，还说马副镇长也会去。她不敢怠慢，撂下电话就去了现场。她到的时候，马副镇长已经在那里了。她问马副镇长要不要通知三建公司的领导也赶过来，马副镇长想了一下说："我看没有必要吧，反正情况你都了解。"她说："我只知道个大概哩。"马副镇长说："知道大概就行，领导也不可能过问得太仔细，再说人马上就要到，已经来不及了。"果然不大一会儿工夫，就一前一后来了两辆小车，在隔离球旁边的路口停下来。车门打开，个头有高有矮、身材有胖有瘦、头发有多有少的四位领导从车上下来了。

"当时你是不在呀，老麻，"胡主任喜笑颜开，"你没看到领导们有多么满意!"

麻炳华自然没有理由不高兴。

"可是,"胡主任接着却突然眉头一皱,"有件事情我还得请你原谅哩。"

麻炳华不禁愣了一下,不知道这个"原谅"从何谈起,在旅馆的整个改造过程中,双方的合作可一直都是非常愉快的呀!

胡主任说,四位区领导在马副镇长和胡主任的陪同下边走边看。带队领导是区政府秘书长兼区"四创"活动领导小组组长,他由衷地称赞道:"很好!利用废弃的厂房,变废为宝,既美化了城市环境,又为解决农民工夫妻分居问题做出了积极的探索,一举两得。同志们哪,什么叫'文明、卫生、美丽、和谐'?这就是最好的注解嘛!街道办事处主任,一位女同志,能够想到把旅馆作为'四创'活动的载体,敢想敢干,不简单哪!"

胡主任发现事情弄岔了,赶紧说:"不是这样的,这办法可不是我想——"

刚一开口,马副镇长就抢过话说:"胡主任哎,你这个人最大的缺点就是太谦虚了!这事情别人不清楚我还不清楚吗?"说完对四位领导道:"各位领导,这个情况我从头到尾都了解,还是我来替她汇报吧。事情是这样的,胡主任一开始有了把废弃厂房改造成旅馆的设想,就及时向我报告了。我当即决定给予大力支持,鼓励她大胆干。当然,在接下来的实施过程中,肯定不会是一帆风顺的,碰到了不少困难。比如说,这项工程会不会与地下墓葬的安全管理和发掘计划相冲突?后来经过镇政府和街道办事处两级组织的调查研究和可行性分析,终于把情况弄清楚了。又比如,改造经费怎么解决?镇政府明确指示街道办事处,自己没有钱,可以采取'借鸡生蛋'的办法嘛。于是,胡主任就去联系了三建公司。正好,三建公司正为员工夫妻长期分居的问题大伤脑筋,双方一拍即合,问题迎刃而解!当然,那个三建公司也是发挥了很大作用的,这里面也有他们辛勤的汗水,他们也是功不可没的……"

马副镇长口若悬河、滔滔不绝,胡主任只有在一旁干着急。

马副镇长汇报完了,还转过头来问她:"怎么样,我说得没错吧?"

胡主任心里当然明白,这种场合是万万不能去拆马副镇长的台的,只有默认。

"老麻,"胡主任讲完了,有些难为情地说,"你看这事弄的,镇政府和街道办事处把本属于你们三建公司的荣誉占了,净往自己脸上贴金了,越想越觉得不应该哩!"

麻炳华哈哈笑道:"我还当是什么了不起的大事哩。胡主任,我对你说句交底的话,这个所谓的荣誉,对我们三建公司来说是百分之百的虚东西,派不上任何用场,算在谁头上我们都无所谓,你完全没有必要把这事放在心上。我们在乎的就是旅馆建好了,员工就能够夫妻团聚,这才是实打实的。再说,三建公司当初也根本就没有往'四创'活动这方面想过,在筹建旅馆这件事上,是街道办帮了我们的大忙,给了我们很大的支持,我们应该向你们表示感谢哩!"

胡主任见对方一点也不介意荣誉的归属问题,也就放了心。两人转过话题,开始讨论后天开张典礼的有关事宜。当她听到建筑队唯一的一个光棍汉要在旅馆开张那天结婚,立马乐了,叫道:"哎哟喂,真乃天助我也!"

原来,上午领导们视察结束离开时,那位组长明确指示镇里,要把开办旅馆这件事作为一个先进典型进行大张旗鼓的宣传,以发挥在全区的示范引领作用。甚至还提出了具体的建议,说可以把开张典礼搞得隆重一些,造出声势,扩大影响。马副镇长心领神会,马上接上说:"请领导放心,这项工作镇政府早就有了思路,已经着手制订开张典礼的实施方案。方案内容我都想好了,一共分为五个部分:指导思想、实施内容、责任分工、经费落实和总结提高。"领导听了很满意,说这样很好。送别领导之后,马副镇长立即把制订书面方案的任务向胡主任进行转交。胡主任不大理解,说一个开张典礼,实在没有必要捣鼓一个书面的实施方案。可马副镇长却坚持说:"这可不是形式主义,更不是画蛇添足,书面的东西一定要有,对这件事情我们必须高度重视。"看到部下为难,便退了一步,说:"起码你得弄出一个粗线条的初稿。这样吧,给你一天时间,明天上午下班前把初稿给我,我再来修改润色。"他还特地提出了具体要求,说方案的重点要放在第二部分,实施内容不能太单调，一定要丰富多彩。胡主任勉为其难地接受了任务以后，想来想去，对于如何才能做到丰富多彩，想破了脑袋也只想到了大妈腰鼓队。正准备打电话和麻炳华商量，没想到说曹操曹操到，并且麻炳华还带来了有员工要在开张那天结婚的好消息。

"有了员工婚礼，开张典礼这篇文章就好做多了，"胡主任就像挖到了宝一样高兴，"我看完全可以把两件喜事合起来办！"

胡主任的话正中麻炳华下怀。说句实在话，旅馆的开张典礼，尤其是皮乐江的婚礼，本来不关街道办事处的事，也不关镇政府的事，更不关区里的事，可是现在突然一下都有了关系！麻炳华当然是非常高兴，明摆着这事对三建公司有百利而无一害，何乐而不为呢？

两个人便围绕如何将两件事情尽可能完美地结合在一起，展开了详细的讨论……

从街道办事处出来，麻炳华按捺不住心中的喜悦，双脚点地跨坐在电动车上，给项经理打电话报告情况，着重叙说了区里、镇里和街道办的态度。

项经理高兴得有点晕了，反复念叨着："那好，那好，那好哇！……"这时候他并没有忘记先前的承诺，问麻炳华："那经费问题呢？人家这么支持我们，把开张典礼和婚礼都包圆了，我们总不能什么表示也没有，坐享其成吧？"

麻炳华笑道："你肯定想不到，胡主任还一个劲儿地感谢我们呢，说我们不仅有功于街道办事处，还有功于镇政府，怎么都不肯要我们出经费。她还说：'你是没见到马副镇长那高兴的样子，不可能会要你们出经费的啦！'"

二

接下来的两天，是三建公司有史以来最热闹、最欢乐的日子！

第一天吃早饭时，也不知是谁带的头，好像事先约好了一样，大家一个个端着饭盒出了饭厅，边走边吃，来到项经理的办公室门前聚合。项经理的皮卡一到，他们就呼啦啦地围了上去，闹哄哄道：

"项经理哎，今天还是干脆放假吧！"

"我们也要准备准备哩。"

"就是，赶工期也不在乎这一天两天的。"

"只要日后我们加把劲儿，耽误的活儿一定赶得回来！"

……

项经理又着腰说："同志们哪，这个这个，昨天不是说好了嘛，今天除了老婆要来的两个人，其他的人嘛，这个，啊，还是照常上班。怎么睡过一晚就不作数啦？啊？你们老婆要明天才来，今天急也没用啊，是不是呀？"

工友们嬉皮笑脸：

"可今天要上街买些东西，准备准备。"

"是哩，床上的席子破了，老婆来了睡破席子，影响情绪哩。"

"毛巾总要买几条吧？我们男人可以将就，同一条毛巾洗脸又擦脚；女人就不行了。"

"趁今天天气好，我得把毯子洗一下，我那婆娘死爱干净！"

……

项经理被吵得头皮发麻，想了想，挥挥手说："好吧好吧……拴得住你们的人拴不住你们的心，强留在这里也不出活！"

这伙人欢天喜地地散了，可是不多时又围过来十来个人，这些都是这次老婆来不了的。项经理没等他们开口，抢先说道："人家是老婆要来才没心思干活，你们这次又没登记，起个什么哄啊？啊？"

没想到这伙人比刚才那些人还要嬉皮笑脸：

"项经理，你这次怎么就不一碗水端平啊？我们因为老婆有事来不了，已经够憋屈的了，你就不能照顾一下我们的情绪吗？"

"就是呀，剩下我们这几个人，冷冷清清的，干起活儿来多没劲儿哪！"

"旅馆那边不是在准备举行典礼吗？我们可以去帮忙布置会场，让我们感受一下气氛也是好的呀!"

"项经理向来体察民情,肯定会同意的,对吧?"

……

项经理看着他们一个个可怜巴巴的,有点于心不忍,便也应允了:"罢了罢了,通通放假两天!"

这十来个人呼啦啦地拥到九尺门旅馆,高兴得咋咋呼呼,仿佛他们的老婆这次也要来团聚似的。

典礼时间定在明晚,就在新建的休闲广场举行。主席台是现成的,就是旅馆台阶上面的走廊。桌椅板凳都已经从镇里的大礼堂借过来了,是街道办的志愿者们去搬的,暂时堆放在一旁。典礼的红布横幅也已经拉好了,紧挨着旅馆招牌下沿,不过暂时把它背面朝外翻起来遮住了招牌,到明天再把它掀开放下来,在露出招牌的同时,也露出"九尺门旅馆开张暨皮乐江喜妹仔结婚典礼"这行金色的大字。这既是为旅馆开张揭幕,也是为两位新人祝福,一举两得。看来准备工作都已经做得差不多了,并没有多少事情需要这些人帮忙。

麻炳华看到这十来个人晃来晃去到处瞎转悠,便骂道:"你们不要在这里碍手碍脚,哪里凉快哪里待着去!"

没有谁把他的话当真,只顾转自己的。转了一通,看到实在插不上手,便说他们还是去麻花那里,马上要增加不少人吃饭,她一个人肯定忙不过来。正要走,被麻炳华喊住了:"食堂那边明天倒是需要人帮忙,洗菜、洗碗,还要把烧好的饭菜送到这边来,可那是明天的事,并且早就安排好了帮厨的人手,没你们什么事。"

这些人显得有些失望。

这时麻炳华的手机发出一阵清脆的铃声,是胡主任来了电话。接完电话,麻炳华赶紧朝这伙人喊:"喂,你们不是愁着没活干吗?正好,现在派给你们一个任务,这可是一个非常重要、非常光荣的任务哩!"

麻炳华告诉他们,刚才胡主任在电话里说,街道办事处组织了一支迎亲队伍，明天下午要去快餐店把喜妹仔接到九尺门旅馆来。为这还专门赶制了一顶八抬大轿，这会儿漂漂亮亮的花轿就摆在街道办事处的会议室里，只是八个轿夫到现在还没有着落。

"胡主任对轿夫人选的要求很严格，要个头差不多高的青皮后生。街道办一下凑不齐符合标准的八个人，只有向我们公司要。瞌睡撞在枕头上，这下你们该满意了吧？这会儿胡主任已经在组织迎亲队伍彩排，你们现在就过街道办事处去，向她报到。"麻炳华笑眯眯地说。

大家一听就乐了！用花轿迎娶新娘子的传统习俗已经远去多年了，那种场面如今的年轻人只在影视剧里见过，一听就觉得十分新鲜。说起来这伙人都是娶了妻生了子的成年人，但还是像小孩子一样喜欢凑热闹，听说要去当轿夫抬花轿，立刻欢天喜地、大呼小叫起来，闹哄哄地往街道办事处拥去。

……

第二天半上午过后，员工们的老婆陆陆续续地到了，旅馆气氛很快热烈起来。麻炳华俨然是个大总管，同来客一一握手表示欢迎，大同小异的欢迎词不厌其烦地一遍又一遍地重复着。

来得最早的是两个怀抱婴儿的年轻妈妈，她们的到来给这里带来了稚嫩而响亮的婴儿哭声，也为旅馆增添了热闹而喜庆的气氛。

瞎子和张海山两人的老婆也来了。两个女人结伴而来，她们的老公也结伴到火车站迎接。

瞎子的老婆小鸟依人，模样精致。瞎子把她拉到麻炳华身边，分别向双方介绍："这位贱内是也，不曾见过什么大世面。此君乃我顶头上司，施工队队长麻炳华！"

这女人一听面前这人就是麻队长，脸瞬间从双颊一直红到了耳朵根，低下头来轻声说道："谢谢你了……"

麻炳华先是愣了一下，心想：初次见面，有什么好值得她谢的？随之反应过来，心里禁不住直骂瞎子：你这个没脑子的，你老婆的那件事，你就说是你自己想通的不就行了么，干吗非要把我扯进去不可呢？

张海山的老婆相比瞎子的老婆完全是另一种类型，大手大脚大身板，与壮实健硕的丈夫真是绝配。这会儿夫妻俩肩膀上各扛着一个五花大绑的编织袋，忒大忒沉，给人一种不把整个家搬过来决不罢休的感觉。这么重的东西，真不知道她一路上是怎么带过来的。两人在房前空地上卸下重负，先歇口气。

麻炳华问张海山的老婆："看样子，弟妹这次是打算长住了？"

这女人是个自来熟，一点不显生分，大大咧咧地笑道："哈哈，我这次来就不走了，在这里找份活儿干，天天陪着我家海山！你就是麻队长啊？说句不怕你不高兴的话，我的名气可不会比你小咧，我是总统夫人！……"

张海山赶紧解释："麻队长你莫理她。她姓宋，当初父母给她起名字时，一不小心和蒋介石的老婆同名了，村里那伙讨债鬼起她的哄，喊她总统夫人。她倒好，竟然还挺得意的。"

总统夫人继续和麻炳华说话："听定高老婆说，你要带定高出差去，怎么还没走哇？"

麻炳华赶紧把"情况有变"的经过说了一遍，说得有鼻子有眼。

总统夫人听罢显得十分遗憾，说："喔哟，早知道这样，这次她就一块儿来了。麻队长，你是不知道，定高老婆有多么想来哟！要是她来了那该多好，三个女人在同一条起跑线上，看谁先怀上，哈哈哈！"

在场者一起随着总统夫人的大笑而大笑。笑毕，张海山埋怨老婆道："就是长住也用不着带这么多东西呀，这么重，一路上真亏了你！"

总统夫人根本没当一回事，说："过日子，还不得把该带的都带上啊？"

从她身上卸下来的那个编织袋圆鼓鼓的，与临产老母猪的肚子有的一比。张海山过去用力按了按，感觉硬硬的，辨不出里面是什么东西，便问老婆："什么宝贝呀？"

总统夫人得意地笑了："宝贝谈不上，可过日子没它不行。"

为了探个究竟，张海山试着用腿去蹭。蹭了几下都纹丝不动，忍不住一脚踢了过去。

"哎！——"总统夫人慌忙扑过来阻止。

可还是晚了一步，只听得"哗啦"一声，"老母猪肚子"立即瘪了。

张海山没料到会这样，搞不清自己闯下了什么祸，顿时心虚起来，呢喃道："这么不经踢，什么破玩意儿……"

总统夫人气得捶胸顿足："你个挨千刀的！"

打开编织袋，里面除了一些四季衣物，还有一堆惨遭厄运的黄褐色陶器碎片。不难看出，这些碎片在成为碎片之前，是一个容积可观的陶罐。

看到并不是什么宝贝物件，张海山松了口气，又摆出一家之主的架势来，说："我真是搞不懂，山长水远的，带上一个这样笨重的陶罐做什么？这种事情也只有你才做得出来！"

总统夫人为陶罐的不幸遭遇心痛不已，忍不住拿起两块碎片相互拼缝对接，似乎想要将其组装还原，明知徒劳却十分认真，嘴里喋喋不休地数落着："这可是当年我娘家陪嫁过来的，正宗的鹰潭货，釉色光光亮，敲起来当当响。一路上我都小心伺候着，生怕磕着碰着，没想到，到都到了，被你一蹄子给报销了，真是临天亮了还尿床……"

张海山辩解说："这里根本用不上这玩意儿。"

总统夫人嘴巴噘得老高："你不是喜欢吃我做的腌菜吗？这下好了，罐没了，看你吃什么！"

张海山哭笑不得："要做腌菜去买一个罐就是了，浦东什么样的罐没有的卖呀，又花不了多少钱，还用得着你从家里带一个过来？真是吃饱了撑的！"

总统夫人十分委屈，反复强调："买的肯定没有家里这只好，这只罐可是正宗的鹰潭货，我娘家陪嫁来的，釉色光光亮，敲起来当当响，做出来的腌菜黄澄澄的，格外好吃！"

张海山知道对自己老婆是没道理可讲的，便调整思路，故意说："只要是家里的东西什么都是好的，依我看，你还应该把那块压腌菜的石头也背来，那可是我亲手从信江河里捞上来的，光滑、溜圆，大小合适，做腌菜没它压哪里行！"

对老公的这个建议总统夫人不屑一顾："省省吧，这个还用得着你来教我？"

张海山傻眼了："你还真带来了？在哪？"

总统夫人没好气地说："还能在哪儿，就在你背的那个编织袋里呀！"

张海山彻底愣住了，摇摇头不愿再多说什么，开始埋头搬运行李。

他都已经分两次把两只编织袋搬进了二楼房间，老婆还站在原地未动弹，对着那堆破陶片做吊唁状。他从房间出来在走廊窗户探出头，朝楼下喊："破了就破了，赖在那里有什么用？赶紧上来收拾房间吧。"

总统夫人不得已上楼去，一路上嘴巴还在嘟嘟囔囔："这可是正宗的鹰潭货，釉色光光亮，敲起来当当响……"

谁都没料到，她进了房间，刚关上房门，却马上"哐"的一声又打开，猛冲出房间跑下楼梯，一边跑一边大呼小叫："麻队长，麻队长，你可得给我做主！……"

麻炳华正在料理陶罐的后事，把碎陶片打扫归拢，准备丢到路边的垃圾桶去，听到喊叫声吓了一跳，以为出了什么大事。

总统夫人怒气冲冲地向麻炳华告状："海山这个挨千刀的，肯定偷过腥！"

麻炳华自然知道"偷腥"指的是什么，赶紧说："整个公司，要说所有的人我都了解，那是吹牛，但对你家海山我完全可以打包票，他绝对不是那样的人！"

总统夫人说："那你肯定被他骗了，你不要看他大老粗一个，有时候是相当狡猾的！"

麻炳华说："你就不要疑神疑鬼了，根本不可能的事情。"

总统夫人却坚持说："肯定偷过腥，没偷过鬼都不信！"

麻炳华说："你这样肯定有什么证据？"

总统夫人似乎胸有成竹，说："这还用得着证据？"

麻炳华说："那你就是空口说白话。"

总统夫人仍然坚信自己的判断："我在家里，他在这里，山长水远，不可能捉奸在床吧？哪来的什么证据？但是我保准不会冤枉他！"

真是秀才碰到兵，有理讲不清。麻炳华说："这就是弟妹你不讲道理了。"

总统夫人理直气壮道："我讲道理得很！我可以百分之百断定他偷过腥，麻队长，你想想，好几个月呀，他熬得住吗？不可能的呀！刚才我一进房间，就知道他肯定偷过腥！"

楼上的张海山已经出了房间，在走廊上竖起耳朵听楼下的对话，这时慌忙隔空喊话："麻队长，你不要听她胡说八道！"

总统夫人抬头回怼老公："你才胡说八道！"又转向麻炳华："麻队长，你评评理——现在离天黑只有半天工夫了，他连这点时间都急慌慌地熬不住，还骗我去收拾房间……平时能熬得过来吗？鬼才信咧！"

三

第二天吃过中饭，浩浩荡荡的迎亲队伍就从九尺门旅馆出发了。

按常规，迎亲是到新娘子的娘家去迎，可是因为喜妹仔的娘家远在千里之外的河南，所以只好灵活变通，将她务工的快餐店当娘家。快餐店的小个子老板是喜妹仔的舅舅，现在只有让他临时充当一下家长了。这与去河南相比倒是近了太多，不过也有四站公交的路程，一去一回，对于步行迎亲来说似乎也算得上长途跋涉。

队伍打头的是二十多人的大妈腰鼓队，身着统一的大红绸子队服，十分鲜艳抢眼。遗憾的是大多数队服可能被裁缝师傅量错了尺寸，有的里面还可以再塞进一个人，有的却把身子裹得紧绷浑圆，如同端午节的粽子。其实这些都无关紧要，难能可贵的是这群高矮胖瘦不等的队员，竟然能够把鼓点敲得整齐划一、有板有眼，这对非专业的大妈们来说已经相当不容易了。队员们毕竟都不再年轻，一边行进一边不停地花样敲鼓，难免一个个累得气喘吁吁。

紧随其后的是穿戴一新的新郎皮乐江。他从左肩到右胯斜披着一条金黄色穗子镶边的大红绶带，这打扮怎么看都不像新郎，倒像表彰会上的劳模。他胯下骑着麻队长的那辆电动车，以步行的速度跟着腰鼓队前进。本来胡主任是安排他骑马的，她认为新娘既然坐轿，新郎就得骑马，这是起码的讲究。但是派人去公园联系租用供游客照相的马时，那马主人很是财迷，狮子大开口，漫天要价。胡主任咬咬牙，决定还是租。可是皮乐江却死活不肯，说不骑马也同样能结婚。胡主任说："不用你掏钱。"皮乐江说："谁掏都一样，没必要花的就不要花。"还说："今天我是新郎，这事就让我做一回主。"胡主任拗他不过，只得依了。

　　跟在新郎后面的是当今已不多见的八抬大花轿。轿子是街道家具厂加班加点赶出来的，大红的油漆还隐隐散发着一股香蕉水味。轿子四周缠满了红花绿叶，成了名副其实的花轿。八位轿夫的服装无法做到像腰鼓队那样统一款式和颜色，这倒不是因为他们没有统一的服装，只是因为那是工作服，颜色是藏青的，够不上喜庆，不宜在这种场合穿着。于是只好不做统一规定，让大家自由发挥，不过要求色调尽量偏暖。可是这伙汉子大都没有暖色的秋衣，只好把夏天穿的红汗衫或是红背心罩在外面。实在没有红衣服可罩的，就在脑袋上扣上一顶大红的塑钢安全帽，多少沾点喜气。这种有悖于服装搭配常识的穿戴，难免有些不伦不类，显得怪模怪样，陡然生出几分滑稽来。

　　花轿后面是一大群空着手的男男女女，有公司员工，也有街道居民，更多的是不在计划内的编外人员——一群赶也赶不走的拖着鼻涕的小屁孩。领队的除了三建公司的第一行政长官项经理，还有代表新郎家长行使职权的麻炳华。

　　这样一支迎亲队伍行进在大街上，成就了一道别样的流动风景线，引得路人竞相驻足观看。

　　看热闹的人群中有对这支队伍指指点点、评头论足的，说这阵势古不古来今不今，土不土来洋不洋，简直就是"四不像"。但也有人坚决不同意这个观点，针锋相对争辩道，这分明是且古且今，且土且洋，可谓熔古今中外为一炉之典范。

大多数人则认为这种争论纯粹是吃饱了撑的，说你们管他什么古啊今啊、土啊洋啊，只要能够热热闹闹、风风光光地把新娘子接来就是好的！

队伍到了快餐店，一阵噼噼啪啪的鞭炮声响起。麻炳华上前拜见了快餐店小个子老板。双方坐下喝茶，吃糖，互道吉祥。随后便是简单却又不可省略的交接仪式，小个子老板把头上蒙着大红盖头的新娘子从屋里牵出来，移交给麻炳华。

……

晚上的典礼特别热闹！

由镇政府出面联系，把电视台的记者请来了。麻炳华在路口迎接，看到记者肩膀上扛着摄像机，顿时有了一个主意，走上前去跟他商量，问能否帮忙制作一段几分钟的婚礼小视频，好让两位新人用手机发回老家给父母看。记者是个年轻小伙，快人快语，二话没说就答应了，还说这是小菜一碟，晚上回去加一下班，当天夜里就能弄好发过来。

来到典礼现场，记者看到旅馆走廊尽头停着一顶花轿，不禁连连叫好，说到时候一定要把迎接新娘作为一个亮点来拍。麻炳华告诉他新娘子下午就已经接过来了，花轿的历史性作用已经宣告终结。记者听了顿时心中一凉，连叹"可惜可惜"，只恨自己没有早些过来。想了一下他又改口说不要紧，还是有办法补救的。补救的办法其实也简单，就是让新娘子重新坐进花轿，抬起来围着休闲广场兜几圈，补拍几个镜头便可。不过记者要求轿夫不能像平时走路那样四平八稳，一定要踩着节拍，尽量把轿子高高地颠起来，这样才会别有情趣。他决定趁现在典礼还没正式开始，抓紧时间补拍，不然等会儿忙起来就没工夫了。

于是，胡主任便去同躲在新房里的喜妹仔沟通。

这场婚礼的场面之大之热烈，喜妹仔事先是不可能想得到的，除了意外和惊喜，心中一直充满着感动。这会儿对记者通过胡主任转达的要求，她想也没想就答应了。

就在喜妹仔出了房间，勾头弯腰准备又一次进入花轿时，总统夫人突然冲过来，大声喝道："不可以的，不可以的！"同时一把将喜妹仔拽住了，不让进轿。

这个大手大脚大身板的女人，上午还在不依不饶地硬说老公偷了腥，闹得不可开交，也不知是什么时候烟消云散、雨过天晴的。她说："不可以的，听我奶奶说，女人一辈子只能坐一次花轿，再坐就不吉利了！除非打算当二婚女人——呸呸呸！看我这乌鸦嘴！呸呸呸！"一边呸一边扬手狠狠给了自己一个嘴巴子，"啪"的一声脆响。

喜妹仔没想到坐花轿还有这样的讲究，一下愣住了。

旁边的皮乐江也迟疑起来，显然不大乐意让喜妹仔来冒这个险。

其他人也都觉得这事非同小可，一时不知如何是好。

胡主任的态度也起了变化，觉得这种事情宁可信其有不可信其无，就是单为图个吉利，这第二次花轿也还是不坐为好。

只有记者没有把这当回事，还说这都什么年代了，怎么还这样迷信。

麻炳华想了一想，问记者道："轿子里面的镜头应该不需要拍吧？"

记者说："拍里面干什么？我就是打算拍一组颠轿的镜头，颠得越厉害越好，后期再配上唢呐伴奏，效果肯定好得不得了！"

麻炳华说："这就好办了，轿子里头不用坐人，抬着空轿子表演就行。如果担心空轿子轻飘飘的效果出不来，可以随便叫个男人进去压一下轿。"

大家都认为这是个两全其美的好办法，记者也连声说要得。

麻炳华又说："为了更加逼真，可以拍一个新娘站在轿边的镜头，让她一手掀开轿帘，做出抬腿上轿的样子……"

记者没想到在这里遇上了行家，立即连声叫好："好好好，咱们玩一把蒙太奇！"

麻炳华拖长声音大声喊道："有哪位纯老爷们儿自愿反串新娘的？请上轿——"

话音未落，总统夫人连忙接嘴道："要反串做什么？就让我来好啦！"没等大家回过神来，她又说："我成亲的时候没坐过花轿，是海山用小四轮把我接走的，现在正好过一把花轿瘾！嘻嘻，我可是第一次享受这个待遇，以后也不会再有第二次了，肯定不会不吉利的啦！"

在大伙儿的哄笑声中，她美滋滋地钻进了花轿。

轿夫们一声吆喝，花轿上肩，在休闲广场兜开了圈子。这些精力旺盛的汉子有力气没处释放，下午把新娘子接过来了觉得还不过瘾，现在见来了这个送上门的颠轿机会，哪里肯轻易放过，一个个竭尽全力，在号子声中把花轿颠得上下翻飞，像荡秋千一般。

替身新娘坐在里面哪里受得了这样的折腾，顿时只觉得肚子里翻江倒海，死命憋住才没吐出来，慌忙掀开轿帘探出脑袋，大声呼叫："悠着点哟，你们这些个短命鬼！"

记者急得朝她大喊："你不能露脸，要穿帮的！"

第十八章　动静闹得更加大

一

第二天麻炳华破天荒睡了个懒觉，快九点才起床。他决定给自己放一天假，什么也不干，就陪着来这里团聚的夫妻们聊聊天，好好享受一下难得的清闲。

午饭前，他看到皮乐江端着炒好的菜，领着喜妹仔从公用厨房出来，便上前问新郎："记者把视频发给你们没有？"

皮乐江一脸的幸福，咧着嘴笑："昨天晚上就发来了，我们都已经传回家了噻！"

麻炳华又问新娘："爸爸妈妈看了，对这个女婿印象怎么样？满意不满意？"

喜妹仔笑盈盈的，红着脸轻轻地点点头。皮乐江在一旁补充道："她爸爸妈妈叫我们过年的时候一起回去噻！"

麻炳华把脸一板，故作严肃："她爸爸妈妈？她爸爸妈妈你该喊什么呀？"

皮乐江慌忙回答："岳父岳母，也可以喊爸爸妈妈！"

麻炳华说："原来你知道哇，我还以为你傻小子一个呢。"又转头对喜妹仔说："对这家伙，你可得管紧点，他可调皮着哩！"

喜妹仔朝丈夫说："听到没有？这可是麻队长说的哈。"

皮乐江"嘿嘿"傻笑。

麻炳华突然想起一件事来，问喜妹仔道："快餐店的老板不是你的亲舅舅吧？"

喜妹仔说："他跟我的亲舅舅同一个村子，我也就跟着喊舅舅。"

“就是因为这层关系，你到他店里打工的？”

“嗯哪。”

“我有个感觉，也不知道准不准。从昨天迎亲时他的态度看，好像他对你们的亲事不是很乐意？”

皮乐江接过话说：“是嘞！他原来是想把喜妹仔介绍给他的侄子，喜妹仔没答应。”

麻炳华说：“我说呢，他怎么会那样说喜妹仔，什么‘翅膀硬了，管不了她了’，我听了就觉得不是味道。”

皮乐江说：“若只是说说倒也算了，就是不该时不时地为难她嘞！”

喜妹仔细声说道：“我都不想在他店里做了。”

麻炳华问：“那你有什么打算没有？”

喜妹仔说：“做别的我不在行，还是得做餐饮。”

麻炳华想了一下，说：“如果——我是说如果哈——让你来管理这个旅馆，你觉得怎么样？”

喜妹仔想了想，摇摇头说：“恐怕不行，我从来没接触过管理工作，心里没底。我还是想做餐饮，累点苦点我都不怕。”

皮乐江说：“她想租个小门脸，卖点早点和夜宵。我也觉得行，正好同我上班的时间岔开了，我可以搭把手嘞。”

麻炳华说那也蛮好，还说要是有什么地方需要帮忙的，说话就是。小两口自然忙不迭道谢。

……

因为昨天拍摄的专题片今晚就要在《浦东掠影》中播出，这对工友们来说是件新鲜事，大家都想看一下在荧屏中能不能找到自己的光辉形象，所以一吃过晚饭几乎每个房间都早早地锁定了频道。

在收看《浦东掠影》的整个过程中，这栋两层楼房里的尖叫声几乎没有停歇，不是这个房间叫就是那个房间叫，有时好几个房间一起大声喊叫。不用说，那肯定是大家在荧屏里发现了自己，瞬间爆发了激动与喜悦。

《浦东掠影》播完后不一会儿，麻炳华接到了小翠的电话。他看看时间才九点多，还不到约定的打电话时间，便觉得有点奇怪："今天怎么提前了？"

"因为有好事呀！"小翠答。

"什么好事值得你这么高兴啊？"

"你们的典礼搞得那么隆重，这事还不好哇？太出乎我的意料了！"

"你也看电视了？"

"黄金时段的《浦东掠影》，我是每期必看的呀。你那些话讲得真好，没一句套话空话，都是实打实的，接地气，我爱听！"

"是吗？假大空那一套我又讲不来，只好实话实说了。"

"还有那段颠轿也挺有意思的，只怕是把喜妹仔折腾得够呛。"

"你也有被骗的时候哇？"麻炳华笑着把颠轿的谜底揭开了。

"原来是这样，"小翠恍然大悟道，"专题片也可以弄虚作假？"

"这可不算作假，属于技术处理。"

"好像你多内行似的。反正嘴是两块皮，说话有改移，你怎么说都有理。"

"本来就是。"

"哎，我跟你说件事。"

"你说。"

"赵总两口子也看了电视哩。"

"人家看电视有什么好讲的？"

"问题是他们也看到了你。"

"看到了我就看到了我，他们又不认识我。"

"可他们夸了你哩！"

麻炳华不解道："夸我，怎么会？"

"事情是这样，我正在房间里看电视，女主人在楼下客厅突然喊我下去。我开头还不知道是什么事，下去才知道他们两口子跟我看的是同一个频道。女主人对我说：'这个人是你老乡，也是你们鹰潭贵溪的，你认得不？'我正不知该如何回答，赵总接嘴道：'一个县好几十万人呢，哪里个个都认得？'

女主人说:'他跟你丈夫可是同行,也是从事建筑业的。这人可能干了,利用废弃的厂房,硬是办起了一家旅馆!'赵总接着说:'最可贵的,还是这个旅馆不以营利为目的,这事办得有品位!'他们一人一句轮番着在那里夸你,我在边上可为难了,不知怎么搭话才好。后来一想,反正这事迟早都是要露底的,迟露不如早露,还是干脆跟他们把话挑明好了,至于他们会怎样看我那是他们的事。主意打定,我就说:'这个人,我还真的认识哩,并且没有谁比我更了解他了!'他们一听来了兴趣,都说怎么这样巧。我说:'你们肯定不会想到,这人不是别人,用你们城里人的话说,是我的另一半。'……"

麻炳华连忙问:"那他们有什么反应?"

"他们夫妻俩都意外得不得了,几乎异口同声:'是你丈夫?'我开了个玩笑:'如假包换。'他们还是十分惊奇,赵总说:'当时你不是说——'我明白他要讲什么,没等他讲出来就先自己坦白了,我说当时我是不想失去这份工作,只好说我是一个人在浦东。女主人盯着我看了半天,最后非常夸张地在我肩膀上连拍了几下,说:'哇呀呀,真有你的吔大姐,居然瞒了我们这么久!'赵总也说:'这么长的时间,你们夫妻两个竟然近在咫尺而不得相聚?……这、这也太不可思议了!'我说:'现在你们已经知道了,如果觉得受了骗,或者是认为我已经不符合你们的聘用要求了,可以解雇我,这个月的工钱我就不要了。我不怪你们,是我违背了做人应该诚实的原则,理应承担后果。'女主人听罢在我肩膀上又是死命一拍,说:'我的姑奶奶吔,看你说到哪里去啦!'……"

麻炳华急着要知道事情的结果:"后来呢?后来怎么样?"

"炳华哎,这你就想不到了,他们两口子非常通情达理,不但没有责怪我一句,还反过来一个劲儿地向我赔礼道歉,说这都是他们的错,当初他们光为自己着想,没有换位思考。接下来还更有意思哩……"

麻炳华竖起耳朵听下去。

"女主人竟然说:'大姐吔,从明天开始你就是走读生了,朝九晚五。点点嘛,晚上由我来带他睡。'你说,这该是多不好意思的事呀?我连忙说用不着，还是跟以前一样好了，我都已经习惯了。"

麻炳华说："你这是死要面子活受罪。"

"你是说我应该迫不及待地答应下来，明天就跑到你那里去住？我脸皮可没你厚！"又接着刚才的话题说，"双方让来让去让了好久，最后他们才依了我。……炳华吧，通过这件事说明了一个道理，人与人交往还是要以诚相待，以心换心。你看，照实说了，反而事情好商量了。"

麻炳华也认同这个观点，却又搞笑说："那就干脆，把上次钥匙被锁在屋里的真相也照实说了吧。"

"死相啊，正经一点好不好哇？"

两人开了一会儿玩笑，麻炳华说："我倒是认为，春节后你要去街道幼儿园的事情，也应该提前告诉东家，好让人家有个思想准备，免得临时抓瞎。"

"我正要跟你说这事哩，刚才我已经跟他们说过了。我说：'既然事情说到了这里，那我索性把我的打算也告诉你们。过了春节，点点也要上幼儿园了，你们这里我就不再来了……'东家两口子虽然早就知道春节后我续约的可能性不大，但还是希望我能够留下来，哪怕再留半年也好，说那时点点也就大了一些。女主人还说：'我知道你事业心重，总是忘不了你的那个学前教育专业，可点点他也是幼儿呀，总的来说还是专业对口的。'我说：'单个教育跟幼儿园的集体教育虽然有共同之处，但毕竟还是有很大区别的。'赵总还以为我是对当初的聘用条件太苛刻这个疙瘩没解开，问我是不是跟这事有关。我说：'这怎么可能呢，你们没跟我计较我就很感激了。'女主人问我下一步打算去哪。都已经把话说到这里了，我想还是赶早挑明了好。我说是我丈夫帮我联系的，是个街道幼儿园，春节后就要去上班了。她又问我那里条件怎么样，还说她倒可以帮我介绍一个幼儿园，是她大姑那个街道的，她大姑在街道办事处当主任，那幼儿园条件比较好，离九尺门旅馆也不远，建议我去看一下，两相做个比较再说。我说：'我知道，你大姑就是九尺门街道办事处的胡主任。'两口子又是一个异口同声：'你怎么知道？'我把情况一说，三个人全笑了！"

麻炳华也笑了，说："我还叮嘱胡主任不要说出去哩，这下好了，你自己倒先露了底！"

"你傻不傻呀，"小翠说，"这事还能瞒得了多久？自己说出来总比人家从其他渠道知道的好。今天逮住这个机会，天时地利人和，说出来正合适哩。"

麻炳华说："这倒也是。"

小翠接着说："女主人说一个月前她们姑侄两人在街上碰上了，聊天时女主人说起她家里前不久请了一个保姆。胡主任说保姆倒是好请，但要请到满意的就难了，还说与她同单元的一户人家一年换了三个保姆，前几天听说马上又要换第四任了。女主人高兴地说自己真是好运气，请的这个保姆一人顶了保姆和家庭教师两个角色，一家人都很满意。她硬是结结实实地把你老婆夸了一大通！怎么样，麻炳华同志，听到人家这样夸你老婆，你有何感想啊？"

麻炳华以傻笑回答。

"你娶到我这样的老婆赚大了吧？"

"说你胖你还喘上了。——后来呢？"

"胡主任当时就对侄女说：'等什么时候她不在你那里做了，我就去把她请到我们街道幼儿园来。'可马上又说：'可能不行，你们给她开那么高的工资，我们幼儿园是出不起的。'女主人说：'那不一定的，从这段时间的接触来看，我觉得她不像是一个把钱看得很重的人。'可胡主任还是认为不大可能，说：'你要知道，这还是社会主义初级阶段哪！'"

二

电视专题片产生的广告效应还真不可小觑，这些日子前来投宿的客人，基本上都是看了电视才知道这个旅馆的。

这天半下午，麻炳华在二楼一对湖北夫妻的房间里帮忙调电视频道。听到外面闹哄哄的，来到走廊往楼下一看，原来是来了一大群男男女女，从着装看，系农民工无疑。他朝下面喊："你们都是来住宿的吗？"

众人答道："到旅馆来还能是别的事吗？"

麻炳华又问："都是成双成对的两口子吧？"

有人笑着回答："放心好了，都是有证驾驶！"

麻炳华一边快步下楼，一边说道："你们一下来这么多人，也不事先打个电话，要是碰上客满那不是白跑一趟吗？"

这个旅馆的服务台没有像其他旅馆那样设在大厅里，因为大厅早被隔成了三间客房，而是利用一楼的楼梯间当服务台。楼梯间已经被楼梯占去了一小半位置，可谓"螺蛳壳里做道场"。这么多人拥进来，屋里立马挤成了"沙丁鱼罐头"。

麻炳华踮起脚抻长脖子点了一下人数，笑道："怎么男的有八个，女的只有七个？这不配套哩！"

一个蒜头鼻子的小伙子赶紧解释道："我老婆今天临时加班，她要晚一会儿过来。"

"这还差不多，要不你一个单身男人来凑什么热闹？"

在众人的哄笑声中，麻炳华打开电脑，开始办理入住登记手续。服务台前一片嘈杂，有点像农贸市场。

这群人是属于小范围的老乡，老家在安徽，同一个村。八个男人都是今年春节一过就来浦东了，年初的工作比现在好找，第二天就分别被两个企业相中了。当时他们的老婆也一块儿来了，只有两个没找到工作，只好像瞎子他们三个人的老婆那样，在浦东转了几圈就打道回府了。留下来的六个女人都在同一家玩具厂做事，与丈夫打工的企业相隔不远，但却隔着一条无形的天河，过着牛郎织女的生活。几天前，其中有人看到了九尺门旅馆开业的专题片，憋不住当晚就将该信息通过微信进行了共享。八对夫妻随即隔空展开了热烈的讨论，很快形成了统一意见，决定马上付诸行动。远在老家的两个女人，也在今天乘火车赶到了浦东，于是便有了今天的集体行动。

麻炳华登记完毕，说："有个情况我要先跟大家交个底哈，你们入住九尺门，是对本旅馆的捧场，我应该感谢大家！只要没有新的客人来，又有空房间，你们住多久都没关系……"

话还没说完，就有人抢着说："这个省得说，有新的客人来，我们理应前客让后客，便宜的旅馆不能老是占着不放是不是？"

其他人也都纷纷表示理解，说这没问题。

麻炳华又说："旅馆目前还是处于试营业阶段，条件也不是很好，如果有什么不满意的地方，还请各位多多包涵哈！"

一个留着板寸发型的大个子汉子连忙说："有这样的地方住已经很不错了，我们肯定满意！"

刚才那个蒜头鼻子冒出一句："至少没有蛇咬屁股。"

立即引起了一阵哄堂大笑。板寸汉子身边一个穿花格子上衣的女人立马红了脸，却憋不住也跟着笑。

麻炳华不知笑点何在，莫名其妙地望着大家。

蒜头鼻子正要向麻炳华解释说明，板寸汉子在他头顶拍了一巴掌，警告道："你皮痒了是不是？"

面对武力威胁，身材瘦小的蒜头鼻子只有嬉笑着选择闭嘴。

大家乐哈哈地拿着钥匙散去了，只有蒜头鼻子因为老婆还没到，不着急去房间，一个人留下来和麻炳华聊天。麻炳华问起"蛇咬屁股"到底有什么来由，蒜头鼻子憋住笑，悄声讲述开来。

事情就发生在刚才那个板寸汉子身上。上个月的一天，他和老婆好不容易凑到了同一天休息，可一时又找不到合适的去处，只好像上次麻炳华夫妻一样去了公园。两人是上午进的公园，中午各嚼了两个大饼权当中饭，下午继续泡在公园里……到了半下午时分，正在厂里上班的蒜头鼻子突然接到板寸汉子的电话，电话里火急火燎，说他老婆这会儿在医院挂急诊，身上没带多少钱，请蒜头鼻子赶快帮忙送钱来。蒜头鼻子吓了一跳，心想：好好的一个人，怎么突然间就得了急症？一刻也不敢耽误，请了假，取了钱，赶去了医院。见到板寸汉子时，他却没有了打电话时的紧张和慌乱，说医生已经做了处理，不用住院，再观察一阵就可以回去了。蒜头鼻子问起病情，他神色有点不大自然："是……是被蛇咬了屁股。"蒜头鼻子奇怪了："哪里不好咬，怎么专挑那地方咬？"板寸汉子顾左右而言他："不幸中的万幸，是一条无毒蛇。"古灵精怪的蒜头鼻子心眼忒多，他觉得这事有点蹊跷，好奇心使然，打算弄个水落石出，便自言自语："怪了，公园里游人来来往往，怎么还会有蛇出没呢？"板寸汉子答道："你不晓得，那假山后面僻静、背阴，树又密，草又厚，很少有人去，蛇这鬼东西就是爱躲在这样的地方。"蒜头鼻子像是随口而出："皮肉被咬倒没啥，过几天就长好了，可惜的是裤子，咬破了得花钱买哩！"板寸汉子没想到脚下是个坑，照实道来："裤子倒是没被咬破，只是屁股被咬了一口。"蒜头鼻子忍不住大笑起来："嫂子脱下裤子，不会是为了放屁吧？"板寸汉子这才发现着了道儿，又羞又恼，追着蒜头鼻子打……

蒜头鼻子等不得讲完自己已经笑出了眼泪。麻炳华也忍不住笑起来，但笑声却似乎有点酸楚。

笑声刚落，麻炳华的手机铃声响了，是舒宜旅馆查老板来的电话。查老板开口就说："麻老乡，恭喜恭喜！"

到底是信息化时代，才几天工夫九尺门旅馆开张的消息就传到了舒宜旅馆。麻炳华赶紧回应："同喜同喜！"

对方又说："跟你商量个事哈。你们那个九尺门和我这个舒宜，实行的都是低价位的经营策略，但是两个旅馆的客流量肯定是不可能同步的，我想，我们不妨结成利益共同体，今后不管哪个旅馆客满了，就尽可能往对方旅馆介绍客人，行得不？"

麻炳华一听，没有理由不答应，连声道："好的好的，这可是合作双赢的大好事，太行了！"

这里通话刚结束，紧接着又有电话进来。一看来电显示，是关科长的，麻炳华接起便说："有何指示？尽管吩咐！"

关科长老家的那伙民工还有一部分留在浦东，有些人从电视里得到了九尺门旅馆开张的消息，却有些不敢相信，觉得天下不可能会有这样的好事——开旅馆不把赚钱放在首位，不是吃饱了撑的？想是这样想，心里却还是有点痒痒的，巴不得情况属实才好。为了弄清真相，大家不约而同想到了一个人，这人就是关科长。老家村子人口上千，可在大上海吃公家饭并且有一官半职的，就只有关科长一人。现在要求证九尺门旅馆是否真的收费低廉，他们的关科长无疑是最佳咨询对象。电话打过去，关科长第一句话就说："巧了，我正准备给你们说这个事哩，没想到你们的电话倒先来了！"关科长不仅告诉大家电视播放的内容真实可信，而且还说九尺门旅馆的负责人同他算得上是老熟人了，姓麻，前些天还来过他办公室。不用说，老乡们是何等的喜出望外，赶忙委托关科长帮他联系住宿事宜。

麻炳华当即表示欢迎，却又说："能不能让他们分期分批来？因为目前房间剩下不多了，要过些天才能腾出来。"

关科长说："这没问题，我让他们不要扎堆去就是了。"

麻炳华说："那就行！"

关科长又说："今天只有一对夫妻要过来，我让他们找你哈。"

麻炳华爽快地应允道："好嘞！"

放下电话才十来分钟，门口就来了一男一女。与其他投宿的房客有所不同的是，这两人几乎两手空空，什么行李也没带。

麻炳华也没多想，只道来得好快，追着电话就到了，连忙迎上前去说："欢迎欢迎！"接着让他们拿出身份证来登记。

女人听说要看身份证，顿时感到有点意外，问："这里还要看身份证的呀？"

麻炳华说："不但要看，还必须录入系统存档，派出所有规定的。"

男人连忙解释说："走得匆忙，没带哩。"

麻炳华问："两个人都没带？"

男人答："都没带。"

麻炳华心想反正是关科长介绍过来的，应该不会有什么问题，也就没有严格照章办事，说："那这次就算了，下次可要记得带哟。——住几天？"

男人答："一天。"

麻炳华觉得奇怪："就一天？好不容易来一趟。"

两个人都没吱声。

入住手续办好，男人拿着房门钥匙领着女人上楼去了。

麻炳华一人坐在服务台前想来想去，总觉得这对夫妻有点怪怪的，好像有什么地方不对劲，可一下又想不明白到底哪有问题。

正在胡思乱想，外面又来了一对男女。

麻炳华寻思照这样下去，今天"客满"的牌子可能要第一次派上用场了。男人一进来就问："你就是麻经理吧？"

经理这个头衔当然是随口封的，当不得真，但姓麻却是随口编不出来的。麻炳华不明白素昧平生的人怎么会知道自己姓麻，问道："你们是……"

"镇工商局的关科长说，他已经给你打过电话了。"

麻炳华奇怪了："你们是关科长介绍来的？"

"我们和关科长是老乡。"

麻炳华脑子"嗡"地响了一下，马上明白刚才犯下了一个张冠李戴的错误！

他迅速为这对夫妻办好了入住手续，赶紧上楼去找刚才那对自称夫妻的男女。得想办法弄清楚他们夫妻关系的真伪，怕就怕万一沾上了容留卖淫嫖娼的麻烦。

房门没反锁，虚掩着。

麻炳华正要敲门，门却突然自己开了，那女人慌里慌张从房间出来，差点撞了他一个满怀。她眼睛闪着泪光，看了麻炳华一眼，想说什么又没有说，急匆匆地跑下楼去了。

麻炳华以为男人会追出来，在门外等了一会儿没等着，就进去了。

男人勾着头坐在床沿上，一动不动。

麻炳华被弄糊涂了，问道："你们这是唱的哪一出？"

男人抬起头来，满脸的慌乱与尴尬。

"问你哩。"麻炳华又说。

男人哑然片刻，突然，出人意料地扇了自己一个耳光，说："我，我不是人哪！……"

麻炳华说："你们夫妻吵架了？"

男人像是下了很大的决心，从牙缝里挤出一句话来："我们不是夫妻呀！"

麻炳华因为事先已经有了一定的思想准备，并没有觉得很意外。

男人说，他和那女人同在包装车间上班，他是她的师傅。他自己老婆在老家务农，两口子每年只有春节期间才团聚十来天。那女人的老公原来也在这家厂子上班，是个锅炉工，两个多月前因被蒸汽烫伤，出院后回老家养伤去了。

老公走后，师徒二人之间不知怎么的便有了那么一种说不清楚的感觉。今天这种事情是他们的第一次，是他约的她。她虽然有些犹豫，但还是跟着来了。

没料到就在刚才进房间后，她却突然反悔了，"呜"的一声哭了起来。他一下慌了神，连忙说："你要是不愿意，那就算了……"她跺着脚道："我下贱，我真是下贱哪！……做下这种事，我对得起谁呀？"话音未落就转身跑出去了。

麻炳华有生以来还是第一次遇上这样的事情，心情很是复杂。对面前这个男人，麻炳华真不知道是应该安慰他还是劝解他，或者是骂他、啐他。

"我是死绝了良心哪！"男人用拳头一下又一下地捶着自己的脑袋，悔恨道，"我老婆在老家除了下地干活，还得操持两个小的，侍奉两个老的，常常是忙得早上起来看不清床脚，晚上回去看不清桌脚，可每次通电话她都叫我在外面要照顾好自己，要吃好一点，不要舍不得。唉，她哪里知道我在外面背着她干这种事情！……我、我还是人吗？"

……

三

晚上洗漱完毕，麻炳华照例打开电脑准备做功课，可就是静不下心来，老是想着白天的那一男一女。明明知道这事与自己无关，况且事情已经过去了，可内心总是有个疙瘩。他希望二人的孽情能够就此了断，安安分分地当好师傅和徒弟——仅仅是师傅和徒弟。

正在胡思乱想，手机又响了。

"老麻，你应该还没有睡吧？"又是胡主任，近些日子她的电话来得比较勤，"我跟你说哈，你们这个九尺门旅馆哪，真的是动静越闹越大了哩！刚才马副镇长电话过来，说区委政策研究室明天上午会来人，要对你们利用废弃厂房开办旅馆的事情进行调研，说这是个新生事物，要好好总结一下经验。马副镇长要我做好准备，向他们详细汇报。——工作又不是我做的，叫我怎么汇报？这事还非你莫属哩！"

"怎么又生出一个新名堂来呀？"说实话，麻炳华对这类事情真的没有多大兴趣。

电话里又说："这说明上级重视呀，对你们三建公司来说只有好处没有坏处。"

这点麻炳华并不否认，说了声这倒是真的，又说："情况你不也都了解嘛，人来了你接待就可以，就不用再扯上我了吧？"

"那不行，"胡主任说，"我最多只能敲敲边鼓，主角非得你来唱不可！"

麻炳华似乎有些无奈，说："其实事情就是那么简简单单的，再多的名堂也没有。"

"不管简单不简单，都得由你来汇报，这你就不要推辞了哈。"

麻炳华只好答应下来。

"到时人来了我会打电话给你，你就过我这边来。"胡主任又说。

麻炳华说："你还是把人领到旅馆这边来吧，因为我还兼着这里的管理工作，不好离开的。”

第二天半上午时分，胡主任把人领来了。

这是一个上了年纪的半老头，两鬓都花白了。他一来先是把旅馆参观了一遍，一边看一边不停地点头。看来胡主任已经跟他初步沟通过了，他问麻炳华：“听说，这家旅馆就是你一手建起来的？”

麻炳华说：“只能说自始至终我都参加了。”

半老头又问：“可不可以这样认为，所有的情况你都了解？”

麻炳华说：“这倒是不假。”

半老头高兴起来，说：“那好极了！那就请你把情况详细介绍一下。包括开头怎么会有这个设想；后来又是如何制订计划和组织实施的；中途遇到过什么困难和挫折；旅馆建起来以后，实际效果同你们当初的期望值有没有差距……反正只要是与旅馆有关的情况，都可以谈。”

麻炳华显得有些为难，笑笑说：“哪里有你说得这么复杂，事情实际上简单得很哩！至于最初的设想嘛，也就是考虑怎样才能给公司的员工们提供一个夫妻团聚的窝……”

半老头连忙在笔记本上写下一个“窝”字，还在下边画上一条粗粗的横杠，打断他说：“‘窝’，好，这个字用得好！看似平淡无奇，但却充满了感情色彩，很有个性特征，赛过任何慷慨激昂的豪言壮语！”

麻炳华没想到自己这么随口一说，竟然得到了对方这么高的评价。

半老头完全有理由相信，面前这个年轻人接下来一定还会有源源不断的“金句”出现，可是没想到后面的介绍三五句话就完了，再也没有“第二只靴子”落地。

“没有了？”半老头有点失望。

“没有了。”麻炳华回答。

“就这样简单？”

“就这样简单。”

半老头觉得面前这个年轻人应该是不简单的，肚子里面肯定是有货的。

可他耐着性子启发了半天，年轻人却还是翻来覆去的那么几句老话，并且还一个劲地说真的没有那么复杂。半老头不死心，决定从高站位的战略意义入手，加大启发的力度，从而挖掘出自己需要的东西来。

"我还是讲一下我这次来的意图吧。"半老头说，"就在前几天，区'四创'活动领导小组根据各有关部门的工作职能，有针对性地下达了一批调研课题。我们单位领到的课题是关于如何应对在当前社会体制转型时期，出现的因打工族夫妻长年分居而衍生的社会问题。你可不要小看了夫妻分居这种小事，家庭是社会的细胞，如果家庭因夫妻分居变得不稳固了，那无疑会影响到社会的稳定。——这可不是危言耸听哈！至于如何才能有效地解决这个问题，无疑有非常多的工作要做，并且这些工作不是政府一方能够包揽得下来的，这是一个系统工程，需要各有关单位、有关阶层方方面面都重视起来，大家齐心协力才能办好。也许你不会想到，对你们开办专为农民工服务的旅馆这件事，区领导非常感兴趣。今天我到这里来，就是打算从你们的做法中找出一些有规律性的东西，在此基础上总结提高，形成经验，以便在社会上推广——"

麻炳华没想到自己一个偶然的念头，却引起了这么大的连锁反应，顿时有了一种"盛名之下，其实难副"的感觉，连忙插话道："我倒觉得，开办这个旅馆纯属个例，不具可复制性，也就是说，是很难推广的。"

半老头有些意外："为什么呢？"

"因为九尺门旅馆是用一栋无主的废弃厂房改造而成的，如果要照葫芦画瓢，那是没法画的。"

正说到这里，有客人来登记住宿。麻炳华说了声"不好意思"，赶紧过去接待。

来人是年轻小伙子，头发乱蓬蓬的，手上一个编织袋，肩上一个劳动布的双肩包。

麻炳华看他只是一个人，问道："就你一个？"

"嗯。"

"是来浦东找工作的吧？"

"嗯。"

"有个情况我得先跟你交代清楚，在这里你只能短暂住几天。——这是我们这里的规定，可不是要赶你哈！"

小伙子奇怪了："为什么？"

麻炳华解释道："这里主要是接待农民工夫妻。"

小伙子说："我也是农民工啊！"

"可你是一个人，"麻炳华笑道，"只有'夫'，没有'妻'呀。"

小伙子更是糊涂了："一对夫妻占一间房，我一个人也是占一间房，房租是一样给的呀！"

麻炳华因为这边有半老头在等他，便没有解释原因，歉意道："这还得请你谅解，没办法。"

小伙子满脸的不解，从贴身衣兜里掏出一个人造革钱包，又从一堆皱巴巴的零钱旁边抽出身份证来交给麻炳华，嘴里嘀咕道："好奇怪的规定哩……"

麻炳华看着他，不禁联想起了自己当年刚来浦东时的情景，顿时有了几分恻隐之心，改口说："这样吧，只要有房间空着，你可以多住些天，不过你还是要尽快把工作找到。你一个单身汉，集体宿舍都是好住的，不比两口子。"

这边事情处理完，回过头来继续刚才的话题。他说："照我们这个葫芦，真的是画不出瓢来的，因为这种情况实在太特殊了，要不是房子下面有古墓葬，这里早就拆旧建新了，哪里轮得到我们来开办旅馆？这样的机会是可遇不可求的，我估计就是把整个浦东翻个底朝天，也是很难再找到这样的房子了。"

半老头忙说："我的意思并不是要大家都来生搬硬套你们的做法，而是希望别人能从你们的做法中得到启发，都去寻找适合各自实际情况的办法来。"

麻炳华只顾说自己的："更何况现在还不能说这是一个成功的经验，因为现在这个旅馆能办多久完全取决于古墓的发掘时间。虽然说近些年发掘的可能性不大，但不确定性毕竟是存在的，从这个角度来看，说我们三建公司是

305

在撞大运一点也不为过。"

这个道理半老头不可能不懂，但他现在是一门心思要把调研课题圆满完成，其他的暂且顾不上。他见麻炳华钻在牛角尖里出不来，决定另辟蹊径，说："这样吧，你不要像汇报工作那样，就当作我们是在聊家常，你把在改造房子过程中都做了一些什么具体的工作，尽可能原原本本地讲述一遍，不管是你认为重要的还是不重要的，我都想听一听。"

麻炳华明白这个半老头已经打定了主意，不达目的是不会罢休的，于是只有尽最大努力予以配合。他便以时间先后为序，从受到舒宜旅馆的启发开始，一直讲到双喜合璧的开张典礼，事无巨细，一一从实提供，尽力还原整个过程，以便让半老头像选矿一样从中遴选出认为有价值的东西来。

讲述中，胡主任一直在边上认真听，到了与自己有关的地方还不忘插上几句，为麻炳华的叙说增添注脚。

半老头听得津津有味，忘情地被带入了，眯着眼睛一动不动。

"事情就是这样。"最后麻炳华说，"你看这是不是纯属个例，毫无规律可言？"

半老头回过神来。"你给了我一个非常深刻的印象：你这个年轻人善于办事、敢于办事！我们大家平时总会说什么'事在人为'，什么才是真正的'事在人为'？你便是最好的注解！从你刚才说的来看，确实好像是没有什么规律，但是——"半老头说着突然提高了嗓门，一字一句地说了一句颇具哲理的话，"看起来没有规律，其实这没有规律的本身就是一种规律！"

麻炳华不由得有些肃然起敬，心想到底是搞政策研究的，思路就是要比一般人开阔得多。

半老头继续说道："打比方说，如果，——我说的是如果——如果政府能够出台一些针对廉价旅馆经营者的扶持政策；如果企业在招聘员工时能够在同等条件下优先同时聘用夫妻两人；如果对设立夫妻宿舍的企业能够给予政策鼓励……那就是变没规律为有规律了。总而言之，只要大家都来想办法，办法就会比困难多！"半老头越说越起劲，顿了一下又接着说："再如果，各地农村都能够想办法把当地的实体经济发展起来，吸引一部分在外务工的劳力回乡务工，那当然就更好了！"他说到这里稍停了一下，却来了一个转折："不过，话是好说，真正做起来可就不容易了！我刚才说的这些'如果'，目前很大一部分还停留在想法上，有些还仅仅是一个概念上的东西，要把任何一件落到实处都会有很大的困难，也会有很多的工作需要去做呀！"

第十九章　生活就像一棵树

一

九尺门旅馆开张已经二十来天了。

其间麻炳华催过项经理两次，问什么时候自己可以解脱出来回施工队。项经理说，还没找到人接替，你再催也没用。麻炳华没办法，只好继续留守。

这天上午，麻炳华上街去买喷雾器和杀虫剂，打算给旅馆周围的树木喷一次药，因为发现有的树开始长虫了，是那种模样呆萌但却令人恐惧的毛毛虫。买好东西回来，却看到四周的行道树上都系上了绳子，就像警察拉的警戒线一样，上面晾满了五颜六色的衣物，如同万国旗一般，呼啦啦地迎风飘扬。这种景观恐怕在整个浦东都难见到，难怪会引发路人的观赏欲望，不少人走过了还频频回首。麻炳华急忙朝旅馆里大声喊叫起来："你们搞的什么名堂！马上给我收掉！不是说过了吗，楼顶平台上有特意建好的晾晒场地，那地方大得很，又有晾衣架，怎么就不听啊？"

旅馆穿红着绿的女人们闻声出来，大多数人为自己只图一时方便的行为感到有些难为情，但也有人还不知道自己错在哪，七嘴八舌辩解道：

"这里怎么就晾不得？"

"我们老家都是这样的呀，一根竹竿随便往那一横，都好晾的呀！"

"晾在这里多方便，去楼顶平台得爬上爬下，麻烦不麻烦哪！"

"就是，这又没有妨碍交通，有什么要紧？"

"大城市什么都好，就是这点不好，一点自由都没有！"

总统夫人跑过来跟麻炳华讨价还价："麻队长，要不就这样吧，女人的衣服就拿到楼顶平台去晾，其他的还是不动，行得啵？"

麻炳华有些莫名其妙："这个还分男女吗？"

总统夫人一本正经道："怎么能不分，你没听说过'男女有别'吗？不信你看那条裤衩，哝，就是米色的那条，一看就知道是女人的，裤裆上就像搽了猪胆汁一样，要多难看就有多难看；而你们男人的就不会这样！"

麻炳华不想在这个问题上费口舌，挥挥手说："多余的话就不要说了，所有的衣物必须马上彻底收走！"

其实总统夫人对新环境的适应能力还是很强的，来到这里没几天生活就走上了正轨。她上街买来了好几个忒大的陶坛子，开始加工腌菜。头一坛腌菜，被她东家一碗西家一碟全分给了九尺门旅馆的房客们，说是让大家尝尝，由不得你客气推辞。大家都夸赞她做的腌菜好吃，她高兴得像孩子似的，嚷叫道："我在老家做的比这个味道还要好，这里买的坛子不行，比不上我娘家陪嫁的那个，那是正宗的鹰潭货，釉色光光亮，敲起来当当响……"几个坛子错开时间流水作业，一坛接一坛地出品腌菜。从第二坛开始便成了商品腌菜，被她拿去菜市场兜售，据说非常抢手，如今第十四坛腌菜都已经下线了。这会儿，她本来还想继续阐述除女人裤衩以外其他衣物绝不难看的观点，但见其他人一个个都在动手将衣物转移，自己孤掌难鸣，也就不再坚持了。

这时，麻炳华的手机响了。

"老麻老麻，"项经理的声音十万火急，"五建的老高打电话过来，说李二毛从脚手架上摔下来，受伤了！"

项经理说的老高，是五建公司的高经理。麻炳华一听说李二毛出事了，心立刻提到了嗓子眼，但还是希望同上次张海山事件一样是场误会，忙问："不会又是闹乌龙了吧？"

项经理说得很肯定："这次千真万确！"

"什么时候的事？现在人怎么样？"

"半个小时前发生的事，老高说人已经送到医院去了。"

"知道是从几楼摔下来的吗？"

"九楼。"

"啊？！"麻炳华一声惊叫。

"你别急，"项经理赶紧说，"老高说先是被二楼的安全网兜住了，安全网被砸塌，再落到地上的。我仔细问过了，现在人很清醒，生命危险肯定是没有的，只是左小腿骨折了。"

麻炳华稍微松了口气，说："骨折是闭合性的还是开放性的？"

"什么……性？"项经理没听懂。

麻炳华换了一种问法："折了的骨头有没有露到皮肤外面来？"

"那应该没有，老高说折的那根骨头是叫什么'胫骨'，说是属于'不完全骨折'。"

"那我知道了。还伤到其他地方没有？"

"好像没有。"

麻炳华心想这应该是不幸中的万幸了。

项经理又说："这事麻花还不知道，是不是由你去告诉她比较合适？"

麻炳华答应由他去说，又说："出了这事，麻花肯定是要过去的。她没经历过这种事情，我得陪她去。要几天回得来现在还不好说，旅馆这边我会安排人代为照应一下，不会有什么问题，就是食堂那边牵扯到这么多人吃饭，麻花走了得有人暂时顶几天，你赶快找个人。"

项经理说："这个省得你操心，只管走你的，我会安排好。听说喜妹仔开店还没找到合适的门脸，这些日子他们夫妻正为这事发愁呢，反正她闲着也是闲着，就请她来顶一阵好了。她在快餐店干过，比这里更多人的饭菜都拿得下来，不会有事的。"

麻炳华抓紧时间把旅馆的事情安排妥当以后，骑着电动车往公司食堂飞驰而去。

麻花正在水龙头底下洗菜，一边乐呵呵地哼着跑了调的采茶戏，看到哥哥进来脸色凝重，很是诧异。

麻炳华把情况对她说了。尽管说得轻描淡写，可她还是惊住了，先是愣了一下，随即一双湿漉漉的手一把扳着哥哥双臂，使劲地摇着："哥哥，我知道你是跟我开玩笑的，肯定是哄我的，对吧？你告诉我，这不是真的，不是真的!"

当她确认了这是的的确确的事实，便"哇"的一声号啕大哭起来，边哭边说："都怪我，都怪我，是我要他来浦东的! 我当时真是昏了头哇，在老家多好，就为了多赚几块钱，我要他跑到浦东来，不来就没有这桩事，这都怪我呀!"

妹妹的性格哥哥清楚，这时候越安慰她只会哭得越厉害，麻炳华索性放开喉咙训斥："你还当自己是三岁小孩呀，就这么经不住事? 人生在世，磕磕碰碰的事多了去了! 老话说'天有不测风云，人有旦夕祸福'，这次二毛还没怎么样哩，只是轻伤，若是重伤怎么办? 那你还不得抹脖子上吊哇?"

果然，哭声一下低了两个八度，但她还是抽泣个不停。

"等下见了二毛你可不能这样哈，他受了伤心情本来就不好，你一哭那不是雪上加霜啊? 这对他恢复健康只有坏处没有好处。听到没有?"

"嗯哪。"

兄妹两人还在说话，门外响起了汽车喇叭声，是项经理安排的小车到了。

两人立马上车直奔医院，一路无话。

李二毛就诊的医院离五建公司驻地不远，高经理已经提前等候在医院门口，车子一到就把麻炳华兄妹领到了急诊室。

李二毛在急诊室的长条椅上半躺半坐，看样子精神还好。受伤的小腿已经处理完毕，打上了石膏，用绷带悬吊在输液架上，就像吊在瓜棚里的梢瓜。

麻花一见到李二毛，即刻就把哥哥的叮咛忘到脑后去了，快步上前抚摸着"梢瓜"，又抽泣起来。李二毛反过来安慰她："不要紧的，现在已经不怎么痛了。医生说年轻人恢复得快，不会有什么后遗症的。"

麻花泪眼婆娑："说得像吃了灯草灰一样，这可是伤筋动骨哇!"

麻炳华问李二毛："怎么出的事?"

李二毛有点难为情："一下没留意，踩空了……"

麻炳华板起脸来："不会又是为了在麻花那里多待一天，连续加班了吧?"

李二毛垂下脑袋以示默认。

麻炳华咬牙切齿道："你呀你呀，连命都不要了，真不知道怎么说你才好！"

一贯对老公呼来唤去、不骂不说话的麻花，这时倒劝起哥哥来了："二毛自己已经知道错了，他心里肯定也后悔死了，哥哥你就不要再说他了。"

麻炳华转向妹妹："你们两口子一路货色，半斤配八两！"

骂完妹夫妹妹，麻炳华才顾得上和高经理说话。高经理说："真是不好意思，李二毛是为了支援我们五建来的，没想到现在出了这个事，我心里真是不落忍。"麻炳华说："这只能怪他自己，怨不得你们五建。"

高经理把麻炳华领到医生值班室。主治医生向家属详细介绍了李二毛的伤情，说这种情况不算严重，不住院也是可以的，反正开的药都是口服的，在哪里服都一样，只要注意伤腿移动时尽量轻一点缓一点，到时候来拆石膏就行了。最后又说，住不住院由病人和家属自己决定。

麻炳华回急诊室征求李二毛和麻花的意见，小两口却毫无主见。李二毛说："骨头都折了，不住院能行吗？"麻花也说不出一个所以然来，只好把矛盾上交："哥哥，你就给我们拿个主意吧。"

麻炳华说，既然住院没有针打，待在这里也就没有什么实际意义，还是回去好了，下午就走。

高经理也说还是回去好，生活方面会方便一些，说着要去联系救护车。麻炳华连忙拦住，说用不着，反正路上时间不长，小车将就一下问题不大。

高经理又对李二毛说："你就安心养伤，有什么事尽管打电话。工伤期间的工资等七费八费的，我们这里都会给你弄好，少了一分钱你找我！"

麻炳华听高经理这样说，不禁有点意外。以前没有直接和他打过交道，只是有一次在总公司开会时听其他分公司的人说，五建高经理的抠门是出了名的，现在看来是耳听为虚了。

午饭安排在五建公司自己的食堂。麻花一走进去就想起了三建的食堂，说："糟了，烧饭的事情我都忘了交代！"

麻炳华说："你现在才想起来，黄花菜都凉了。"

等上菜的工夫，麻炳华给项经理打了电话，通报了李二毛的伤情，说准备把人接回去，吃过午饭就上路。项经理说既然可以回来那当然还是回来更好，又告诉麻炳华，已经把麻花的工作调整了，让她去管理旅馆，炊事员的工作则由喜妹仔接替。他说："我看麻花平时能说会道的，管理旅馆应该没有多大的问题。就算是有不到位的地方，不是还有你这个当哥哥的嘛。我主要是考虑到旅馆的住宿条件要比这边好，李二毛伤了一条腿，住在旅馆上厕所会方便些。旅馆管理工作相比食堂这边，也要自由一点，便于她照顾李二毛。再说，旅馆有人管了，你也可以抽出身来，省得没完没了地耗在那边。"

麻炳华忙问："喜妹仔去食堂，征求了她自己的意见没有？"

"那还能不征求？他们两口子都高兴得很！回来时你就让司机直接把车子开到旅馆去，房间已经腾出来了。"

麻花已经听出来了项经理为她调换了工种，便担心有人会说哥哥利用关系徇私情的闲话，赶忙说："这样不大好，我还是留在食堂，让喜妹仔去旅馆吧。"

麻炳华知道妹妹的心思，说："这不是你该操心的事，你只管服从分配，干好自己的工作就是了。"

二

把李二毛接回来的第二天，麻花便开始接手九尺门旅馆的管理工作。麻炳华像师傅带徒弟那样带了她两天，便放手让她单飞，自己回了施工队了。

别看麻花对旅馆管理工作是零基础，却干得有模有样。她将所有的房门钥匙按房号顺序用一截电线串在一起，形成一个汤钵大的圆圈，一天到晚带在身上，丁零当啷，走到哪响到哪。有人起哄喊她"老板娘"，不明底细的房客听了，还以为旅馆是她家开的，对她不免有些肃然起敬，也跟着这样喊。开始几天麻花还会不厌其烦地"辟谣"，叫大家不要听嘴欠的人胡说八道，但却没人把她的话当真，照喊不误。她没奈何，只好由大家去过嘴皮子瘾。就这样，她一边打理旅馆，一边照顾受伤的丈夫，日子过得同先前一样顺畅。

麻炳华回到了施工队。现在的集体宿舍只剩下不到原来一半的人，清静了许多。这倒有个意想不到的好处，就是同小翠通电话不用跑到室外去了。

这天，麻炳华接到鹰潭电大的通知，说这个学期三天的集中授课安排在下周进行，没有特殊情况不得缺课。麻炳华去向项经理告假，项经理爽快地准了，还说："工地上有我，旅馆那边有麻花，你就尽管放心去好了。"

就在回鹰潭的头天晚上，麻炳华接到了一个意外的电话。说它意外有两层意思，一是来电人意外，二是电话内容意外。

来电话的是当初连招呼也没打就跑回老家去，害得大家吃了几天快餐的上一任炊事员胖嫂。她在公司的时候，麻炳华跟她并没有什么特别的交往，回去以后两人也一直没有任何联系，现在突然来了电话，麻炳华没有理由不觉得意外。让他更觉意外的，还是电话的内容。

"麻队长吗？哈哈，还记得我不？"电话里的胖嫂还是一如既往的爽朗，"你可是吃过我做的饭咧，我是胖嫂哇！"

麻炳华说："你们两口子怎么回事嘛，一走就杳无音信了！"

"我正要跟你说这个事咧，你那边说话方便吗？"

"什么事你尽管说。"

胖嫂说，她一回去就跑到那个小寡妇家里，气急败坏却又理直气壮地堵在人家大门口，一口气骂了半天。什么话难听就拣什么话骂，还顺便把人娘家父母也捎上一块儿骂，说女儿做下了这样的事，归根结底是没家教的结果。可是当她看到小寡妇缩在一旁不还口，窸窸窣窣哭得梨花带雨、可怜兮兮，又有点心软了，说："好了好了，也不能全怪你，你就不要哭了！"转身回家去骂老公。越骂越气，越气越骂，周而复始恶性循环，把老公骂得头都快勾到了胯下。在后来的日子里，她除了骂，就是形影不离地守着老公，严格落实各项防控措施。虽然这样做无异于贼走关门，但又拿不出其他更好的办法。泥工老公自知理亏，只有事事处处唯命是从，连大气也不敢出，以示痛改前非之诚恳。

这样的日子过了一段时间，胖嫂意识到了这样下去不是办法。老公继续出轨的机会倒是暂时没有了，但是家里已经出现了经济危机，没有了经济收入，家庭不得不实行银根紧缩的财政政策，连打瓶酱油都要权衡再三。思前想后，觉得还是应该放老公出去打工，三建公司那里因为有远房亲戚项经理坐镇，应该还是回得去的。问题是自己没指望跟着一块儿去了，炊事员的岗位笃定早就有了人。本来这倒没啥，老公一个人去就一个人去，怕就怕有前科的老公尝到了甜头，到了外面失去了监管，一下刹不住车，旧病复发，又犯下事来。

"麻队长，"胖嫂说，"不是我不相信他，只是天下男人没有一个是好东西！——这不包括你哈，麻队长，你不要在意，我是说其他的男人。"

麻炳华笑笑说："没事，你接着说。"

"人就怕跟坏了伴，'跟着先生读诗文，跟着巫婆跳大神'。我知道，公司里有那么几个人是找过小姐的。我家这个，别看他现在赌咒发誓说得那么硬，天晓得跟那些人混在一起又会怎样！"

麻炳华已经差不多明白胖嫂的意思了，说："你是想让我帮你看着老公？胖嫂哎，这个责任可就太重大了，叫我如何承担得起？"

"这我晓得，丈夫丈夫，一丈之内才是自己的夫，到了一丈之外谁也打不了包票，靠看是看不住的，更何况总不能像放牛一样牵着缰绳不放吧？我是想请你时不时敲打敲打他，这样总会好一些。其他人说话他不一定听，可你就不一样了，他不得不思量一下。"

麻炳华说："你也太高看我了吧？"

胖嫂忙说："我说的是实在话，绝对不是奉承你哈。我还没去公司烧饭的时候，我家里那个就跟我念叨过，说公司这么多人，他最佩服的就是你。要不，我今天也不会给你打这个电话。麻队长，我知道这个事情本来跟你没有半毛钱的关系，但我还是来求你，你一定要帮我……"

人家都已经把话说到这个份儿上了，麻炳华不好一退六二五，只有说：

"我尽力就是了。"

电话那头便千恩万谢。

麻炳华想了想，说："我想问你个事。"

胖嫂说："啥事？你说。"

"你除了会烧饭，还有其他的特长不？——也不一定要多大的特长，只要会一种赚得到饭吃的活路就行。"

"你问这个做什么？"

麻炳华便把公司办了旅馆的事情说了，还说已经有好些个工友把老婆带到身边来了，打算留在浦东找事做。有个员工的老婆就凭做腌菜的手艺，也在浦东立住了脚。胖嫂一听高兴了，可马上又说："我这个人嘛，可以说什么活路都会，可又什么活路都做不好。"说着自己忍不住笑了，笑过后说："容我考虑一下哈，能两个人一块儿去当然是最好了！"

……

麻炳华乘动车回鹰潭，去电大集中上课。

说起来开学都这么久了，同学之间一直是在微信群里打交道，像这样面对面聚在一起还是头一回。大家见了面，互报名号，很快就与群里的好友对上了号，即刻引发了满屋子的兴奋和激动。到了晚上，二十多个家不在鹰潭市区的同学就住在电大招待所里，大家互相串门，天南海北聊天到深夜。

与麻炳华同房间的同学，就是那个在 320 国道边上开农家乐旅馆的。他对九尺门旅馆的顺利开业觉得有点意外，问营业执照是怎么办下来的。听麻炳华说了事情经过后，同学不由得感叹道："那个关科长真是不错，能够把原则性同灵活性结合得如此完美，这样的干部如今还真是不多见！"

麻炳华说："是呀，这次办这个旅馆我遇上的全是热心人。"

同学说："那是你运气好。"

麻炳华又谈起了当年办信江魂建筑公司的事，说："俗话说'当局者迷，旁观者清'，那时候我真是迷糊，明摆着是先天不足的事情也会去做。要是在今天，有同学提醒一下，肯定就不会了。"

同学说："是呀，这次上电大，能够结识这么多人，等于一下有了这么多朋友，真是一件大好事呀！"

麻炳华说："谁说不是呢！在来电大的公交车上，车厢里就有这样一句广告语：'来电大，学知识，交朋友，拿文凭！'说实话，我开始之所以决定读电大，主要是冲着'学知识'和'拿文凭'来的，当时对'交朋友'还没有想得很多。现在看来，'交朋友'也是非常重要的！"

同学想了一下，说："哎，我问你哈，对那个已经倒闭了的信江魂建筑公司，你现在死心了没？"

麻炳华心头一颤，问："什么意思？"

同学说："我是觉得，如果你还想东山再起的话，也不是没有这个可能。"

也许只有麻炳华自己才清楚，信江魂的倒闭虽然已经过去了好几年，但永远都是压在他心底的一件窝囊事。如今他虽然在三建公司当施工队队长，手下管着一群人，但是再怎么说都是在为别人打工，算不上是自己的事业。要说如今已经完全不去想信江魂了，那是口不对心。

他说："你说下去，我听着。"

"我是这样想的，"同学说，"信江魂当初倒闭，主要原因是技术人员的技术职称等级低，导致公司的资质等级上不去，从而直接影响了市场竞争力。而现在就不同了，学校开设了这方面的专业，毕业以后，如果能够邀上几个志同道合的同学，我觉得还是可以把公司的架子重新搭起来的。手里有了大学文凭，技术职称的问题就有可能解决。至于物色一线工人、组织施工队伍等，这对于你来说应该不是难事。只要经营得当，公司就一定能够逐步发展壮大。"

麻炳华高兴地说："你说得有道理！"

两人越聊越投机，都下半夜了还毫无倦意。同学还说如果需要，到时候他可以投资入股。麻炳华笑道："你就不怕我把你的钱打了水漂？"

同学说："我们虽然是第一次见面，但我不怕。可以这么说，我看上的人应该错不到哪去。"

麻炳华说："既然你这样信得过我，那就这样说定了哈。"

第二天一早，麻炳华去征求东门冠的意见。东门冠稍作思忖，说："我看行！这样吧，在同学中物色合伙人的事就交给我了。上届有位同学也有这方面的想法，跟我谈起过，但因为没找到中意的合作伙伴，事情就搁下了。他也和你一样，脑瓜子好用，人品也不赖，可以算他一个。我早点向他打招呼，好让他有思想准备。"

麻炳华说："那你就费心了！"

东门冠又说："不过，眼下你还是不要过多分散精力，免得影响了学习，因为这事情要到毕业以后才能正式铺开。"

……

三天的课上完，麻炳华抓紧时间回了一趟麻家坞。父母十分高兴，唠唠叨叨的叮咛自然又是免不了的。最有意思的是老妈，像个孩子似的跟在儿子屁股后面，儿子上厕所也照跟不误，站在厕所门外说着已经重复了很多遍的话，让儿子哭笑不得。东东似乎更加懂事了，乖乖地让爸爸搂着睡了一夜，分别的时候也没有再耍小孩子脾气。

抽空去看望了猛仔的父母，正好碰上九叔公也在。九叔公说，现在案件已经移送检察院，辩护律师也已经介入了，但是结果还没法预料。

他从猛仔家出来，又马不停蹄地往老丈人家跑。老丈人不在家，听邻居说到邻村一户人家做活儿去了，没见到人。再耽搁下去就赶不上当天回浦东的高铁了，他只好把买好的礼物托邻居转交，打车去了鹰潭高铁站。

上火车后不久，麻炳华接到了麻花的电话。

电话里很吵，听得出麻花身边有很多人，闹哄哄的。麻花扯开喉咙喊："哥哥，你三天的课应该上完了吧？上完了就赶紧回来！"

麻炳华先没回答妹妹，问："你那边怎么这样吵？"

麻花也没回答哥哥，再次问他上完了课没有。

麻炳华说学习已经结束，这会儿人都在高铁上了，能赶回公司吃晚饭。

麻花说："那就好！这两天大家都要给你打电话，项经理不让，说总公司已经决定了的事情很难更改，就是告诉你也白搭，还会影响你学习……"

麻花话没说完又换过一个男人的声音，这个没说上两句又换过另外一个人，估计手机在众人手中被抢来抢去：

"麻队长，我们好不容易把旅馆建起来，这不是白高兴一场吗？"

"我还打算明年春节后把老婆和孩子一起带过来哩，没想到突然来了这么一档子事！"

"麻队长哎，我们可不能就这样乖乖地任由总公司摆布！"

"是呀，得想个办法才好。"

"这么好的一个旅馆，不能就这样便宜了五建！"

"五建这是摘桃子哩，抢夺我们的胜利果实！"

……

麻炳华听不出事情的头脑，自己的头脑却要被闹昏了，要不是在公共场合真想爆几句粗口。索性暂不搭理，让大家说个够。一直等到手机里不再吵了，他才说："你们把手机交还给麻花，让她一个人跟我说，其他人不要瞎吵。"

麻花说，就在他回鹰潭的第二天，总公司的几个头头来三建公司视察工作。他们在工地转了几圈，又悄声议论了一番，随即做出了一个非同寻常的决定：元旦以后，三建公司要进行战略大转移，进军崇明岛，浦东这边的工程就由五建公司接手；因为总公司在崇明岛拿下了一个大工程，标的三个多亿。

麻炳华顿时蒙了！

三建公司在浦东做工程已经有些年头了，虽说转移过几个工地，但总跑不出浦东这块地盘。按照总公司的原定规划，往后不说十年八载，四五年之内是不会离开浦东的。现在突然要移师崇明岛，未免太过突然，让人没有半点思想准备。

崇明岛位于长江入海口，属崇明区，距离浦东虽然说不上远，但是要想每天下班赶回九尺门旅馆过夜，那笃定是没指望了。难怪工友们会说好不容易建起了一个旅馆，白高兴一场。

麻炳华来到车厢连接处，给项经理打电话，问是否真有此事。

项经理答非所问："你回来了就好！"

麻炳华一听就知道事情是真的了，连忙问："已经定下来了吗？"

项经理说："总公司几个老总担心夜长梦多，已经把我带去崇明岛看了现场，施工合同也签了。"

麻炳华明白生米已经成了熟饭，没了奈何，说："为什么非要我们三建去？莫非又说那个工程施工难度大，质量要求高，是块硬骨头，非我们啃不可？"

项经理苦笑一声，说："哪次转场不是这样啊？给我们一顶高帽子安抚一下。"又说："其实，要说是高帽子也不尽然，在所有的分公司中，我们的战斗力是明摆着的，要不然其他分公司也不会说我们是总公司的王牌部队。话倒是不错，可这次员工的思想工作很难做哩！"

麻炳华说："是哩，我看大家抵触情绪很大。"

"这两天工地上都闹腾起来了！"项经理很是懊恼，"也不知是哪个家伙出的馊主意，说只要采取拖延工期的办法，让手头上这个工程元旦前竣不了工，就可以不去崇明岛了。要命的是竟然还有人信这话，现在工地上都已经出现磨洋工的现象了，真是邪了门！"

麻炳华说："这也太天真了！不过大家的心情还是可以理解的，不要说普通员工了，就是我也不愿意离开这里，毕竟为这个旅馆我们花了这么多心血，谁一下接受得了？心里肯定不痛快哩！"

"谁说不是呢！"项经理说，"当时我还把旅馆的事情作为一个正儿八经的理由，向总公司头头提出来了，并且还特地把几个头头带到九尺门旅馆去看了，是想让他们看一看我们花费的心血，打动他们一下。可事情还是没得商量啊，头头们说，旅馆带不走没关系，五建不可能白得，必须补偿损失。我说再怎么补偿都意义不大，去了崇明岛，又面临家属来了没地方住的问题，这个怎么补偿？你猜头头们怎么说？他们说拿到了补偿，到了新地方就可以再想其他的办法。我简直哭笑不得，办法是那么好想的？这种事情是可遇不可求的呀！头头们还是不肯改变主意，并且一再要我以大局为重。"

麻炳华一时没吱声，许久才说："也只好这样了。既然总公司已经做了决定，我们除了服从还能有什么办法？只好想开一点，就当没有九尺门旅馆这回事好了。"

"可员工们不甘心哪，"项经理强调说，"我说的话大家根本不信，总认为在关键时候我这个当经理的屁股会坐歪，胳膊向着总公司那边拐，纯粹把我当外人！这两天大家都在等你回来，好像有你在就能想出什么对策来，就可以赖在浦东不走了似的。"

麻炳华道："怎么会这样想，这些家伙的脑子是被米汤糊住了。"

"老麻，"项经理有些着急，"现在我们一定要想办法做通大家的思想工作，若是手头上这个工程真的不能按时竣工，那就麻烦大了！"

麻炳华说："你也不要太着急了，我觉得员工们现在还在气头上，冷静下来以后还是讲得通道理的。"

刚结束和项经理的通话，麻花的电话又进来了："哥哥，下了火车你先不要去公司那边，晚饭到旅馆这边来吃，好多人都等在这里。"

三

麻炳华赶到九尺门旅馆的时候，麻花房门口围满了人，有员工也有家属，闹哄哄的。人们发现他们等的人到了，立刻呼啦啦地围了上来。

麻炳华知道大家要说些什么，便抢先开了口："你们这是做什么，是不是都指望我能拿个锦囊妙计出来？我跟你们说哈，如果大家信得过我，那我就谈一下我的看法；如果觉得我的话不靠谱，就权当我没说。"

人们立即嚷开了：

"麻队长见外了！信不过你大家还会眼巴巴地等你几天？"

"你也是农民工，从这个角度说，你跟我们是同一个战壕里的战友，这个旅馆也关系到你的切身利益。不比项经理，他又不会带老婆来这里住。你说，我们不信你还能信谁呀？"

"按眼下流行的说法，我们是命运共同体哩。"

"对咧，是拴在一根绳子上的蚂蚱！"

"你这是什么破比喻？净胡说！"

"嘿嘿，我没读几多书，反正就是这个意思。"

"麻队长，我们都听你的，你说！"

麻炳华说："既然这样，那我就说几句哈。我在火车上一接到麻花的电话，可以说心情跟你们完全是一样的。为了这个旅馆，我们大家花了太多的心血和汗水，可是才捣鼓好没多久，它就要不属于我们了，搁在谁心里都是不好受的！"说到这里停了下来，打算让大家宣泄一下，却没人吱声，大家都望着他，要听他下面怎么说。

"但是，"麻炳华来了个转折，"既然总公司已经做出了决定，作为分公司，我们还能有别的什么选择吗？除了服从，谁还有什么更好的办法？"他又停一下，眼光巡视了大伙儿一圈，说："反正我是想过了，真的是想不出什么好办法来。至于什么拖延工期之类的，我劝大家还是不要动这个脑筋，因为这样会把事情弄糟，后果也会很严重，甚至很有可能害得自己连工资都拿不到。"

马上有人不赞同这个说法："我们打工的，工程能不能按时竣工关我们屁事呀？我们是按月拿钱，凭什么扣我们的工资？"

话落立即有好几个人附和。有人说："就是呀，施工合同是项经理跟总公司签的，我们普通员工只管天天上工地干活，最后工程没按时完工怪不了我们。"还有人说："如果拿不到工钱，我们就上访去，现在上面对拖欠农民工工资的问题是很重视的，一访一个准！"

麻炳华耐着性子说："你们想错了，你们以为施工合同不是我们员工直接跟总公司签的就没事了，就可以不承担延误工期的后果了？我问一下，我们是不是每个人都跟三建公司签订了劳动合同？在劳动合同中，关于乙方的责任与义务，可清清楚楚地写着——必须按要求完成甲方布置的生产任务。有这么一条摆在这里，我们有什么摆得上桌面的理由去上访？可以告诉大家，这个官司打到哪里都是输。"麻炳华停下来，望了大家一眼又接上说："退一步讲，就算没有这份劳动合同，总公司以我们三建公司延误工期为由，扣减施工费用总是合理合法的吧？项经理拿不到钱，用什么来支付我们的工资？大家就是把他那一百多斤炖了汤也解决不了问题呀！"

工友们听罢，一下泄了气，大家面面相觑。本来还把希望寄托在麻炳华身上，谁知等了两天等来的却是这样一个结果，心里不禁凉了半截。有人憋不住说："照这么说，什么办法都没有了？"

牢骚怪话似乎是一种急性传染病，很快就肆无忌惮地蔓延开来，大家你一言我一语地说个不停：

"还说我们三建是先进的分公司，却又要被派到崇明岛去，这不是惩罚先进吗？哪里能够这样做？没道理呀！"

"早晓得这样，我们宁愿当落后分子，也就没这档子事了！"

"就是，先进没得做，做了还有过！"

……

麻炳华觉得不能让大家的消极情绪这样泛滥下去，于是提高嗓门说："我看你们哪，是思想钻了牛角尖，尽朝一个方向想，为什么不朝另一个方向想一下呢？"

众人不解。有人问："这话怎么说？"

"大家想想看，就算没有这档事，我们还留在浦东的地盘上做事，还住在九尺门旅馆里，但如果突然有一天文物部门来了通知，说要发掘这里的古墓，让我们立即腾地方，那我们的好日子不是一样到头了？并且到那时我们只能怪自己倒了血霉，怨不得任何人，不像现在还可以拿到一笔补偿金，还可以在这里发发牢骚讲讲怪话，还似乎占了多大的理似的。"

马上有人表示异议："不是说古墓至少十年不会开挖吗？"

麻炳华说："计划赶不上变化的事情还会少吗？就像这次总公司调我们去崇明岛一样，不也是突然做出的决定吗？事先哪个料得到？现在我们把旅馆移交给了五建，拿了补偿金拍拍屁股走人，那今后古墓什么时候发掘就与我们没关系了。所以说呢，这件事是好还是坏，还两说哩！"

对九尺门旅馆的存在期限问题，在开始改造房子时就有员工想到了，有人还议论过十年的期限能不能靠得住，但就是没有一个人真正为此操心过。原因是认为天塌下来有高个子顶着，既然项经理和麻队长都认为这个旅馆可以办，那就用不着底下的员工咸吃萝卜淡操心。这会儿见"高个子"自己也开始操心了，大家才觉得这事也许真的是个问题。人的心理活动有时就是这么微妙。

大家一时语塞。一直没吭气的瞎子开始发表意见了："窃以为，麻队长所言颇有道理，正所谓'塞翁失马，焉知非福''福兮祸所伏，祸兮福所倚'。我等转场崇明岛，眼下看来是坏事，不过，日后也有可能转化为好事，祸福乃互为因果，可互为转化也。"

可大多数人认为那是以后的事情，现在用不着去管它。有人说："人无后眼，以后的事情我们管不了，我只知道我们马上就要离开这里去崇明岛，明年老婆来探亲就没地方住了！"

这位工友的话立即引起了共鸣，出现了一片附和声。有人还说："五建给的补偿金又不会拿来分给我们员工，对我们来说有没有这笔钱都是一样的。"

麻炳华心里十分清楚，以后的事情现在无法预测，只能是走一步看一步，眼下的当务之急是必须把员工们的情绪安抚好，千万不能因此影响工作误了工期。他说："怎么会是一回事？公司拿到了这笔钱，到了崇明岛以后就可以另外再想办法。"

可又有人说："那只是一句空话，办法是那么好想的？机会并不是哪里都有的。"

麻炳华说："有没有机会，事在人为。现在的这个九尺门旅馆，不也是因为抓住了一个很偶然的机会才有的吗？我们不应该没了信心。虽然去了崇明岛以后的情况会怎么样现在还不好说，但是我觉得，只要大家都来关心这事，都来想办法，众人拾柴火焰高，希望应该还是有的！我个人先在这里表个态，我一定会像捣鼓九尺门旅馆一样，尽自己最大的努力来做这件事！"

也许是受到了麻炳华的影响，有一部分人的态度开始有了变化。有人说："天要落雨娘要嫁人，既然总公司已经决定了让我们三建向崇明岛转移，那我们就不要再去想那些没用的，只有横下一条心来，到了新地方再重新开始，大活人总不会被尿憋死。"

一直在看热闹的总统夫人接上话来："对咧，我们这些家眷也不要闲着，一上岛就满世界去找没人要的破房子！"

这个提议立即引发了一阵哄笑。

"这有什么好笑的，"她被笑得有点不好意思，但却很不服气，"不去找，莫非房子自己会从天上掉下来？"

麻炳华没笑，说："找到无主房的可能性虽然不大，但可以从其他方面想办法呀。"

大家叽叽喳喳地议论了半天，也没议论出个名堂来，情绪渐渐低沉下来，也没有开始时那样激愤了。到了该吃晚饭的时候，人群像羊拉屎一样，三三两两地散了。

麻花看到给哥哥煮好的面条因为搁置过久，都已经坨了，和余鸡蛋混在一起成了糨糊，便要重新再做。

麻炳华说："反正吃到肚子里也是一样会混起来的，早混晚混一回事哩。"一边开吃一边问李二毛恢复得怎么样了。

麻花说："天天给他煮排骨汤，你没看见他胖了吗？都有双下巴了哩。"

麻炳华说："营养只是一个方面，要按医生说的，坚持做康复训练。"

李二毛在一边连声说："做了做了，麻花还每天给我揉搓按摩哩。"

麻炳华吃完面条，见这边暂时没什么事，就回公司那边去了。坐在集体宿舍的床上，他给项经理去了电话，报告了这里的情况。电话打过了，心还是静不下来，满脑子都是去崇明岛的闹心事。突然想起小翠还不知道自己回来了，便又给小翠打了电话。

"你下午就回来了，怎么到现在才来电话？"电话那头说，"我还以为你在鹰潭被什么事情耽误了哩。"

"在鹰潭倒没耽误，是回来以后耽误的！"

小翠的语气立即充满了担心，问遇上了什么事。

麻炳华把事情简要地说了，末了加上一句："我们怎么就这样倒霉呀？"

"怎么会这样？"小翠的反应就像麻炳华在火车上接到麻花的电话时一样，也是意外得很，"那怎么办？"

"还能怎么办，不管怎么样，服从是必须的。"

"员工们也都知道了这事？"

"他们比我知道得更早。"

"那大家能够想得通啊？"

"还不是牢骚满腹，不过还算好，大家终归还是明白事理的，知道遇上这种事想不通也得通。总的来说，员工们还是比较听话的。"

"也真是难为他们了，"小翠叹了口气，"好不容易有了个盼头，没高兴多久又来了这么一下。"

麻炳华也感叹起来："是呀，谁能料得到呢！"

小翠说："本来，我还想明年在这里找一所合适的小学，把东东接过来，看来这个想法太过奢侈了。"

麻炳华说："这使我突然想起了一句话，是一位作家说的：'生活，就像一棵树。'"

"什么意思？"

"树的形状是什么样子？根本就没有一个固定的模式。不像盖房子，按照设计好的图纸，房子多高多大，哪是阳台，哪是窗户，所有的一切都服从人的意志。可树就不一样了，长多高，长多大，开多少杈，长多少叶，它不由人规定，人工再怎么干预都必须顺着自然规律来。生活也是这样，不可能像盖楼房那样规规矩矩地一层一层往上建，它就像树一样，说不定在什么时候什么地方，出人意料地长出一根枝丫来，叫人措手不及。"

"唔，你这个比喻倒还有点意思。"

"生活本来就是这样啊，你看最近这段时间，出了多少让人意外的事情！就说眼前这个变故吧，就像凭空长出来的一根枝丫。不过我又想，这好像也并没有什么不好。生活正因为有了这么多的不确定因素，才会显得丰富多彩，也才会激发人们去为了它更加美好而努力奋斗。也许，这就是我们通常说的生活的魅力吧！"

"麻炳华同志能够把一件闹心的事情描绘得这样精彩，也算是本事，服了你哈。"

"你取笑我做什么？反正我真的就是这么认为的。"

"炳华哎，这个变故其实对于我俩的影响倒不是很大，生活节奏还是依旧。明年你去崇明岛，我去街道幼儿园，你每个月把休息的时间攒到一块儿，还是可以过幼儿园这边来团聚的。其他员工可就不行了，他们又回到了没有九尺门旅馆的时候，一个个又重新成了事实上的单身汉。再要解决这个问题，也许就没有那么容易了！"

"不容易是肯定的，但我已经没有了退路，必须努力去争取！"

"没有了退路？什么意思？"

"刚才在工友们面前我是表了态的，要尽自己的最大努力去做，红口白牙说的话不作数哪里行？"

"反正我还是那句话，做什么事情也不能心思太重了。给自己的压力太大，成为一种负担就不好了，得量力而行，什么时候身体都是第一位的。"

"这个你省得挂着，我会注意的。"麻炳华转念一想，换了话题，"其实，我们漂泊在外的日子也许不会很长了，估计再长也就是七八年，到时候还是要回老家那边去的。"

"这话怎讲？"

麻炳华把这次回鹰潭上课和同学商量准备重启信江魂建筑公司的打算说了。

小翠听罢，沉默了一会儿，说："能够这样那当然也好。反正你想好了就行，我听你的。"

"目前两边老人的身体都还可以，"麻炳华又说，"但毕竟上了年纪，总会到需要人在身边伺候的那一天。现在我们把东东接出来都很难办到，更不要说把老人接来一起生活了。我觉得比较理想的，还是以后能够在家乡那边有一份自己的事业。"

　　两口子一来一去聊了很久。在结束通话前，小翠再一次叮嘱丈夫心思不要太重了；麻炳华说不会的，叫妻子省得担心他。

　　话是这样说，可是一连好些天，麻炳华的脑子里还是被转场崇明岛的事情缠着，忍不住想东想西，但就是想不出个所以然来。后来自己也觉得有些好笑，明摆着现在对岛上的具体情况一无所知，再怎么想都是凭空瞎想。看来还是妻子说得在理，心思确实不能太重了。

　　可是有一天，倒是小翠自己来电话提起了这事。她说："跟你说哈，我把事情对赵总说了哩。"

　　麻炳华一下没反应过来，问是什么事。

　　"还能是什么事情，就是你整天都在想的事情啊。"

　　麻炳华觉得这事与赵总根本搭不上，不解道："把这事告诉赵总有什么用？"

　　"也不是特意告诉，是聊天时顺便提起的。"

　　麻炳华自我打趣道："他没有说我们是瞎折腾吗？"

　　"你猜他怎么说？他说他也一起来帮着想办法。——是他主动说的哩。"

　　麻炳华心想，这应该是人家的一句客气话，不能太当真。他把这个意思说了，小翠说："反正总不会有坏处。"

　　麻炳华说："这倒也是。"

　　话听过也就过去了，麻炳华并没有把它放在心上。

第二十章　家在哪里

一

从鹰潭回来以后的这一个多星期，麻炳华的睡眠都不大好，上床许久难以入眠，睡着后下半夜又醒了，醒过来就再也睡不着，这种现象是以前不曾有过的。

今天又是这样，醒来过了好久窗户格子才渐渐发白。他干躺在床上，一直呆呆地望着"三明治"墙壁出神。突然，脑子里冒出来一个从未有过的想法——这种拼装板房，既然可以把它建成结构简单的工棚，也可以建成结构复杂的家庭住宅，这在技术上应该不会有什么问题，只是不知道造价会因此高出多少。倘若在可以接受的范围内，那么眼下叫人头痛的问题不就迎刃而解了吗？

想到这里，他心里不免一阵激动，赶紧坐起来，搬出电脑，上网搜索拼装板房的生产厂家。厂家倒是很快就搜到了一大串，可是没有一家生产过家庭住宅式拼装板房。进入其中一家的客户平台，询问产品样式是否可以量身定制，回复瞬间就来了，说一切为客户着想是他们的服务宗旨，完全可以根据客户需求安排生产，并且提供设计服务。麻炳华乐了，马上把对产品的具体要求形成文字发过去，屏幕上却跳出来一行这样的字：请在工作时间选择人工服务。

原来自己心情太过迫切，没考虑到生产厂家并非一天二十四小时都有人在网上候着，现在还是凌晨，不在工作时间的回复都是预先设计好的自动回复。一旦遇到需要交流的具体问题，就必须等到上班以后与工作人员沟通。

早饭后又过了一会儿，总算到了上班时间。联系上了客户平台的人工服务，扬声器里传出来的是一个充满磁性的男中音："您好！已经看到了您的留言。根据贵公司对拼装板房的具体需求，我们认为除了像安居工程的住房那样，做到室厅厨卫齐全，还必须配备相应的日用家具，不然无法满足三至四口之家拎包入住的要求。这样一来，结构必定会比普通工棚复杂得多，工艺要求也会严格得多，耗材无疑也要翻倍，甚至几倍地增长。不过这些都不是问题，问题是造价也就免不了水涨船高，并且不是高一丁点，不知贵公司能否接受？"

问及造价到底会增加多少，那边先说了声"请稍候"，不多一会儿，报过来一个数字，还说这是最保守的估计。麻炳华一听就泄了气，这大大超过了自己的心理预期，如同兜里装着买手扶拖拉机的钱却走进了豪车的销售大厅。但还是有些不死心，接下来又联系了几个厂家，想来个货比三家，可是一圈问下来，情况都差不多。

看来自己是异想天开，这条路根本走不通！

麻炳华禁不住一声叹息，失望地收起了电脑。

在出门往工地去的路上，小翠突然来了电话。小翠问他这会儿是在公司这边还是在旅馆那边。麻炳华说，自从把旅馆交给了麻花打理以后，自己就很少过那边去了，问有什么事，她说："刚才赵总从公司打电话过来，说等一会儿他们那里会有个设计师去找你，问你在不在九尺门旅馆。"

麻炳华觉得奇怪："赵总公司的设计师找我干什么？"

小翠说："赵总没有细说，只说他们搞了一个住房设计方案，设计师今天上午要去参观九尺门旅馆的客房，还要专门征求你的意见。我说等我问清楚了再回他话。我估摸，人家很可能是在帮你们的忙。"

麻炳华心想，如果是帮忙，却好像并没有帮到点子上，因为三建公司眼下真正需要的并不是图纸上的东西，而是崇明岛地面上可供居住的实物。正这样想着，小翠又说："你去了不就明白了嘛。我觉得你还是把手头上的事情先放一下，去旅馆那边候着设计师，我这里好回复赵总。"还说："设计师肯定是开车过去的，你得抓紧点，让人家等你不大礼貌。"

麻炳华想想也对，便把这事电话报告了项经理。项经理听了也觉得意外，但还是说："不管什么情况，反正不会有坏处，你就去一趟吧。"

麻炳华赶到九尺门旅馆，设计师还没到。几个闲着没事的女性房客聚集在麻花的房门口，叽叽喳喳，正在生动地演绎着俗语"三个女人一台戏"。

她们谈论的内容自然还是这段时间的热门话题。这里没有领导，大家便矮子里面拔将军，把旅馆管理人员麻花暂且当作领导，所有的牢骚怪话都朝她倾泻。此刻的麻花居然能够不负众望，尽自己的最大能力开展思想工作，教育大家应该以大局为重。总统夫人有点不以为然，说道："麻花哎，我要是你，也会说漂亮话。谁不知道哇，你老公现在已经算是五建的人了，又是为他们受的伤，再加上你哥哥的面子，还怕这旅馆没有一间你们夫妻住的呀？你当然站着说话不腰疼！"她一回头看到麻炳华突然出现在面前，有点难为情，打着哈哈说："哎呀，麻队长，你怎么有空过来？"

正说着，一辆银灰色的小车开到休闲广场边上停住，一个满脸稚气的娃娃脸小伙子从车上下来，关上车门后朝人群走过来。麻炳华还在判断这人到底是不是赵总派过来的设计师，对方倒是先向他打招呼："你就是传说中的麻队长吧？"娃娃脸看到麻炳华一脸的诧异，马上解释道："我在《浦东掠影》里见过你，今天算是见到真人了！"老练的谈吐与稚气的外貌明显不相匹配，真是人不可貌相。

麻炳华赶紧迎上前去。

一番简短的寒暄之后，设计师说，由于赵总的提议，他们公司经过认真研究，决定开发一种专为工地民工量身打造的新产品——拼装式家庭住房。他兴致勃勃地介绍道，这种房屋由工厂车间生产，轻钢结构，小型精致，既可单户独立使用，也可多户组合联排，只需要经过简单组装，通上水电即可住人。与传统混凝土结构的房屋相比，具有造价低廉、无须装修、便于搬迁、可重复使用的优点。

麻炳华怎么也没料到，赵总公司准备打造的新产品竟然与自己的想法不谋而合。现在有了企业专门进行这个产品的研发，无疑是喜事一件，可是他却没有马上表现出应有的高兴，而是忙不迭地发问："你说的造价低廉，能不能有个具体的数字，每平方米大致多少钱？这点对我们来说非常重要！"

设计师说："这个问题我们已经考虑到了。这么跟你说吧，我们研发这个产品的初衷，本来就是受到你们开办廉价旅馆的启发，正好又与当下倡导的'四创'活动精神合上了拍。于是呢，我们的经营方针自然也就和你们九尺门旅馆差不多，只要求略有微利即可。可以预见，每平方米的单价应该与你们改造这个旅馆的费用非常接近，要高也高不到哪里去，我想你们应该是能够接受的。"

麻炳华一听，抑制不住心头的喜悦和激动，上前一把握住设计师的手，使劲地摇着："太好了！太好了！"可是马上又说："不过据我了解，要想把价格控制在我们能够接受的水平，难度是非常大的，你们是怎么做到的？"

设计师说："从大的方面说，我们与政府有关部门进行了沟通，事情都已经反映到了市领导那里，市里决定对我们这个项目进行政策性扶持，最大限度地减免相关税费，这样我们就可以把这一块儿的利润让出来。从小的方面说，具体到每一个生产环节，我们都想方设法尽量自行消化成本，尽最大可能降低造价。"

麻炳华心里一块石头落了地，连连说好，又问从设计到出产品的周期有多长，元旦前能否赶得出来。

设计师说："我今天来，是听说你们这个旅馆客房的内部设计很科学，所以特意把我们的设计方案拿过来对照，看看还有些什么地方需要改进的。同时也好当面征求麻队长你的意见，因为在这方面你是最有发言权的。只要设计方案一定下来，进厂生产那是很快的，元旦前出货肯定不会有问题。"

这下麻炳华不要提有多高兴了，转过头去大声喊麻花："还有空房间没有？"

麻花这会儿在公用厨房搞卫生，还以为来人是要住宿，赶忙跑过来："有哩，二楼还有一间。"说着就要看设计师的身份证。

麻炳华笑骂道："你个猪脑子！"向麻花要过房间钥匙，他乐呵呵地领着设计师上了二楼，打开了房门。

刚才在麻花房门口的几个女人想着闲着也是闲着，便也一起闹哄哄地跟着上楼看热闹。

设计师仔细看过房间布局，直夸设计十分精当合理，凡是可以利用的空间几乎没有丝毫的浪费。

看热闹的女人们渐渐听出了一些眉目，差不多知道了这小伙子为何而来，因而也都禁不住激动起来，就像课堂上不守纪律的小学生，不举手不经老师允许就抢着发言：

"那敢情好，你就快点设计出来吧！"

"我提个建议哈，四面墙壁上都要有钉子，好挂东西。"

"是哩，省得我们住进去了自己去敲。"

设计师笑道："钉子不用你们自己敲，每个房间的墙壁上都设计了八枚圆头的安全铁钩。——应该够用了吧？"

女人们为日后挂东西方便而纵情欢呼。又有人发言：

"我看其他就没有什么需要再改进的了，只要按旅馆房间的样子做就可以！"

"对对对，不要乱改动，这已经很好了！"

设计师却说："那可不行，虽然说你们的房间设计已经非常不错，但作为拼装式住房，有些方面还是不得不做一些改动。比如房间的面积和高度，还是要稍微压缩一下的。"

马上有人大叫："还要压缩？这本来就不宽敞啊！"

"跟我们老家的房子比起来要小多了，你们可不要光考虑降低成本，弄得没法住人哩！"

设计师解释说："如果要想把拼装式住房造得像钢筋混凝土的房屋一样宽敞，那肯定是不现实的，更不要说跟农村的大瓦房相比了。至于能不能满足基本生活需要，这点就请你们放心好了，三四个人的小家庭过日子应该是没有任何问题的。我们是参照小户型的商品房，室厅厨卫一样不缺。在此基础上，针对拼装式房屋的特点做了一些改动，比如采用化整为零、见缝插针的办法，尽可能多一些储物空间，不仅设计了足够的吊柜，连床底也都利用起来了，还特地设计了可以折叠的餐桌餐椅。我这么说可能比较抽象，大家不大好理解，这样吧，两天以后我会弄一个模型出来，那东西是立体的，很直观，到时你们一看就明白。"

大家正热热闹闹地说着，项经理赶过来了。他听了情况介绍，十分高兴，握着设计师的手说："太谢谢啦！为我们三建公司解决了一个大难题！"

"何止是我们三建公司，"总统夫人又在发表高见，大大咧咧地纠正项经理的话，"我看天底下所有的农民工，住房难题都能得到解决！"

设计师却说："我们也巴不得能够这样，可这肯定是不现实的，因为这种房子除了建筑工地以外，其他地方还真是用不了。"

总统夫人觉得奇怪："怎么会呢，其他地方怎么用不了了？"

瞎子的老婆已经明白了，说："得有场地呀，我们建筑公司在工地旁边找块合适的空地就能组装，反正是临时性的，可其他单位买回去往哪里放啊？城里不比我们乡下，每一寸土地都是规划好了的，随便摆放，城管马上就会找上门来。"

设计师朝瞎子的老婆竖起大拇指，以示"完全正确"。

总统夫人吐了一下舌头，扁起嘴巴道："这就不如我们农村好。"

……

这天夜里麻炳华总算睡了个好觉。

两天后临近中午时分，娃娃脸设计师又到九尺门旅馆来了，还真的带来了一个 1∶10 的房子模型。他从汽车后备厢里把它端出来交给麻花就走了，临走时叮嘱，大家都抓紧时间看一下，有什么意见尽快反馈。

麻炳华得到消息立刻从公司驻地赶过来。麻花的房间里早已成了女人们的世界。分开人群进去，却意外看到摆在桌上的模型如同地震后的废墟，歪七倒八，他皱起了眉头，问："怎么会这样？"

麻花都快哭出来了，指着总统夫人，道："都是她……"

总统夫人急忙分辩："麻队长哎，这不能全怪我，我来得最早，站在最前面，后面的人争着要挤到前面来看，我哪里挡得住，再怎么喊不要挤也没人听，我一下就被挤得扑倒在这东西上面……你看，我的下巴都被硌乌青了。"

麻炳华哭笑不得，只有亲自动手进行"灾后自救"。借助透明胶带和胶水，好不容易把倒塌的模型框架重新搭了回去，但对于一些细节的东西已经很难一一复原，只好任它这副危房模样。

虽然是危房，但还是看得出它的建设者是下了一番功夫的，非常精致，所有的细节都表现得一清二楚，正如娃娃脸设计师所说，一看就懂。

这时，门外响过来闹哄哄的说话声，原来是丈夫们收工回来了。

麻炳华为了避免模型二次受伤，赶紧把它端到室外空地上，让大家围着它看。他一再强调："有不满意的地方现在就说，等进了厂就晚了。"

面对承载着未来生活憧憬的房屋模型，大伙儿一阵兴奋、一片嘈杂，看过后都表示没意见，说出门在外，有这样的房子住就已经很知足了。只有总统夫人对日后房子的质量有些担心，说："房子生产出来以后，总不会像这个模型一样不牢固吧？这样磕不得碰不得的，简直就是豆腐渣工程哩！"

二

拼装式住房很快就投入了批量生产。麻炳华得到消息，赶紧去和项经理商量关于补偿金的问题。因为公司的流动资金大部分都投在了九尺门旅馆，目前剩下的钱已经不多，只有等五建公司的补偿金到位了才能采购拼装式住房。他有些着急，说："也不知道总公司是怎么跟五建交代的，我们什么时候能拿到钱？"

项经理说："老总们离开这里的时候，向我要了改造旅馆的费用支出清单，让五建照单给我们补偿。据老总们说，老高和他们公司的员工们都乐坏了，说自己被天上掉下来的馅儿饼砸中了！老高还当面表示他们会尽快筹措资金，钱一到手就给我们。"

麻炳华说："事情赶早不赶迟，我们必须先在崇明岛把房子弄好，公司迁过去就有地方住。不能等到元旦移交旅馆时再给我们钱，那样就会有个时间差。一旦被房子问题拖了后腿，后面的工作会很被动的。我们催一下高经理，让他抓紧一些，尽快把钱给我们。"

项经理皱起了眉头，说："依我看，想让五建提前给钱，可能会比较困难。"

麻炳华没当一回事："反正他们早给迟给都是给，难道高经理会那么死板，硬要一手交钱一手交货？"

项经理苦笑道："老高那个人你是不了解，纯粹的铁公鸡，算盘打得精得很哩。"

"这不至于吧？"麻炳华谈了上次去接李二毛时对高经理的印象。

"这你就不知道了，他的小气是与众不同的。"

"怎么说？"

"说起来还有点意思哩。他对总公司和其他分公司的便宜，绞尽脑汁都要占一点，觉得不占便宜就是吃了亏，但是对私人的利益倒不会那样斤斤计较，有时还表现得很大方，比如对李二毛的事情就是这样。他这样做还有着他自己的说辞，叫什么'亏众不亏一'。为这，曾经有人当面取笑过他，说他是'公私分明'。"

麻炳华说："若是他在乎提前付款那点利息，那我们认账就是了。"

项经理却说："他在乎的很可能不光是利息。"

麻炳华觉得有点不可思议，说："我们把九尺门旅馆按成本移交给他，他已经是占了很大的便宜，不感谢我们倒算了，总不能反过来算计我们吧？"

项经理说："你以为呢！我觉得老高极有可能会趁机狠狠地宰我们一刀。"

麻炳华皱着眉头说："我们还是先跟他好好地沟通一下，说清楚我们的苦衷，不是有意要他们提前给钱，实在是等着用钱。"

项经理答应试试看，却似乎并没有多大的把握。

第二天上午，项经理特意来工地找麻炳华，反馈昨天晚上与高经理电话沟通的结果，说要五建提前付钱，看来是真的没有指望。

麻炳华问："他怎么说？"

"他只管跟我打哈哈，"项经理说，"一个劲儿说不急不急，还说要请我们谅解，因为目前他们资金有点紧张，补偿金可能要拖到年后。他骗鬼呀，五建的情况我还能不清楚？绝不可能紧张得连这笔钱也拿不出来。"

麻炳华追问道："那他的真实想法又是什么呢？总不至于想把这笔钱赖掉吧？"

项经理说："还不是想压价！因为他吃准了房子我们是带不走的，主动权在他手上，拖到最后，即使是白菜价我们也只能出手。现在的形势是我们急他不急，我们耗不过他。"

麻炳华这才觉得问题有些棘手，说："这个高经理，怎么能够这样！"

项经理说："看来只有把情况向总公司反映，让总公司去跟他说。"

麻炳华想了一下，说："如果他打定主意要占我们的便宜，就是总公司出面也不一定能解决问题。他嘴巴上可能会答应得很好，但是要他给钱就难产，今天拖明天，明天拖后天，拖到最后宰我们一刀。只要存心赖皮，总是可以找到理由的。"

项经理说："我担心的就是这个。"

麻炳华眉头打结，好一阵没吱声。

项经理又说："若是到过年时房子还没弄好，势必会给明年开局的工作带来不利的影响，那就麻烦了！"

麻炳华思索道："看来我们不能把宝全都押在总公司那边，我们自己也得想想办法。"

项经理感到有些为难："人家捏住了我们的短处，刀柄握在人家手里，我们捏住的是刀口，能有什么办法？"

麻炳华想了一下，说："依我看，这事其实也不难办！"

项经理忙问："怎么会不难办？"

麻炳华说："高经理做初一，那就不要怪我们做十五！索性，我们不要他的钱，旅馆也不给他！"

项经理一下没摸着头脑："旅馆不给他？那怎么弄？"

麻炳华说："高经理不是要卡我们吗？那干脆就不陪他玩了，我们把旅馆的经营权公开向社会出让，用出让金去买拼装式住房。只要我们自己舍得按成本价出让，保管有人抢着要。别的单位不说，九尺门街道办是肯定会接手的，说不定还能比成本价高出一些哩。"

项经理愣了一下，说："那不行，我们不好这样做的。"

麻炳华说："现在的问题不是我们愿意这样做，而是被五建逼得不得不这样做呀！你是不是担心对总公司不好交代？只要向总公司解释清楚，让老总们了解真相，板子就打不到我们身上。"

项经理还是下不了决心，迟疑道："这样做，资金的问题倒是能解决，不过……"

麻炳华忙问："不过什么？"

项经理说："那员工怎么办？还是住集体宿舍？"

麻炳华惊愕道："项经理你是不是气糊涂了？我们出让了旅馆经营权也就不愁钱了，怎么还用得着住集体宿舍？"

项经理却说："我说的是五建的员工。"

麻炳华长出了一口气："项经理呃，你怎么回事呀？人家在算计我们，你倒好，反过来为他们着想，有这个必要吗？五建的员工本来就是同我们原来一样，一直住着集体宿舍，那就索性让他们继续住下去好了，这怪不得我们。"

项经理叹气道："哪里的员工都一样，谁不想结束住集体宿舍的单身汉生活呀？"

"这个心就不用我们来操了，"麻炳华现在的心情虽然还不至于幸灾乐祸，但多少也有点隔岸观火的意思，"高经理想占我们的便宜，却反而把自己的几十号员工给坑了，这笔账怎么算他都是赔本的，要怪只能怪他自己。"

项经理还是觉得很为难，说："我的意思是，就算人家不仁，我们也不要不义，毕竟是兄弟单位，以后少不了要打交道的，关系搞僵了不好。最理想的结果，还是五建能够及时把补偿金足额给我们，这样对双方都好。"

麻炳华说："能够这样那还有什么好说的，可人家不愿意，我们是迫不得已才这样做呀！"

项经理沉默良久，还是说："再想想看，还有没有什么其他更好的办法。"

麻炳华说："事情迫在眉睫，我们拖不起哩。"

项经理仍然说："还是再等几天吧！"

当天吃过晚饭，麻炳华既没看电视，也没做功课，一个人信马由缰地围着工地兜圈散步。想起白天与项经理的谈话，当时自己明显是意气用事了，确实有些不妥。但是，不那样做又怎么能够解决资金问题呢？若要想两全其美，这似乎太难了！

走着走着，突然一拍脑袋，说了声"有了"，当即掏出手机给项经理打电话，说已经有办法了。

项经理听了很意外，忙问是什么办法。

麻炳华说："基本上还是老办法，只不过老法新用罢了。"

项经理还是不明白，说："怎么个老法新用？"

麻炳华说："你马上给高经理通报一个情况，就说我们决定把九尺门旅馆的经营权向社会公开出让。告诉他出让期限只有三天，在同等条件下，五建可以优先，至于最后花落谁家，就看谁出的价高了！"

项经理顿时蒙了："怎么还是公开出让？"

麻炳华说："你只管这样对高经理说就是了，其余的都交给我。不管他反应如何，你都不要跟他多费口舌，就说这事是由我在负责操办，有事让他找我。"

项经理猛地回过神来，说："你是不是打算来个假出让，目的是把老高惹急了，他一急，我们就主动了？"

麻炳华"嘿嘿"一笑道："我就知道瞒不过你。"

项经理还是有点担心，说："老高也是个老江湖，要想牵着他的鼻子走，可不是那么容易的。"

麻炳华说："只要我们把戏演得逼真，问题应该就不大。"

项经理苦于一时找不到更好的办法，迟疑了片刻，也就下了决心："好吧，那就试一下！"可马上又说："若是老高还是油盐不进，那怎么办？"

麻炳华说："万一真是那样，那我们也算做到了仁至义尽，撕破脸皮就撕破脸皮，索性弄假成真，真的按照公开出让运作。到那时就怪不得我们三建了，是他们咎由自取！"

项经理叮嘱道："我们还是要尽量往好的方面争取，不到万不得已不要闹掰了。"

麻炳华似乎很有信心，又再次提醒项经理不要对高经理多说什么，免得说漏了嘴。

项经理说："这个我知道，我现在就给他打电话，看看他什么反应，你等我消息。"

也就是一两支烟的工夫，项经理反馈消息的电话就来了，那兴奋的声音直震麻炳华的耳鼓："老高真的急了眼，他向我要了你的手机号码！"

麻炳华高兴地说："行了，下面的事你就不要管了，全交给我！"

不一会儿，麻炳华的手机就响起来了。他不用看来电显示，就猜得出是谁的电话。铃声连着响了三次，他故意不接。隔了一会儿，铃声又第四次响起。他猜想这回应该是项经理打来的，一看，果然是。

项经理问："你怎么不接老高的电话？"

麻炳华"嘻嘻"一笑道："我就是要急一急他。他打不通我的，肯定会打给你。好了，我现在该给他回过去了。"

"原来是高经理呀！"给高经理回过去的电话一接通，麻炳华便语气不失热情地招呼道，"我还以为又是推销茶叶的，最近老是被这类电话骚扰，烦都被烦死了！要不是项经理打电话过来，我还不知道是高经理你哩，不好意思，见谅见谅！高经理，上次我去接妹夫李二毛，承蒙盛情款待，太谢谢了！你今天来电话有何吩咐，尽管开口！"

看来电话那头的高经理确实是急眼了，寒暄话都没一句，开门见山直奔主题："听老项说，你们三建打算把那个旅馆的经营权拍卖出让？这怎么行呢？总公司不是有决定嘛，是必须移交给我五建的，你们也答应了，怎么突然就变卦了呢？"

麻炳华一副有苦说不出的样子："高经理哎，这哪里是我们要变卦的哟，实在是没办法呀！"他把买拼装式住房急需用钱的紧迫性做了夸张性的强调之后，接着说："我听项经理说，你们五建眼下资金比较紧张，一时无法拿出补偿金来，据说要等到年后。这个我们当然表示理解，俗话说一分钱难倒英雄汉哩。可是我们等不起呀，不能及时拿到补偿金，又想不出其他解决资金困难的办法，只好出此下策，这还得请高经理你多多理解哈！"

"你们这样弄，那叫我们五建的员工以后住到哪里去？"

"这个你们完全不用担心，我们现在的集体宿舍暂时不会拆走，留给你们过渡一下。等你们把资金筹措到位了，也就可以和我们一样，去买拼装式住房了。我们一定会等你们入住以后，再来拆除集体宿舍。至于拼装式住房，不知你们了解不，还是不错的。价格比起补偿金来，也只是高那么一点点，住起来嘛，也只不过是面积小一点、高度矮一点而已，比集体宿舍总要强得多。"麻炳华反话正说，故意挑剔拼装式住房的不足之处，并加以强调和放大，以衬托九尺门旅馆的优势。

"放着钢筋混凝土的房子不住，去住铁皮屋子，有病啊！"看来高经理已经认可了麻炳华的观点。

麻炳华按照事先设计好的说下去："高经理吔，你怎么还是不明白，不是我们不把旅馆移交给你们五建，而是你们资金紧张，而我们又等米下锅，万般无奈才拍卖出让的呀！"

高经理真是急了眼："照你这么说，那就没有我们五建什么事了？"

麻炳华说："说没有也有，说有也没有。"

"什么意思？"

麻炳华缓缓道来："既然是拍卖，我们肯定是巴不得价钱越高越好，能多赚一点是一点。你们拿不出钱来，这当然就跟你们没关系了。假如你们有钱参加竞标，那就有关系了。并且在同等条件下，你们五建有优先权，肥水还不流外人田哩，是不是？"他停了一下，又接着说："不过，现在看来确实没你们五建什么事了，因为我知道你们五建是一时拿不出钱来参加竞拍的。说白了，项经理把拍卖经营权的消息通报给你们，其实只是履行手续而已。"

电话那头几乎是在放开嗓门喊："你们三建可不能这样搞哇！"

麻炳华故意说："高经理哎，既然你们五建没有接手旅馆的打算，还来管这个闲事干什么？"

"我们什么时候说过不接手的？"

麻炳华正要说你要房子就得赶快把钱拿来，对方抢先说道："我们五建就是砸锅卖铁也不会少了你们的补偿金，大不了去求爷爷拜奶奶，向银行借！"

麻炳华心里想：睁着眼睛说瞎话哩，什么向银行借，应该是向自己借吧！但他表面上却似乎在设身处地为对方着想，说："据说当前银行的放贷政策有点调整，开始银根紧缩，款不大好贷哩，依我看哪，贷款这事有点悬，你不能抱太大的希望！"

对方却信心满满："这个你放心，我保证三天之内就会把钱借到手并打到你们账上。"说罢他又补上一句："我可把话说在头里，补偿金只能按总公司说的那个标准给，没有什么'拍卖'之说哈！"

麻炳华心里一块石头落了地，顿时轻松起来，但表露出来的却是另一番态度："哎呀，没想到你们突然又能筹到钱了，这下我这边麻烦可就大了，怎么是好！"

对方忙问："怎么了？"

麻炳华为难道："我原以为你们五建已经放弃了，所以就联系了另外一家有意接手的单位，晚上我刚刚和他们的头头一起吃饭，事情都已经基本上敲定了，现在让我去回掉人家，怎么好开这个口？人家会说我们三建出尔反尔哩！"

高经理马上先把自己摘出来："我们作为子公司，任何时候都要无条件执行总公司的决定，这是组织原则问题。你们联系了不该联系的单位，是你们工作的失误，这个你不要同我说，要怎么回掉是你们自己的事，与我们五建无关。"接着他又再次表明了不容商讨的态度："回掉是必须的，九尺门旅馆只能移交给我们五建！"

麻炳华迟疑了一会儿，做无可奈何状："那……我尽量吧。"

"不是尽量，而是一定！"高经理高声强调，意在把事情砸实。

麻炳华见目的已经达到，也就没有必要再周旋下去，答应会想尽办法去回掉那个其实不存在的单位。但高经理还是不放心，又从另一角度加以叮嘱："我们五建和你们三建的关系，一贯都是比亲兄弟还要亲咧，打断骨头还连着筋，千万不能因这件事伤了和气哈！"

打完这个电话，饭厅里看电视的人都开始散场了。麻炳华心想时间已经不早，便打算明天再给项经理报告情况。

刚洗漱完毕准备上床，倒是项经理把电话打过来了。麻炳华觉得这件事情还是不要让员工们知道为好，便走到屋外接电话。

他说："我还以为你已经歇下了哩。"

项经理说："我没接到你的电话，就是躺到床上去也睡不着哇！"

麻炳华笑了："你还有什么好担心的？"

项经理欣喜道："你果真把他拿下了？"

麻炳华便把与高经理通话的内容详细复述了一遍。

项经理终于松了一口气，感叹道："老高哇老高，你有你的张良计，老麻有老麻的过墙梯！"

三

第二天五建公司就把钱打过来了，一分不少。

钱在自己的账上还没焐热，就划给了赵总的公司。赵总电告项经理，他们的第一批产品已经下线了，但却建议说："我看货还是暂时不要发吧，等你们去崇明岛把场地硬化好，可以开始安装了，再直接把货发去那边，免得二次搬运。"

项经理连忙说："我们也是这样考虑的，正准备跟你说这个事哩。"

赵总又说："有个问题要跟你们商量一下，因为产品才刚开发出来，售后服务包括安装人员的队伍都还没培训好，如果你们等不及，那就给你们图纸，由你们自己安装好了。"

项经理先问安装工作大概需要多少工时。

赵总说："场地硬化好以后，纯安装七八个人差不多有四天就够。"又说："如果你们同意自己安装，我们还可以返还相应的费用。"

项经理满口答应，放下电话就去找麻炳华。

麻炳华也赞成自己安装，说："早一点把房子弄好，员工们就能早一点不再飘飘忽忽、心神不定，有利于稳定军心。再说，安装这活儿对于我们搞建筑的人来说，简直就是秃子当和尚——正好。"

两人商量了一下，决定安装人员的组成还是按老规矩，从每个建筑队抽调，也还是由麻炳华带队。

接下来的工作环环相扣，很是紧凑。先是组织安装人员熟悉图纸，派人去现场硬化场地，预埋基础螺杆。安装的时间也定了，就在场地硬化保养期满的第二天。

出发去崇明岛的前夜，麻炳华接到九叔公的电话。电话里说，猛仔的案子今天下午一审开庭了，法庭采信了辩护人的意见，案件定性为"过失致人死亡"，不过没有当庭宣判，现在还不知道会判几年。麻炳华心想，能够这样定性算是比较理想的了，判决结果想来应该会比较乐观。

刚结束与九叔公的通话，小翠的电话又进来了。电话里小翠喜滋滋地说："从明天起又是我的小长假了！"

麻炳华一听，不禁愣住了："这么快就到了？"

小翠奇怪了："你每次都是扳着手指头数着的，这次怎么了？"

麻炳华一拍脑袋："这些日子尽想着安装房子的事，把这给忘了。"

"管你忘不忘，反正到了属于我们自己的四天。"

"可是……"

"可是什么？"

"明天我要和几位师傅去崇明岛，晚上就住在那里，要四天以后才回得来……"麻炳华把这次去崇明岛的任务简要地说了。

小翠好一阵没言语，最后嘀咕道："怎么会这么巧……"

麻炳华有点支支吾吾："事情已经定下来了……不好更改哩。"

"谁说要你更改了？"

"那这四天你怎么办？"

"还能怎么办，你还是走你的吧，省得管我。"

"那这个小长假不是又白瞎了？"

"瞎就瞎呗，又不是第一次瞎了。"

"那……"

"有什么好'那'的，没事。我……明天来送你。"

"你什么时候变得这么有小资情调了？没这个必要哩。"

"我这个人经不起事，隔了一个月没见面了，原本以为能够和你团聚几天，没想到又落了空，心里一下子变得空落落的。要是事先知道你要走，有了心理准备，也许就不会有这种感觉了。"

"这都怪我，事先忘了跟你说。"

"不怪你还能怪谁。"又说，"我是想，团聚不了见上一面也好，明天来送一下你。既然你说没有必要，那我不去就是了。"

"这四天你是不是就到九尺门旅馆去，让麻花给你做个伴？"

"麻花要陪二毛哩，我去当电灯泡哇？……我还是去街道幼儿园吧，就算是见习好了。"

"那也行。需不需要我给胡主任打个电话？"

"还是让我自己联系好了。"

"那好吧。"

"不好又能咋的？"

"没其他事了吧？"

"没了。"

"那我挂了哈。"

"哎——你们明天什么时候走？"

"天一亮就出发，不抓紧点不行。"

"你们肯定是走长江隧道喽？"

"废话，不从那里走还能从哪里走？"

"那你早点休息，接下来的几天你们肯定好辛苦的。"

麻炳华刚要放电话，猛然反应过来，妻子问他出发的时间和路线，其用意不是明摆着的嘛，连忙问道："你是不是还想来送？"

"真的不让我来呀？"

"都老夫老妻了哩。"

"谁规定了老夫老妻就不能来送一下？"

"你不是要去幼儿园吗？"

"送了你再去也不迟。"

"你来送，公司里这伙短命鬼又该有开不完的玩笑了。他们闹腾起来可是没深浅的，你就不怕？"

似乎还是这句话起了作用，小翠不再坚持了。

第二天一早，东方天幕上刚泛起一抹橘红色的亮光，一辆皮卡、一辆小面包车就一前一后驶离了公司。

麻炳华坐在皮卡的副驾驶位置，透过挡风玻璃望出去，突然发现前面路口的人行道上立着一个穿蛋青色外套的女子，模样很像小翠。可是没等看清楚，司机一踩油门，那抹蛋青色就闪了过去。

他给小翠发了一条微信："今天没来送吧？"

"你不让，我还来做什么？"小翠微信回过来。

"上次在服装市场挑选外套时，我说你穿蛋青色的好看，现在信了吧？

（掩嘴偷笑的表情）"

"你看到我了？你好坏哟！（生气的表情）"

"我是看到你了，可你没看到我，叫你不要来偏来，白跑一趟了吧？"

"我也不知道看没看到你，只是看到有一个人坐在皮卡的副驾驶位置，傻乎乎地东张西望。（调皮的表情）"

"你也看到我了？"

"你还以为就你眼尖哪？"

"……你就为了这个一闪而过，还特意起个大早跑这么远的路？"

"本人愿意！（得意的表情）"

……

车子飞驰上了高架桥。放眼望去，这座刚刚醒来的城市沐浴着初升的太阳，一片金光灿烂。

在鳞次栉比的高楼大厦中间，还矗立着不少巍峨的脚手架。那些比脚手架还要高出一截的建筑塔吊，有的已经开始了新一天的作业。长长的吊臂稳稳地转动着，俨然一杆杆写向大地的如椽之笔，正在尽情地挥毫泼墨，为这座城市描绘着一幅幅立体的图画。

麻炳华心想，在那些建筑工地上，一定忙碌着许多像自己这样离乡背井的农民工，也不知他们的家在哪里，是不是也离这座城市很远很远？

……

2023 年初冬定稿于西子湖畔"剑舞祥光"工作室

特殊群体的代言

——评《出门在外》

双人徐

作家柳剑祥先生是我相交了半个世纪的老朋友。可以毫不夸张地说，我几乎是他所有作品的第一读者。他的新作《出门在外》这次由青年作家网策划，太白文艺出版社出版发行。这部长篇小说的成书过程我比较清楚，光是伤筋动骨的修改就经历了五稿（在第四稿获得"2023·全国青年作家文学大赛"小说组一等奖以后，还进行了一次包括章节调整在内的较大修改）。从初稿开始，我一稿不落全都读过。一稿一稿读下来，实实在在被作家笔下的人和事所打动，禁不住自告奋勇写了这篇书评。

《出门在外》讲述的故事，发生在上海浦东一家建筑公司。在席卷大江南北的打工大潮中，进城务工的农民工与留守家中的配偶天各一方，常年分居，于是一种既司空见惯却又非常特殊的社会群体——单身夫妻便大量涌现。作家对社会转型时期产生的这种现象给予了高度关注，小说通过对麻炳华等一群离乡背井的农民工在陌生都市的生活境遇的书写，反映了他们长期面对性饥渴和性压抑的无奈与尴尬，同时也披露了由此带来的一系列不容忽视的社会问题。难能可贵的是，小说并没有单纯地再现生活和简单地提出问题，而是在为读者展开一幅描绘当下农民工情感生活画卷的同时，就如何应对面临的现实问题做出了积极而努力的探索。作家调动了多种艺术手段，成功地诠释了作品的主题思想，给人深思与启迪。

一、扣人心弦的故事情节

小说以建筑公司设法帮助农民工夫妻团聚为主线，以农民工夫妻情感生活为第一副线，以相关的社会问题为第二副线，三条故事线索互相交织缠绕，一路推进。

对于主线，小说开篇就交代了故事发生的时空背景，表现了农民工不尽如人意的生活环境。随后作家笔锋一转，公司项经理突然宣布了一个好消息：公司所有的农民工马上就可以把妻子接来身边，并且连工作问题也一并解决。大家自然欣喜若狂，读者也不禁为他们高兴。可就在这时，主人公麻炳华因踢倒了床边的饮水机而惊醒，原来这竟然是一个梦。公司将一废弃厂房改造成旅馆（即夫妻房）的整个过程，更是一波三折，使读者的心情随着故事的推进起起落落。房子好不容易借到手了，紧接着就面临投进去的改造资金很有可能因古墓挖掘而打水漂的风险；该风险解除之后，施工时又遭遇街头混混滋事；而后，又意外遇上办理营业执照的难题；旅馆终于开张了，却又好景不长，突然接到了总公司的转场通知……

第一副线也是自始至终环环相扣，动人心弦。例如麻炳华和小翠夫妻俩由于受公司住宿条件的限制，不得不去旅馆过二人世界，却被误认为卖淫嫖娼遇到治安巡查，夫妻相聚的鹊桥硬生生被冲塌。后来他们想利用难得的小长假重新约会，却又突遇公司员工出事，计划再次泡汤。再后来，小翠趁东家外出约丈夫前来相聚，可是出门接丈夫时不小心把钥匙落在了屋里，接到了人却进不了屋……

第二副线涉及的社会问题繁杂多样，若处理不当便会给读者留下罗列问题的印象。作家经过巧妙的设计，把一个个形形色色的本属逻辑思维的社会问题，"溶解"到形象思维的小故事之中，别有情趣，给人艺术之享受。

生动、传神的故事情节，有的松弛，让人轻松、愉悦；有的紧张，叫人担忧、忐忑，形成一种张弛有度、引人入胜的叙事节奏。故事每一步推进几乎都在读者的意料之外，却又在情理之中。并且不是所有的故事都从头到尾一次性讲完，有时会中途突然中断，悄无声息地岔到另一个故事上去，多条故事线索互相穿插，悬念交叉融合，增强了小说的可读性。

二、立体鲜活的人物形象

小说中有名有姓的人物就将近三十个，无名无姓的自然更多。其中有农民工及其配偶、公司经理、街道办主任、劳务市场工作人员、旅馆老板、派出所民警、村委会干部、机关工作人员、文物专家、快餐店打工妹、江湖庸医、街头混混、卖淫女等等。人物间的关系错综复杂，如果交代得不够清楚，刻画得不够传神，那么读者对人物的印象便容易模糊，甚至会张冠李戴。由于作家很注重对人物个性的刻画，写出了每个人物的不同特征，不但绝无混淆之虞，而且也让人物群像更加丰富、生动。

男主人公麻炳华，作家对他进行了全方位、多层面的塑造，使其勤劳、能干、智慧、善良的人物形象丰满逼真。尤为突出的是，在工作中不论遇到什么样的难题，他都能想方设法迂回前进，使问题得到较为圆满的解决。

女主人公麻炳华的妻子小翠，热爱自己的专业（学前教育），为了夫妻团聚来到浦东，本想找份专业对口的幼儿教师的工作，然而未能如愿，经过及时修正求职意向，去当了一位住家保姆。后来她得知街道幼儿园有意聘用自己，便不计较薪酬高低，决意跳槽。通过一系列的典型细节描写，从多角度塑造了一个漂亮、聪明、贤惠，爱家庭、爱丈夫、遇事有主见的女性形象。

麻炳华的妹妹麻花，作家给她的个性定位是：心直口快，城府不深，热情爽朗，敢爱敢恨。跟工友们开玩笑时，她"说出来的话比男人还要粗"。

农民工"瞎子"，既有打工仔的共性，同时又有别具一格的个性，是农民工中的特例。他戴着一副镜片厚得像啤酒瓶底的近视眼镜，俨然大知识分子模样，在农民工中显得鹤立鸡群。特别是他语言风格与众不同，开口便是成语迭出、半文不白，酸文假醋的做派令人忍俊不禁。

农民工皮乐江，一个纯朴、有责任心的小伙子，同时却又是一个从没正形、满嘴荤话的老油子。他第一次出场是到食堂打饭，几句插科打诨就显现了他的性格特征。

公司项经理，既有作为公司领导的共性——对全局性工作高屋建瓴，与员工关系融洽，又有他独特的个性——当众讲话时喜欢拿腔拿调，隔不了几句话就要来一句"官腔"，很有辨识度。

"总统夫人"，其性格特征也是比较独特。她千里迢迢从江西农村来到浦东与丈夫相聚，竟随身带来了一个做腌菜用的硕大笨重的陶罐，甚至还把压腌菜用的石块也背来了。还有她大喊大叫向麻炳华告状，一口咬定丈夫一定"偷过腥"，但是提供的证据却令人喷饭……一个体格健硕、思维简单的农妇形象跃然纸上。

"屠夫女"是一位在感情生活中受过欺骗的单亲妈妈。为了儿子在幼儿园不受欺负，她有意把自己包装成没人敢惹的样子，一遇上什么事情就耍泼撒野、胡搅蛮缠。一个人见人怕、可怜又讨嫌的悲剧性人物呈现在读者面前。

文物专家孟老，仅出场一次，但那种近乎迂腐，同时又非常可爱的书呆子形象便让读者一览无遗。偷他手机的小偷被抓住了，旁人主张报警，而他却竭力阻止，理由竟然是"……人家年纪轻轻的，留下案底就不好了呀，有了污点，是要影响前途的呀"。

非法行医的庸医"牛神医"，脸皮厚，手段绝，满嘴跑火车，不仅让妻子当医托，还自己给自己送锦旗……竭尽坑蒙拐骗之能事，其形象被刻画得活灵活现。

还有李二毛、张海山、张定高、喜妹仔、"假睫毛"、胡主任、猛仔、九叔公、"卖淫女"等，甚至连一些跑龙套的"群众演员"，基本上都是绝无雷同，各人各面。

三、无处不在的生活气息

打开这部小说，无论翻到哪一页，只要读上几段，便能感受到一股浓郁的生活气息，让人产生一种身临其境的感觉。作家在营造这种氛围时，主要从三方面入手。

一是精心描绘具有典型意义的生活场景。在小说开篇《好事来得太突然》中，对员工集体宿舍（工棚）的描写很到位，艺术地再现了农民工简陋、艰苦的居住环境，生活味很浓。在第二章《一个萝卜一个坑》中，是这样描写街头快餐店的："早餐还在准备之中，店里几个伙计忙得一塌糊涂。小个子老板也亲自上阵，忙得不可开交，还时不时地对伙计们吆五喝六，对当前工作进行临时调度。"寥寥几笔，犹如国画的大写意，勾勒出了小店接到了大生意的那种兴奋、紧张与忙乱，现场气氛拿捏得恰到好处。在第七章《人命官司》里，对"沙和尚"和哑巴女人的死亡给猛仔一家带来的影响，以及麻炳华一家对此事的反应，都写得很传神，很生活化。该章结尾处，对麻炳华夫妻与儿子东东分别时的情景描写，采用的是白描手法，没有任何渲染，仅凭生活本身的魅力，就把两代人的骨肉之情表现得催人泪下。第十三章《脑袋钻进了垃圾桶》和第十五章《小巷里的牛神医》更是充满了生活情趣。几乎所有关于生活场景的描写，画面感都很强，它们似乎就发生在我们周围，读者能够从中感受到浓浓的烟火气。

二是适时嵌入一些"题外话"。读这部小说时，时而会读到突然插进来的一两句"题外话"。这些话表面看起来似乎游离了主题，不说累赘也属可有可无，可是细细品来，却发现它们浸透了生活的滋味，有的还能给读者带来丰富的联想，对增强小说的艺术感染力不无裨益。例如在第八章《借房》中，麻炳华走进区文广新旅局的一个科室时，两位工作人员"正在探讨泡好的西洋参隔夜还能不能喝"，这简直就是从生活的矿山中开采出来的原矿，凡是有过办公室生活经历的读者，对类似关于养生话题的闲谈应该都不会陌生，并且读后还极有可能产生联想——农民工相比坐办公室的机关工作人员，实在是辛苦太多。又例如在第十六章《都是瞌睡惹的祸》中，傍晚麻炳华从外面办事回到工地，发现工人们已经完成任务走了，给他留下一张字条："……如果你觉得活计有做得不到位的地方，就吱一声，我们反工就是了。"仅凭这张字条，一个文化程度明显不高（将"返"误写为"反"）但对工作认真负责的农民工形象就表现出来了，很符合生活真实。

三是发挥群众语言的作用。小说中使用了大量具有乡土特色的俗语、惯用语等群众语言。例如"秤不离砣公不离婆""吃不得三天饱饭""病人辇过了郎中""豆腐花了肉价钱""十处打锣九处在""喝酒不怕醉，闯祸不怕大""嫌人觉丑，等人觉久""伸头缩头都是一刀""嘴是两块皮，说话有改移""跟着先生读诗文，跟着巫婆跳大神"……它们对营造生活气息，无疑发挥了重要的作用。

四、诙谐幽默的叙事手法

叙事手法诙谐幽默是这部小说一个突出的艺术特色，下面从两方面进行剖析和欣赏。

一是让故事情节本身自带幽默。以第十三章《脑袋钻进了垃圾桶》为例，作家在构思时就把诙谐幽默植入了故事的情节之中。故事说的是幼儿园的一个小朋友（"屠夫女"之子）将脑袋钻进垃圾桶拔不出来，把老师们急得团团转，大家围绕如何取下垃圾桶争相出谋划策。一位女老师别出心裁地提出了"鼻子朝向"的理论，殊不知该理论对于如何取下垃圾桶毫无意义，可她自己却扬扬得意，这个场面令人捧腹。接下来其他老师针对要不要把人送医院、如何送医院各自发表的见解，更是将诙谐幽默几乎发挥到了极致。这种曲折幽默的故事情节，在第四章《舒宜旅馆208》、第七章《人命官司》、第十一章《出门忘了带钥匙》、第十五章《小巷里的牛神医》、第十六章《都是瞌睡惹的祸》中，都表现得很典型。

二是将幽默元素"零打碎敲"地注入具体的文句。这种手法出现的频率较高，小说中比比皆是。例如：写到公司员工性别单一时，引用员工自我调侃的话，"我们屋里连老鼠都是公的"；一名员工突然得病，消息传到老家，一伙农村老头老太十分热情地为他进行"远程会诊"；厕所墙上的打油诗字迹潦草，书写者被调侃"似乎得了怀素同志的真传"；麻炳华夫妻去旅馆相聚因碰上治安巡查半途而废，被喻为"烂尾工程"……

毫无疑问，上述各种艺术手段，对增强小说的艺术感染力，更好地表达和传递作品的主题思想，均发挥了重要的作用。

完全有理由相信，作家这部反映农民工现实生活的力作，一定会受到被他视为上帝的广大读者的喜爱！

（双人徐，原名徐爱国，江西抚州人氏。原本行医，却意外迷上文学。自嘲"稀里糊涂误入歧途，染上文学性发烧，遂将搬弄文字是非当作人生乐事，以至落下'专业不专、业余不余'之终身顽疾"。）